PHILIPPA L.
ANDERSSON

(non) STOP *kissing* THE BOSS

Impressum

Originalausgabe September 2023

(non)Stop kissing the Boss
Philippa L. Andersson

Umschlaggestaltung: Philippa L. Andersson unter Verwendung eines Fotos von © depositphotos.com/clearviewstock
Lektorat: Sarah Herzer, Neuhaus, Deutschland
Korrektorat: Laura Gosemann, Berlin, Deutschland

Enthält sensible Themen:
philippalandersson.de/trigger

Philippa L. Andersson vertreten durch:
Sowade, Plantagenstraße 13, 13347 Berlin, Deutschland
www.philippalandersson.de

ISBN: 978-3-98942-020-5

Bestellung und Vertrieb: Nova MD GmbH, Vachendorf, Deutschland
Druck: Sowa Sp. z o.o., ul. Raszynska 13, 05-500 Piaseczno, Polen

PHILIPPA L.
ANDERSSON

(non) STOP kissing THE BOSS

New York City Feelings 1

Über das Buch

Die Engländerin Indy Fallon liebt ihren Job als Grafikdesignerin in einer angesagten New Yorker Werbeagentur über alles. Bis ihr ein schwerwiegender Fehler passiert und das Leben, das sie sich in der Millionenmetropole aufgebaut hat, vor dem Aus steht, denn ihr Arbeitsvisum ist an die Stelle geknüpft. Als ihr Boss Max Conrad sie in sein Büro ruft, rechnet Indy mit dem Schlimmsten. Doch statt sie zu feuern, bietet er ihr einen Deal an: Wenn sie ihren Job behalten will, muss sie eine Nacht mit ihm verbringen. Doch was, wenn es nicht bei einer Nacht bleibt – und niemand von dem Arrangement erfahren darf?

Über Philippa L. Andersson

Philippa L. Andersson lebt und arbeitet in Berlin. 2012 erschien ihre erste Kurzgeschichte. 2013 folgte ihr erster Roman. Viele ihrer Romane gibt es auch als Hörbuch. Wenn sie nicht schreibt, joggt sie durch ihren Kiez, entdeckt neue Restaurants oder lässt sich vom Leben inspirieren.

www.philippalandersson.de
philippa@philippalandersson.de

Content Note

Liebe Leserin, lieber Leser,
dieser Roman beinhaltet
potenziell triggernde Themen.
Welche und wie ausführlich, erfährst du auf der
Website philippalandersson.de/trigger.

Bitte beachte, dass die Auflistung für den
gesamten Roman Spoiler enthalten kann.
Wenn du dir unsicher bist oder beim Lesen sehr
sensibel reagierst, schau dir bitte unbedingt
vorab die Liste an. Ich wünsche dir und allen
anderen viel Spaß mit der Geschichte und eine
wundervolle Lesezeit.

Philippa L. Andersson

PROLOG

Indy

Vor zwei Jahren

Es ist mucksmäuschenstill bei *All-in*. Alle fast zweihundert Mitarbeiter der Manhattaner Werbeagentur, die zur weltweiten Agenturgruppe *TFA* gehört, halten den Atem an. Ein sehr seltener Moment, denn normalerweise herrscht ein Geräuschpegel, der mit der Central Station mithalten kann.

Neun, acht, sieben …

Lautlos zählt meine Kollegin Ava die Sekunden runter, bis es 18 Uhr ist und online die Ergebnisse des jährlichen US-Agenturrankings veröffentlicht werden.

Sechs, fünf, vier …

All-in, die Agentur, für die ich als Grafikerin arbeite, steht mit einem Umsatz von rund zehn Milliarden Dollar seit zwei Jahren unangefochten an der Spitze des Rankings. Kreativpreise der Werbebranche wie der Clio sind gut, aber diese Liste zeigt der ganzen Welt, wer wirklich gefragt ist. Und gefragt ist nicht, wer unterhaltsame Werbung macht, sondern welche, die Unternehmen hilft, ihren Umsatz zu steigern.

Drei, zwei, eins …

Das Ergebnis ist online.

Oh my goodness! All-in ist zum dritten Mal in Folge die Nummer eins. Aus allen Ecken der Agentur lärmt es. Aufgeregte Stimmen werten die Liste aus. Es wird wieder herumgewitzelt. Ploppende Sektkorken sind zu hören. An Arbeiten ist nicht mehr zu denken. Wir sind viel zu überdreht, um heute auch nur einen weiteren Pixel zu verschieben.

»Teatime!«, rufe ich und öffne meine Schublade, in der ich Shots für besondere Momente aufbewahre. Jetzt ist so einer.

»Ist Teatime nicht um fünf?«, fragt Nyla, unser Küken im Team.

Meine Güte, nimmt sie es genau! Ich schwinge drei Fläschchen. »Willst du was oder nicht? Denn wenn nicht –«

»Doch klar. Her damit!«

Gönnerhaft reiche ich ihr einen Shot. »Übrigens ist für uns Engländer immer Teatime. Stößchen!«

Wir arbeiten an hochmodernen mobilen Arbeitsplätzen, und ich teile meinen Vorrat mit den Leuten, mit denen ich seit meinem ersten Tag bei *All-in* eine Insel bilde. Ava, meine Lieblingskollegin, die mich aus jedem Stimmungstief holt, bekommt zwei. Elijah nur ein Fläschchen, denn der Kerl treibt so viel Sport, dass er vor lauter Glückshormonen quasi dauer-high ist. Und Javi bekommt auch nur eines. Er verdient zehn, denn er kann so ziemlich alles reparieren, aber er verträgt nicht viel, und der Abend ist noch jung.

»Alle mal herhören«, ruft Charlotte, unsere Teamleiterin, und klatscht in die Hände, was augenblicklich für Ruhe sorgt. Keiner von uns mag sie. Sie hat einen asymmetrischen Haarschnitt und tut immer so State-of-the-Art-mäßig, dabei hat sie von Grafikdesign keine Ahnung, sie ist nur gut in der Teamführung.

»Wenn sie jetzt mit einer neuen Deadline kommt …«, knurrt Javi neben mir, nicht grundlos. Das wäre genau ihr Stil.

»Wir haben fünf Minuten, um …«, beginnt sie streng. »Um aus dem Büro raus zu sein!«, ruft sie plötzlich begeistert. »Reingelegt! Dass *All-in* vorne mitspielt, stand schon lange fest. Zur Feier des Tages lädt der Chef uns alle ins *Escape* ein. Auf geht's!«

»Ins *Escape*?«, frage ich Ava. Ich lebe seit drei Jahren in New York und bilde mir ein, die Stadt zu kennen. Mit meiner Mitbewohnerin Giulia gehe ich mindestens einmal die Woche abends aus. Vom *Escape* höre ich heute zum ersten Mal.

»Das ist die teuerste Adresse der Stadt«, erklärt Ava, steht auf und zieht mich mit sich. »Beweg deinen Hintern. Dank Charlottes Ansprache haben die Texter einen Vorsprung. Die werden sich die besten Plätze sichern.«

»Komm ja schon!«, sage ich und klappere auf meinen High Heels los.

In Feierlaune setzt sich unsere Abteilung in Bewegung und blockiert auf dem Weg nach unten die Fahrstühle des Wolkenkratzers, in dem *All-in* seinen Sitz hat. Wenn die Kabine auf einer Etage hält, lässt man uns mit einem Lachen weiterfahren. Die Makler und Anwälte, die mit uns im Gebäude sind, kennen uns schon. Sie zeigen uns einen Vogel. *Aber wer ist gerade verrückter? Wir, die wir Feierabend haben? Oder sie, die noch arbeiten müssen?*

Unten angekommen schnappen wir nach Luft. In der Madison Avenue parkt eine ganze Flotte von schwarzen Limousinen. Ich zähle mindestens zehn Fahrzeuge. Es sind so viele, dass Leute stehen bleiben und Fotos machen. Könnten ja einem Prominenten gehören.

»Mit den besten Empfehlungen vom Boss«, informiert uns Charlotte und steuert die Limousine an der Spitze des Konvois an.

Das ist ein neues Level an Dekadenz für *All-in*, und ich dachte, ich hätte mit der Privatjacht, auf der wir letztes Jahr gefeiert haben, schon alles erlebt. Wenn ich das meiner Familie in England erzähle, halten sie die Amerikaner endgültig für übergeschnappt.

»Indy, du musst mit mir mitfahren«, sagt Ava und zieht mich zu der Limousine, die direkt am Eingang steht. Sie schiebt mich hinein, klettert mir nach, öffnet das Dachfenster, stellt sich auf den Sitz und ruft lauthals: »Wir sind die Könige der Welt.«

Lachend stelle ich mich hinter sie und lege meine Arme um sie. Sie streckt sie aus, und wir stehen wie Leonardo DiCaprio und Kate Winslet am Bug der Titanic, Königinnen für einen Abend.

Gott, ich liebe New York! Genau so habe ich es mir immer vorgestellt, als ich in meinem Jugendzimmer in Padstow, einem kleinen Küstenort in Cornwall, gesessen und meine Poster von den Metropolen der Welt angeschaut habe. Wolkenkratzer, eine Limousine und Menschen um mich herum, die so sind wie ich.

Im stockenden New Yorker Verkehr setzen wir uns in Richtung Finanzviertel in Bewegung, schreien unsere Freude den Leuten auf der Straße entgegen und erhalten – so typisch für New York – jede Menge Beifall und Jubel zurück. Erfolg ist hier nichts Negatives. Völlig Fremde freuen sich für dich. Je lauter wir jubeln, desto lauter werden sie. Denn wir haben es geschafft – und sie werden das auch.

Fehlt nur noch Mr. Big, denke ich. *Ein sexy selbstbewusster Kerl in einem maßgeschneiderten Anzug, für den du die Nummer eins bist.*

»Wir sind die Könige der Welt«, schreie auch ich übermütig, endgültig in New York angekommen. Ich lebe meinen Traum. *Wie viele Menschen können das schon von sich behaupten?*

***

»Nicht trödeln«, ruft Ava, als wir den Club erreichen.

Von außen deutet nichts darauf hin, dass wir uns vor der teuersten Adresse der Stadt befinden. Aber ich schätze, das ist so gewollt.

Wir zwängen uns durch eine rostige Metalltür, folgen einem nur spärlich beleuchteten Gang, und gerade als ich glaube, wir sind im falschen Gebäude gelandet, passieren wir ein Schild mit der Aufschrift GESCHLOSSENE GESELLSCHAFT. Die Chefetage muss die Location schon vor einer ganzen Weile gebucht haben, entweder um unseren Sieg oder eine vordere Platzierung im Ranking zu feiern. Gleich darauf erstreckt sich vor uns eine protzige, drei Etagen hohe Marmorhalle mit hochmodernen Aufzügen. *Oh wow! Es gibt einen Palast mitten in New York!*

Ein Portier hält eine Kabine für uns bereit, wünscht uns einen angenehmen Abend, wir steigen ein, und schon geht es ohne Zwischenstopp in vierzig Sekunden direkt vom Erdgeschoss in die 55. Etage.

»Kneif mich«, sage ich zu Ava, als sich die Fahrstuhltüren oben öffnen. Wir sind in einer anderen Welt, vielleicht auch einem anderen Universum.

Uns schlägt Clubmusik entgegen. Über dreißig Meter

erstreckt sich eine Bar. Spiegelwände machen es schwer, den Club zu überblicken. Ich entdecke kreisrunde Bühnen mit Boudoir-Tänzerinnen, ruhige Sitzecken mit eleganten Ledermöbeln und Luxus, Luxus und noch mal Luxus. Plus unsere Leute, die bereits den Club unsicher machen. Carrie sitzt auf den Schultern von Zane und tanzt mit Mai, die auf den Schultern von Alex sitzt. Zwei Texter spielen Kellner und tragen Gläser im Krebsgang auf ihren Bäuchen durch die Gegend – und die Party ist in vollem Gange. *Als wären wir seit fünf Stunden und nicht erst seit fünf Minuten hier.*

»Die Schonfrist ist vorbei. Heute bist du dran!«, ruft plötzlich jemand aus der Menge, packt mich am Arm und zieht mich mit sich. Ich ahne, wofür.

»Oh nein!«, keuche ich und stemme vergeblich meine High Heels in den Marmorboden. »Bitte, bitte nicht.«

Es ist zwecklos. »Indy, Indy, Indy!«, rufen immer mehr Leute, die mitbekommen haben, was los ist, und klatschen, johlen und pfeifen.

»Ja, auf zum Galgen!«, murmle ich trocken.

Sie bringen mich zu einer Bühne, die ich vom Aufzug aus nicht gesehen habe. Sie ist größer als all die anderen und bereits für das Lieblingsspiel der Agentur vorbereitet. Flaschendrehen. *Mist.*

Jeder Mitarbeiter bei *All-in* muss einen persönlichen Gegenstand in den Kreis legen. Alle Viertelstunde wird die Flasche gedreht. Das Paar, das ausgewählt wird, muss sich dann küssen. Ich kann Glück haben und jemanden wie Ava erwischen. Mit ihr würde ich herumknutschen. Ich kann aber auch unseren Agenturanwalt Henry bekommen, ein älterer Herr mit Halbglatze. *Urgs.*

»Los, leg was hin!«, sagt Elijah.

Ich überlege kurz und will dann meinen Jeansgürtel nehmen. Falls der im Laufe des Abends verloren geht, werde ich das verkraften. New York ist teuer, aber einen Gürtel kann ich mir noch leisten.

»Buh! Nicht dein Ernst!«, bremst er mich. »Abgelehnt!«

»Da liegen doch schon drei!«, verteidige ich meine Wahl, denn es gibt keine Regeln, was man hinlegen darf und was nicht.

»Und sie sehen deinem Gürtel zum Verwechseln ähnlich. Möchtest du mehrmals gezogen werden?«

»Bloß nicht!«, stöhne ich.

»Los, dein Shirt!«, ruft da jemand.

»Wollt ihr, dass ich euch mit meiner weißen englischen Haut zum Erblinden bringe?«

»Dann dein Höschen! Nach zwei Jahren Drücken ist das ja wohl das Mindeste.«

Heiliger Saint Piran, ich weiß, du und ich, wir haben keine besonders rühmliche Vergangenheit, aber jetzt könnte ich Hilfe gebrauchen!, beschwöre ich den Schutzpatron von Cornwall, der ja wohl einer Landestochter helfen sollte.

Ich bekomme keine Hilfe. *War ja klar!* Notgedrungen greife ich unter mein Shirt und befreie meinen BH. »Wie ist der?«, frage ich und schwinge den Spitzenstoff lasziv am Zeigefinger.

»Genehmigt«, ruft Elijah, schnappt sich das Teil und reiht es in den Kreis der Gegenstände ein, bevor ich es mir anders überlegen kann. *Auf dass ich den nachher wiederbekomme.* Ich besitze nicht so viele. *Und viel wichtiger: auf dass ich niemanden küssen muss.*

Mit einem mulmigen Gefühl im Magen hole ich mir einen Cocktail von der Bar und behalte die Bühne im Blick. Alle fünfzehn Minuten bleibt mein Herz stehen, wenn Elijah die Flasche dreht und ein neues Paar sich unter dem Jubel der versammelten Mannschaft küssen muss. Ich lache nicht. Denn das hätte ich sein können. Nur als Charlotte unseren Anwalt küssen muss, zupft ein Lächeln an meinen Lippen. Auf ihre Art passen beide zusammen.

Vielleicht erwischt es mich ja nicht, denke ich, als die nächste Runde ansteht. Ich sollte aufhören, die Bühne anzustarren, als würde mein Blick mich vor größerem Unheil bewahren. Alle feiern. *Los, du auch, Indy!*

Ich löse mich von der Bar und kriege mit, wie Elijah einen Lederschuh hochhält, als wäre er auf Gold gestoßen. Was für mich zählt: nicht mein BH. *Puh!* Ich will zu Ava, sie muss hier irgendwo sein. Seine nächsten Worte stoppen mich jedoch: »Unser nächster Kandidat ist Max Conrad höchstpersönlich. Los, Leute, gebt einen herzlichen Applaus für unseren Boss, der uns diese Party spendiert hat!«

Mit einem Schlag verändert sich die Atmosphäre im *Escape*. Alle drängen zur Bühne, weil jeder sehen will, was als Nächstes passiert. Es kommt nicht oft vor, dass die Führungsriege bei unseren Späßen mitmacht.

Ich recke mich auch, um einen Blick auf unseren Chef zu erhaschen. Obwohl ich seit drei Jahren in der Agentur arbeite, haben sich unsere Wege bisher nur ein Mal kurz im Vorbeigehen gekreuzt. Er sieht gut aus, hat dunkle, leicht wellige Haare, Gesichtszüge, die wie gemeißelt sind, und durchdringend blaue Augen, die – ich gebe es zu – mich nachts schon mit wilden Fantasien wach gehalten haben.

Ich klatsche mit den anderen und feuere Max an, zur Bühne zu kommen, als er sich eher zögerlich durch die Menge bewegt. Wie zu erwarten, trägt er Businesskleidung, allerdings lässig ohne Krawatte und Jackett. Er grinst über den Spaß, schüttelt aber gleichzeitig den Kopf. »Ich kenne euch. Das habt ihr doch gefakt!«

»Nein, das war Schicksal, Boss«, sagt Elijah und hebt die Hand wie für einen Schwur.

»Aber dann erdrehe ich meinen Partner«, legt Max einfach so fest mit dem Selbstbewusstsein von jemandem, der gewohnt ist zu kriegen, was er will, und schaut warnend zu Elijah. »Und wenn du es bist, nur mit Gummi, kapiert?«

Überrascht verschlucke ich mich an meinem Cocktail. Mir war gar nicht klar, dass der hotte Typ im Anzug auch Humor hat. *Uff, das macht ihn ja nur um weitere eine Million Prozent attraktiver.*

»Max, Max, Max!«, rufen alle, als er die Flasche zum Drehen bringt.

Ich dränge mich vor, um zu sehen, was passiert. Für eine Knutschshow mit Elijah würde ich glatt Geld hinlegen. *Das wäre heiß!*

Ich schaffe es nicht in die erste Reihe, da ertönt bereits Jubel. Max richtet sich auf und schwingt einen BH an seinem Finger. *Meinen BH.* »Wer von euch vermisst den hier?«

Oh nein! Sofort lege ich den Rückwärtsgang ein. *Nicht schnell genug.*

»Das ist Indys! Hier ist sie«, kreischt Ava begeistert hinter mir, packt mich an den Schultern und schiebt mich vorwärts. »Du Glückspilz«, flüstert sie mir ins Ohr.

Klar, wenn jemand vom Blitz getroffen wird, dann ich!

Die Menge teilt sich, Elijah zieht und Ava hievt mich auf die Bühne, und plötzlich stehe ich vor Max. Keinen Meter entfernt. Mein Herz beginnt zu rasen, ich bekomme feuchte Hände, und mein Mund wird staubtrocken. So aus der Nähe betrachtet sieht er noch besser aus, noch kräftiger, noch energischer, noch bossiger, und dank meiner High Heels ist er nur einen halben Kopf größer als ich. Perfekt für diese Aufgabe. *Hilfe!*

Dunkel erinnere ich mich, was ich über den Flurfunk zu diesem Mann aufgeschnappt habe. Er hat das Gleiche studiert wie ich, ist klug, ein gefragter Redner auf Kongressen und ein gern gesehener Gast bei Marketing-Summits. Durch seine Arbeit ist er unglaublich gut vernetzt, und zu seinen Freunden zählen der Bürgermeister von New York, die Führungsetage von New Yorks Top-Kanzleien und eine Showbiz-Clique. *Er ist perfekt.*

Und er ist dein Boss, Indy! Red Flag! Warnstufe: dunkelrot!

»Nur ein Kuss, dann kriege ich meinen Schuh zurück, ist das richtig?«, erkundigt sich Max bei Elijah, ohne mich bisher bemerkt zu haben.

Mein Kollege nickt.

»Na, dann wollen wir mal! Wer von euch Verrückten ist Indy?« Max dreht sich um, und in mir melden sich alte Unsicherheiten. Ich bin wieder Muffin, das pummlige Mädchen, das keinen Anschluss findet, auch wenn ich mittlerweile erwachsen bin und meinen weiblichen Körper mag. *Was, wenn er die Vorstellung, mich zu küssen, genauso abstoßend findet wie ich die, das mit unserem Anwalt zu tun?*

Da entdeckt er mich, und sein Blick wird intensiver. »Du?«, fragt er nur.

»Ich«, krächze ich und kann mich nicht rühren, weil mich seine dunkelblauen Augen gefangen nehmen. Sie sind stürmisch wie ein Gewitterhimmel, faszinierend und gefährlich zugleich.

»Küssen, küssen, küssen!«, stimmt die Menge einen Sprechchor an. Doch statt lauter nehme ich ihn immer leiser wahr, als würde sich über Max und mich eine Glocke legen, die uns vom Rest der Welt abschirmt. *Was passiert hier?*

Ohne mich aus den Augen zu lassen, umfasst Max mit beiden Händen mein Gesicht, als hätte er jedes Recht dazu, und jagt Blitze durch meinen Körper. Instinktiv greife ich nach seinen Händen, will sie von mir lösen, will mich von diesem Bann, unter dem ich stehe, befreien, doch warnend verstärkt er den Druck. *Versuch es gar nicht erst*, scheint er mir zu sagen. *Ich lass dich nicht entkommen.*

Mein Puls rast unter seinen Fingerspitzen. Ich habe nicht den Hauch einer Chance zu verbergen, was dieser Mann in mir auslöst, und es gefällt ihm. Begehren verdunkelt seinen Blick. *Begehren nach mir.*

Ich presse meine Lippen zu einer dünnen Linie zusammen, will den Kuss so kühl, kurz und knapp wie möglich halten. Er sieht es, und Ärger flammt in seinem Blick auf. Er zieht mich zu sich, kommt mir entgegen, und in dem Moment, als seine Lippen auf meine treffen, bricht er meinen Widerstand so mühelos, wie Schilf im Wind umknickt, und ich öffne mich ihm. Ich vergesse, wer wir sind und wo wir sind. Was eben noch ein Spiel war, wird ernst. Sein Mund fällt über meinen her, ich über seinen. Ich kann nicht aufhören, will es nicht, nie wieder. *Ich will nur eines: mehr!*

Max

Indy, sie heißt Indy, schießt mir durch den Kopf, als ich die Frau vor mir küsse. Ihr heißer Körper schmiegt sich an meinen, ihr Duft wirbelt zu mir, ihre Augen sind halb geschlossen, und eine Bitte steht in ihrem Blick. *Mehr!*

Fuck, Baby, sollst du haben! Ich ziehe sie noch näher an mich heran und vertiefe den Kuss, will mehr von ihr spüren, will, dass sie mehr von mir spürt. Unsere Lippen fallen übereinander her, unser Atem vermischt sich. Aber das reicht nicht. So was habe ich noch nie erlebt.

Weg hier, Conrad. Ich packe sie fester an der Taille und dirigiere sie durch die uns applaudierende Menge weg von der Bühne runter in eine ruhigere Ecke. Wer auch immer sie ist, was auch immer sie mit mir gemacht hat, ich will sie ohne Publikum. Nur für mich. *Jetzt sofort.*

»Dein Schuh, Boss«, ruft mir jemand nach.

Ist mir egal. Ich habe, was ich brauche. *Sie.*

Das *Escape* hat Separees. In eines davon stolpere ich mit ihr und dränge sie zum Sofa. Ihre Hände greifen in meine Haare, ihr Körper windet sich unter mir, lockt mich, mehr zu tun. Meine Hose wird immer enger, und ich hasse es, keine Kondome dabeizuhaben. Weil das hier nicht geplant war.

Fest greife ich in den Schritt ihrer Jeans, und sie stöhnt vor Verlangen, wird zu Wachs in meinen Händen. Ein Rock wäre mir lieber, aber so geht es auch. Der Stoff wird wärmer und feuchter. Ich kann ihre Hitze spüren und wie bereit sie ist. Wenn ich so weitermache, kommt sie. *Fuck, vielleicht sogar ich. Wie ein Teenager, der sich nicht unter Kontrolle hat.*

»Du bringst mich gleich um«, sage ich.

»Du mich zuerst«, seufzt sie.

Soll es das sein? Nur diese eine Nummer? Ich fahre ihr durch die Haare, streichle ihre Stirn, mag die Hitze zwischen uns, aber frage mich, wer diese Frau ist, dass sie mir mit einem Blick den Kopf verdreht hat, mit einem Kuss den Verstand geraubt hat, mit einer Berührung bewirkt hat, dass ich ihr die gesamte Welt zu Füßen legen will. Bis auf ihren Namen und dass sie einen verdammt heißen Body, volle Lippen, geheimnisvoll grüne Augen und eine sexy karamellfarbene Haarmähne hat, weiß ich nichts über sie.

»In welcher Abteilung sitzt du?«, frage ich. »Ich habe dich noch nie bei *All-in* gesehen.« *Nicht verwunderlich.* Am Standort in New York arbeiten fast zweihundert Leute, ich rede vor allem mit den Teamleitungen.

»Ich bin Grafikerin. Charlotte ist meine Chefin.« Sie deutet mit Gesten einen verschrobenen Haarschnitt an. »Ich bin mir sicher, du hattest schon mit ihr zu tun.«

Stimmt. Charlotte kenne ich. »In den Meetings mit ihr sind auch Leute aus eurer Abteilung. Ash zum Beispiel.« Seine Familie hat ein Kaffeeimperium, und er versorgt die Agentur zu Sonderpreisen mit Bohnen aus Guatemala. »Warum warst du noch nie dabei?«

»Einer muss doch den Laden am Laufen halten.«

»Und das bist du, wie?«

»Ja, eure Geheimwaffe«, beweist sie Humor und presst sich seufzend an meinen Schritt, weil sie nicht reden will, sondern dass wir weitermachen. »Nur dank mir und meinen perfekten Grafiken sind wir wieder auf Platz eins gelandet. Aber pssst …« Sie legt lächelnd ihren Finger auf meine Lippen, verzaubert mich weiter. »Verrat es niemandem. Sonst wäre die Party für alle anderen vorbei. Das wollen wir doch nicht.«

Humorvoll und selbstbewusst! Nice. Ich werde auf jeden Fall einen Blick in Indys Personalakte werfen und mir die Projekte ansehen, an denen sie beteiligt ist. *Später.* Ich schnappe nach ihrem Finger und muss sie wieder küssen.

»Oh, genug von mir erfahren?«, witzelt sie.

»Für den Moment, ja. Oder gibt es noch was, was du loswerden willst?«

»Ja, warte …« Sie spannt mich auf die Folter. »Ich will dich.«

Kann sie haben! Ich schiebe meine Hände unter ihrem Shirt höher und spiele mit ihren Brüsten, küsse sie. Sie stöhnt vor Lust und presst sich enger an mich. *Ja, Baby, ich weiß, du willst mehr.*

»Max!«, meldet sich da Owen, mein bester Freund und in der Agentur als Teil der Führungsriege für den Kundenservice zuständig. Ich ignoriere seine Gestalt in der Tür zum Separee. *Er sieht doch, dass ich beschäftigt bin.* »Boss!«, ruft er lauter.

Nervensäge! »Ja?«, blaffe ich, weiche ein Stück von Indy zurück und funkle ihn sauer an. »Ist der Bar der Alkohol ausgegangen?«

»Der Elf-Uhr-Call ist in der Leitung.«

»Huh?«, mache ich.

»Die Leute, die vielleicht den Etat ...« Er schaut zu Indy und verstummt, aber die Andeutung genügt mir, um das Blut von meinem Schwanz wieder in mein Hirn strömen zu lassen. Laut Gerüchten will Richard Preston, der CEO einer der größten Brauereien der Welt und unser wichtigster Kunde, zur Konkurrenz wechseln. Ein Eimer kaltes Wasser könnte mich kaum schneller ins Hier und Jetzt zurückkatapultieren.

»Komme«, sage ich, löse mich von Indy und grinse breit. »Bleib so, Baby! Ich brauche fünf Minuten, dann bin ich wieder bei dir.«

Sie fährt sich über das Gesicht, kommt ebenfalls zu sich, setzt sich auf und richtet ihre Sachen. »Max, ich weiß nicht, ob wir das hier –«

»Fünf Minuten«, wiederhole ich, stehe auf und schiebe mir mein Hemd zurück in die Hose.

»Ich finde, wir –«

»Ja, in fünf Minuten«, betone ich noch mal, hasse es, sie so abzukanzeln, aber Job ist Job. Ich bin nun mal der Kopf von *All-in*.

In nur einem Schuh humple ich auf die schwach beleuchtete, aber ruhigere Dachterrasse und streiche mir die Haare glatt. Owen schiebt mir den Laptop zu, auf dem der Call bereits gestartet ist.

»Hallo, Richard«, melde ich mich gut gelaunt. »Wir freuen uns alle auf die nächsten Projekte.«

»Was das angeht, Max ...«

Das Gespräch killt meine Stimmung mit einem Schlag. Richard und seine neue Marketingleiterin Claire loben unsere Arbeit, und je länger sie das tun, desto heftiger drückt mein Magen. Die Gesprächsführung ist ein Klassiker: Schlechte Nachrichten überbringt man am besten, indem man mit guten anfängt.

»Zur Sache, Richard«, sage ich ungeduldig.

Prompt lässt er die Bombe platzen. *All-in* erhält ab dem nächsten Jahr nur noch einen Bruchteil des aktuellen Budgets, den Teil für die Messeauftritte. Ein armseliger Trostpreis. Statt eines Etats von 800 Millionen Dollar bleiben uns fünf. *FÜNF!*

Ich klicke durch die bisherigen Projekte, die wir erledigt haben, und versuche, den Verlust klein zu halten. »Was ist mit Onlinewerbung, Richard?«

»Dafür wechseln wir zu einer reinen Internetagentur.«

Bemüht cool blende ich den Bereich in meiner Budgetliste aus. »Und das Content Management? Unsere Betreuung der Social-Media-Kanäle hat die Bekanntheit eurer Marke nachweislich gesteigert.« *Um unglaubliche fünfundzwanzig Prozent in nur einem Jahr! Das kann er doch nicht einfach ignorieren.*

»Das stimmt, Max«, sagt Claire Bennett, die neue Marketingleitung, der wir diese Veränderung sehr sicher zu verdanken haben. In Brancheninterviews ruft sie seit Jahren das Ende von Full-Service-Agenturen wie *All-in* aus. »Aber auch diesen Etat geben wir ab Herbst an Leute, die auf die sozialen Medien spezialisiert sind. Die Zeiten ändern sich.«

»Das tun sie wohl«, murmle ich. *Nur nicht unbedingt zum Guten.* »Wie geht es jetzt weiter?«

»Kannst du uns ein erstes Konzept für unseren Auftritt auf der Biomesse in Philadelphia bis Ende der Woche vorstellen?«, fragt sie. »Owen hat bereits das Briefing erhalten.«

Ich tausche einen Blick mit ihm, und er nickt. »Ja, kriegen wir hin«, sage ich. »Ihr bekommt die Präsentation und die ersten Entwürfe pünktlich.« *Wie immer.* All-in *hat noch nie eine Deadline gerissen.*

»Danke, Max.«

Du mich auch!

Ich fluche lautstark, als der Call beendet ist, und sehe zu Owen. Mit diesem Kunden verlieren wir ein riesiges Budget. Ich schätze, aktuell hat etwa jeder zehnte Mitarbeiter deren Aufträge bearbeitet. Ihre neue Strategie wird bei uns für Veränderungen sorgen. So ist die Branche. *Eine kleine Vorwarnung wäre nach fünf Jahren Zusammenarbeit allerdings angebracht gewesen!*

»Wir kriegen das abgefedert«, sagt Owen und klopft mir auf die Schulter.

»Werden wir sehen«, antworte ich pessimistisch und starre auf den winzigen Bereich, der uns bleibt. Wahrscheinlich können wir die Hälfte mit Neukunden ausgleichen, aber das volle Budget? Nicht sehr realistisch. Ein paar Monate können wir weitermachen wie bisher, aber dann brauchen wir entweder mehr Aufträge oder wir müssen Einsparungen vornehmen. So oder so wird sich einiges bei *All-in* ändern. Nur Bereiche wie die IT, der Einkauf und Teile der Rechtsabteilung sind nicht betroffen. Hier erhalten wir Unterstützung von *TFA* aus Melbourne.

Owen klappt den Laptop zu.

»Hey, was soll das denn?«, beschwere ich mich.

»Du siehst aus, als wäre jemand gestorben. Kannst du dich bitte mal zusammenreißen? Ja, wir verlieren einen Kunden, trotzdem haben wir gerade was zu feiern.«

»Du hast recht«, sage ich und sehe nach drinnen.

An der Bar und in den Lounges ist der Teufel los. Es wird auf Tischen getanzt, und das Flaschendrehen hat weitere Opfer gefordert. Unfreiwillig muss ich lachen. Ja, vielleicht kommen harte Zeiten auf uns zu, aber ich liebe meinen Job. In keiner anderen Branche kommen so unterschiedliche Leute zusammen, und in keiner anderen Branche geht es so verrückt zu wie in der Werbung. Außerdem ist da Indy. Die sexy Geheimwaffe von *All-in*.

»Entschuldige mich«, sage ich zu Owen und lasse ihn stehen.

»Viel Spaß«, ruft er mir nach, als ich die Dachterrasse verlasse, weil er weiß, was ich vorhabe.

Ich sammle endlich meinen zweiten Schuh ein, ehe der wieder beim Flaschendrehen gezogen wird, und steuere die Separees an.

»Das Warten hat ein Ende«, sage ich, als ich den abgeschirmten Bereich betrete – und stutze. Indy ist nicht da. *Bin ich im falschen Raum gelandet?*

Nein, ich entdecke ihren BH auf dem Boden. Das Kleidungsstück, das uns zusammengebracht hat. *Das hier war der richtige. Wo steckt sie?* Ich hebe den BH auf, verlasse das Separee und suche die Menge nach ihrem karamellfarbenen Haarschopf ab.

»Hat jemand Indy gesehen?«, rufe ich.

Die Leute sind völlig überdreht. Javi, der handwerklich begabt ist, verlegt von der Zapfanlage an der Bar mit Strohhalmen Leitungen durch den gesamten Club, und zwei Texter üben sich in Rollenspielen. Der eine ist ein Hund, der andere der Besitzer. Es sollte verstörend sein, aber das ist tatsächlich nicht das Schrägste, was ich je auf solchen Feiern erlebt habe.

Ich entdecke Elijah, den Spaßvogel vom Flaschendrehen.

»Hey!«, spreche ich ihn an. »Weißt du, wo Indy ist?«

»Wer?«, lallt er und will sich abwenden.

Ich packe ihn am Arm und schwenke den BH. »Ich suche die Frau, der das gehört! Hast du sie gesehen?«

»Ist ja wie bei Aschenputtel. Was bekommt die Glückliche, der das Teil passt? Eine Gehaltserhöhung?« Er schmeißt sich weg vor Lachen über seinen eigenen Witz.

»Ha, ha«, knurre ich humorlos und schüttle ihn. »Jetzt bitte im Ernst.«

»Frag mal die dort drüben«, sagt er und zeigt zu drei Frauen, die ihre Oberteile hochgebunden haben und bauchfrei herumlaufen. Keine von ihnen ist Indy. *Die reinste Zeitverschwendung!*

Ich wende mich ab, da legt sich ein schlanker Frauenarm um mich. »Indy ist gegangen«, sagt eine Frau und schnappt sich den BH. »Den gebe ich ihr zurück, besten Dank, Schnuckelchen.« Mit einem Klaps auf meinen Hintern löst sie sich von mir und wankt weiter. *Das trauen sich die Leute auch nur auf solchen Partys.*

»Wie, sie ist gegangen?!«, rufe ich ihr nach.

»Macht man auf zwei Beinen«, antwortet sie mir und zeigt mir einen Vogel, als wäre ich hier der Durchgeknallte von uns beiden, weil ich das nicht weiß.

Fuck, was soll das? Ich war keine fünf Minuten weg. Warum ist sie gegangen? Das ist irgendwie das Motto des Abends. Während alle feiern, wird mir weggenommen, was mir wichtig ist. Erst der Etat, jetzt sie. Wie gut, dass wir in derselben Firma arbeiten …

***

Indy hat nicht gelogen, sie arbeitet für *All-in*, seit drei Jahren, wie mir ihre Personalakte verrät, mit einem Arbeitsvisum aus England. Und es war keine Über-, sondern sogar eher eine Untertreibung, dass sie für den Erfolg der Agentur verantwortlich ist. Jedes unserer Top-Projekte ist über ihren Schreibtisch gegangen. Sie liefert unglaublich gute Arbeit ab. Als jemand, der selbst ursprünglich als Grafikdesigner angefangen hat, kann ich das beurteilen.

»Hi, hab dich gestern vermisst«, sage ich, als ich am nächsten Morgen der Grafik einen Besuch abstatte und sie, noch als Einzige aus ihrer Abteilung, an ihrem Schreibtisch antreffe. Mit Kopfhörern um den Hals gelegt, die sie sich später, wenn alle da sind, bestimmt aufsetzen wird. Das machen viele, um sich zu konzentrieren. »Wir hatten ... ein Gespräch, das ich gerne fortsetzen würde«, formuliere ich vorsichtig, falls jemand zufällig vorbeikommt und uns hört.

»Klar, worum geht es, Boss?« Ohne mich anzusehen, öffnet sie die Projekttabelle der Agentur, ganz die strebsame Mitarbeiterin. »Um die Möbelkampagne? Den Webauftritt für die Versicherung? Das neue Bio-Bier?«

Was soll der Mist? Warum redet sie von der Arbeit? »Es geht um den Kuss«, sage ich. *Der beste des Universums.*

Ihr Blick schnellt zu mir, erschrocken, alarmiert – und voller Sehnsucht. *Aha, doch nicht so cool, wie?* Beinahe verpasse ich, was sie sagt: »Bitte geh. Was gestern passiert ist, wird sich nicht wiederholen.«

»Warum nicht?« Die Luft brennt schon wieder zwischen uns. Sie will mich mindestens so heftig wie ich sie.

Ihre Antwort verpasst mir einen Dämpfer. »Es war nur

ein Spiel.« Ihr Blick wird verräterisch traurig. »Ein dummes, dummes Spiel, das außer Kontrolle geraten ist.«

»Hat sich für mich nicht so angefühlt. Und ich denke, auch nicht für dich.«

»Tut mir leid, aber mehr als gestern wird nicht zwischen uns laufen.«

»Warum denn? Ist was passiert?«

»Es geht nicht, Max, und jetzt würde ich gerne weiterarbeiten. Ich habe viel zu tun.«

Glaubt sie wirklich, ich lasse es einfach so auf sich beruhen?

Normalerweise kreuzen sich unsere Wege nicht, aber die nächsten Wochen nutze ich jede sich bietende Gelegenheit, Indy über den Weg zu laufen. Ich halte mehr Meetings auf ihrer Etage ab, ich klinke mich stärker in Projekte des Grafikteams ein. *Rede mit mir, Baby!* Sie redet nicht mit mir, sondern behandelt mich wie Luft. Oder schlimmer: wie eine Gefahrenzone, der man weiträumig ausweichen muss. *Fuck!*

Nach vier Wochen teilen wir uns zufällig einen Fahrstuhl. Nur wir zwei. Sie und ich. Ich muss sie einfach noch mal ansprechen. Das ist die beste Gelegenheit, um ungestört mit ihr zu reden, meine erste seit dem Gespräch nach der Feier und vielleicht meine letzte.

»War ich zu forsch auf der Party?«, frage ich. »Denn so bin ich normalerweise nicht. Gib mir eine Chance, dir das zu beweisen, Indy.«

Ich mache sie nervös, das kann ich sehen, aber statt zu antworten, drückt sie hektisch auf den Knopf für das Erdgeschoss, als würden wir damit schneller ankommen. Als auf anderen Etagen Leute zusteigen, lässt sie zu, dass sie sich zwischen uns drängen, und geht wieder auf Abstand.

Mit einem Seufzen fahre ich mir über das Gesicht. *Was tust du hier, Conrad? Das grenzt an Belästigung. Fehlt nicht viel, und sie kann sich bei der* TFA Group *über dich beschweren. Ja, dir gehört* All-in, *aber um Teil der Agenturgruppe zu sein und von ihrem Netzwerk zu profitieren, hast du dich verpflichtet, dich an gewisse Regeln zu halten. Tust du das nicht, kicken die Leute vom Hauptsitz in Melbourne* All-in *aus dem Netzwerk raus. Das ist das Letzte, was du in der jetzigen Situation gebrauchen kannst. Indy hat Nein gesagt. Warum auch immer. Hör auf, dich wie ein Kind zu benehmen, das so lange nervt, bis es den Bonbon bekommt.*

Als Indy im Erdgeschoss aussteigt, ist mein erster Impuls, ihr zu folgen. Aber ich halte mich zurück und fahre weiter in die Tiefgarage, wo mein Wagen parkt. Ich habe das Gefühl, es ist ein Fehler, ihre Entscheidung zu akzeptieren, alles in mir protestiert, aber ich habe keine Wahl. *Fuck, das war's.*

KAPITEL
1

Indy

Heute

Mir wird schlecht. Ich springe von meinem Bürostuhl auf und bin sehr dankbar, dass ich mittlerweile so wie jeder in der Agentur nur noch Sneaker trage. In meinen High Heels wäre ich zu langsam. Ich hetze an Ava und Elijah vorbei, die jetzt, kurz nach zehn Uhr abends, an den wenigen noch besetzten Schreibtischen arbeiten, um ihre Deadlines zu schaffen, stürme auf die Toilette und übergebe mich.

Vor meinem inneren Auge tauchen die Belegexemplare auf, die mir ein Kurier gerade gebracht hat. Es handelt sich um Broschüren, Fußbodenstopper und Wandhänger, die *All-in* für eine der größten Supermarktketten des Landes gestaltet hat. Die *ich* gestaltet habe.

Gerade als sich mein Magen beruhigt hat, überkommt mich eine weitere Welle, bei der mir heiß und kalt wird. Weil das *übel* ist, *richtig* übel. Erst recht in einer Situation wie der aktuellen, wenn schon schlechte Witze zur Entlassung führen können. Alles fing damit an, dass einer unserer Großkunden vor zwei Jahren fast sämtliche Aufträge abgezogen hat. Aufgrund der angespannten Wirtschaftslage folgten weitere Unternehmen. Durch Neukunden blieb *All-in* lange das Schlimmste erspart. Vor einem Jahr kam es jedoch zur ersten Kündigungswelle, und seitdem werden immer wieder Stellen abgebaut. Ich darf nicht die Nächste sein, die dran glauben muss.

Ich schaffe es von der Toilette zu den Waschbecken und muss mich am Rand festklammern, weil meine Beine gefährlich weich sind.

Anstelle des finalen Designs, das vom Vorstand von *Foodie* abgesegnet wurde, befindet sich im Artwork, das ich für die Supermarktkette gestaltet habe, ein Platzhalter, eine Grafik, die ich bei ersten Entwürfen verwende und die ich immer austausche, bevor ich Daten fertigstelle. *Die ich hundertprozentig ausgetauscht habe!*

Jetzt ist die Grafik auf Tausenden von Plakaten für die neue Kampagne. *Heiliger Saint Piran*, flehe ich den Schutzpatron von Cornwall an. *Bitte mach, dass nicht ich es verbockt habe. Bitte, bitte, bitte.*

Ich schütte mir kaltes Wasser ins Gesicht und betrachte mich im Spiegel.

Meine blasse englische Haut, über die sich alle bei *All-in* ständig lustig machen, ist noch heller als sonst. Ich bin mir fast sicher, dass, wenn mich jetzt jemand erschießen würde, ich nicht bluten würde. Das einzige bisschen Farbe in meinem Gesicht kommt von meinen grünen Augen und einem knallroten Lippenstift. *Scandal Red.* Ansonsten sehe ich aus wie immer. Meine braune Haarmähne ist zu einem hohen Pferdeschwanz gebunden. Ein paar Strähnen haben sich gelöst und umrahmen mein Gesicht. Ich trage ein einfaches Outfit, nur Jeans und ein Shirt. Durch stylischen Schmuck sieht es modern aus. Das bin ich, Indy Fallon, die beste Grafikdesignerin bei *All-in*. Ich kenne jeden Trick in der Bildbearbeitung, habe ein Talent dafür, die Kernbotschaften einer Kampagne plakativ darzustellen, und ich bin gründlich. Mir passieren keine Fehler, schon gar nicht solche. Und schon gar nicht jetzt, wenn die halbe Belegschaft ihre Koffer packen muss – und das wegen weit weniger schwerwiegender Vergehen.

Ich, die Geheimwaffe, war sicher.

Ich, die Geheimwaffe, bin am Arsch. Absolut am Arsch.

Es sei denn, du hast keinen Fehler gemacht, sage ich mir. Keine Ahnung, wie die alten Daten zu den Druckereien gekommen sind, aber das muss nicht mir passiert sein.

Meine Nerven beruhigen sich etwas. Das ist eine wirklich gute Erklärung. *Wirklich, wirklich gut*, wiederhole ich im Stillen, sammle mich und verlasse die Toiletten.

»Alles okay?«, fragt mich Ava, ohne aufzuschauen, als ich zurückkomme. Sie schiebt Elemente auf einer Gutscheinkarte hin und her, die ein Kunde überarbeitet haben will. Bis morgen brauchen wir zehn Entwürfe. Für eine Karte, bei der sich keine Informationen ändern und die Hintergrundfarbe gleich bleibt. Ava hat erst sieben.

»Ja, alles bestens«, murmle ich und steuere meinen Platz an. *Fühle mich so gut wie auf einem Minenfeld ausgesetzt!* Die Übelkeit nimmt wieder zu, als ich das Paket mit den Belegexemplaren erblicke. Der Fehler starrt mich förmlich an. Ich schwöre, selbst aus drei Metern Entfernung sehe ich ihn. Er winkt! *Huhu, danke, dass ich als Platzhalter auch mal meinen großen Auftritt haben darf.*

Klar doch, gern geschehen.

Aufgewühlt setze ich mich an meinen Schreibtisch und

öffne den Ordner mit den finalen Daten. Obwohl ich weiß, dass sie richtig sind, rufe ich jede einzelne Datei auf und prüfe sie. *Ja, dort ist es, das perfekte fertige Design.* Mit den eigens für die Kampagne geshooteten Models, nicht einer Platzhalter-Frau, über deren Kopf ein großer Kreis klebt mit der Aufschrift: ›Ich bin das Super-Duper-Model!‹ *So weit, so gut.* Mit zittrigen Fingern logge ich mich auf dem Server des Kunden ein, auf den ich die Daten hochgeladen habe. Ich lese die Dateinamen, und mir wird erneut schlecht. *Was habe ich getan?*

Nur zur Sicherheit öffne ich die Dateien und hoffe auf ein Wunder. Ich kriege keines. Der Fehler ist überall. *Ü-ber-all! Und winkt. Huhu, Indy. Hier bin ich. Und hier auch. Und hier ebenfalls.*

Schockiert drehe ich mich zu den Belegexemplaren, die der Kurier gebracht hat. Charlotte, meine Chefin, wird sie sehen wollen.

Als könnte ich meinen Fehler irgendwie aus der Welt räumen, schnappe ich mir das Corpus Delicti und entsorge es. Aus den Augen, aus dem Sinn. Nicht die feine englische Art, aber verdammt, nach fünf Jahren in New York bin ich quasi Amerikanerin. Und die sind hands-on, sprich, die packen an, sind richtige Macher, laufen nicht vor Problemen davon. *Gefahr erkannt, Gefahr gebannt.*

Die Erleichterung währt nur kurz. Zurück an meinem Schreibtisch sehe ich, dass mein E-Mail-Postfach explodiert. Die Leute bei *Foodie* haben den Fehler bemerkt. *Mist, daran hätte ich denken müssen. Sie sitzen in Kalifornien und haben, anders als wir in New York, noch drei Stunden mehr, um Himmel und Hölle in Bewegung zu setzen, damit* All-in *Schadensbegrenzung betreibt.*

Mit Entsetzen bemerke ich, dass in allen E-Mails der Geschäftsleitung erst meine Chefin und dann sogar Max Conrad, der Agenturchef, in Kopie stehen. Mir wird ganz anders, als ich an den Mann denke, der vor zwei Jahren meine Welt auf den Kopf gestellt hat – und dem ich seitdem aus dem Weg gegangen bin. War ja so klar, dass immer, wenn man denkt, es kann nicht schlimmer werden, einem das Universum das Gegenteil beweist.

Zig Nachrichten gehen zwischen *Foodie* und Max hin und her. Plötzlich bricht der Mailverkehr ab. Aber das ist kein Grund zum Aufatmen. Ich rufe die letzte Nachricht auf. Der Chef von *Foodie* listet den Schaden auf. Max' Antwort sehe ich nicht mehr. Als wäre ich aus dem Verteiler geflogen. Stattdessen erhalte ich eine Mail. Von Max höchstpersönlich.

Von: Max Conrad
An: Indy Fallon
Betreff: FW:RE:RE: Foodie

Lad die richtigen Daten hoch und komm danach in mein Büro!

Kein ›Hallo‹ und kein ›Viele Grüße‹. *Das ist nicht gut. Er wird dich feuern! Er wird dich feuern! Er wird dich feuern!*, ruft alles in mir panisch.

Nervös lösche ich die falschen Dateien aus dem Ordner und lade die richtigen hoch. Meine Hände zittern wie verrückt. An mir ist keine Bombenentschärferin verloren gegangen. Es dauert einen Moment, da die Druckdaten mehrere Gigabyte umfassen. Als alles online ist, überprüfe ich jede einzelne Datei noch mal. Nachdem ich das getan habe, tue ich es noch mal. Und dann noch mal. *Alles stimmt.*

Von: Indy Fallon
An: Max Conrad
Betreff: RE:FW:FW:RE:RE: Foodie

Hallo Max,
die Daten sind hochgeladen.
Viele Grüße
Indy

Das reicht nicht.

Von: Indy Fallon
An: Max Conrad
Betreff: FW:RE:FW:FW:RE:RE: Foodie

Es tut mir wirklich leid, Max.

Von: Max Conrad
An: Indy Fallon
Betreff: RE:FW:RE:FW:FW:RE:RE: Foodie

In mein Büro!

Ich atme tief durch und rede mir ein, dass das ein ganz normaler Termin wird. *Klar, Indy, beim Chef der Firma, kurz nach zehn Uhr nachts. So normal wie Schnee im Hochsommer.*

Mein Herz rast, denn der Termin ist außerdem bei dem Mann, den ich … *Stopp! Du denkst jetzt auf keinen Fall an den besten Kuss deines Lebens. An dieses Gefühl, in diesen sturmblauen Augen zu versinken. An den Tag, an dem du den größten*

Fehler deines Lebens gemacht und dich auf diesen Mann eingelassen hast.

Zu spät! Meine Haut kribbelt, mein Körper brennt. *Nicht die besten Voraussetzungen für diesen Termin.*

Ich sperre meinen Computerbildschirm, nehme mein Tablet und mache mich auf den Weg in die Chefetage, als wäre es ein ganz normales Meeting. *Weil ich ja auch jeden Tag über glühende Kohlen laufe!*

»Kannst du noch über die Gutscheinkarten schauen?«, fragt mich Ava, als ich mich ihr nähere.

Kann ich eigentlich nicht, denn Max erwartet mich, aber ich hatte ihr versprochen, ihr zu helfen. Das Letzte, was ich will, ist, dass sie bei der nächsten Kündigungswelle dabei ist.

»Sicher«, sage ich und gehe zu ihr an den Schreibtisch.

»Bin fertig und weg«, meldet sich Elijah da und macht Feierabend. »Bis morgen, ihr Süßen!«

»Bis morgen«, rufen Ava und ich, dabei frage ich mich, ob es für mich ein Morgen in der Firma gibt. »Zeig mal, was du hast«, sage ich zu Ava und ignoriere mein unmittelbar bevorstehendes Ende.

Sie ruft ihre Entwürfe auf. Es sind zwanzig, aber nur acht davon sind brauchbar. Der Rest wiederholt sich.

»Zwei müssen sich noch stärker voneinander unterscheiden. Aber geh ruhig«, sage ich. »Ich erledige das nachher. Ich bin noch eine Weile hier.«

»Du hast einen Termin? Mit wem?«

»Mit einem Kunden von der Westküste«, lüge ich, dabei ist es nur Max.

»Du Arme. Ich kann auch bleiben und dir helfen.«

Und meinem Untergang beiwohnen? »Nein, geh. Das ist okay.«

»Dann danke.«

Obwohl ich nicht extra darauf warte, dass sie ihre Sachen packt, ist sie keine drei Sekunden später mit mir am Fahrstuhl. Als die Kabine hält, lasse ich Ava vor mir einsteigen und nach unten fahren, auch wenn ich dadurch noch später bei Max erscheine. Darauf kommt es nun auch nicht mehr an. *Er kann mir den Kopf ja nicht zweimal abreißen.*

Max hat sein Büro eine Etage höher zusammen mit dem Rest der Führungsriege. Ich nehme den nächsten Aufzug und spüre, wie meine Hände mit jeder Sekunde mein Tablet fester umklammern. Noch etwas mehr, und ich habe nicht nur die falschen Daten hochgeladen, sondern auch Firmeneigentum zerstört.

Als der Fahrstuhl mit einem Pling anhält, zucke ich zusammen, als wäre ein Schuss gefallen. Aber noch laufe ich aufrecht, ich bin nicht getroffen. Ich verlasse die Kabine und schaue mich suchend um. Auf dieser Etage bin ich zum ersten Mal. Mein Einstellungsgespräch und sämtliche Meetings haben bisher auf meinem Stockwerk stattgefunden. Wir haben moderne Großraumbüros mit verglasten Konferenzräumen, alles sehr offen und hell. Hier sind klassische Geschäftsräume mit Fluren und Einzelbüros. *Ziemlich einschüchternd.*

»Hier hinten!«, kommt ein Knurren von rechts. Ich wende mich der Stimme zu, biege um die Ecke und entdecke Licht, das durch eine angelehnte Tür in den Gang fällt.

Völlig unpassend denke ich an einen Spruch von einem meiner Professoren. ›Licht am Ende des Tunnels ist gut.

Es könnte aber auch der Gegenverkehr sein.‹ *Autsch, wie passend.*

Wie nach einem Sprint atme ich schwer, als ich Max' Büro erreiche. Ich schiebe die Tür auf und halte inne, als ich ihn an seinem Schreibtisch sitzen sehe. Obwohl es spät ist, wirkt er so fit wie eh und je. Während in der Agentur viele Leute lässig herumlaufen, trägt er einen Anzug, ein weißes Hemd und eine Krawatte. Sein Gesicht hat einen Bartschatten, der ihm unheimlich gut steht. Was mich allerdings völlig unerwartet wie damals catcht, sind seine Augen. Augen, die ich nie wieder vergessen werde. Dunkelblau wie ein Gewitterhimmel.

»Schließ die Tür«, knurrt er.

Ich kann mich nicht rühren. Es ist das erste Mal seit zwei Jahren, dass ich seine Stimme höre, und sie verwandelt meine Beine in Gummi.

»Kannst du das etwa auch nicht?«, blafft er untypisch heftig. »Schließ die verdammte Tür, Indy.«

Mit aller Macht reiße ich mich zusammen und tue, was er verlangt. Ich will gerade etwas sagen – mich entschuldigen, einen Witz reißen, um Gnade flehen –, als sein Telefon klingelt und er den Finger hebt zum Zeichen, dass ich still sein soll.

Überambitioniert halte ich nicht nur den Mund, sondern stelle für einen Augenblick auch das Atmen ein. *Als bräuchte ich nicht jedes Sauerstoffmolekül, das ich kriegen kann!*

»Ja, Mr. Whitemark, die neuen Daten sind hochgeladen«, sagt Max und durchbohrt mich, während er spricht, mit seinen Blicken. »Ich habe einen Freund angerufen, der sofort mit dem Nachdruck beginnen kann … Wir sorgen dafür, dass Ihre Filialen bestens ausgestattet in den Aktionstag starten können ... Natürlich schaffen wir das bis morgen ... Freut mich, auf Wiedersehen.«

Er legt auf, wirft sein Handy auf den Tisch und mustert mich weiter. Eine Minute, noch eine ... Bis ich vergesse, warum ich hier bin und nur daran denken kann, wie es war, als ich das letzte Mal in diese dunkelblauen Augen geschaut habe.

»Danke für das Hochladen der richtigen Dateien«, sagt er schließlich emotionslos, ganz anders, als er damals mit mir gesprochen hat. *Als hätte er vergessen, wer ich bin.* »Bist du für den Fehler verantwortlich oder war das jemand anderes?«

Das ist mein Ausweg. Ich könnte jemanden beschuldigen, der bereits aus Kostengründen entlassen wurde. Genug Kandidaten gäbe es. Vielleicht käme ich sogar damit durch. Aber nachher wird demjenigen wegen meines Fehlers seine Abfindung gestrichen, oder er wird zusätzlich zur Entlassung noch auf Schadensersatz verklagt. *Zu riskant.*

»Hast du verlernt zu reden?« In Max' Gesicht zuckt ein Muskel, als würde er ein Gefühl unterdrücken. »Das würde einiges erklären.«

Er hat nicht vergessen, wer ich bin – und statt besser macht es meine Situation schlimmer. *Mist.* »Ich kann reden«, sage ich überraschend gefasst und finde einen Teil meiner inneren Stärke. »Mit amerikanischem oder englischem Akzent, ganz wie du magst!«

»Entzückend! Dann mal los. War das dein Fehler?«

»Ja, war es«, sage ich normal, obwohl ich mich schon wieder übergeben könnte.

»Geht doch«, sagt er. »Indy Fallon, du bist hiermit gefeuert.« Als wäre damit alles gesagt, wendet Max sich wieder seinem Computer zu und arbeitet weiter. Im Vergleich zu ihm ist der Nordpol so heiß wie Hawaii.

Los, geh, Indy, bevor du dir Frostbeulen holst.

Aber ich gehe nicht, denn dieser Job ist so viel mehr für mich als nur eine Anstellung. Wenn ich ihn verliere, verliere ich alles, wofür ich gearbeitet habe und meine Aufenthaltserlaubnis in den Staaten. »Es tut mir leid, Max. Können wir darüber noch mal reden?«

Er ignoriert mich. So wie ich ihn vor zwei Jahren. *Als wäre mir das damals leichtgefallen!*

Tränen steigen mir in die Augen. *Mist, du kannst später heulen, Indy.* Mir ist egal, was mal zwischen uns war. Ich brauche den Job. Daran hängt mein Arbeitsvisum. Wenn ich das verliere, muss ich zurück nach Großbritannien. Zurück in ein Leben, das schon früher nicht zu mir gepasst hat, jetzt erst recht nicht.

»Bitte, Max. Tu das nicht. Es war ein Fehler. Mein erster überhaupt. Das kann doch jedem mal passieren.«

Mit einem genervten Seufzen schaut er wieder zu mir, als wäre ich ein Pickel am Hintern, der nicht verschwinden will. »Das stimmt, doch das heißt nicht, dass er keine Konsequenzen hat.«

»Aber du konntest ihn abfedern!«

»Weil mir Leute einen Gefallen schulden. Ich kann es nicht noch deutlicher sagen: geh. Jetzt.« Er wendet sich wieder dem Bildschirm zu und murmelt: »Das kannst du doch so gut.«

Ein Stich durchfährt mich. *Nimmt er mir noch immer übel, was vor zwei Jahren passiert ist?* Aber ich kann Max auch falsch verstanden haben. Was ich jedoch richtig verstehe, ist, dass mein Leben in New York zu Ende ist, wenn ich ihn nicht umstimmen kann. »Bitte, gib mir eine zweite Chance, ich tue auch alles, was du willst.«

Max

Ihr Angebot, um den Job zu behalten, klingelt in meinen Ohren. *Das hast du nicht gehört, Conrad.*

Seit zwei Jahren geht es mit *All-in* bergab. Erst ist die Brauerei abgesprungen, dann hat uns – wie viele andere auch – die weltweite Wirtschaftskrise getroffen. Unsere Auftragslage ist immer schlechter geworden, weil Unternehmen aus Kostengründen alte Kampagnen fortgeführt haben, statt neue zu starten. Viele lassen ihre Werbemittel außerdem momentan von der eigenen Marketingabteilung statt von Profis erstellen. Owen hatte nicht recht behalten, wir konnten den Verlust nur zum Teil abfedern. Guter Ruf hin oder her, so ist die Branche. Ich habe mich lange dagegen gewehrt, aber seit einem Jahr kündigen wir massiv Leute.

Indy war bisher safe. Sehr zu meinem Missvergnügen, denn Gott weiß, was ich dafür geben würde, damit diese Frau aus meinem Dunstkreis verschwindet. Ihr Name auf meiner Gehaltsliste erinnert mich monatlich an die heftigste Abfuhr, die ich je von einer Frau erhalten habe, und daran, dass das alles trotzdem ein Fehler war. Ich wünschte, ich könnte das Gefühl abschütteln, aber es will einfach nicht gehen. Also sollte sie gehen. Aber dafür gab es keinen Grund. Bis jetzt! Bis die Beschwerde von *Foodie* kam. Auch wenn es eine schlechte Nachricht war, für mich war das der erste Lichtblick seit Monaten. Glück im Unglück, wie man so schön sagt. Meine Chance, Indy loszuwerden.

Das weiße Shirt sitzt so eng, dass ich ihre Nippel sehen kann. *Nicht gut*. Sie kaut auf ihrer Unterlippe herum und ruiniert sich ihren roten Lippenstift. *Das will ich machen*. Ihre grünen Augen funkeln intensiv. Sie ist noch genauso heiß wie damals. Genauso verführerisch. Genauso gefährlich für einen Mann. Also muss sie weg, bevor ich was Dummes tue und sie wieder an mich heranlasse.

»Hörst du schlecht? Raus, oder ich rufe den Sicherheitsdienst«, blaffe ich, viel zu heftig, aber das hier ist ein Notfall.

»Bitte, ich brauche den Job«, sagt sie.

»Na, welch Überraschung! Und ich dachte, man geht arbeiten, weil es so viel Spaß macht«, sage ich und fange krankerweise an, ihr Elend zu genießen. *Ja, kein feiner Zug. Aber das war ihr schwachsinniger Rückzieher damals auch nicht. Unglaublich, dass mir das immer noch so nahegeht.*

»Ich erledige den Job von drei Leuten!«

»Und du hast den Fehler wie von zehn Leuten gemacht.« Frustriert raufe ich mir die Haare, weil ich für diese Diskussion keinen Nerv habe. *Glaubt sie echt, ich bin zu streng? Sie weiß doch, wie es um* All-in *steht!* »Ich habe letzte Woche jemanden gefeuert, weil er sich einen Textmarker eingesteckt hat!«

»Das machen doch alle!«

Ich blitze sie wütend an, weil sie offensichtlich vergisst,

in welcher Position ich hier vor ihr sitze. *Aber ja, das machen alle, und das war unter normalen Umständen geduldet. Doch aktuell ist schon ein falsches Luftholen ein Kündigungsgrund, wenn ich einen brauche. Ist ihr das nicht klar?*

»Es war nur *ein* Fehler«, beteuert sie erneut.

»Ja, das sage ich mir auch die ganze Zeit, aber das macht ihn nicht weniger schlimm, oder?«, murmle ich und meine sie und mich und diesen Kuss, der nicht hätte passieren dürfen. Gott, was habe ich die Frau gewollt. Die ersten Wochen nach der Feier habe ich sie umschwirrt wie ein verliebter Trottel. Ich bin niemand, der so leicht aufgibt, wenn mein Gefühl mir sagt, dass es sich lohnt zu kämpfen. Aber sie hat mir ihre kalte englische Schulter gezeigt. Wieder und wieder. *Miss Unberührbar.* Es vergeht kein Tag, an dem ich nicht wünschte, ich wäre der Frau nie begegnet, hätte nie ihr Lächeln gesehen, nie ihre Wärme gespürt … *Oh stopp, Conrad, du hast dich echt genug fertiggemacht. Den Scheiß fängst du nicht wieder an. Sie verschwindet aus der Firma, und das Kapitel ist beendet. Punkt.*

»Ich warte«, sage ich kühl und deute zur Tür.

Sie macht immer noch keine Anstalten zu gehen, und ungewollt steigt Bewunderung für ihre Hartnäckigkeit in mir auf. Zusammen mit einem ersten Anflug von Begehren. *Klasse, genau das, was mir heute noch gefehlt hat!* Ich müsste jetzt wie angedroht den Sicherheitsdienst holen, aber sie ist immer noch Indy, die Frau, die mir den verdammten Kopf verdreht hat. »Los, geh schon!«, sage ich sanfter, vertrauter, auch wenn das den beschissenen Tag nur noch beschissener macht, weil mich Sehnsucht durchfährt, die sich nie erfüllen wird. Ich stehe auf, gehe auf sie zu und packe sie am Arm, um sie selbst vor die Tür zu setzen. So viel Anstand besitze ich noch. *Und ich berühre sie, bin ihr wieder viel zu nah …*

Indy weigert sich mitzuspielen. »Ich kann es wiedergutmachen, Max«, sagt sie, windet sich in meinem Griff und stößt mit ihrem Hintern an meine Hüften. »Ich wechsle die Abteilung. Ich gehe ins Bildrechercheteam. Es findet sich bestimmt eine Lösung.« Noch nie kam mir meine Bürotür so weit entfernt vor. Gleich haben wir sie erreicht. Da stellt Indy sich davor und legt mir die Hand auf den Bauch, was einen kleinen elektrischen Schlag in Richtung Schwanz schickt. »Bitte, es tut mir so leid, Max. Ich tue wirklich alles, egal was. Ich arbeite doppelt und dreifach. Ich verzichte auf mein Gehalt. Alles! Nur kündige mich nicht.«

»Hast du so viel gespart, dass du ohne Einkommen in New York überleben kannst?«, frage ich weiterhin in einem vertrauten Tonfall, weil mich ihre Verzweiflung nicht ganz kaltlässt.

»Ich finde schon eine Lösung«, sagt sie schnell. »Hauptsache, ich bin hier weiter angestellt.«

»Also kämst du nicht über die Runden«, halte ich für mich fest.

»Das ist doch mein Problem.« Hoffnungsvoll schaut sie mich an – aus ihren scheiße schönen Augen. Hoffnungsvoll und so eindringlich, dass das Verlangen, sie zu berühren, stärker wird. *Einseitiges Verlangen*, erinnere ich mich.

»Kann ich nicht machen«, bleibe ich hart und greife zur Türklinke. *Noch zwei Sekunden, und es ist geschafft und sie ist weg.*

»Bitte, Max, ich tue wirklich alles, um den Job zu behalten«, sagt sie da und krallt sich in meine Seite, um mich aufzuhalten. Tränen der Verzweiflung glitzern in ihren Augen. »Absolut alles.«

Die plötzliche Nähe zu ihr tut mir nicht gut. Mein sowieso schon harter Schwanz drückt noch heftiger. Um Fassung bemüht atme ich tief durch. *Ein Fehler.* Ihr Geruch dringt mir direkt ins Hirn und wirkt schneller als Kokain, das ich als Student mal genommen habe. Ich spüre all den Hunger, der sich die letzten fucking Jahre aufgebaut hat. *Ja, Jahre!* Spüre aber auch all die Wut. *Fass sie bloß nicht an, Conrad. Wenn du jetzt reagierst, hat sie dich. Schick sie einfach weg.*

Fuck, zu spät.

Ich sehe in diese grünen Augen, und das Verlangen nach dieser Frau meldet sich immer heftiger. Nicht nur das Verlangen nach ihrem Körper, sondern nach ihr. Nach uns. Gefährliches Verlangen. Das ich nicht wieder zulassen werde. *Sie will eine zweite Chance? Kann sie haben! Aber anders als gedacht.*

Ich fahre ihr sanft durch die Haare, die ihr in die Stirn fallen. Sie schüttelt meine Hand ab. Ich wiederhole es, denn was ihr nicht gefällt, gefällt mir.

»Lass das!«, faucht sie.

Mit einem Lächeln mache ich es wieder. Es fühlt sich gut an. Sie endlich zu berühren, ihre weiche Haut zu spüren, wahrzunehmen, wie ihr wärmer wird, ihren Duft in der Nase zu haben. Und sie zu ärgern, so wie sie mich geärgert hat. Ich frage mich, ob ich es jetzt nicht bin, der einen Fehler macht. Aber ich kann nicht mehr zurück. Nicht bei ihr.

»Verdammt, Max, lass das und sag, was du von mir willst.«

»Ich will eine Nacht für mein Schweigen zu deinem Fehler«, sage ich.

»Wie bitte?«

»Eine Nacht«, wiederhole ich, spüre den Hauch von Skrupeln, aber schiebe sie zur Seite. Sie ist verzweifelt, aber ich bin es auch.

»So war mein Angebot nicht gemeint.«

»Wie hätte ich ›absolut alles, Max‹ sonst verstehen sollen? Dachtest du, ich brauche ein Putzmädchen?«

Sie schweigt.

»Eine Nacht also«, sage ich. »Freitag. Bei mir.« Ich schreibe meine Adresse auf einen Zettel und gebe ihn ihr.

»Da kann ich nicht.«

»Warum?«, frage ich kühl.

»Da kann ich eben nicht.«

»Dann solltest du deine Pläne ändern.«

»Entschuldigung, aber was spielt es für eine Rolle, ob wir uns diesen oder nächsten Freitag treffen?«

Der, dass es entweder nach deinen oder meinen Regeln abläuft, denke ich finster. »Wenn du noch länger diskutierst, werden es zwei Nächte.«

Wutschnaubend sieht sie mich an. Als wollte sie mir die Nase brechen. *Wusste gar nicht, dass das in ihr steckt*. Aber sie verkneift sich weitere Proteste. *Braves Mädchen*.

»Also Freitag«, wiederhole ich.

Mehr stumme tödliche Blicke folgen. Doch statt mich zu ärgern, hebt jeder davon meine Laune.

»Ich warte auf ein Ja«, sage ich.

»Okay, einverstanden.«

»Dann lass uns das besiegeln.«

Sie streckt mir ihre Hand entgegen.

»Nicht so.« Ich deute auf meinen Schreibtisch. »Zieh deine Hose runter und beug dich drüber!«

»Was wird das?«

»Tu es einfach!«

Ich bin mir bewusst, wie viele Firmen- und Benimmregeln ich hier gerade breche und dass ich mich aufführe wie der letzte Arsch, aber mein Preis ist zu verlockend. Sie und eine längst überfällige Revanche für zwei Jahre Schweigen.

Sie presst die Zähne so heftig zusammen, dass ihr Kiefer knackt, und ein weiterer Todesblick trifft mich. *Charmant wie eh und je.* Dann stolziert sie zu meinem Schreibtisch. *Na also!*

KAPITEL
2

Indy

Oh my goodness. Mein Körper brennt. Gleichzeitig durchdringt mich Empörung. Max schiebt sich an mir vorbei, setzt sich halb auf seinen Schreibtisch und deutet auf einen Platz neben sich, und sein Befehl ist eindeutig. Genau wie die Beule in seiner Hose. *Leg dich auf die Tischplatte, und der Deal steht.*

Red Flag, Indy. Brich das ab. Das führt zu nichts Gutem.

Ich ignoriere die Warnung. *Muss es.* Auf wackligen Beinen gehe ich zu seinem Schreibtisch. Ich habe ihm gesagt, ich tue alles, um den Job zu behalten, und dachte an Überstunden, Extraaufgaben, solche Sachen. Ich wäre nie auf die Idee gekommen, dass er Sex will.

Noch könnte ich zurückrudern und diesen Deal ausschlagen, der klingt wie eine Forderung aus einem billigen Erotikfilm. Aber dann lande ich wieder in der wirklichen Welt, bin meinen Job los, verliere meine Arbeitserlaubnis und muss nach England zurück. Für ein Leben in New York meinen Körper zu verkaufen ist kein schlechter Handel. Noch dazu, wenn der Mann, der das von mir will, Max ist. Jemand, der seit dem Abend im *Escape* in meiner Fantasie schon weit unanständigere Dinge mit mir angestellt hat.

Los, Indy! Kopf hoch, Brust raus. Du ziehst das jetzt durch und tust einfach so, als würdest du das jede Woche für einen Kerl machen.

Ich erreiche den Schreibtisch. Neben Max' Laptop und Computer liegen Unterlagen.

»Sammel die Papiere ein und leg sie zur Seite«, befiehlt er.

»Sammel sie doch selbst ein! Nicht dass ich was durcheinanderbringe.«

Er lächelt nur. Das genügt. Er ist so klar in der stärkeren Position, dass er sich das Sprechen sparen kann.

Wutschnaubend räume ich die Unterlagen beiseite, bis die Tischplatte vor mir frei ist. »Soll ich jetzt einfach die Hose runterziehen?«

»Unbedingt«, sagt er kühl. »Es sei denn, du willst, dass ich es mache?«

Ja!, meldet sich eine lästige Stimme in meinem Kopf, denn die Vorstellung, wie Max mich aus meinen Sachen schält, hat was. *Bist du verrückt geworden, Indy?!* »Nein, ich ziehe mich selbst aus«, sage ich. *Augen zu und durch.*

Als würde eine Stoppuhr laufen, öffne ich meine Jeans und schiebe sie zu meinen Oberschenkeln. Gleich darauf folgt mein Slip. *Der Weltrekord fürs Nackigmachen geht an die Britin Indy Falloooon*! Ich lege mich mit dem Oberkörper auf die Tischplatte und warte auf Max' nächsten Schritt. *Gott, wie erniedrigend!*

Er rührt sich nicht.

»Nun mach schon, oder war der Deal nicht ernst gemeint?«, fauche ich, mit den Nerven am Ende. Ich schaue über die Schulter und begegne seinem Blick, zittere bei dem Gewitter, das sich in seinem Gesicht zusammenbraut, spüre seinen Hunger – und ich bin die Mahlzeit. Und etwas in mir hat absolut nichts dagegen. *Mist!*

»Dreh dich wieder um«, knurrt er.

Warum auch das Gesicht der Frau sehen, wenn ihr Hintern reicht? Ich gehorche, hebe den Kopf und sehe in der Spiegelung der Fensterscheibe ihn – und, wenn ich meinen Blick in die Ferne richte, die Wolkenkratzer New Yorks. Direkt gegenüber sind Bürogebäude. Die meisten Fenster sind dunkel, aber nicht alle. Jemand könnte uns sehen. *Mich* sehen.

›Morgen suchst du nach einem neuen Job‹, verspreche ich stumm meinem Spiegelbild, auch wenn ich weiß, wie aussichtslos das ist. Schließlich habe ich das vor zwei Jahren nach dem Kuss schon mal versucht. ›Du vergisst Max. Und du bleibst in New York.‹ In diesem Moment bemerke ich eine Bewegung. Max ist aufgestanden. Er tritt hinter mich. Instinktiv will ich ihm ausweichen.

»Hiergeblieben«, sagt er, als könnte er meine Gedanken lesen, beugt sich über mich und legt eine Hand auf meinen unteren Rücken, hält mich auf dem Schreibtisch fest.

Hektisch ziehe ich die Luft ein. Ich habe Angst, es muss Angst sein. Aber da ist noch etwas anderes. *Prickelnde Aufregung, kaum auszuhaltende Spannung und verboten heftige Lust.*

Stopp, Indy, das ist keiner deiner Träume! Wach auf!

Ich spüre Feuchtigkeit zwischen meinen Beinen, will sie aufhalten. Mich sollte die Situation nicht erregen. Ich kneife die Augen zusammen, als könnte ich damit meinen Körper bremsen.

»Keine Sorge, ich bin vorsichtig«, sagt er, lässt seine Hand zu meinem Hintern wandern und tätschelt ihn, als würde er jede Rundung von mir wertschätzen. »Zumindest heute.«

Bitte nicht! Das macht es noch schlimmer. Die Berührung sendet wie bei einem Erdbeben kleine Schockwellen durch meinen Körper. Ich presse die Lippen aufeinander, um keinen verräterischen Laut von mir zu geben. Die Bestätigung, dass mir das hier bis zu einem gewissen Grad gefällt, hat er nicht verdient.

»Schau mich im Fenster an«, sagt er.

Ich tue so, als hätte ich ihn nicht gehört, will keine Verbindung zu ihm aufbauen. Darf es nicht. Denn mein verfluchtes Herz wartet nur auf die Gelegenheit, ihm zuzufliegen. *Zack.* Daraufhin kassiere ich einen leichten Klaps auf den Hintern. *What the fuck?!*

»Indy, schau mich im Fenster an. Jetzt.«

Ich hebe den Kopf und erschauere, als sich unsere Blicke treffen. Die Luft knistert wie damals. Wir sind zwei Teile, die zueinanderwollen. Zwei Hälften eines Ganzen. Wir sind wie dieser kitschige Mist mal einhundert. In einem anderen Leben hätte ich mich von diesem Mann erobern lassen – nicht nur für eine Nacht. Aber in dem Moment, als uns damals sein Kollege unterbrochen hat, ist mir klar geworden, dass mich auf ihn einzulassen bedeutet, den Job und meine Aufenthaltserlaubnis zu riskieren. Denn für jedes Unternehmen der *TFA Group*, also auch für *All-in*, gilt, dass Beziehungen zwischen Angestellten und Vorgesetzten verboten sind. Auch wenn ich nicht wollte, ich musste ihm aus dem Weg gehen. Jetzt würde ich mich nicht mal auf ihn einlassen, wenn er der letzte Mann auf Erden wäre, weil sich so kein Mensch benimmt, mit dem ich den Rest meines Lebens verbringen will …

Leider ist das Memo bei meinem Körper nicht angekommen, denn der glüht weiter. Als hätte ich den Fehler absichtlich gemacht, um genau in dieser Situation zu landen.

»Warum so wütend?«, murmelt Max und streicht weiter über meine Haut. »Muss ich dich daran erinnern, dass *du* mich um eine zweite Chance gebeten hast?«

»Nicht nötig«, knurre ich mit Hass in der Stimme. »Aber hätte ein Handschlag nicht gereicht?«

»Vielleicht. Doch so ist es passender. Das ist meine Versicherung, dass du weißt, worauf du dich einlässt«, sagt er, und ohne Vorwarnung schiebt er seine Finger in mich.

»Oh Gott!« Mein Körper will auf der Stelle mehr und reckt sich ihm entgegen. Sobald ich es merke, zucke ich zurück, gleich darauf drücke ich mich wieder an ihn. *Heiliger Saint Piran, wie wäre es jetzt mit etwas Hilfe?*

Fehlanzeige.

Max bewegt seine Finger und bringt mich dazu, immer schwerer zu atmen.

»Du fühlst dich an, als wäre das hier die Erfüllung deiner Träume«, sagt er.

»Nein«, keuche ich. »Stimmt nicht.«

»Dann erklär mir, warum du so nass bist.«

Weil du der heißeste Mann auf dem Planeten bist, durchfährt es mich. »Genetik«, antworte ich stattdessen. »Kann ich nichts dafür.« In meinem Kopf rattern die letzten intakten Gehirnzellen. »So wie ich nichts dafür kann, dass meine Augen grün sind. Giftgrün.«

»Also gefällt es dir nicht?«

»N-n-nein.«

»Das tut mir aber leid«, sagt er falsch.

»Warum?«, presse ich heraus.

»Weil die Nummer nicht eher zu Ende ist, bis du kommst, Baby.«

Baby? Er nennt mich wieder so wie damals. *Hilfe! Ob ihm das selbst klar ist?* »Bitte, wenn du weiter nichts zu tun hast«, zische ich bemüht abgeneigt, während seine Worte einen erneuten Schauer auslösen. *Baby, Baby, Baby …*

»Sag bloß, es ist auch Genetik, dass du nicht kommst?«

»Richtig erkannt«, behaupte ich, während der Druck in meinem Körper ansteigt und mir sagt, dass ich in Schwierigkeiten stecke. »Wir Engländer sind nun mal echte Spaßbremsen!«

»Wie gut, dass ich Herausforderungen liebe!«

Ich Glückskind! Krampfhaft gehe ich meine aktuellen Aufgaben durch, um Max zu widerstehen. Lange wird mich das nicht ablenken. Ich werde einen Orgasmus bekommen. Von dem Mann, der mir seit zwei Jahren durch den Kopf spukt – und der mir keinen geben darf, weil er mein Boss ist.

Max

Feuchtigkeit empfängt meine Finger, heiße, einladende Feuchtigkeit. Indy behauptet, das sei genetisch. Vielleicht stimmt das. Aber ihr gefällt auch, was ich tue. Und sie hasst es, dass es ihr gefällt. Der Tag wird immer besser. Was sie hasst, das liebe ich. *Sie will nicht von mir kommen? Pech! Sie wird schreien vor Erleichterung.*

»Wird es schon besser?«, frage ich und gleite spielerisch über ihre Klit.

»Mmh-mmh«, presst sie heraus, als würde sie Nein sagen, und schüttelt den Kopf.

»Entspann dich, dann klappt es leichter«, sage ich ganz der Samariter, als wäre mir ihre Lust wichtig.

»Bin entspannt«, keucht sie.

»Lass mich das nachprüfen!« Ich schiebe einen weiteren Finger in sie, lege meinen Daumen auf ihre Klit und imitiere träge Stoßbewegungen. Sie verkrampft sich weiter, um den Orgasmus aufzuhalten. »Du fühlst dich nicht besonders entspannt an«, sage ich. »Dann muss ich mich wohl mehr anstrengen.« Ich ändere meinen Rhythmus, halte sie mit einem Arm auf dem Tisch und stoße mit der anderen Hand fester zu, gebe ihr, was immer ich für richtig erachte. Stoß für fucking Stoß.

»Gott!« Ihre so eisern zusammengepressten Lippen öffnen sich, und sie atmet schwerer, hat meinem Ansturm nichts entgegenzusetzen. Ihr Körper nimmt mich immer williger auf, lässt mich immer tiefer dringen. *Ist das der Trick? Hätte ich so auch vor zwei Jahren vorgehen sollen? Wärst du dann mit mir ausgegangen, Baby?*

»Mehr?«, frage ich.

»Nein«, stöhnt sie.

»Also mehr«, murmle ich und nehme sie weiter.

»Ich hasse dich!«, schnauzt sie und verkrampft sich wieder. Ganz das Opfer. Dabei hat *sie* den Fehler gemacht, nicht ich. *Sie* hat den Deal quasi vorgeschlagen, nicht ich. Und auch wenn das hier moralisch verwerflich ist, ich tue ihr einen Gefallen, dafür sollte sie sich bedanken, statt sich zu beschweren.

»Soll ich aufhören?«, frage ich und ramme meine Finger härter in sie.

»Du kennst die Antwort.«

»Sag es!«

Sie zögert, hält sich am Tisch fest, und ich genieße ihren Kampf um die Wahrheit. *Sie leidet? Sie hat ja keine Ahnung, wie sehr ich gelitten habe.*

»Nein, hör nicht auf«, keucht sie da, heiserer, so als käme sie dem Höhepunkt näher. »Denn ich ... ich ... Oh Gott, Max!«

Ihr Kopf sinkt auf den Tisch, und ich kann spüren, wie sich ihre Pussy um meine Finger zusammenzieht. Immer fester, immer gieriger.

»Kommt da etwa jemand gleich?«, frage ich zufrieden.

»Nein«, behauptet sie, obwohl ihr Körper was anderes sagt.

Ich krümme meine Finger in ihr, suche ihren G-Punkt und übe mal leichten, mal stärkeren Druck auf die Klit aus. »Doch, ich glaube, gleich bringe ich dich zum –«

»Scheiße! Scheiße! Scheiße!« Ihr Unterleib zieht sich schnell und heftig zusammen. Sie drückt sich an meine Hand, erst wilder, dann ruhiger. »Glücklich?«

Sie klingt eine Spur zu fit. Misstrauen keimt in mir auf. »Was meinst du damit?«

»Du hast mich zum Kommen gebracht.« Sie wackelt mit ihrem Hintern. »Würdest du jetzt diese Hand wegnehmen und mich gehen lassen?«

»Nein.«

»Nein?!«, ruft sie sehr munter, *zu* munter. »Ich habe getan, was du wolltest. Herzlichen Glückwunsch, meine Orgasmusschwäche ist doch nicht genetisch. Ich habe wohl nur einen Boss gebraucht, der es mir besorgt. Der Deal steht.«

»Nein, Baby, der Deal steht erst, wenn du richtig kommst«, knurre ich und bewege meine Finger erneut schneller.

Ihr Atem beschleunigt sich sofort wieder, und ich kann spüren, wie ihr Körper heftiger pulsiert. Anders als eben, unmittelbarer.

»Lass es zu! Na los!«

»Das ist Folter. Ich hab dir gesagt, ich kann nicht kommen.«

»Heute wirst du!«

Ich bewege meine Finger und beobachte sie. Sie versucht, es zu überspielen, aber ich kann sehen, welche Berührungen ihr gefallen. Genau die wiederhole ich. Natürlich tue ich das.

»Ich hasse dich!«, wiederholt sie giftig.

»Und ich dich!«

»Dann hör auf!«

»Wo wäre denn da der Spaß?«

So wie ich sie auch mit meinem Schwanz nehmen würde, nehme ich sie mit meiner Hand. Ihr stoßweiser Atem erfüllt den Raum, genau wie meiner, auch wenn sie das wahrscheinlich nicht mitbekommt. Sie hat ihre Augen fest zusammengekniffen, will den Höhepunkt aufhalten. *Aber nicht mit mir. Dieses Mal gibt es kein Entkommen, Baby. Yes!*

Ein ersticktes Stöhnen löst sich aus ihrer Kehle, nur ein Mal. Doch das genügt mir. Ihr Körper gibt auf. Ihre Pussy zieht sich um meine Finger zusammen. *Fuck, steigt mir das zu Kopf. Plötzlich will ich sie küssen. Dass hier zu mehr machen als einem Deal.* Der Drang ist eklig heftig. Sie hat mich nicht gewollt, aber zu sehen, wie sie sich mir ergeben hat, weckt eine ungewollt sanfte Seite in mir. *Scheiße, das hier ist Vergeltung, kein Spaß. Schon gar nicht für sie.*

»Zieh dich an und dann raus«, sage ich, weiche zurück und wende mich von ihr ab.

»Huh?«, macht sie benommen. Jeder Funke Widerstand ist weg. *Das ist heiß. Zu heiß.*

Fuck, Conrad, du wirst dir nicht wieder mehr mit der Frau ausmalen.

»Der Deal steht. Jetzt geh, ich habe noch zu tun«, knurre ich, wische mir die Finger an einem Taschentuch ab und setze mich an meinen Schreibtisch, was etwas seltsam ist, da sie mit dem Oberkörper neben meiner Tastatur liegt und ich ihr, wenn ich die Hand ausstrecken würde, Haarsträhnen aus dem Gesicht streichen könnte. »Oder willst du bleiben, Baby, und mir noch einen blasen?«

»Du Schwein!«

»Wie wäre es mit etwas Dankbarkeit?«

Anstatt sich zu bedanken, richtet sie sich auf. Sie will ebenfalls ein Taschentuch greifen und sich sauber machen, aber ich klopfe ihr verneinend auf die Finger.

»Das kostet extra«, sage ich. »Zieh einfach deine Hose hoch und dann raus hier.«

»Ich habe eine bessere Idee«, kehrt ihr Kampfgeist zurück. »Ich renne genau so auf den Flur und erzähle allen, was für ein Mistkerl Max Conrad ist.« Tatsächlich macht sie Anstalten, zur Tür zu gehen.

Fuck! Wir müssten auf der Etage alleine sein, aber man

kann sich nie ganz sicher sein, ob nicht doch noch ein Arbeitsplatz besetzt ist. Hastig springe ich auf und versperre den Ausgang.

»Was ist? Willst du noch einen Fick?«, zischt sie.

Kommentarlos bücke ich mich, greife ihre Hose und ziehe sie hoch. »Vorsichtig, Indy. Ich bin hier der Boss, und wenn du nicht machst, was ich will, bin ich dein Untergang.«

Um sie zu ärgern, fahre ich ihr durch die Haare. Wieder wendet sie ihr Gesicht ab. Ich wiederhole das Spiel, und plötzlich hält sie still – und etwas verändert sich. *Fuck, vielleicht ist sie auch mein Untergang! Denn für einen Moment möchte ich sie küssen.* Obwohl zwei Jahre vergangen sind, erinnere ich mich noch genau an ihren Hunger, ihren Geschmack, das Gefühl ihrer Lippen an meinen und wie unsere Zungen miteinander getanzt haben. Ein Kuss, der alles verändert hat. *Aber verdammt, aus uns ist nichts geworden, weil sie das nicht wollte. Aus uns wird nichts werden. Niemals.*

»Geh!«, sage ich.

KAPITEL
3

Indy

Sehr produktives Meeting, Boss! Auf wackligen Beinen verlasse ich Max' Büro und fahre wieder in meine Etage. Bei jedem Schritt spüre ich, dass ich gekommen bin – und das Echo seiner fordernden Berührungen. Mein Körper glüht. Ich glühe. Für ihn.

Los, Indy, konzentrier dich auf das, was zählt! Du hast noch deinen Job. Du hast weiterhin dein Visum. Du darfst in New York bleiben.

Aber das alles passiert nur, wenn ich mit Max schlafe. *Verdammt! Wenn ich jetzt schon so durch den Wind bin, wie geht es mir danach? Sind Konzentrationsstörungen durch den heißen Boss als Berufsrisiko anerkannt?*

Ich habe nur eine Chance, diesen Deal unbeschadet zu überstehen: Ich muss mitspielen und darf diesen Mann nicht an mich heranlassen. *Tolle Idee, Indy, und jetzt bitte eine, die umsetzbar ist!* Mein Begehren ist echt. *Sehr, sehr echt.* Genau wie das Rasen meines Herzens, die Schauer, die er in mir ausgelöst hat, das Kribbeln in meinem Bauch, das ich immer noch spüre. *Mist.* Was er mit meinem Körper anstellt, verkrafte ich. Was dieses Arrangement für mein Herz bedeutet … das will ich mir nicht ausmalen. Er wird es nicht einfach brechen, sondern zerfetzen.

Zurück an meinem Arbeitsplatz erstelle ich weitere Vorschläge für diesen lästigen Gutschein. Es dauert länger als sonst, da Max und die Flashbacks an das, was gerade in seinem Büro passiert ist, meine Konzentration stören. Ich brauche über eine Stunde, um die letzten beiden Varianten fertigzustellen, dafür sind sie wirklich gut. Der Kunde wird zufrieden sein. *Auf dass ich mich ab morgen wieder im Griff habe! Schließlich gilt es, meinen einen Fehler wiedergutzumachen, nicht zehn weitere zu begehen.*

***

Zu keinem ein Wort, sage ich mir, als ich nach Hause komme. Auch nicht zu meiner Mitbewohnerin Giulia, einer temperamentvollen Italienerin, die überhaupt nicht gut auf Männer zu sprechen ist, die ihre Machtposition missbrauchen. Ich teile mir mit ihr ein kleines Apartment in Brooklyn. Ich zahle mein halbes Gehalt für ein Fünfzehn-Quadratmeter-Zimmer, sie jobbt neben ihrem Jurastudium in einer Kanzlei und zahlt davon die andere Hälfte der Miete.

Ich will sofort ins Bett, doch Giulia ist noch wach und hört mich, als ich kurz nach Mitternacht die Tür aufschließe. »Ich habe dir Lasagne aufgehoben!«, ruft sie mir vom Sofa aus zu, wo sie irgendeine Kochshow schaut.

Verdammt, ich liebe ihre Lasagne. Die ist die beste von New York und etwas, was ich normalerweise nicht ablehne. *Normalerweise ...*

»Hab keinen Hunger«, antworte ich ihr und will in mein Zimmer verschwinden. »Gute Nacht.«

»Was ist los?«, hält mich Giulia auf. »Bist du krank?«

»Weil ich keinen Hunger habe?!«

»Weil du Lasagne verschmähst. Lasagne, bei der ich mich

beherrschen musste, sie nicht alleine wegzuputzen. Sag mir jetzt nicht, dass mein Opfer umsonst war!«

»Man soll so spät nichts mehr essen«, versuche ich, mich herauszureden.

»Sagt wer?«

»Jede Frauenzeitschrift.«

»Oh bitte, irgendwo auf der Welt ist es immer vor 20 Uhr.« Das ist Giulia, sie akzeptiert kein Nein, auf eine so charmante Art, dass man sie dafür lieben muss.

Sie winkt mich in die Küche und holt eine Auflaufform aus dem Kühlschrank. Typisch Italienerin. Gäste, Freunde und Verwandtschaft müssen bewirtet werden, sonst dreht sich irgendwo ein Heiliger im Grab um. Bei meiner Familie in England gäbe es jetzt Tee, gesünder, aber definitiv nicht so lecker.

»Das ist wirklich nicht nötig«, wehre ich ab, während sie den Auflauf schon in der Mikrowelle erwärmt. Gleich darauf knurrt mein Magen. *Verräter!*

»Ha!« macht sie nur. »Überführt.« Sie zieht einen Stuhl vom Tisch zurück und bedeutet mir, mich zu setzen, öffnet eine Flasche Rotwein und schenkt uns beiden ein Glas ein, alles gefühlt in einer Bewegung, so wie jemand, der jahrelange Erfahrung hat.

Ich könnte wieder protestieren, aber spare mir das. Für sie ist Wein wie Wasser, ein Glas geht immer. *Vielleicht tut es mir ja ganz gut.*

»Das ist mein Mädchen«, sagt sie, als wir anstoßen, tischt mir die fertige Lasagne auf, drückt mir eine Gabel in die Hand und setzt sich mit einem Seufzen zu mir.

Erst jetzt begreife ich, dass sie nicht so lange wach geblieben ist, um mich auszufragen, sondern weil sie selbst

Redebedarf hat. Dunkel erinnere ich mich, dass sie heute ein Plädoyer an der Uni halten sollte. Es kommt mir vor, als hätte sie mir das in einem anderen Leben erzählt, aber es war erst gestern.

»Hat deine Kursvorbereitung nicht gereicht?«, frage ich.

»Oh, mein Plädoyer lief großartig«, macht sie sich Luft. »Die Fragen danach waren dagegen eine Katastrophe.« Obwohl die Argumentation ihres Plädoyers tadellos war, hat der Professor es Zeile für Zeile auseinandergenommen. »Chauvi-Schwein!«, motzt sie. »Wenn es nach Männern wie ihm ginge, wären Frauen nur zum Putzen, Kochen und zum Babys-auf-die-Welt-Bringen da. Und natürlich für Sex. Gottbewahre, jemand, noch dazu eine Frau, könnte mehr im Kopf haben als er!« Sie atmet tief durch und macht schließlich eine wegwerfende Handbewegung. »Lassen wir das. Ich habe die Aufgabe gemeistert und mein Ego mit jeder Menge Lasagne aufgebaut. Was ist mit dir?«

»Mir?«, quieke ich verräterisch schrill. *Klasse, Indy! Noch vor fünf Jahren war ich die Engländerin, die ihre Gefühle eins a im Griff hatte. Man hätte nackt vor mir tanzen können, ohne dass sich mein Pulsschlag verändert hätte. Die Zeiten sind vorbei.* »Was soll mit mir sein?«, frage ich bemüht beiläufig.

»Du bist spät dran«, stellt Giulia fest und nimmt einen Schluck Wein.

»Ich habe noch einen Job für Ava beendet«, sage ich gefasster.

»Und?« Sie schaut mich intensiv an, und ich befürchte, auch wenn sie heute verrissen wurde, dass sie einmal eine unschlagbar gute Staatsanwältin werden wird.

»Deshalb wurde es später«, bleibe ich bei meiner harmlosen Version, während mich das Kribbeln in meiner Mitte Lügen straft.

»Damit kommst du bei mir nicht durch. Was war noch, Süße?«

Es ist ihr Blick. Verständnisvoll, hilfsbereit, vertrauenswürdig und zu viel für mich. Sie sieht mir an, dass heute mehr passiert ist, und sie will wissen, was. Und verdammt, ich kann es nicht für mich behalten.

»Du darfst niemandem davon erzählen«, sage ich.

»Ich schweige wie ein Grab.«

»Ich meine das ernst, Giulia.«

»Ich auch.«

Eindringlich sehe ich sie an.

»Beim Lasagne-Rezept meiner Mutter und allen Gesetzen des Staates New York schwöre ich, niemandem zu verraten, was du mir gleich anvertraust.«

»Also gut …«, sage ich. Kaum fange ich an, da sprudeln die Worte nur so aus mir heraus. Ich erzähle ihr von meinem Fehler beim Datenupload, von den E-Mails des Kunden und dass zum Glück alles geradegebogen werden konnte.

»Ich dachte, sie suchen gerade nach Gründen, euch zu entlassen«, wundert sich Giulia darüber, dass die Geschichte so glimpflich ausgegangen ist.

»Das stimmt.«

»Aber du hast deinen Job noch.«

»Ja, Gott sei Dank«, sage ich ehrlich erleichtert, proste ihr mit dem Wein zu und nehme einen ordentlichen Schluck.

»Einfach so?«, hakt sie nach. *So typisch!*

»Ja, einfach so, Frau Anwältin. Freu dich doch für mich!«

»Ich freue mich«, sagt sie und stößt ihr Weinglas an meines. »Cheers, pure Freude. Aber ich wundere mich auch, nach allem, was du in den letzten Monaten erzählt hast, warum du den Job noch hast. Charlotte war bisher nicht unbedingt ein Fan von dir. Das war doch ihre Chance, dich aus dem Weg zu räumen.«

»Ähm …«, sage ich und spüre, wie meine Wangen verräterisch rot werden. »Nicht Charlotte hat mir aus der Patsche geholfen.«

»Wer dann?«

Ich ringe mit mir. »Das fällt unter das Anwaltsgeheimnis«, halte ich fest.

»Ja, und unter den Freundinnenkodex. Ehrenwort. Von mir erfährt niemand was. Wer, Indy?«

»Max Conrad«, krächze ich, leere mein Glas und schenke mir nach, weil ich für das Gespräch, das jetzt kommt, noch zu nüchtern bin.

»Heilige Scheiße. *Der* Max Conrad?!«, flippt Giulia total aus.

»Scht!«, mache ich, weil man sie bis nach Manhattan hören kann.

»*Der* Max Conrad?!«, wiederholt sie leiser. »Der beste Küsser des Universums. Die Elf von zehn? Der Mann, nach dem du dein Sexspielzeug benannt hast?«

»Ja, genau der hat mir geholfen.«

»Einfach so?!«

Kann sie es jetzt bitte gut sein lassen? Ich funkle sie böse an.

»Oho, nicht einfach so!«, jubelt sie. »Gratuliere, Süße.«

»Was auch immer du denkst –«, *denk es nicht*, will ich sagen, aber wahrscheinlich trifft einer ihrer Gedanken ins Schwarze. Frustriert erzähle ich ihr von der Nummer auf seinem Schreibtisch.

»War es gut?«, fragt sie, als ich fertig bin.

»Giulia, das ist doch nicht der Punkt!«

»Doch, genau darum geht es. Also?«

»Nein«, sage ich leise und muss noch einen großen Schluck Wein trinken. Ach was, das ganze Glas leeren! »Es war nicht gut, es war …« Ich suche nach einem Wort. »Es war anders als gedacht. Aufregend, verboten, schmutzig. Der Wahnsinn.« Und so heiß, dass mein Körper immer noch glüht. Um Abkühlung bemüht fächle ich mir Luft zu, aber es bringt nichts. Ein Blizzard könnte helfen. Aber auf den kann ich im Sommer lange warten.

»Warum schaust du dann so unglücklich?«, fragt Giulia nach.

»Hast du mir nicht zugehört? Er hat sich wie der letzte Arsch benommen!« Hätte ich ihm verklickert, dass ich Schokoeis hasse, hätte er mich gezwungen, Schokoeis zu essen. »Und dann ist da noch der Deal.«

Giulias Augen leuchten. *Als wären das gute Nachrichten!* »Erzähl!«

»Ich behalte meinen Job für eine Nacht in seinem Bett. Wer bitte schlägt so was vor?!«

»Okay, er ist ein Arsch. Aber deshalb bist du nicht so aufgebracht.«

»Bin ich nicht?«

»Nein, Indy.« Sie sieht mich mitfühlend an. »Du hast Gefühle für ihn!«

»Aktuell keine guten«, schnaufe ich.

»Und trotzdem sind es Gefühle.«

»Verdammt, du hast recht. Und was mache ich jetzt?« *Schon dieses kurze Intermezzo hat mich total durcheinander-*

gebracht. Ich will mir nicht vorstellen, wie es mir nach einer Nacht in Max' Armen geht.

»Da bleibt dir nur eins«, sagt Giulia. »Zahl es ihm mit gleicher Münze heim!«

»Ist das dein professioneller Tipp als Anwältin?« Verständnislos sehe ich meine Mitbewohnerin an. Ich bin mir sicher, wenn ich Max etwas antue, ist mein Schicksal besiegelt.

»Das ist mein professioneller Tipp als deine Freundin«, sagt sie. »Hast du zu viel oder zu wenig Vino getrunken? Ich meine, sorg dafür, dass ihm die Nacht leidtut. Und dass er jedes Mal, wenn ihr euch wiederseht, so hart wird, dass er nicht mehr gerade laufen kann.«

»Du hattest definitiv zu viel und ich zu wenig Wein«, antworte ich.

***

Am nächsten Morgen schleiche ich mit einem Hangover in die Agentur. New Yorks Straßen sind mir zu laut. Die Morgensonne zu hell. Der Kaffee zu lasch. Vage erinnere ich mich, dass ich mit Giulia das Max-Conrad-um-den-Verstand-bringen-Manöver entwickelt habe, kurz MCUDVB. *Die Lösung all meiner Probleme*, fand ich gestern Nacht.

Absoluter Schwachsinn, wird mir heute nach ein paar Stunden Schlaf klar. Ich bin zwar nur Grafikdesignerin, aber ich bin lange genug bei *All-in*, um zu wissen, wie gute Kampagnen funktionieren. Sie müssen prägnant sein, einfach und eingängig. Auf MCUDVB trifft nichts davon zu. Auf dem Höhepunkt unseres Brainstormings kam Giulia auf die Idee, ich sollte Max fesseln, mich an ihm reiben und ihn verrückt nach mir machen, bis er um Gnade fleht. *Wir hätten nach einer Flasche Wein schlafen gehen sollen!*

Mein Problem bleibt: Ich will nichts für Max empfinden, aber ich habe keine Ahnung, wie ich das verhindern soll. *Mich tot stellen?!*

»Da bist du ja!«, begrüßt mich Charlotte, als ich aus dem Fahrstuhl steige. Und mit einem Schlag rückt MCUDVB in den Hintergrund.

Sie weiß es!, denke ich. *Nicht, dass ich den Deal mit Max geschlossen habe. Sondern dass mir ein fetter Fehler mit den Druckdaten passiert ist.*

»Was ist?«, frage ich vorgetäuscht cool und erinnere mich an meinen Job von gestern. »Die Gutscheine sind doch in Ordnung, oder?«

»Was? Ja ...«, murmelt meine Chefin abgelenkt. »Unsere Kontakterin hat die Vorschläge schon verschickt, tolle Arbeit von Ava und dir.«

Wenn es nicht um die Gutscheine geht, bleibt nur ein Projekt ... Gott, ist mir schlecht! »Ist was mit den Drucken für *Foodie*?«, frage ich vorsichtig.

»Ja, die sind auch gut geworden.«

»Wie? Die sind gut geworden?!«

Charlotte wirft mir einen verwirrten Blick zu.

»Okay, sie sind gut geworden«, wiederhole ich ihre Worte, während sie mich ungeduldig am Arm weiterzieht. »Wirklich?!« Vielleicht habe ich nur geträumt, was gestern passiert ist, weil ich überarbeitet war. Oder weil ich einen Gehirntumor habe, der mich Dinge sehen lässt, die nicht existieren. *Soll es geben.*

»Ja, wirklich. Keine Ahnung, warum sich der Vorstand von *Foodie* per Mail so aufgeregt hat. Ein Kurier hat vor einer Stunde die Belegexemplare gebracht. Einwandfreie Arbeit.«

»Ein Kurier?«, murmle ich. »Belegexemplare? Vor einer Stunde?«

»Sag mal, bist du anwesend?«, fragt sie scherzhaft und fuchtelt mit der Hand vor meinem Gesicht herum. »Huhu, wach werden!«

»Wo sind die Drucke? Darf ich sie mal sehen?« Das müssen schon die Nachdrucke sein, die Max organisiert hat. Aber bevor ich sie nicht in der Hand halte, glaube ich nicht, dass jetzt alles stimmt.

»Dafür ist keine Zeit«, sagt sie.

Mein ungutes Gefühl, das gerade wie Farbe in der Sonne verblassen will, schlägt sofort wieder mit voller Intensität zu. »Was ist denn los? Steht eine neue Massenentlassung an?«, witzle ich schwach.

Charlotte drängt mich in unseren größten Konferenzraum, in dem schon Ava, Nyla, Ash und Javi mit den Textern zusammensitzen und an Skizzen arbeiten. »Nein, heute nicht, wenn wir alle Gas geben«, sagt sie. »Wir müssen unsere Entwürfe für die Fitnesskette überarbeiten.«

»Die sind doch noch gar nicht unser Kunde«, sage ich, setze mich und schalte heute offensichtlich besonders langsam.

»Aber sie könnten es werden. Heute ist der Entscheidungstag. Sie suchen eine Agentur für ihre neue Gym-Linie, und Max will, dass wir das, was wir haben, noch mal um hundert Prozent verbessern.« Sie dreht mich auf meinem Bürostuhl zum Bildschirm. »Los! Gib dein Bestes!«

»Alles klar.«

Erleichterung durchflutet mich. *Du wirst nicht gefeuert, Indy. Jetzt brauchst du nur noch eine Lösung, wie du die Nacht mit Max überstehst, dem Mann, der deinen Körper und dein verfluchtes Herz zum Beben bringt. Aber eines nach dem anderen …*

Max

Dieser Auftrag muss sitzen. Das Controlling hat mir vorhin die aktuellen Geschäftszahlen gebracht; ohne einen neuen Kunden sind wir am Ende des Monats pleite – oder müssen weitere Leute entlassen.

»Das ganze Konzept ist mir noch zu sehr Matcha Latte-, vegan-, eBike-mäßig«, sagt Jake, der Chef-Texter der Agentur, als ich mit Owen und ihm in meinem Büro die anstehende Präsentation durchgehe. Damit meint er, es ist ihm zu sehr auf hippe Leute zugeschnitten. *Klasse, damit kommt er jetzt?!*

»Im Briefing steht, dass sie ›jung und modern‹ auftreten wollen«, wende ich ein. Außerdem habe ich die geplanten Video-Guides, die Gym-Kunden bei ihrem Training für Insta, TikTok und YouTube filmen sollen, schon aus dem Konzept rausgenommen.

»Max, wenn Unternehmen Worte wie ›jung und modern‹ benutzen, wollen sie das, was sie kennen, in einer frischeren Version. Das, was dir vorschwebt, ist zu viel.«

Ich fahre mir durch die Haare und muss bei der Geste an Indy denken, die mich gestern Abend gleich mehrfach dazu gebracht hat, mir die Haare zu raufen. Normalerweise mache ich das nicht. Denn normalerweise behalte ich die Nerven. *Denk jetzt nicht an die Frau, Conrad.*

Wann hat das je geklappt? Sie ist seit verfluchten zwei Jahren in meinem Kopf. Wie ein Fremdkörper, der immer dann meine Konzentration stört, wenn ich es am wenigsten gebrauchen kann. Die Aussicht, in wenigen Tagen meine jahrelange Besessenheit nach ihr herausvögeln zu können, ist so, als wäre gleichzeitig Weihnachten, mein Geburtstag und die Preisverleihung für den Clio, den begehrtesten Werbepreis des Landes. *Komm schon, Conrad, reiß dich zusammen! Es steht viel auf dem Spiel.*

»Owen, was denkst du?« Er ist der Profi, wenn es darum geht, schwammige Kundenwünsche in für alle verständliche Briefings umzuformulieren.

»Jake hat recht«, sagt er und klickt im Schnelldurchlauf noch mal durch die Präsentation. »Jeder der Abteilungsleiter ist über fünfzig. Der CEO könnte sogar mein Großvater sein. Er trägt Sakkos mit Ellenbogenschonern.«

»Bitte kein Age-Shaming«, knurre ich. »Wir wissen alle, dass Alter heutzutage nur eine Zahl ist. Sechzig ist das neue Dreißig.«

»Stimmt, sorry. Trotzdem können wir das nicht bringen. Sie legen Wert auf Technik und hochwertige Geräte und sind eindeutig auf ein traditionelleres Publikum ausgerichtet. Das wollen sie nicht verlieren. Das, was du ihnen da präsentieren willst, ist eine Entwicklung von der Pferdekutsche zum Überschallflieger. Das ist zu viel.«

Typisch Texter, blumige Vergleiche kann er. Ich gebe mich geschlagen. Owen und Jake verstehen was von ihrem Job und haben sich intensiv mit der Gym-Kette beschäftigt. Hastig ändere ich ein paar Analysen ab. Schließlich muss nicht ich zufrieden sein, sondern der Kunde. »So besser?«, frage ich.

»Wenn du jetzt auch noch enthusiastisch dazu lächelst, ja.«

»Leck mich, Owen!«

»Oh, das würde dir gefallen, wie?«

»Träume ich von, seit wir die Agentur gegründet haben, oder warum, glaubst du, habe ich ein Einzelbüro?«

Wie pubertierende Jungs, für die Sex noch was Neues ist, müssen wir alle lachen. Wir können ernst sein, aber die Lage ist so angespannt, dass wir jeden noch so schlechten Witz mitnehmen. Wir brauchen den Auftrag. Unbedingt. *Und du brauchst Indy.*

Fuck, denk jetzt nicht an sie!

»Hat jemand was dagegen, wenn wir zwei der coolen Ideen wenigstens als Option drin lassen? So sehen sie, was wir können«, sage ich.

»Du meinst so?« Owen setzt sich an die Präsentation und ergänzt drei Folien, die aussehen, als hätte sie der Praktikant erstellt, sprich jemand, der noch nicht allzu viel von Marketing versteht und ein eher herkömmliches Design gewählt hat.

Fragend sehe ich zu Jake. »Ja, das wird denen gefallen«, sagt der.

Hoffentlich.

Mein Blick geht nach draußen. Es ist bald Mittag. Hinter dem Wolkenkratzer vor uns befindet sich das Sportstudio, das der Kunde als Meetingort gewählt hat. Ich war letzte Woche dort. Obwohl es nur einen Block von der 5th Avenue entfernt liegt, hat es den Charme einer Kaserne. *Du darfst erst gehen, wenn du hundert Liegestütze in fünf Minuten geschafft hast.* Als ich da war, hatte sich nur eine Frau dorthin verirrt, und soweit ich mitbekommen hatte, wollte sie direkt wieder umkehren. *Verständlich. Wem so ein Ambiente gefällt, der meldet sich zum Militär an und nicht bei einem Fitnessclub in Manhattan.*

»Wo bleiben die überarbeiteten Grafiken?«, frage ich.

»Ich rufe mal bei Charlotte an«, sagt Owen, schnappt sich das Telefon und klärt das. »In fünf Minuten haben wir sie«, informiert er uns, sobald er aufgelegt hat.

»Weil sie dann fertig sind oder weil du Stress gemacht hast?«

Er zuckt entschuldigend mit den Schultern. *Also Letzteres.* Das heißt, die gesamte Grafikabteilung arbeitet im Akkord. Was dann passiert, habe ich gestern erst erlebt. Ich denke an den Fehler und sofort an Indy und den Deal. *Gott, Conrad, lass das!*

»Gib ihnen eine halbe Stunde!«, knurre ich, weil ich keinen Schnellschuss, sondern gute Arbeit will. Damit mein Vortrag sitzt, klicke ich sämtliche Folien noch mal durch, während er Charlotte mehr Zeit einräumt.

»Fuck, du bist nervös«, stellt Jake fest. »Fehlt nicht mehr viel, und deine feuchten Finger hinterlassen Abdrücke auf der Tastatur.«

»Ha, ha«, mache ich, weil ich nie feuchte Hände habe. *Es sei denn, deine Finger waren in Indy.*

Stopp, Conrad!

»Hiervon hängt zu viel ab«, sage ich.

»Ich weiß«, sagt Jake. »Aber niemand beauftragt jemanden, dem die Verzweiflung aus jeder Pore tropft.«

Nein, man macht mit so jemandem einen Deal.

Nicht. Jetzt!

»Glaubst du, du kannst es besser?«, frage ich und verdränge Indy aus meinen Gedanken. Ich schaue von Jake zu Owen. »Oder du?« Wieder fahre ich mir durch die Haare. Wieder weiß ich, wie verräterisch die Geste ist, aber so cool ich auch nachher auftreten werde, vor diesen Leuten muss ich mich nicht verstellen. Wir sind nicht nur Geschäftspartner, wir sind Freunde.

»Los, lasst uns noch mal alles durchgehen«, sagt Owen, wofür ich ihm dankbar bin. Je besser wir vorbereitet sind, desto besser läuft der Termin.

Nach zwanzig Minuten gibt uns Charlotte Bescheid, dass die Daten auf dem Server liegen. Wir sichten das Material und tauschen in der Präsentation schwächere gegen stärkere Motive aus.

»Was ist mit den Ausdrucken?«, frage ich Charlotte. So digital auch alles ist, die Leute lieben es, Dinge in der Hand zu haben. Deshalb bekommen sie von uns schon bei der Bewerbung für einen Etat einen Corporate-Design-Leitfaden, Kampagnenideen und Beispieldrucke von Katalogen.

»Wir haben alles in fünf Minuten. Ich schicke es zu euch hoch.«

Ich schaue auf die Uhr. »Spar dir das, wir holen sie auf dem Weg nach unten bei euch ab. Wir müssen los.«

Ich verstaue den Laptop und den USB-Stick mit einer Kopie der Präsentation in meiner Tasche, ziehe mir mein Jackett an, rücke meine Krawatte zurecht und setze dann meine Prince-Charming-Miene auf. »Gut?«, frage ich Owen.

»Kein Hauch von Angst spürbar. Sehr gut. Und ich?«, fragt er zurück, weil er mich begleiten wird, und zieht scherzhaft eine Grimasse, die an den Joker erinnert.

»Entzückend«, säusle ich. »Komm!«

Wir nehmen den Fahrstuhl nach unten, steigen aus, da kommt uns schon Charlotte mit den Drucken entgegen. Ich blättere durch die Seiten und sehe die Bild-Renderings des Studios, Kampagnenbeispiele und gebrandete Sportkleidung für Mitglieder. Alles von Indy. Ich erkenne ihre Handschrift. Mühelose Umsetzung, bis ins kleinste Detail durchdacht. *Perfekt wie sie.*

Stopp, Conrad. Es reicht.

»Wo ist die Agenturmappe?«, frage ich. Jeder Kunde bekommt immer auch eine Mappe mit dem Best-of unserer Arbeit, quasi unsere Visitenkarte.

»Die ist …« Sie blättert durch die Papiere.

»Nicht dein Ernst«, knurre ich verärgert, weil sie fehlt.

»Geht, ich schicke jemanden damit nach«, sagt sie.

Ich zögere, aber Owen greift mich am Arm. »Komm, ohne die Mappe geht die Welt nicht unter.«

»Zumindest nicht mehr als sonst«, murmle ich trocken.

Ich lasse meinen Blick schweifen, bis mir klar wird, warum. *Weil du sie suchst, Conrad. Lass das! Eure Wege haben sich die letzten Jahre nicht gekreuzt, sie tun es auch heute nicht.*

Wir nehmen den Fahrstuhl nach unten und warten vor dem Gebäude auf ein Taxi.

»Hier!«, höre ich da Indys Stimme vom Eingang kommend rufen. »Die Mappen!«

Fuck, den atemlosen Tonfall kenne ich! Sie trägt wieder diese sexy Jeans, wieder ein einfaches Shirt, heute nicht weiß, sondern rosa, wieder nur etwas Schmuck und Lippenstift. Und wieder, wie all die Male zuvor, schaut sie mich kein bisschen an.

»Danke schön«, sagt Owen und nimmt ihr die Sachen ab.

Danke, will auch ich sagen, da hat sie bereits kehrtgemacht. *Wie fucking immer.*

Wut steigt in mir auf. Ich drehe mich nach ihr um, aber sie ist schon bei den Fahrstühlen, als würde sie sterben, wenn sie zu lange die gleiche Luft einatmet wie ich. *Baby, wir hatten diesen Kuss, diesen absolut perfekten Kuss, und auch wenn du so tust, als wäre ich dir egal, gestern Nacht bist du gekommen. Und du wirst es wieder tun und mich dabei anschauen! Ob es dir passt oder nicht.*

»Fehlt noch was?«, fragt Owen, dem die Spannung zwischen Indy und mir offensichtlich entgangen ist. Dabei ist er sonst jemand, der sogar Staubkörner fallen hört.

»Nein, ich habe alles«, sage ich. *Zumindest für das Meeting. Denn ja, eine Sache fehlt mir: ein Blick von Indy, der mal nicht besagt, dass ich die Beulenpest habe. Und ich werde diesen Blick bekommen.*

***

»Fuck!«, ruft Owen zwei Tage später, nachdem ich ihn und Jake in mein Büro gebeten habe, und tritt gegen den Tisch.

Das Möbelstück knarzt protestierend, hält jedoch stand. Gut so, einen neuen Tisch können wir uns nämlich nicht leisten, denn wir haben den Auftrag der Fitnesskette nicht bekommen, und wir wissen alle, was das heißt. Wir müssen weitere Einsparungen vornehmen. *All-in* verkleinern. Wieder jemandem das Leben zerstören. *Yay!*

Keine Ahnung, was der Firma an unserem Konzept nicht gefallen hat. Es war gut. Ich war gut. Aber es ist, wie es ist.

Da ich der Haupteigentümer der Agentur bin, erbarme ich mich und hole die Personalübersicht. Von anfangs über zweihundert Namen auf der Liste stehen heute nur noch neunzig drauf – und ab morgen wieder weniger. Irgendein Beratertrottel hat das mal Gesundschrumpfen genannt. Fühlt sich für mich eher so an, als würde ich mir selbst Arme und Beine abhacken. *Was für ein Spaß!*

Hinter jedem Namen ist die Position, das Dienstalter, der Familienstand, das Vertragsverhältnis und das Gehalt aufgelistet.

Wir spielen das Spiel nicht zum ersten Mal. Jeder von uns hat einen Stift mit einer anderen Farbe in der Hand und markiert die Personen, die er entlassen würde. Sind wir uns einig, ist der Name gesetzt. Idealerweise kommen wir so schon auf die Einsparungen. Wenn nicht, diskutieren wir über die Personen mit zwei Markierungen, bis wir erneut einer Meinung sind.

Ich habe den Stift mit Orange, meine persönliche Hassfarbe, und mache den Anfang. Ich denke nicht lange nach und streiche konsequent jeden mit einem befristeten Vertrag und dann noch fünf Leute mit höheren Gehältern an, um auf die notwendigen Einsparungen zu kommen. Auf die Namen schaue ich nicht, sonst werde ich emotional.

»Du bist dran!«, sage ich zu Jake und schiebe ihm das Papier zu.

»Wunderbar, nehme ich heute doch mal alle Leute mit dem Buchstaben A im Namen«, murmelt er wütend auf mich, sich und die ganze Welt. Anders als eben so bissig verkündet, setzt er seine Markierungen nicht nur bei Namen mit A. Er streicht die Hälfte seiner Abteilung. Soweit ich erkenne, nicht nach Gehalt, sondern nach Berufserfahrung. Der Markt ist nicht leicht, aber es gibt Stellen. Wer

Erfahrung hat, hat gute Chancen, woanders unterzukommen. Passt mir nicht. Mit Anfängern kann ich den Laden nicht am Laufen halten. Aber so ist das Leben.

»Jetzt du!«, sage ich zu Owen.

»Fuck!«, sagt er erneut.

»Wehe, du trittst wieder meinen Tisch!«

Er macht es, aber jault auf, weil er wohl das Tischbein falsch erwischt hat. Gleich darauf trifft mich ein vernichtender Blick, als wäre ich für seine Schmerzen verantwortlich. *Fuck, als hätte ich nicht die gleichen – und zwar ohne den Tisch zu treten.* Er nimmt seinen Marker, als wäre der verseucht, und macht seine Markierungen. *Langsam. Sehr, sehr langsam.* Als er fertig ist, lässt er den Stift fallen, dreht das Blatt Papier zu uns und lehnt sich zurück. »So bunt, wie der Zettel ist, könnte man meinen, Jackson Pollock hätte ihn bemalt.«

Bringt uns bei einer Versteigerung bei Sotheby's nur leider keinen Cent! Wir starren alle auf die Übersicht. Rote, grüne und orangefarbene Striche sind wild verteilt. Es gibt gerade mal drei Überschneidungen. Immerhin. Die Namen sind damit gesetzt. Aber das genügt nicht. Wir müssen weitere 300.000 Dollar pro Monat einsparen.

Ich betrachte als Nächstes die Namen mit zwei Übereinstimmungen, und mir wird schlecht. Indy gehört zu dieser Gruppe. Zusammen mit zehn weiteren Personen. Ihr Gehalt liegt im Mittelfeld. Ich finde, dass es für ihren Job zu wenig ist, aber ich bin froh, dass sie nicht mehr verdient, sonst würde ihr Name an der Spitze der Liste auftauchen und förmlich rufen: ›Bitte, feuert mich!‹ *Fuck, das wird nicht passieren. Zumindest nicht vor Freitag.*

Entschieden streiche ich mehr teure Stellen und komme damit auf Einsparungen in Höhe von 250.000 Dollar. Besser als nichts. Damit kann die Agentur bis auf Weiteres überleben. »Einverstanden?«, frage ich.

Jake stöhnt auf, als er seine Top-Texterin auf meiner Liste entdeckt. »Priya hat *All-in* mit ihren Claims an die Spitze gebracht.«

»Ja, vor Jahren«, füge ich bedauernd hinzu. »Ihre Ideen haben an Biss verloren.«

»Kein Wunder, bei der Arbeitsatmosphäre!«, ruft er, steht auf und läuft auf und ab, als wüsste er nicht, wohin mit sich.

»Hey, wir stehen hier alle unter Druck!«

Er schiebt sich die Hemdsärmel hoch. *Nur zu! Die Woche war so hart, dass ich auch gerne Dampf ablassen würde.* Instinktiv rolle ich in meinem Stuhl zurück, bereit, aufzuspringen und mich zu verteidigen, sollte er die Nerven verlieren und mich angreifen.

»Kinder, bevor ihr euch die Köpfe abreißt, was haltet ihr davon, mehr Leute aus dem Mittelfeld zu nehmen?«, wirft Owen ein und markiert Indys und vier weitere Namen.

Kann er das bitte lassen?! Nach zwei Jahren, in denen mich diese Frau ignoriert hat, will ich diese Nacht mit ihr. Die steht mir zu. Punkt.

»Wir könnten auch die untersten Positionen nehmen«, schieße ich so bissig zurück, dass allen klar ist, dass ich meinen Vorschlag nicht ernst meine. »Warum drei Leute entlassen, wenn wir dreißig nehmen könnten. Großartige Idee!«

»Fuck!«, sagt Owen wieder nur, jetzt nicht mehr aggressiv, sondern resigniert, und lässt sich zurück auf seinen

Platz fallen. »Okay. Unsere drei Übereinstimmungen plus die teuren Stellen.«

»Auch für dich in Ordnung?«, frage ich Jake. Letztlich will keiner von uns Leute entlassen, aber wenn schon jemand geht, müssen wir geschlossen hinter der Entscheidung stehen.

»Nimm Alex noch von der Liste«, sagt er. »Dann bin ich dabei.«

Fragend sehe ich ihn an.

»Der Junge hat Talent«, erklärt er. »Du fällst doch auch keinen Baum, kurz bevor er Früchte trägt. Gib mir eine Woche Aufschub. Erst wenn wir bis dahin keinen neuen Auftrag an Land ziehen konnten, muss er auch gehen.«

»Dann sind wir uns also einig?«, frage ich noch mal in die Runde.

Owen und Jake nicken mit der Euphorie von Kerlen, denen man gerade die Pistole an den Kopf hält.

»Super, ist heute nicht ein wunderbarer Tag, um Leben zu zerstören?!«, blaffe ich, stehe auf, greife das Telefon und rufe in der Personalabteilung an, um das Offboarding vorzubereiten.

Offboarding! Zum Kotzen, wie man das heutzutage nennt. Als würde man aus einem Hotel auschecken. *Danke für den angenehmen Aufenthalt, beehren Sie uns bald wieder. Wenn es keine Umstände macht, würden wir uns auch über eine Bewertung freuen, natürlich eine gute.* Nein, wir werfen die Leute raus.

Aber besser sie als Indy.

KAPITEL
4

Indy

Klick, klick, klick. Akribisch bearbeite ich einen Werbekatalog. Eine langweilige Arbeit, bei der meine Gedanken immer wieder abschweifen. Nicht gut. Vor allem jetzt.

Wir haben den Etat nicht gewonnen, und es folgt die nächste Entlassungswelle. Schockiert sehe ich mit an, wie weitere Kollegen ihren Schreibtisch räumen müssen, wie Tränen fließen, wie wütend Stühle umgeworfen werden. Wie sich Lebensläufe über Nacht ändern.

Klick, klick, klick. Platzieren, Größe anpassen, Schrift fetten.

Ich sollte mich entspannen, weil ich nicht betroffen bin. Aber wer ist bitte ruhig, wenn links und rechts Bomben einschlagen?

Du bist sicher, Indy.

Sicher? Was heißt das schon? Wenn ein Schiff untergeht, ist niemand sicher. Es gibt nur Leute, die einen Platz im Rettungsboot haben, und solche, die zusehen müssen, wie sie überleben.

Klick, klick, klick. Bild tauschen, Text einfügen, Schriftart anpassen.

Los, bleib optimistisch.

Total easy!

Wir waren mal über zweihundert Mitarbeiter am Standort in New York. Ich erinnere mich noch an meinen ersten Tag, als ich die Agentur betreten habe. Es herrschte ein Kommen und Gehen, Musik lief, Leute lachten. Die Glaswände der Konferenzräume waren voller Moodboards und Skizzen. Jeder war hungrig nach der nächsten Idee, und wenn dabei ein Handstand half, dann machte man mal eben einen Handstand, um eine neue Sicht auf die Dinge zu bekommen.

Klick, klick, klick. Headline übernehmen, Preis aus Tabelle kopieren. Größer ziehen. Noch größer ...

Wenn ich mich jetzt umschaue, wirkt der Ort trostlos. Die nicht mehr benötigten Arbeitsinseln stehen am Rand, abgedeckt mit einem schwarzen Tuch. Wie Leichen, die auf ihre Beerdigung warten. Der Billardtisch setzt Staub an, und von den ehemals fünf Kaffeemaschinen sind nur noch zwei in Betrieb. Wenn noch mehr Leute gehen, wird dies bald ein Lost Place, einer jener verlassenen Orte, die in besonderen Reiseführern für Touristen auftauchen.

Keine Sorge, du bist safe!

Für den Moment. Kostet dich auch nur eine Nacht mit Max. Ein Schnäppchen. Zumindest falls dein Herz dabei ganz bleibt.

Klick, klick – stopp! Das war falsch! Das passiert mir sonst nie. Ich bin für meine Kollegen die englische Geheimwaffe. Was ich anfasse, gelingt.

Ich gehe zwei Schritte zurück und füge das korrekte Produktbild ein. Akribisch überprüfe ich den Katalog. *Klick, klick, klick. Richtig, richtig, richtig.* Das ist die letzte Aufgabe für heute, die mir die Texter noch kurz vor Feierabend gegeben haben.

Morgen, wird mir klar. *Morgen Abend liege ich in sein*

Oder bin in seiner Dusche.

Oder werde direkt von ihm auf dem Fußboden durchg

Ein Schauer durchläuft mich. Ich will es, aber ich auch nicht. *Heiliger Saint Piran, hilf mir, nur ein einzig das steht mir nach meinen ersten zwanzig Jahren in C ja wohl zu!*

»Das ist falsch«, reißt mich da Max' dunkle Stim den Gedanken.

Ich zucke zusammen und stoße die Tasse mit m kalten Kaffeerest um. Eine Lache läuft in Richtung tur. Hastig ziehe ich an meinem Shirtsaum und sau Flüssigkeit mit dem Stoff auf. Nicht die eleganteste Lö aber wirksam. Als Nächstes setze ich meine Kopfhör die mir immer helfen, konzentriert zu bleiben – und di hindert haben, dass ich bemerke, wie sich Max von h an mich herangeschlichen hat.

»H-h-hi!«, stammle ich überfordert und sehe mich Ich bin die Letzte auf der Etage, und er, der heißeste des Universums, sitzt auf der Tischkante neben mir. Er müde aus. Aber auch immer noch viel zu gut. »Was ma du denn hier? Um diese Zeit! An meinem Platz! Das ist n

»Aufpassen, dass dir kein weiterer Fehler unterlä Wäre doch schade, wenn jemand anderer dich morgen ern würde.«

Danke für den Reminder, warum ich das tue. Mir wird der ganz anders bei der Aussicht, den Job zu verlieren. habe nicht übertrieben, ich will nicht zurück nach Großb tannien. Ich brauche Menschen, die so sind wie ich, brau Menschen wie Ava und Giulia. *Und Max.*

Scht, nein, nicht Max.

»Ich habe hier alles im Griff«, sage ich trotzig und recke das Kinn. *Eine Powerfrau mit dreckigem Shirt, total seriös.*

»Ich passe trotzdem auf«, sagt er in meinem Rücken, streckt seine Hand aus und streift meine Schulter. »Dort vorne ist ein Schatten falsch.«

Ich stoße die Tasse erneut um. »Verdammt!« Sie ist zwar jetzt leer, aber dass ich mich wie ein schreckhaftes Reh benehme, passt mir gar nicht.

»Nervös, Baby?«

»Nein, warum denn?«, tue ich cool. *Was auch sonst? Ich kann ihm ja schlecht die Wahrheit sagen, will es mir nicht mal selbst eingestehen. Mein Höschen wird gerade feucht, nur weil du mich ansiehst.*

Als würde mir das helfen, rücke ich etwas zur Seite, bis mich der nächste mobile Schreibtisch bremst. Ich habe drei Zentimeter Abstand gewonnen. *Wow!* Dunkel erinnere ich mich, wovon er geredet hat. Ich schaue auf die Grafik, die er kritisiert hat. »An dem Schatten war ich noch nicht«, sage ich.

»Du hast schon den Text eingefügt.«

»Ich hätte es trotzdem noch bemerkt!«

»So wie beim letzten Mal?«

Er tut ja so, als würde ich ständig Mist bauen! Der Vorwurf trifft mich. Ich bin nicht irgendeine kleine Mediengestalterin, ich habe an renommierten Unis studiert, habe Preise gewonnen. Trotzdem schlucke ich meinen Ärger runter. Ich will keinen Streit, ich will, dass er mich alleine weiterarbeiten lässt. »Okay, vielleicht hätte ich es übersehen«, räume ich ein und ergänze den Schatten. »Zufrieden?«

»Mach ihn etwas schmaler«, nörgelt er weiter an meiner Arbeit herum.

»Herrgott! Er ist gut so.«

»Schmaler wäre er besser.«

»Kein Mensch wird auf den Schatten achten!«

»Am Ende geht es immer um Kleinigkeiten.«

Klick, klick, klick. Ich verkleinere den Schatten. Und vielleicht, aber auch nur vielleicht, sieht das besser aus. Aber im Gesamtbild geht die Änderung unter. Er hätte genauso gut verlangen können, dass ich einen einzigen Farbpunkt ändere, den man nur unter dem Mikroskop erkennen kann. Ich warte darauf, dass er nun geht. Tut er aber nicht. »Darf ich jetzt weiterarbeiten, Boss?«

»Sicher.«

»Allein?«

»Nein.«

Wenn er es darauf anlegt, dass ich ihn morgen im Schlaf ermorde, ist er auf dem richtigen Weg. Natürlich nach dem Sex, den würde ich mir nicht entgehen lassen. Sauer funkle ich ihn an. Das beeindruckt ihn null. Wenn überhaupt, dann scheint mein Ärger seine gute Laune zu befeuern. »Ich warte«, knurre ich.

»Wie du ja bemerkt hast, bin ich der Boss. Ich darf tun und lassen, was ich will, und gerade will ich dir beim Arbeiten zusehen. Oder mach ich dich doch nervös?«

Das gebe ich erst zu, wenn die Hölle gefriert – nachdem sie wissenschaftlich nachgewiesen wurde. »Immer noch nicht«, brumme ich.

»Warum rast dann dein Puls so?« Er fährt mit dem Finger über meine Halsschlagader, und ich halte kurz die Luft an, weil die Berührung so unerwartet ist. Und mein verfluchtes Höschen feuchter wird.

»Das ist, weil ich gleich explodiere.«

»Was passiert, wenn du explodierst?«

»Dann werfe ich den Bildschirm nach dir!«

»Oh, dann weiche ich wohl besser zurück. Beschädigung von Firmeneigentum müsste ich ahnden, und das wollen wir ja beide nicht, nicht wahr?«

Er weicht tatsächlich zurück, drei Millimeter. In keinem Verfahren der Welt ist das ein geeigneter Sicherheitsabstand.

»Los, mach weiter«, sagt er.

Los, unterhalt mich weiter, meint er wohl eher! Langsamer als üblich erledige ich die restliche Arbeit. *Klick, klick, klick.* Wenn Max etwas anders haben will, bekommt er es anders. Es ist nur eine Katalogseite, kein Hexenwerk – und schon gar kein Job, den ich in meine Mappe mit Arbeitsproben packe, falls ich mich zurück in Großbritannien bei einer anderen Agentur bewerben müsste.

»Wegen morgen übrigens«, sagt er schließlich.

»Ja?« *Klick, klick, klick.*

»Komm ohne Unterwäsche.«

»Verdammt!« Meine Hand rutscht mir aus, und ich stoße die Tasse zum dritten Mal um. *Offensichtlich bin ich nicht nervös, sondern werde alt und habe einen Tremor!* »Vergiss es!«, zische ich, als mein Gehirn seine Worte verarbeitet hat, denn auch wenn ich mir vorstellen könnte, ohne BH bei ihm zu erscheinen, ich werde auf keinen Fall ohne Höschen kommen.

»Falsche Antwort, Baby!«

Max

Ich hätte Indy schon öfter beim Arbeiten über die Schulter schauen sollen. Das wirkt richtig Stress abbauend. Je weniger sie mich hierhaben will, desto mehr Spaß habe ich. *Hach, Rache ist ja so süß!*

»Mach den Preis größer!«, sage ich, schiebe ihre Hand von der Maus, rücke wieder näher und übernehme.

»Max!«, keucht sie in einem Tonfall, der mich daran erinnert, wie sie mich angesehen hat, als sie gekommen ist. Ein Tonfall, den ich morgen Nacht noch viel öfter hören möchte. Ein Tonfall, der mehr als nur Protest ist.

»Ja? Gibt es ein Problem?« Gespielt ahnungslos weiche ich schon wieder zurück und überlasse ihr den Computer.

»Kannst du mich einfach arbeiten lassen?«

»Nein.«

Ich lehne mich zurück und achte nicht länger auf den Bildschirm. Sie hat alles unter Kontrolle, meine kleinen Eingriffe waren unnötig, nur ein Weg, um sie zu ärgern. Stattdessen schaue ich nun sie an. Mit dem vom Kaffee bekleckerten Shirt, das ich ihr am liebsten ausziehen würde. Wie sie in ihre Unterlippe beißt, wenn sie besonders konzentriert ist. Wie sie so sehr die Frau ist, die ich wollte – aber die mich nicht wollte.

Werd jetzt bloß nicht gefühlsduselig, Conrad! Die Unterwäschefrage hat sie geärgert. »Hast du High Heels?«, frage ich weiter.

»Und was kommt als Nächstes? Strapse, Lederstiefel und eine Peitsche? Ich bin Grafikdesignerin, keine Escortdame«, faucht sie, weicht einer Antwort aus und klickt und tippt hörbar heftiger auf der Computermaus und der Tastatur herum. *Die armen Geräte!*

»Die richtige Antwort wäre gewesen: Ja, besitze ich und trage ich gerne für dich, lieber Max.«

»Ich habe keine«, knurrt sie.

»Was ist mit dem Paar, das du damals getragen hast?«

»Welches Paar? Wann?«

Oh, sie weiß genau, wovon ich rede. Ich kann mich an jedes Detail des Abends im *Escape* erinnern – sie garantiert auch. Ich warte, aber sie schweigt trotzig. *Fein, werde ich eben direkter.* »Das Paar bei der Feier, als du mich geküsst hast.«

Ihr Kiefer verspannt sich. *Bingo! Sie erinnert sich.* Allerdings antwortet sie mir immer noch nicht.

»Ich warte, Indy. Das ist eine ganz normale Frage. Hast du die High Heels noch?« *Rote Schuhe mit Stilettoabsätzen, die ihre Beine so schön verlängert haben. Ein wahrer Hingucker …*

»Sie sind kaputt«, sagt sie.

»Kaputt?!« *Das denkt sie sich doch gerade aus!*

»Einer der Absätze ist gebrochen. Brauchst du Beweisfotos?!«

»Wenn du welche hast!«

Ihre sexy grünen Augen schicken Giftpfeile in meine Richtung. *Als könnten die mir was anhaben!*

Mit einem trotzig vorgeschobenen Kinn greift sie nach ihrem Handy, ein altes Gerät mit der Skyline von Manhattan als Bildschirmhintergrund. Sie entsperrt es und scrollt durch Fotos, bis sie mir eines unter die Nase hält. »Rein zufällig ist das erst vor ein paar Monaten passiert. Hier, glaubst du mir jetzt? Oder hätte ich den Schuhunfall polizeilich melden müssen?«

Auf dem Foto, das Indy mir zeigt, steht sie lachend in einem Heel in einer Gegend, die wie Chelsea aussieht, gleicht auf Zehenspitzen den Höhenunterschied zu ihrem anderen Fuß aus und schwingt den kaputten High Heel lässig an einem Finger. *Fuck, sieht sie glücklich aus.*

»Das waren die Schuhe? Ich hatte sie höher in Erinnerung«, stichle ich weiter, bevor ich anfange, ihr Komplimente zu machen, und ihr wie der größte Vollidiot des Universums mein Herz zu Füßen lege. Da würde sie mit den Sneakern, die sie heute trägt, sofort drüberlatschen.

»Das ist ja wohl kaum *mein* Problem, wenn *du* Gedächtnislücken hast. Iss mehr Ginseng. Laut Studien soll das helfen.«

Sie wendet sich wieder ab, als wäre damit geklärt, dass sie in Turnschuhen bei mir auftauchen wird.

»Was ist mit Dessous?«, frage ich weiter.

Dieses Mal zuckt sie nicht zusammen, dafür ist sie bereits zu sauer. »Ich denke, ich soll keine Unterwäsche tragen«, zischt sie.

»Dessous sind keine normale Unterwäsche. Also, besitzt du welche?«

»Klar, für meinen sexy Freund, der es total super findet, dass ich mit meinem Boss schlafen muss. Er hat mich schon gefragt, ob er mitmachen darf.«

Ha, ha. Ich weiß nicht, warum ich mir da so sicher bin, aber Indy hat keinen Freund.

»Ich mag meine Frauen außerdem rasiert«, rede ich weiter.

»Sag mal, checkst du es nicht? Ich komme zu dir. Dem habe ich zugestimmt. Mehr nicht. Noch ein Wort, und ich esse morgen den ganzen Tag lang Knoblauch.« Mit einem frechen Funkeln in den Augen dreht sie sich zu mir und rückt näher. »Hallo, Mr. Conrad, wie würde es Ihnen wohl gefallen, wenn ich stinke wie ein Iltis?«

Momentan stinkt sie nicht. Im Gegenteil. Ein blumiger Duft steigt mir in die Nase, und ich will sie küssen, so heftig, dass ihr die Lippen wehtun und sie bereut, so frech zu mir gewesen zu sein.

»Nur zu!«, sage ich und habe Mühe, cool zu bleiben. »Ich esse einfach auch etwas mit Knoblauch, dann merke ich es nicht. Aber ich könnte noch Fisch und Schimmelkäse obendrauf packen. Wie würde dir *das* gefallen?«

Ihre Gesichtsfarbe wechselt ins Grünliche, als sie sich das vorstellt. *Punkt für mich.*

»Nicht kotzen«, sage ich gespielt mitfühlend. »Das wäre noch ein Fehltritt. Keine Ahnung, ob ich dich dann nicht ficke und trotzdem feuere.«

Sie zittert. Vor Wut. *Oh, ich wüsste zu gerne, was sie jetzt entgegnen würde, wenn ich sie nicht in der Hand hätte.*

»Bei der Katalogseite würde ich den Kontrast übrigens noch etwas erhöhen«, gieße ich mehr Öl ins Feuer. *Sie hat es nicht anders verdient.*

Mit einem Satz springt sie auf. »Bitte, Boss, du willst helfen, dann mach das hier alleine fertig. Ich bin weg.« Sie schnappt sich ihre Sachen und stürmt zu den Fahrstühlen.

Nicht ihr Ernst?! »Hiergeblieben, das ist nicht mein Job, sondern deiner«, rufe ich ihr hinterher. Ohne Erfolg. Sie zeigt mir im Gehen sogar den Mittelfinger über ihre Schulter. *Super unangebracht. Und super sexy.*

Sie ruft einen der Aufzüge.

Nein, die Eier hat sie nicht, das durchzuziehen!

Als die Kabine kommt, zögert sie einen Moment, dann steigt sie tatsächlich ein.

Doch, hat sie! Ich muss lächeln. *Fuck, du bist so was von fällig, Indy. Du hältst es nicht in meiner Nähe aus? Morgen wirst du es müssen.*

KAPITEL
5

Indy

Habe ich meinem Boss wirklich meine Arbeit aufgedrückt und bin gegangen? Diesen Abgang werde ich bereuen. Ich kann nur hoffen, Max ist in der Lage, die Katalogseite fertigzustellen, sonst bekomme ich Ärger mit Charlotte.

Aber das war es wert. *Er glaubt, er hat mich provoziert? Möglich. Ich aber auch ihn.* Ich sollte das nicht mögen. Aber man sollte auch nicht bei Rot über die Straße gehen, machen trotzdem viele Leute, hier in New York sowieso.

Angespannt verlasse ich das Gebäude und rechne damit, dass Max jeden Moment noch irgendetwas einfällt, um mich zurückzupfeifen. *Wünsche* es mir. *Ja, verrückt!* Das scheint neuerdings mein zweiter Vorname zu sein. *Gestatten: Indy Verrückt Fallon. Sehr erfreut.*

Den gesamten Nachhauseweg über spüre ich die Hitze der Begegnung. Erst als ich die Wohnungstür hinter mir zumache und mich meine Mum anruft, bringt mich das runter. Gefühlt ist es so, als hätte ich als Teenagerin mit einem Jungen in meinem Zimmer herumgeknutscht und sie wäre reingeplatzt. Nicht dass das je passiert wäre. Ich war Muffin, das seltsame, etwas pummlige Mädchen und hatte in Padstow keine Freunde. Aber so stelle ich es mir vor.

»Hi, Mum, wie geht es euch?«, melde ich mich, steige aus meinen Sneakern, verschwinde in mein Zimmer und lasse mich aufs Bett fallen.

»Gut, gut. Ist es jetzt günstig?«, fragt sie.

»Ich komme gerade von der Arbeit, es ist echt spät. Wenn du am frühen Nachmittag anrufst, ist es bei mir morgens, das ist besser, das hatte ich dir doch schon mal erklärt«, sage ich in der Hoffnung, dass sie sich irgendwann an den Zeitunterschied zwischen Europa und den USA gewöhnen wird. »Rufst du wegen was Bestimmtem an?«

»Ja, ich plane meinen Geburtstag und erstelle die Gästeliste. Die Feier soll am Wochenende stattfinden. Du kommst doch, oder?«

The same procedure as every year. ›Das gleiche Prozedere wie jedes Jahr‹, fällt mir der Spruch des Silvester-Klassikers *Dinner for One* ein, und ich muss über meine Mum lächeln. *Als würde ich ihren Geburtstag verpassen!* »Urlaub ist eingereicht, ja, ich komme.«

»Allein?«

In die Richtung geht das Gespräch?! So furchtbar meine Mum die Vorstellung findet, dass ich mit einem Amerikaner durchbrenne, noch furchtbarer findet sie, dass ich keinen Freund habe und als alte Jungfer sterbe. Aber ich kann sie schlecht anlügen. Bis Herbst habe ich keinen Freund, es sei denn, ich bestelle einen Escort. »Ja, ich komme allein«, sage ich. »Du darfst mich wieder am Kindertisch platzieren.« Den ich für mich mittlerweile nicht mehr den Kindertisch, sondern den ›Die letzten Singles in Cornwall‹-Tisch nenne.

»Fantastisch«, freut sich meine Mum, woraufhin bei mir sämtliche Red Flags der Welt wild im Wind flattern.

»Fantastisch?«, wiederhole ich.

»Ja!«, jubelt sie. »Sylvia hat mich gefragt, ob du jemanden hast, aber ich war mir nicht sicher. Ihr Sohn David hat nämlich auch noch niemanden, und er wird kommen. Ist das nicht perfekt?! Ich werde euch direkt nebeneinandersetzen.«

So perfekt wie ein Platz im *statt* am *Lagerfeuer!* »Oh nein!«, entfährt mir. Ich kann mich nicht an einen David erinnern, aber wenn er aus der Gegend kommt, werden er und ich ganz sicher keine Freunde.

»Oh doch!«, jauchzt meine Mum, seit jeher immun gegen jegliche Art von Gegenwind. »David ist so ein toller Kerl geworden, ein richtiger Fang. Er wird dir gefallen. Ihr passt perfekt zueinander. Er hat die Pension seiner Eltern übernommen, liebt meine Scones und hat so gute Manieren.«

Das klingt genau nach meinem Typ Mann. In Gedanken stelle ich David neben Max. *Sie liegen so weit auseinander wie Nord- und Südpol. Erde und Mond. Ach was, Sonne und Polarstern!*

»Mum, ich bin mir nicht sicher, ob David und ich –«

»Vertrau mir, Schatz, er ist der Richtige.«

Wofür? Für Depressionen bis an mein Lebensende? »Wenn du das sagst«, antworte ich jedoch geschlagen und erinnere mich daran, dass ich nur eine Woche in Cornwall sein werde. Die werde ich überstehen – und als Single wieder abreisen. *Wie jedes Jahr.*

Meine Mum versorgt mich die nächste halbe Stunde mit Gossip aus der Familie und aus Padstow. Sie hört es nicht gerne, aber in dem Punkt unterscheidet sie sich kaum von Amerikanern. Jeder Mensch liebt Klatsch und Tratsch, und für den Moment höre ich ihn mir gerne an, denn er ist eine willkommene Abwechslung zu meinem Leben in New York, das so durcheinandergeraten ist.

***

Der nächste Tag beginnt wie jeder andere. Doch das ist er nicht. Heute Abend treffe ich Max, und je später es wird, desto nervöser werde ich. Selbst mit zwei Koffern am Flughafen in Newquay einzuchecken und als Ziel den Kennedy-Flughafen in New York anzugeben, hat mich nicht so nervös gemacht. Damals hatte ich eine vage Vorstellung von dem, was mich erwartet. Heute habe ich die nicht.

»Indy, die Hotelkette braucht noch schnell Daten für einen Schlüsselanhänger«, ruft mir Charlotte kurz vor 19 Uhr zu.

»Welchen Schlüsselanhänger?«, frage ich, als ich gerade dabei bin, meine Arbeitszeiten für die verschiedenen Projekte zur Abrechnung beim Kunden einzutragen. Ich wollte jetzt los, um mich zu Hause auf den Abend und die Nacht vorzubereiten. Nicht mit Knoblauch, um Max abzuschrecken, aber auch nicht mit rasierten Beinen. Ich dachte an etwas in der Mitte, wie eine Dusche und einen leichten Snack.

»Sie wollen einen ganz normalen Schlüsselanhänger!«, ruft Charlotte.

Ich hebe verständnislos die Hände. *Was ist heutzutage schon normal?* »Ich habe kein Briefing erhalten.«

»Weil das keine Raketenforschung ist. Sie brauchen die Daten heute, damit die Teile in Druck gehen können. Sind für eine Messe. Ich schick dir die technischen Anforderungen.«

»Und wie soll das Design aussehen?«, frage ich und öffne bereits die Mail, sehe die Maße und Farbvorgaben und beginne routiniert, das Projekt anzulegen. *Piece of Cake*, ein Kinderspiel, so was erledige ich im Schlaf.

»Sie wollen was, was zur Marke passt.«

Und ich kann Gedanken lesen! Das sind zu wenige Vorgaben. »Bitte mehr Details, Charlotte.«

»Ich habe keine. Zauber einfach was.«

Kaninchen aus Hüten? Gerne doch! Oh, ich hasse es, wenn es plötzlich schnell gehen muss. Das einzig Gute an dem Auftrag ist, dass ich nicht ständig auf die Uhr schaue und daran denke, dass ich gleich Max treffe. Nach bestem Wissen und Gewissen bastle ich was zusammen.

»Fertig!«, sage ich eine halbe Stunde später. »Darf ich jetzt los?«

»Warte bitte noch auf das Feedback.«

»Argh!« Ich kann mir einen frustrierten Laut nicht verkneifen und ernte daraufhin einen strengen Blick von Charlotte. »Alles super«, sage ich laut. »Hab an einem Freitag nichts Besseres vor, als langweilige Schlüsselanhänger zu designen«, murmle ich leise für mich.

»Hast du Pläne?«, fragt Ava, die mich gehört hat.

»Nichts Besonderes«, lüge ich. »Nur mal genießen, dass ich freihabe, vielleicht mit meiner Mitbewohnerin Cocktails trinken gehen.« Das ist tatsächlich das einzig Positive an der Auftragsflaute. Wenn Jobs reinkommen, wird es eng, weil weniger Leute mehr machen müssen. Da aber immer weniger Jobs reinkommen, gibt es öfter entspannte Tage. Für eine Werbeagentur sehr ungewöhnlich. Für mein Sozialleben gut. »Wie sieht es bei dir aus?«, frage ich.

»Ich kann nachher endlich mal wieder an meinem Yogakurs teilnehmen. Freu mich da schon den ganzen Tag drauf.« Sie streckt sich, als würde sie sich vordehnen. »Klappt allerdings nur, wenn ich das hier schaffe.«

»Dann geh!«, sage ich und beschließe, ihr zu helfen.

»Bist du dir sicher?«

Ich deute mit dem Kopf in Richtung Charlotte. »Ihretwegen muss ich gerade Däumchen drehen. Ich mache deine Sachen so lange fertig.«

»Danke, du bist ein Schatz!«

Ja, bin ich. Sobald sie weg ist, übernehme ich ihren Job. Viel ist nicht mehr zu tun, aber es ist eine gute Aufgabe, um die Wartezeit zu überbrücken.

»Indy, das Design ist ihnen zu fad«, gibt mir Charlotte schließlich Rückmeldung zu meinem Schlüsselanhänger.

Fad?! Mir platzt gleich was! »Ich habe ihr Firmenlogo benutzt! Wie können die das langweilig finden?«, zische ich. Das Logo habe ich sehr kreativ als Muster aufgebracht, so wie es manchmal auch auf Luxushandtaschen gemacht wird. »Was wollen sie dann?«, frage ich laut zurück.

»Was Besonderes.«

»Wie wäre es mit Geschmack und einem Kurs in zeitgenössischem Design?«, murmle ich, aber gebe Charlotte zu verstehen, dass ich mich darum kümmere. *Was sonst?* Ich dupliziere das gesamte Projekt und arbeite verstärkt mit dem Design der aktuellen Kampagne, nicht mit dem Logo der Hotelkette. Ach, verdammt, und bevor sie das auch zu lahm finden, nehme ich noch das Schlüsselthema auf und packe einen Spruch drauf. OFFEN FÜR ALLES. Ich bin keine Texterin, aber Tom, mein ehemaliger Sparringspartner, der relativ früh während der ersten Kündigungswelle selbst gegangen ist, wäre stolz auf mich. Er war wirklich gut, was doppeldeutige Wortspiele anging.

»Indy!«, ruft mir Charlotte zu, als ich die Ansichtsdatei

verschickt habe. »Was hast du dir dabei gedacht?! Der Anhänger ist für eine Messe, nicht für ein Bordell.«

Ist Charlotte neuerdings nicht nur inkompetent, sondern auch verklemmt? »Also jetzt weniger?«, frage ich hilfsbereit nach.

»Viel weniger.«

Na, immerhin habe ich nun eine Range, innerhalb der ich mich bewegen kann. Ich mache noch einen Entwurf, reduziert und trotzdem kreativ, und scrolle durch Instagram, während ich auf Charlottes Feedback warte. *Das hier sollte schnell gehen und zieht sich völlig unnötig in die Länge, weil sie nicht in der Lage ist, ein Briefing zu erstellen!*

Brr-brr. Ich erhalte eine Nachricht von Max, und mir wird schlecht, als ich sie lese: WENN DU NICHT IN 5 MINUTEN DA BIST, PLATZT UNSER DEAL!

Nein, nein, nein! Ich werfe einen Blick auf die Uhr und zucke zusammen. Es ist fast neun, und ich bin zu spät. Ich bin so was von zu spät. *Scheiße.* Mir wird ganz anders, als mir klar wird, was auf dem Spiel steht. Und das nur wegen dieser Wichtigtuerin aka Teamleiterin. Ich antworte sofort, als ginge es um mein Leben. Tut es irgendwie auch.

Ich: Bin noch in der Firma.
Max: Du bist ausgeloggt.

›Ich‹, tippe ich schon, doch bevor ich den Satz zu Ende schreibe und antworte, schaue ich ins System. Stimmt, ich hatte mich vor Stunden abgemeldet. *Ungünstig.* Sofort logge ich mich wieder ein. Dann antworte ich ihm.

Ich: Bin noch hier und jetzt auch wieder angemeldet. Es gab noch einen Job zu erledigen.
Max: Was bitte muss Freitagabend noch raus?
Ich: Schlüsselanhänger, Boss.
Max: Schlüsselanhänger?!
Ich: Ich mache nicht die Regeln.
Ich: Ich kann gleich gehen.
Ich: Falls die Teelichter, die du für mich vorbereitet hast, schon runtergebrannt sind, zünde neue an!

Daraufhin schreibt er nichts mehr. Keine Ahnung, ob ich zu weit gegangen bin oder ob er nun tatsächlich entweder Teelichter neu anzündet oder überhaupt erst welche aufstellt. Oder vielleicht sogar, falls welche stehen, sie wieder wegnimmt, damit es auch ja nicht zu gemütlich für mich wird. Zuzutrauen wäre es ihm.

»Freigabe«, ruft Charlotte mir da das erlösende Wort zu. »Gute Arbeit!«

Nichts wie weg hier! Schnell wie der Blitz gebe ich die hochauflösenden Druckdaten weiter und stürme aus der Agentur. Wenn es noch etwas zu klären gibt, soll Charlotte sich selbst darum kümmern. Ich werde nicht in fünf Minuten bei Max sein, aber ich hoffe, der Deal steht noch. *Bitte, bitte, bitte.*

***

»Wir sind da«, verkündet der Taxifahrer.

Ich kenne die Ecke in Midtown gut. Giulia und ich sind hier oft Cocktails trinken. Brooklyn ist großartig, aber das richtige New-York-Gefühl bekomme ich erst hier. In den Wolkenkratzern brennt Licht, und wir fragen uns immer, wer dort oben lebt und was derjenige gerade tut. *Heute bist du einer von den Leuten, Indy.*

Ich bezahle den Fahrer und steige aus. Beim Betreten der Lobby zupfe ich hastig an meinen Haaren. Eine Dusche wäre mir lieber. Ich sehe überhaupt nicht so aus, als käme ich für eine wilde Nacht. Mein Look sagt eher: gemütlicher Filmabend. Würde mir gefallen, aber darauf wird sich Max nie einlassen. Er hat klargemacht, was er von mir will. Wenn heute ein Film abläuft, dann nur in meinem Kopf.

»Guten Abend, Mr. Conrad erwartet mich«, melde ich mich beim Portier. »Ich bin Indy Fallon.«

Der Mann überprüft zuerst meine Angaben in seinem System, verlangt dann meinen Ausweis, meldet mich schließlich an und führt mich zu den Aufzügen. »Ich wünsche Ihnen einen schönen Abend, Ms. Fallon.«

Das wird sich erst noch zeigen!

Ich betrete die Kabine und zucke zusammen, als der Fahrstuhl sich mit einem Ruck in Bewegung setzt. *Jetzt gibt es kein Zurück mehr.* Ein erster Schauer durchläuft mich. *Nicht die Nerven verlieren, Indy.*

Wenig später hält die Kabine mit einem Pling direkt in einem Penthouse, und mir wird ganz anders. Die Türen öffnen sich, und vor mir erstreckt sich eine offene Wohnetage mit einem überwältigenden Blick auf Midtown. Das Licht im Raum ist gedämpft, ich sehe die Stadt, die Stadt sieht mich nicht. Und etwa fünf Meter entfernt, an eine Kommode gelehnt, steht Max in Jogginghosen. *Nur* in Jogginghosen.

Heiliger Saint Piran, der Deal steht wohl. Und wie er steht! Was ist mit Max' Anzug passiert? Hätte er nicht wenigstens angezogen auf mich warten können? Oder soll mich der göttliche Anblick umhauen? Funktioniert!

Ich müsste aus dem Fahrstuhl treten, stattdessen weiche ich zurück. Es ist ein erbärmlicher Versuch, mich Max' Ausstrahlung zu entziehen, aber irgendeinen muss ich unternehmen. Das hier wird übel für mich enden. Richtig übel. Jede Faser von mir brennt augenblicklich für diesen Mann – und er sieht mich bisher nur an. Sein Blick ist wie flüssige Lava, die mich versengt. Ich wünschte, ich hätte jetzt High Heels und verführerische Dessous an, um selbstbewusst auf ihn zuzugehen und zu zeigen, dass er mich nicht einschüchtern kann, dass ich dieses Spiel genauso gut beherrsche wie er. Dass ihm noch leidtun wird, dass er das hier von mir verlangt. *Ich könnte Projekt MCUDVB starten!* Stattdessen fühle ich mich wie Aschenputtel, das im falschen Märchen gelandet ist. Dem von Rotkäppchen und dem bösen Wolf.

»Ich beiße nicht«, sagt Max mit dem Hauch eines Lächelns in den Mundwinkeln und bewegt sich langsam in meine Richtung.

Ich versuche, einen weiteren Schritt zurückzuweichen. Nicht weil ich glaube, dass er meinem Körper wehtun wird. Nein, er wird mein verfluchtes Herz in Stücke reißen. In Rekordzeit.

Gerade als sich die Aufzugtüren schließen wollen, taucht eine Hand im Türspalt auf und öffnet sie wieder. Max steht vor mir. Ein halb nackter Max, der frisch geduscht riecht und einfach umwerfend aussieht. Ganz anders als im Büro. Ganz wie er selbst. *Gefährlicher. Unwiderstehlicher.*

»Wir hatten einen Deal, Baby«, sagt er, und sein Blick wandert verärgert über meine Garderobe, dabei weiß er, dass ich direkt aus dem Büro komme. »Hast du es dir anders überlegt?« Er betrachtet mein Gesicht aufmerksam. »Dann brauchst du am Montag nicht zur Arbeit zu erscheinen.«

Warum weiß er immer so genau, welche Knöpfe er bei mir drücken muss? Zu all den unterschiedlichen Gefühlen aus Lust, Sehnsucht und Überforderung gesellt sich nun Angst. Max macht keine Scherze. Wenn ich kneife, verliere ich meinen Job. Und wenn ich meinen Job verliere, muss ich zurück nach England. In mein Jugendzimmer, in die Enge, der ich doch gefühlt gerade erst entkommen bin. Zu Leuten, für die ich Muffin bin. *Los, Indy! Du ziehst das jetzt durch! Deal ist Deal, Pflicht ist Pflicht. Darin sind Engländer gut.*

Ich gebe mir einen Ruck und schreite erhobenen Hauptes und ohne auf meinen weichen Beinen zu stolpern an ihm vorbei. Das Apartment ist schön. Es verkörpert New York, genau so, wie ich es mir immer vorgestellt habe. Bodentiefe Fenster, Ledersofas, Designerleuchten, Kunstwerke – alles ist perfekt aufeinander abgestimmt – und alles passt so gut zu diesem Mann.

»Also, wo möchtest du mich haben?«, frage ich lässig. »Auf dem Sofa?« Ich sehe mich um und schnaube. »Ich meine, auf dem dunklen Sofa hier? Oder vielleicht auf dem da hinten? Oder auf einem dritten, das es bestimmt gibt?« Ich gehe daran vorbei und fahre mit der Hand über das Polster. »Oder wie wäre es auf der Küchentheke? Ein klischeehafter Ort, aber hey, wir haben diesen Deal, ich bin hier, also passt es wohl.«

Ich werfe Max einen kurzen Blick über die Schulter zu. Er hat sich nicht gerührt, steht immer noch beim Aufzug, obwohl sich die Türen längst geschlossen haben, doch sein Blick folgt mir, als wäre ich ein markiertes Ziel. Es dauert nicht mehr lange, dann wird er abdrücken, und ich werde fallen. *Sehr tief, sehr schmerzhaft. Aber damit kannst du dich später beschäftigen, Indy.*

»Oder wir treiben es im Bad. Du hattest ja anscheinend bereits eine Dusche, aber ich könnte noch eine vertragen. Es war ein langer Tag«, sage ich und schaue mich um. »Wo ist das Bad? Da entlang?« Ich zeige auf einen Flur und gehe schon los, als wäre ich hier zu Hause.

»Stopp!«, sagt er da mit einer so tiefen, geschmeidigen Stimme, dass mein Körper abrupt innehält, als hätte Max einen geheimen Schalter betätigt, von dem selbst ich nicht wusste, dass es ihn gibt. Gleich darauf spüre ich, wie er näher kommt, wie Feuer, das sich unaufhaltsam seinen Weg zu mir bahnt, bereit, mich zu verzehren.

Cool bleiben, Indy!

Leichter gesagt als getan.

»Du bist also wirklich hier«, flüstert er und bleibt vor mir stehen. Eine Naturgewalt, die mich mit sich reißen wird. Mit der Hand fährt er mir sanft durch die Haare, überfordert will ich zurückweichen, doch er hält mich mit dem anderen Arm um meine Taille gelegt fest. »Halt still. Oder hast du unsere Abmachung vergessen? Bis morgen früh gehörst du mir. Du wirst tun, was ich will, wann ich es will.«

Mehr Hitze schießt durch mich. Ein Schwindelgefühl überkommt mich, wie bei einer Karussellfahrt. Noch ist es schön, es könnte aber jeden Moment umschlagen.

Ich schließe die Augen, muss mich sammeln. Muss irgendwie die Distanz wahren, sonst bin ich verloren. Aber natürlich lässt er das nicht zu. »Nein, sieh mich an!«, befiehlt er.

Ich zögere. *Zu lange.*

»Sofort, Baby!«

Nervös öffne ich die Augen und muss schlucken, als ich in seine gewitterblauen Augen schaue. *Täusche ich mich, oder mache ich ihn genauso verrückt wie er mich? Ist es für ihn mehr als ein Deal? Oder verliere ich nur den Verstand?*

»Und jetzt stillhalten!« *Sagt der Wolf zum Lamm.*

Obwohl Max mich vorwarnt, zucke ich zusammen, als seine Finger mir wieder durch die Haare streichen. Gänsehaut breitet sich über meinem Körper aus, und jede Zelle in mir vibriert von dieser sachten Berührung. *Als würde ein kleiner Tropfen ausreichen, um in einem Ozean Wellen zu schlagen.*

Ein leises Knurren in meinem Magen erinnert mich daran, dass ich seit dem Mittag nichts gegessen habe. Vielleicht bin ich nur deshalb so durch den Wind. So leichte Beute. *So im Arsch.* Max scheint es nicht zu bemerken.

»Was machen wir jetzt?«, presse ich hervor.

»Ich ziehe dir dein Shirt aus.« Er greift nach dem Saum meines Oberteils, und ich erschauere, als ich seine Hände spüre. »Heb die Arme!«

Ich dachte eben schon, dass mein Herz rast, aber das war nur ein Spazierschritt im Vergleich zu dem Sprint, zu dem es nun ansetzt. Max meint es ernst, er wird mit mir schlafen. Heute. Hier. Zwei Jahre lang habe ich mir vorgestellt, wie das wohl wäre, gleich weiß ich es, und ich bin nicht auf diesen Moment vorbereitet. Weder auf den Höhenflug noch auf den Absturz, der unweigerlich kommen wird. *Wie auch?*

Ungelenk hebe ich die Arme, als wäre ich ein Teenager und das wäre mein erstes Mal mit einem Jungen. Jede Sekunde gräbt sich in mein Gedächtnis. Er zieht mir das Shirt aus, und plötzlich stehe ich im BH vor Max. In der Sorte

BH, die ganz klar sagt, dass der Trägerin Bequemlichkeit wichtiger ist, als verführerisch zu sein. Nicht das Modell, das ich auf der Party anhatte. Das habe ich seit dem Abend nie wieder angezogen.

»Halt still«, sagt er, greift um mich herum an meinen BH-Verschluss, was seinen Duft zu mir wirbelt.

Selbst wenn ich wollte, könnte ich mich nicht rühren. Weitere Schockwellen durchfahren mich, schlagen gegen meine immer heftiger bröckelnden Schutzmauern. Die Frage ist nicht, ob er sie niederreißen wird, nur wann.

Er löst die Haken meines BH-Verschlusses und lässt das Teil achtlos zu Boden fallen.

Ein Keuchen entweicht mir, eine Mischung aus Erleichterung und Schock. Die kühle Luft sorgt für Gänsehaut. Ich kann spüren, wie sich meine Nippel zusammenziehen, sich ihm anbieten, damit er sie berührt.

Gleichstand, tönt eine unpassende Stimme in meinem Kopf, weil Max ja schon die ganze Zeit oberkörperfrei ist. Aber es fühlt sich nicht an wie Gleichstand, sondern so, als hätte er eine meiner mühsam errichteten Schutzmauern, die mit dem Tower von London konkurrieren könnten, mit einem Schnippen weggezaubert. Sein Feuer trifft mich mit voller Wucht.

Oh, Indy, in was hast du dich da nur hineinmanövriert? Als Engländerin bist du solche Hitze nicht gewohnt!

Wieder knurrt mein Magen. Aber ich spüre mehr als normalen Hunger. »Und jetzt?«, frage ich, will stark klingen, höre jedoch das verräterische Zittern in meiner Stimme.

»Jetzt essen wir«, sagt er und legt seine Hand auf meinen Rücken, um mich in Richtung Küche zu führen.

»W-w-wie bitte?«, stammle ich, immer noch damit beschäftigt, zu verarbeiten, wie sich seine Hand auf meiner Haut anfühlt. *Warm, groß und kräftig. Beruhigend und gleichzeitig wie eine Warnung, keinen falschen Schritt zu machen. Dabei ist ab hier jeder Schritt verkehrt.*

»Wir essen«, wiederholt er. »Du scheinst hungrig zu sein. Das werde ich ändern. Wenn ich einmal mit dir angefangen habe, werde ich keine Pause mehr einlegen, also komm mit!«

Peng! Mit einem lauten Knall reißt er eine weitere Schutzmauer ein, als wäre sie aus Papier.

Max

Was tust du da, Conrad? Kümmerst du dich etwa um sie? Fick sie einfach! Direkt hier auf Sofa eins von dreien, wie sie so clever bemerkt hat. Das ist doch der Sinn der Sache!

Aber ich ficke sie nicht. Nicht sofort. Ich will, dass sie fit ist, wenn ich mit ihr schlafe.

Und du kümmerst dich um sie.

Blödsinn!

Ich führe sie zur Kücheninsel und hasse, wie nackt sie ist. *Hätte ihr Magen nicht eher knurren können? Dann würden mich jetzt nicht ihre vollen Brüste mit diesen riesigen Nippeln um den Verstand bringen, und ich hätte nicht diesen unangenehmen Ständer.*

»Setz dich!«, sage ich und deute auf einen der Barhocker. Ich überlege, was ich ihr machen kann. Eigentlich hatte ich mich auf Sex eingestellt, nicht auf ein Abendessen. Der Kühlschrank ist voll mit Gemüse, Fisch und Fleisch, aber ich kann ihr nicht einfach eine Schüssel rohen Brokkoli vor die Nase setzen. Der Rest dauert zu lange. Notgedrungen setze ich Nudeln auf und gebe eine Fertigsoße zum Aufwärmen in die Mikrowelle. *Kein Fünf-Sterne-Menü, aber es wird seinen Zweck erfüllen. Ihr die Energie geben, mir zu sagen, wie sehr sie die Nummer hier hasst.*

Als alles in Arbeit ist, drehe ich mich um und betrachte sie in Ruhe. Die Frau meiner Träume. Die Frau, die mich durch ihre bloße Existenz seit zwei Jahren in den Wahnsinn treibt. Die Frau mit diesen abartig tollen Brüsten und den Nippeln aus der Hölle. *Ja, die englische Geheimwaffe*, denke ich mir, *auf so vielen Ebenen.*

Wieder versucht sie, mir und meinem Blick auszuweichen.

»Gesicht zu mir«, ermahne ich sie.

»Wow, ich dachte, du bemerkst gar nicht, wenn ich die Decke anstarre, weil dein Blick auf meinen Brüsten klebt.« Ihre hübschen grünen Augen funkeln mich verärgert an. Giftgrün hat sie sie mal genannt, aber mich erinnern sie eher an die Baumdecke im Central Park, der Oase Manhattans, ein Ort der Erholung. Für jeden geöffnet außer für mich.

»Brüste sind Brüste«, sage ich, als wären ihre nicht so besonders. »Wie gefallen dir meine?« Ich fahre über meinen Oberkörper. Ihr Blick folgt der Bewegung – bis zu meinem Schritt. Sie schluckt, als sie meinen Ständer bemerkt. »So begeistert?«, ziehe ich sie auf.

»Eher erleichtert«, feuert sie zurück. »Ich hatte schon

befürchtet, du hast seit damals Fett angesetzt. Aber das da?« Sie macht eine Geste und meint meinen Body. »Das ist erträglich.« *Erträglich? Biest!*

»Mal sehen, ob du mich auch erträglich findest, wenn ich in dir bin.«

»Natürlich«, sagt sie nur. »Oder erwartet mich was Besonderes?«

Megabiest. »Ich bin groß.«

»Das sagen doch alle, *Max*«, antwortet sie, betont meinen Namen, als hätte ich den, um mich größer zu machen, als ich bin, und lacht. *Sie lacht! Das wird ihr noch leidtun.*

»Wenn das so ist, muss ich mich ja nicht zurückhalten«, sage ich kühl. »Wollen wir gleich mal eine Proberunde drehen, solange das Essen noch kocht?« Die Mikrowelle piept. »Dein Glück, Baby. Das muss wohl warten.«

Sie beißt sich auf die Lippe und schweigt. *Besser so.*

Die Soße ist fertig, und die Nudeln sind weich genug. Ich gieße das Wasser ab, schaufle die Spaghetti auf einen Teller, kippe die Soße drauf und stelle den Teller vor ihr ab. Als sie nach dem Besteck greifen will, klopfe ich ihr auf die Finger. »Ich übernehme das!«

»Das ist doch albern, Max.«

»Meine Nacht, meine Regeln«, erwidere ich und drehe die Gabel, um Nudeln mit Soße aufzunehmen. »Mund auf!« Sie zögert, und ich lasse die Gabel vor ihr schweben. »Spiel mit, oder willst du, dass heiße Soße auf deine Brüste tropft? Ich müsste sie auflecken.« *Und an deinen fucking Nippeln knabbern.*

Noch ein wütender Blick folgt, aber sie fügt sich und nimmt einen Bissen.

»Schmeckt es dir?«, frage ich.

Sie nickt kauend. Beste Antwort der Welt. Denn die Blicke, die sie dabei auf mich abfeuert, sprechen Bände. Sie hasst es, so behandelt zu werden, und genau deshalb liebe ich es. Die gerechte Strafe dafür, mir einfach aus dem Weg gegangen zu sein.

Mit jedem ihrer Bissen wird meine Genugtuung jedoch kleiner, eine andere Art von Zufriedenheit dafür größer. *Fuck, Conrad, gefällt es dir etwa, für sie da zu sein? Das war nicht der Plan.*

Mit Absicht nehme ich zu viel Pasta mit Soße auf die Gabel. Prompt landet Tomatensoße auf ihrem Kinn und ihrem Dekolleté. »Ups«, sage ich kein bisschen bedauernd.

»Was passiert jetzt?«, keucht sie.

»Halt still!« Ich beuge mich zu ihr, bis ich ihren Atem auf meinem Gesicht spüre, warte noch eine Sekunde und lecke ihr dann die Soße von ihrem Kinn.

»Max!«, zischt sie und versteift sich.

Ihr passt nicht, wie ich sie behandle? Wunderbar, dann läuft das hier nach Plan! Zumindest rede ich mir das ein, damit nicht dieser eine Funke in mir zum Leben erwacht, der Gefallen daran findet, dass es ihr gefallen könnte. Funken sind gefährlich. Sie entzünden jeden noch so kleinen Rest Zuneigung, werden zu kleinen Flammen, die zu Bränden werden, und irgendwann fragst du dich, ob du den Verstand verlierst. Indy ist definitiv jemand, für den ich meinen Verstand verlieren könnte.

»Jetzt noch der andere Fleck.« Ich beuge mich tiefer und gleite mit der Zunge über ihr Dekolleté, schmecke sie, spüre sie – will mehr.

»Max!«, keucht sie wieder. Sie zieht scharf die Luft ein und greift an meine Oberschenkel. *Als wollte sie mich stoppen!* Ihre Nägel bohren sich in meine Muskeln, und rohe Lust schießt durch mich. Ich sauge an ihrer Haut, will sie zum Glühen bringen, zwacke sie. *Mist, das lässt sie zu sich kommen.* Hastig zieht sie ihre Hände zurück, als wäre ich giftig. Aber was passiert ist, ist passiert. *Fuck, macht mich dieser Aussetzer an! Indy, wie sie mich braucht, obwohl sie mich nicht will. Beste Droge aller Zeiten.*

»Weiter geht's«, sage ich fröhlich und weiche zurück, als wäre nichts passiert. Weder ihr Aussetzer noch mein kleiner Moment der Schwäche.

Gabel für Gabel wird der Teller leerer, und ich spüre, wie Indys Nervosität steigt.

»Hoppla!«, sage ich, als ich wieder kleckere. Ein Spritzer landet direkt auf einem ihrer Nippel.

»Nein«, sagt sie, weil sie weiß, was ich tun werde.

»Dein Ernst, Indy? Nein? Wir haben etwas anderes vereinbart.«

Ohne sie aus den Augen zu lassen, beuge ich mich wieder vor. Ihre Lider flattern, es fällt ihr schwer, den Blickkontakt zu halten. Sie blinzelt mehrmals. Sobald ich meine Lippen auf ihren Nippel lege, verspannt sie sich – und schließt die Augen. *Oh Baby, sag bloß, das fühlt sich gut an?!*

Ich lasse mir Zeit, umkreise ihren Nippel und muss grinsen, als ich bemerke, dass sie sich diesmal nicht an mir, sondern am Tresen abstützt. Der Effekt auf mich ist der gleiche. Ihr hilft das auch nicht. Die Knospe wird härter, ihre Haut heißer – und ich spüre ihren wilden Herzschlag. *Ja, mehr, Boss, bitte mehr!*

Als ich zurückweiche, atmet sie hörbar aus. Ihre Wangen sind rot, ihr Blick ist dunkler. Ich nehme erneut die Gabel zur Hand.

»Ich bin satt, Max.«

Schwer zu glauben. Sie hat erst die Hälfte der Pasta gegessen. »Noch etwas«, sage ich.

»Nein.«

»Das war keine Bitte.« Ich hebe die Gabel mit extra viel Sauce an; entweder sie isst, oder ich kleckere sofort wieder. Indy schnaubt und nimmt sie widerwillig. »Fein.«

Mit einem Blick, als würde ich ihr Gift servieren, nimmt sie Bissen für Bissen.

Ist das grenzwertig? Ja! Doch sie wollte es so, und ich nutze die Situation bei Weitem nicht so sehr aus, wie ich es könnte. Ansonsten dürfte sie Häppchen von meinen Bauchmuskeln essen.

»Jetzt bin ich wirklich satt«, sagt sie, als nur noch ein paar Nudeln übrig sind. Dieses Mal glaube ich ihr.

»Dann können wir ja anfangen«, sage ich, lasse das Geschirr stehen und führe sie, die Hand auf ihrem Rücken, ins Schlafzimmer.

»Du machst wirklich ernst«, murmelt sie eine Spur schockiert und sieht sich um, als gäbe es da sehr viel mehr zu entdecken als ein großes Bett.

Ja, ich mache ernst, Baby, und wie! »Leg dich hin!«

Ich spüre ihre Fragen, aber spare mir die Antwort. Der Deal hieß: eine Nacht; und mir ist nicht nach Reden, sondern nach Sex. Wenn ich reden will, buche ich wie alle gestörten New Yorker eine Sitzung beim Therapeuten.

Sie krabbelt aufs Bett und legt sich auf den Rücken. Als

ich einen Schritt auf sie zugehe, weicht sie zurück. Warnend sehe ich sie an, das genügt. Sie rückt wieder vor.

»Weiter«, sage ich.

Sie rückt vor.

»Noch weiter.«

Sie erreicht mit ihrem Hintern die Bettkante.

»Stopp!« Ich greife an ihren Hosenbund, woraufhin sie keucht. »Gibt es ein Problem?«

»Nein.«

Ich öffne den obersten Knopf und ziehe den Reißverschluss runter. Ein einfacher Baumwollslip kommt zum Vorschein. *Die Frau ist wirklich kein bisschen auf heute vorbereitet.*

»Jetzt heb deinen Hintern an.«

Sie fährt sich über das Gesicht, aber spielt mit. *Endlich.*

Ich hake meine Finger in den Bund ihrer Hose und den Slip und ziehe beides tiefer. Als ich bei ihren Knien bin, winkelt sie sie an, um mir das Ausziehen zu erleichtern. Ein Bein nach dem anderen befreie ich sie vom Stoff. Als ich den Schritt ihres Slips sehe, halte ich kurz inne. *Fuck. Er ist komplett nass.* Ich könnte sie sofort nehmen, so bereit ist sie. *Was sollte die Show vorhin? Ihr Versuch, die Kontrolle zu behalten. Die hat sie nicht. Keine einzige Minute.*

»Spreiz die Beine!«, befehle ich.

Sie sieht mich entsetzt an, aber ich spare mir Erklärungen. Das ist meine Nacht. Brav spielt sie mit. Keine Sekunde später liegt ihre Pussy frei vor mir. Eine Pussy, die lange keinen Rasierer gesehen hat. *Wenn überhaupt!* Und eine Pussy, die nass ist. *Ein Anblick für die Götter.*

»Bleib so«, sage ich und verschwinde ins Bad.

KAPITEL 6

Indy

Bleib so!, hallen seine Worte in mir nach, als Max ins Bad geht und ich auf seinem Bett liegen bleibe. *Wie meint er das? Überwältigt? Nervös? Und viel zu angetan von dem, was passiert?*

Beruhigend lege ich mir die Hand auf mein Herz, aber es rast einfach weiter. Ein paar Schutzmauern stehen noch, doch es kann nicht mehr lange dauern und sie werden fallen. Dann kann ich zu nichts, was Max von mir verlangt, jemals wieder Nein sagen.

Ich drehe den Kopf in dem kläglichen Versuch, der Situation zumindest für einen Moment zu entkommen, und der Geruch seiner Laken steigt mir in die Nase. Männlich, herb, sexy. Als bräuchte ich noch ein weiteres Aphrodisiakum. Als wäre ich nicht erregt genug, nicht bereit genug für ihn. *Wozu ein Flämmchen sein, wenn du ein Buschbrand sein kannst!*

»Heb deinen Hintern«, sagt er, wieder zurück aus dem Bad, so kühl, als würde ich ihn nicht anmachen. So sauer, als liefe das überhaupt nicht so, wie er es sich ausgemalt hat. *Ja, frag mich mal!*

Ich hebe den Hintern, und er legt ein Handtuch drunter. *Seltsam. Hab ihn gar nicht für so einen Hygienefanatiker gehalten.*

»Angst, dass ich Flecken auf deinem teuren Laken hinterlasse?«, frage ich und stütze mich auf den Ellenbogen auf, um zu sehen, was er zwischen meinen Beinen macht.

»Nein, eher keine Lust, meine Laken zu ruinieren, bevor wir überhaupt angefangen haben.«

Womit ruinieren?, frage ich mich noch, da stellt er eine Wasserschüssel und Rasierschaum neben mir ab und hockt sich mit einem Rasierer in der Hand zwischen meine Beine.

»Wehe!«, quieke ich und weiche so hastig zurück, dass Wasser aus der Schüssel schwappt.

»Hiergeblieben!« Blitzschnell packt mich Max am Knöchel und vereitelt meinen Fluchtversuch. Aber diesmal gebe ich nicht auf. *Diese Klinge kommt nicht in die Nähe meiner Mitte!* Ich trete nach ihm, nicht so heftig, wie ich könnte, aber eindeutig warnend, dass er das lassen soll. Tut er nicht. Er verstärkt seinen Griff.

»Au!«, jammere ich.

»Ich hab dir gesagt, dass ich dich rasiert will.«

»Es war keine Zeit dafür!«

»Weiß ich. Deshalb holen wir das nach.« Er deutet auf das Handtuch vor sich. »Rück wieder an die Kante. Sofort, Indy.«

Mir liegt auf der Zunge zu fragen, was passiert, wenn ich mich weigere. Ich habe ihm die Nacht versprochen, mehr nicht. Für das hier sollte ich nicht nur meinen Job behalten, sondern eine saftige Bonuszahlung kassieren! Aber er hält einen Rasierer in der Hand. Eine falsche Bewegung, und er verletzt mich. *Mist!*

Besiegt rutsche ich zurück an die Kante und starre demonstrativ die Zimmerdecke an, abgehangen mit dimmbaren

LED-Leuchten. *Sehr hochwertig. Was sonst?* Wenn er jetzt noch will, dass ich ihn anschaue, sterbe ich vor Erniedrigung. Verlangt er zum Glück erst mal nicht. Er hat mit meinem englischen Dschungel zu tun. *Dass der Busch mal zu was gut ist!*

Zur Vorbereitung wäscht er meine Vulva mit einem warmen Lappen, sprengt eine weitere Schutzmauer. Blödsinn, pustet sie einfach um. Denn er ist behutsam und genau. Wenn ich es nicht besser wüsste: zärtlich. Ihm entgeht keine noch so kleine Falte. Genauso wie die Schauer, die er mit seinen Berührungen bei mir auslöst.

»Ist dir kalt?«, fragt er.

»Nein.«

»Also gefällt dir, was ich tue?«

»Klar, so sehr wie ein Zahnarztbesuch.«

Er spült den Lappen aus und fährt erneut mit dem warmen Stoff über meine Mitte, und mein dämlicher Körper reagiert. *Wieder! Max berührt mich, ich zerfließe. Als wäre das ein Naturgesetz!*

Grinsend streicht er über die Innenseiten meiner Beine, die von Gänsehaut überzogen sind – was noch mehr Gänsehaut auslöst. »Was ist das dann, Indy?«

»Nichts.«

»Nichts?« Er streichelt mich weiter, als würde er auf eine andere Antwort warten.

»Ach, du meinst das!«, heuchle ich plötzliches Erkennen. »Das ist eine allergische Reaktion. Was dachtest du denn?«

Das bringt ihn zum Lachen. »Auf den Lappen?«

»Nein, ich schätze eher, auf dein Luxuswasser.«

»Dir ist schon klar, dass ich sehen kann, wie nass du bist?«

Hat er das wirklich laut gesagt? Hitze schießt mir ins Gesicht, weil ich bis eben noch dachte, ich könnte vor ihm verbergen, wie verrückt mich seine Nähe macht. »Ist rein mechanisch«, lüge ich. »Wenn es dich stört, hör doch einfach auf.«

»Oh, es stört mich nicht«, murmelt er und verteilt Rasierschaum. »Bedeutet nur, dass ich dich öfter mit dem Lappen waschen muss.« Ein intensiver Blick trifft mich. »Und dass wir nachher kein Vorspiel brauchen.«

Gott, ja!

Verdammt, nein!

Ich spanne sämtliche Beckenbodenmuskeln an, aber ich kann spüren, wie meine Pussy bei der Aussicht auf Sex mit diesem Mann zuckt. »Nur ein Nerv«, sage ich, als hätte er gefragt.

»Natürlich, was sonst, Baby?« *Eine weitere Mauer, die einstürzt.*

In dem Moment, als er die Klinge ansetzt, halte ich so still, wie ich nur kann. *Ein Fremder rasiert mich! Mein Boss. Max.* So etwas habe ich noch nie erlebt. Es fühlt sich unglaublich intim an. Nicht weil er zwischen meinen Beinen hockt, dort waren Männer beim Oralsex schon vor ihm, sondern weil ich mir sehr bewusst bin, dass jemand mit einer sehr scharfen Klinge an sehr empfindlichen Orten von mir hantiert.

»Atmest du noch?«, fragt er und gleitet mit dem Rasierer über meine äußeren Vulvalippen.

»Mmh«, presse ich heraus.

Behutsam macht er weiter, führt die Klinge über meine Haut, spült sein Folterwerkzeug ab, setzt erneut an und treibt mich in den Wahnsinn. Ich finde dennoch, ich schlage mich gut. Da kommt er meiner Klit gefährlich nahe. *Hilfe!* Unwillkürlich ziehe ich mein Becken zurück.

»Verdammt, halt still«, knurrt er. »Oder willst du, dass ich dich schneide?«

Will ich nicht, wirklich nicht! Aber wie würde er wohl zucken, wenn ich mit einem Rasiermesser seine Eichel bearbeite?! »Lass mich doch die eine Stelle übernehmen«, bitte ich.

»Welche? Diese hier?« Besonders sanft umkreist er meine Klit und bringt mich zum Stöhnen.

»Ja, die«, sage ich.

»Da musst du durch!« Er feixt, als hätte er den Spaß seines Lebens.

»Max, das ist wirklich unangenehm.«

»Nicht mein Problem. Leg dich wieder hin und halt still. Ich bin gleich fertig.«

Ich zögere.

»Sofort, Baby, oder ich schwöre, ich fang an, die Zeit zu stoppen, die du dich ständig sträubst, und hänge sie hinten ran.«

Das würde er glatt machen. Der Deal lautet, ich gehöre ihm für eine Nacht, nicht, ich versuche, ihm zu entkommen. *Der Deal, den du in gewisser Weise selbst vorgeschlagen hast, Indy. Weil man sich aus einer brenzligen Situation ja auch am besten befreit, indem man in eine noch brenzligere einwilligt!*

Ich beiße die Zähne zusammen und lege mich wieder hin. Sobald Max auch nur in die Nähe meiner Klit kommt, ist da jedoch erneut diese Lust – und gleichzeitig das Wissen, dass der Orgasmus hundert Jahre entfernt ist. Ich könnte heulen vor Frust, verkrampfe meine Zehen und kralle mich ins Laken, aber ich halte still.

»Geschafft«, sagt er schließlich und fährt mit dem Daumen prüfend über sein Werk, übt leichten Druck aus, quält mich. *Ja, gut gemacht, das reicht doch jetzt.* Aber es reicht ihm nicht. Die Berührung ist intensiver als alles, was ich bisher kannte. Waren es vorher tausend Funken, sind es nun eine Million, die mich durchdringen und jede Faser von mir zum Summen bringen. Funken, gegen die ich machtlos bin.

»Nimm mich!«, höre ich mich selbst sagen, als hätte ich den Verstand verloren. Vielleicht stimmt das ja sogar.

»Wie bitte, Baby?« Max stützt sich über mir auf und fährt mir mit den Fingern, die nach mir und dem Rasierschaum riechen, durch die Haare.

»Nimm mich, Max, jetzt«, wiederhole ich. Das ist, was er wollte: mich, willig. *Da hat er mich!*

Ein hungriger Laut löst sich aus seiner Kehle, und mein Körper reagiert mit noch mehr Wärme, meine Mitte pocht, möchte ihn spüren. Ich greife nach ihm, will ihn zu mir ziehen, doch der Mann zügelt sich – und grinst nur frech, als würde ihm mein Elend besondere Freude bereiten.

»Sorry, aber jetzt sind deine Beine dran. Rutsch auf dem Bett zurück, winkle sie an, ich hol nur sauberes Wasser, dann geht es weiter.«

»Dein Ernst?«

»Mein Ernst.«

Weil ja eine Foltersession nicht reicht, nein, Indy braucht zwei. Das halte ich so nicht durch. »Okay«, sage ich, vielleicht etwas zu schnell dafür, dass ich bisher jede Maßnahme boykottiert habe, aber egal. Sobald er kurz weg ist, habe ich drei Sekunden, um zu meinen Bedingungen zu kommen. Nur drei. Die nehme ich mir.

Mit einem Kuss auf mein Knie verlässt er mich. Ich warte, bis er aus meinem Blickfeld verschwunden ist, dann führe ich die Hand an meine Mitte. »Wehe, du berührst dich selbst«, ruft er da aus dem Bad. »Ich schwöre, Baby, dann ist der Abend vorbei und unser Deal geplatzt.«

Ich bin so erregt, dass ich gewillt bin, es zu riskieren.

Ernsthaft, Indy? Nein, du musst durchhalten. Hastig ziehe ich meine Hand von meiner Mitte, gerade rechtzeitig, denn er kommt zurück.

»Hast du dich berührt?«, fragt er.

»Hab nur deine Arbeit überprüft«, improvisiere ich.

»Zufrieden?«

»Geht so!«

Er grinst. »Soll ich sie wiederholen?«

»Ja, unbedingt«, tue ich lässig.

»Hast du ein Glück, dass mir das Ergebnis gefällt.« Er klettert zu mir aufs Bett, und wenn ich es richtig sehe, dann ist seine Jogginghose im Schritt ausgebeult. Sie sitzt allerdings so locker, dass ich mich auch irren könnte. Was ich eindeutig erkenne, ist sein definierter Oberkörper und all die Muskeln, die ich nicht nur ansehen, sondern deren Kraft ich an mir spüren möchte.

Was denkst du da, Indy?! Nein, das möchtest du nicht.

Doch, verdammt, doch!

Zum Glück geht das Rasieren der Beine schnell vorbei und ist weniger prickelnd. »Bin ich dir jetzt sauber genug?«, zische ich, als er fertig ist.

»Sag du es mir …«, flüstert er an meiner Mitte, und ich quietsche, als ich seinen Atem spüre. »Siehst du, rasiert macht es mehr Spaß.«

Das soll Spaß sein? Das ist Folter! Ich spüre immer noch seine Berührung, als hätten meine intimen Stellen nicht nur ein paar Nervenenden, sondern Milliarden. Und das alles nur, weil die Haare fehlen.

»Und jetzt?«, frage ich nervös.

»Jetzt habe ich Dessous für dich. Komm, mal sehen, welche passen.«

Komm, ich will dich noch mehr quälen, äffe ich ihn in Gedanken nach. Er steht auf und gibt mir mit einem Wink zu verstehen, ihm zu folgen. Ich rutsche vom Bett und gehe ihm auf so wackligen Beinen nach, dass ich mich frage, ob ich nach einer Nacht mit Max überhaupt je wieder laufen kann.

»Probier das mal an!«, sagt er, als ich sein Ankleidezimmer betrete und verschiedene Dessous entdecke, und reicht mir ein Teil.

Was ist das? Abstrakte Kunst? Ich inspiziere das dünne Stück Stoff und habe keine Ahnung, wie ich es tragen soll. Solche Reizwäsche habe ich noch nie zuvor gesehen. Ich erkenne weder einen Bund noch, wo oben oder unten ist. »Gibt es dafür eine Bedienungsanleitung?«

Er seufzt. »Da wollte ich dich ein Mal was alleine machen lassen. Aber dann muss ich dir wohl wieder helfen ...«

»Welch Jammer!«, zische ich, weil ich das Gefühl nicht loswerde, dass er das genau so geplant hat. Max dreht das Teil richtig herum und hilft mir in die Träger, Gurte und den Spitzenstoff. Jede Berührung reizt mich. Wieder ist er sanft. Wieder mir so nah, dass ich mehr will. Ja, von ihm. Egal, wie falsch das ist.

»Hast du so was schon mal getragen?«, fragt er, als alles sitzt.

»Klar, mit fünf, als wir als Kinder Fesselspiele gespielt haben«, witzle ich, um die Aktion ins Lächerliche zu ziehen.

»Vielleicht mögen wir Kerle diese Teile deshalb so.« Er packt mich an den Schultern und dreht mich zu einem Ganzkörperspiegel. »Schau dich an, du siehst heiß aus.«

»Ach, das fällt dir erst jetzt auf?«

»Nein«, sagt er ruhig und schluckt. »Sieh selbst!«

Hat Max kurz seine Rolle als Oberarsch verlassen? Ich will nachhaken, aber sehe mich im Spiegel und vergesse es. *Oh my goodness!* Ich erkenne mich im ersten Moment nicht wieder. Die Frau vor mir hat glänzende Augen und rote Wangen, und sie sieht hungrig aus. *Sehr, sehr hungrig.* Ich lasse meinen Blick über mein Spiegelbild wandern und bewundere meinen Körper wie etwas, das ich zum ersten Mal erblicke. Die Dessous sind nicht dafür da, meine sensiblen Körperstellen zu verdecken, sondern sie zur Schau zu stellen. Seidenträger im Nacken halten den Body. Spitzenstoffbahnen fließen nach unten, teilen sich an meinen Brüsten und treffen sich wieder an meinem Schritt, wo sie sich zu einem dünnen Band verengen, das direkt auf meine Klit drückt. *Als bräuchte ich weitere Stimulation!*

»Nimm mich«, sage ich wieder.

»Eine Sache fehlt noch.«

»Dass ich zuerst vor Lust wahnsinnig werde?«

Er lacht. »Nein, schau mal dort hinten«, sagt er und zeigt zu einer Schachtel.

Ich spare mir weiteren Widerstand, gehe hin, hebe den Deckel und entdecke Riemchen-High-Heels mit den absurdesten Absätzen, die ich je gesehen habe. Für dieses Modell wurde der Begriff Killerschuhe erfunden. Aber nicht weil sie Männer um den Verstand bringen, sondern weil sich Frauen nach einem Schritt darin den Hals brechen.

»Zieh sie an!«, sagt er.

»Ich kann darin nicht laufen.«

»Lass uns das testen.«

Mistkerl. Riesenmistkerl. Ich nehme den ersten, ziehe ihn an und halte mich am Schrank fest, um in den zweiten zu steigen.

»Geh ein paar Schritte!«, befiehlt er, lehnt sich an den Türrahmen und schickt mir Blicke zu, die selbst ohne hohe Schuhe meinen Gleichgewichtssinn torpedieren. »Jetzt, Indy!«

Sehr vorsichtig wage ich einen Schritt und versuche, sexy auszusehen. *Sollen ihm gefälligst die Eier platzen!*

Es klappt zu meiner Überraschung. Ich werde sicherer, mutiger, wiege meine Hüften, vollführe, ohne nachzudenken, eine kleine Drehung und verliere prompt das Gleichgewicht.

»Fuck, hab dich!«, knurrt er und hält mich plötzlich in seinen Armen.

Das ist zu viel! Viel zu viel! Seine nackte Haut berührt meine, sein Duft dringt mir in die Nase. Das, was ich im Schritt seiner Jogginghose ausgemacht habe, war tatsächlich eine Wölbung. *Und was für eine!* Ich spüre seine Härte an meinem Bauch. Aber statt abzurücken, presse ich mich näher. *Um Halt zu finden*, rede ich mir ein.

»Geht's?«, fragt er und klingt, wenn ich es nicht besser wüsste, besorgt, was für eine noch stärkere Hitzewelle in mir sorgt als seine nackte Haut auf meiner.

»Nein«, sage ich und balle meine Hände zu Fäusten, um die Umarmung nicht zu erwidern. Gegen den sexy Arsch kann ich mich wehren. Aber wenn ich mit dem fürsorglichen Mann was anfange, endet die Nacht in einer Katastrophe.

»Vielleicht wird es besser, wenn nicht nur ich meine Arme um dich lege, sondern du auch deine um mich?«, haucht er mir ins Ohr und fährt mit den Fingerspitzen über meinen Rücken.

»Halte ich für Blödsinn. Ich sollte einfach die Schuhe ausziehen.«

»Wird nicht passieren, Baby. Die sehen toll an dir aus. Die Schuhe bleiben an«, brummt er und zwackt mich ins Ohr.

Himmel! Bleib stark, Indy! Oder mach ihn verrückt. Oder lauf!

Ich mache nichts dergleichen. »Arschloch!«, knurre ich. Dann gebe ich auf. Ich lege meine Arme um ihn, erlaube mir, nicht nur von Max berührt zu werden, sondern ihn zu berühren – und auch zu spüren, wie sein Herz rast. *So fühlt sich also mein Ende an.*

»Fuck«, knurrt er verärgert und sieht mich hasserfüllt an, dabei habe ich genau das getan, was er wollte. *Was will er noch?* Eine Sekunde später packt er mich, trägt mich zurück ins Schlafzimmer, wirft mich aufs Bett und ist über mir. Hundert Prozent Max. Hundert Prozent erregt. Hundert Prozent von mir. *Weicht er etwa gerade von seinem eigenen Skript ab? Und gefällt mir das?*

Oh Hilfe, ja, das tut es.

Max

Das ist nicht die Rache, die ich wollte. Aber ich kann Indy nicht länger widerstehen. Ich will nicht nur ihren Körper, ich will, dass sie aufhört, so zu tun, als wäre ich ein Scheusal. Sie soll verdammt noch mal vor Lust stöhnen. Weil ich ihre Erlösung bin. *Nur ich.*

Ich schiebe meine Jogginghose tiefer und presse meine Erektion an ihre Pussy, spüre nasse, heiße Haut – die noch nasser und heißer wird. Vielleicht kämpft ihr Verstand gegen mich, aber unsere Körper sind sich einig über das, was hier passiert. Ich will in sie stoßen, und sie öffnet mir die Beine. *Indy braucht mich! Fuck, ich bin verloren.*

»Nimmst du die Pille?«

»Huh?«, macht sie.

»Die Pille!«, knurre ich und drücke einen ihrer Nippel.

»Au … nein.«

War ja so klar, dass mir die Frau meine blauen Eier noch blauer macht! Mein Blick geht zum Nachttisch mit den Kondomen, der gefühlt einen Ozean entfernt ist.

Nimm sie ohne!

Fuck, nein!

Ich küsse ihren Hals, packe sie an der Hüfte und zerre sie mit mir zum Kopfende des Betts, streife mir dabei meine Hose ab und bin außer Atem, als ich endlich an das Folienpäckchen komme. Eine Konferenz, bei der ich vor tausend Leuten reden muss, bringt mich nicht so aus der Fassung wie diese Frau!

Hastig rolle ich mir das Kondom über, sehe Indy an, sehe die Dessous und die Schuhe und hasse all das plötzlich. Ich wollte immer nur sie. Sie allein ist genug. Mit ihrer blassen Haut und ihrer dunklen Haarmähne und diesem Glänzen in den Augen, das sie nur bei mir bekommt. Ja, sie sollte leiden. Aber mindestens genauso sehr brauche ich endlich sie. *Nur sie. Kein Playmate.*

Kurz entschlossen reiße ich ihr die Sachen vom Leib, bin nicht mehr zärtlich. Scheiß drauf, ob die Dessous kaputtgehen. Je schneller sie weg sind, desto besser.

»Was tust du da?!«, ruft sie erschrocken.

»Halt die Klappe«, schnauze ich nur und zerre als Nächstes an diesen bescheuerten Riemchen-Heels, die wie mit ihren Füßen verwachsen sind.

»Au!«, jammert sie.

Ich halte inne und sehe sie warnend an, jetzt bloß nicht zu protestieren. »Gib mir eine Sekunde«, sage ich.

»Du benimmst dich dämlich, Boss!«

»Deine Schuld«, knurre ich.

»Wie das denn?«

»Weil du mich um den Verstand bringst.« Mit einem Fluch löse ich auch den zweiten Schuh. »Gott, endlich!« *Und jetzt nimm sie dir, Conrad.* Langsam bewege ich mich wieder zu ihr nach oben, nehme sie unter mir gefangen. Es wird ernst, ich bekomme Indy, und ich hoffe, ich halte länger als drei Sekunden durch.

»Angst?«, stichelt sie, weil ich warte, und in ihren Augen ist dieses provokative Funkeln, das ich so liebe. Dieses Funkeln, das mir sagt, dass das hier gut wird, auch wenn sie es nicht gewollt hat. Aus welchen verdammten Gründen auch immer.

»Nein, keine Angst. Du?«, gebe ich die Frage zurück und stoße prüfend an ihren Eingang, lasse sie spüren, wie groß ich bin, gebe ihr zu verstehen, dass es gleich kein Zurück mehr gibt. Weder für sie noch für mich.

»Nein«, tönt sie vorlaut, aber keucht, als sie mich spürt.

»Was, Baby? Widerstand? Ausreden? Lügen?« *Was es auch ist, ich räume alles aus dem Weg, was zwischen ihr und mir steht.* Ich beuge mich tiefer und küsse ihren Hals, liebe, wie ihre Haut schmeckt, liebe, wie ihr Körper unter mir zittert, wie ihr Puls unter meinen Lippen rast. Fuck, liebe das hier, dabei sollte ich das nicht. »Was?«, frage ich noch mal, als sie nur schweigt und mich fester hält. *So sexy bedürftig. Und so sexy sauer darüber, dass sie so bedürftig ist.*

»Doch, ich habe Angst, Max«, gesteht sie leise.

»Schlechter Witz«, knurre ich und denke, sie will mich ärgern.

»Kein Witz.«

Fuck. Mir wird plötzlich ganz anders, und ich spüre diese Gefühle aufkommen, die bei dieser Nummer heute Nacht nichts zu suchen haben. Wenn überhaupt, dann wollte ich mir Indy aus meinem System ficken, nicht, dass sie mir weiter unter die Haut geht.

»Warum?«, frage ich, streiche ihr durch die Haare, spüre den Hauch von Reue, denn Angst ist das Letzte, was sie jetzt empfinden sollte.

»Du bist groß.« Sie lächelt schüchtern, was hundertmal heißer ist als Dessous und High Heels. »Du bist doch größer als gedacht.«

Mir ist, als wäre da noch mehr, vor dem sie Angst hat, aber falls dem so ist, behält sie den Rest für sich. Ich sehe ihr in die Augen und dringe vorsichtig in sie. »Wie fühlt sich das an?«, frage ich. »Gut?«

»Ja«, stöhnt sie.

»Mehr?«

»Ja«, stöhnt sie wieder.

Nach und nach erobere ich sie. Werde noch härter, weil sie sich so gut anfühlt. Frage mich, warum ich so vorsichtig bin, aber ändere das nicht. Sie ist nicht irgendwer. Sie ist die Frau, die ich seit Jahren will. Und sie wird das hier genießen, ob es ihr gefällt oder nicht. Wenn sie ab Montag wieder so tun will, als wäre ich Luft, soll sie. Aber für heute lasse ich sie vergessen, dass es noch mehr Männer auf der Welt gibt.

Ich ziehe mich zurück und schiebe mich wieder in sie. *Tiefer.*

Sie stöhnt. Gleich darauf drückt ihre Hand an meine Hüfte, wie eine Bitte anzuhalten.

»Tu ich dir weh, Baby?«

Sie schüttelt den Kopf.

»Was ist dann?« Ich beuge mich über sie, necke sie. »Sag schon!«

»Ich brauche einen Moment.«

»Warum?«

»Darum!«

»Reicht nicht als Grund!«, sage ich und bewege mich weiter, gleite zurück, dringe tiefer, weil ich ahne, was sie meint. Ohne Pause bringe ich sie jeden Augenblick an ihre Grenzen.

»Das ist nicht gut«, murmelt sie unter mir und dreht den Kopf zur Seite. Ich küsse ihren Hals. »Das ist überhaupt nicht gut, Max.« *Und ob!* Denn da ist ihr Bein, das sie um mich geschlungen hat, ihre Hand an meiner Hüfte, die mich mal stoppt und mal zu sich zieht, und ihr heißer Körper. Sie könnte mich genauso gut um mehr anbetteln.

Jetzt, Conrad! Mit einem letzten Stoß dringe ich ganz in sie, nehme sie und gebe alles von mir.

»Max!«, keucht sie und schaut mich überwältigt an.

»Bereit für mehr?«, frage ich.

»Nein, überhaupt nicht.«

»Brauchst du noch einen Kuss?«

»Bloß nicht.«

»Willst du, dass ich aufhöre?«

»Ja!« Sie keucht und hält mich fester. »Verdammt, nein, Max. Nein.«

»Nein?«, wiederhole ich, grinse und beginne, mich zu bewegen.

»Nein«, wispert sie wie über sich selbst erschrocken.

»Halt dich fest«, sage ich nur und suche einen Rhythmus. Mich killt ihr Körper. Mich killt, dass mich die Frau, die mich jahrelang ignoriert hat, endlich zu sich lässt. Und mich killt, dass ihr gefällt, was wir tun.

»Warte!«, haucht sie da.

Das kann nichts Wichtiges sein. Ich warte nicht. Nicht schon wieder. Ich nehme sie weiter.

»Gott, warte, Max!«

Ihre Finger krallen sich in meine Hüfte, aber sie schiebt mich nicht weg, sie verkrampft sich. Weil sie nicht kommen will. Nicht von mir. Aber das wird sie. Heftiger denn je. Und mehr als einmal diese Nacht. *Versprochen, Baby.*

»Es ist okay«, sage ich und nehme sie weiter.

»Nein, verdammt!«

Oh doch, verdammt! Meine Haut klebt von Schweiß, genau wie ihre. Ich streiche ihr Haare aus dem Gesicht und halte sie fest, merke, wie sie ihren Körper anspannt – und nehme sie weiter, immer weiter.

»Sieh mich an!«, raune ich ihr zu. »Sieh dir an, wer dich gleich zum Höhepunkt bringt, Baby.«

»Kannst du vergessen, du Scheißkerl!«, flucht sie und windet sich unter mir, als wollte sie das Unvermeidliche aufhalten. *Als könnte sie das!*

»Scht«, mache ich nur, greife ihre Hand, verschränke unsere Finger miteinander und drücke sie neben ihrem Kopf ins Kissen. Liebe den Sex mit ihr jetzt noch mehr, weil sie ihn nicht liebt, nicht lieben will.

»Ich hasse dich!«, ruft sie da.

»Mmh«, stöhne ich nur und nehme sie weiter.

»Das hier ist nicht richtig.«

»Ich weiß, Baby.«

»Oh mein Gott, Max!«, ruft sie und kommt.

So ist es brav. Ihr Körper erbebt, und ihre Pussy krampft so verlockend, dass sie mich beinahe mit sich reißt. *Da hatte es aber jemand nötig. Hat dich der böse Boss echt so heiß gemacht. Gern geschehen.* Nichts, aber auch gar nichts, hat mich je so zufriedengestellt, wie zu wissen, dass ich diese Frau zum Kommen gebracht habe. Die einzige Frau, die mich so behandelt, als würde sie mich selbst dann nicht mal ranlassen, wenn ich der letzte Mann auf Erden wäre. Und ich will es noch mal erleben, will sie noch mal über die Klippe stoßen, will sie noch mal eines Besseren belehren.

»Auch fertig?«, ist das Erste, was sie sagt, als sie wieder zu sich kommt, ich aber noch in ihr bin und mich bewege.

»Mit dir? Noch lange nicht, Baby!«

»W-w-wie meinst du das?«

»Wir hatten eine Nacht vereinbart, nicht eine Stunde.«

KAPITEL
7

Indy

Verdammt, er ist noch nicht fertig mit mir! Nach wie vor jagen Erschütterungen von meinem Höhepunkt durch meinen Körper. Wie verdammte Rammböcke bearbeiten sie jeglichen inneren Widerstand, den ich gegen Max parat habe, und ich weiß nicht, wie lange ich mein Herz noch schützen kann. Ich wusste, dass mir dieser Mann gefährlich werden kann. *Hätte er nicht schlecht im Bett sein können? Ein Roboter, der einfach sein Programm absolviert? Warum bemüht er sich so um mich?*

»Ich brauche eine Pause«, sage ich, als er weitermacht.

»Fühlt sich für mich nicht so an!«

»Ist aber so.«

»Keine Sorge, ich bin vorsichtig, Baby.«

Bloß nicht, denn dann hat er auch mein Herz. »Ich dachte, es geht hier um deinen Spaß, nicht um meinen!«

»Oh, dich vor Lust meinen Namen schreien zu hören ist mein Highlight der Woche.«

»Das habe ich nicht getan!«

»Wenn du das sagst!«

Sauer boxe ich ihn unbeholfen in die Seite. »Blödmann!«

»Blödmann, der dich zum Schreien gebracht hat.« Er dringt tiefer. »Und Blödmann, der dich wieder zum Schreien bringen wird.«

Als gelte es, eine Challenge zu gewinnen, greift er meine Hände und drückt sie ins Kissen. Ich bin ihm ausgeliefert. Auf Gedeih und Verderb. Ein Teil von mir wusste, dass das passiert. Aber etwas zu wissen und es zu erleben sind zwei völlig verschiedene Dinge. Mit jeder Berührung hinterlässt er mehr Spuren in mir, gräbt sich in meine Seele.

Stoisch presse ich die Lippen zusammen. *Du schreist nicht für ihn, Indy. Auf gar keinen Fall.*

Dummerweise animiert das Max dazu, sich mehr Mühe zu geben. Dummerweise wird der Sex noch besser. Dummerweise mag ich ihn dadurch mehr.

Er schiebt einen Arm unter mich und hält mich, als wäre mein Körper eine Kuscheldecke, mit der er sich einwickeln will. Er nimmt mich und schmiegt sich gleichzeitig an mich, als wollte er seinen Geruch überall auf mir hinterlassen. Sein Körper reizt meinen Körper genau an den richtigen Stellen, erwischt jeden Druckpunkt, jede noch so verborgene erogene Zone.

»Nicht!«, wimmere ich, weil das zu viel ist.

»Sag noch ein Mal ›nicht‹, und ich schiebe dir einen Finger in den Hintern«, knurrt er und nimmt mich weiter so, wie er es will. *Wieder viel zu gut. Wieder so, dass mein Widerstand bröckelt. Wieder so, dass dieser Mann mehr Platz in meinem Herzen einnimmt.*

»Nich–« *Stopp, Indy!* Ich erkenne noch meinen Fehler, aber es ist zu spät. Max befeuchtet seinen Finger, greift unter meinen Hintern und schiebt ihn in mich. Ohne weitere Worte. Weil er es kann. Weil er heute das Recht hat, mit mir zu tun, was er will, und das nutzt er aus.

Ein heftiger Schauer durchdringt mich. Ich will zurückweichen, aber er lässt mich nicht. *Oh mein Gott!* Ich komme sofort und rufe seinen Namen. »Max, Max, Max!« *Wie ein verfluchtes Dankbarkeitsmantra!*

»Hat da jemand meinen Namen geschrien?«

»Nein, du irrst dich.«

»Willst du bei der Lüge bleiben? Dann werden es zwei Finger.«

Allein der Gedanke jagt Schauer durch mich. Schauer, die ich nicht vor ihm verbergen kann. Weil ein Teil von mir neugierig darauf ist.

»Interessant«, murmelt er. »Halt dich fest!«

Ich verstehe nicht, was er meint, bis er plötzlich mit mir aufsteht, die eine Hand an meinem Hintern, den anderen Arm um meine Hüfte geschlungen. Erst jetzt wird mir klar, wie fertig ich bin, wie kräftezehrend der Orgasmus eben war, und ungewollt zahm lehne ich mich an Max. An den Mann, den ich sonst meide wie ein Vampir die Sonne. Weil er die Macht hat, mein Herz in ein Häufchen Asche zu verwandeln. Doch im Moment fühle ich mich in seinen Armen sicher. *Wie trügerisch!*

»Hab dich, Baby!«, sagt er, drückt mir einen Kuss ins Haar und geht mit mir ins Bad, lässt mich bei jedem Schritt seine Härte in mir spüren. Seine beiden Härten, die große und die kleine.

»Was hast du vor?«, murmle ich erschöpft und dennoch wieder erregt.

»Du kommst gleich wieder. Hier.« Er setzt mich auf dem Waschtisch ab, bewegt sich – und bewegt den Finger in meinem Hintern, während sein Blick zu unserem Spiegelbild geht.

»Oh nein!« Seine Worte sind wie eine Drohung und ein Versprechen in einem. Vor Lust kann ich nicht mehr klar denken.

Durch die neue Stellung werden immer neue Nervenenden in mir gereizt, was dazu führt, dass mich direkt ein weiterer Höhepunkt erschüttert. Gefühlt heftiger als der vorherige. »Max!« Ja, ich schreie wieder, lasse mich Welle für Welle mitreißen, bis zur endgültigen Erschöpfung. »Ich hasse dich!«

»Ich weiß, Baby.«

»Ich meine das ernst.«

»Natürlich.«

Er zieht seinen Finger aus meinem Hintern und jagt dadurch weitere Schockwellen durch mich. »Noch nicht genug?«, fragt er feixend, als hätte er das gespürt, lehnt sich zur Seite, um sich die Hände zu waschen, und streichelt anschließend zärtlich über meinen Hintern.

»Doch, genug«, sage ich, schließe die Augen, lehne mich an ihn und hoffe, dass es damit vorbei ist. Auf so einen Sex war ich nicht vorbereitet. Aber dort, wo seine Haut mich berührt, brenne ich schon wieder.

»Komm noch mal, Baby«, sagt er und nimmt diesen gefährlichen Rhythmus wieder auf.

»Kann nicht ...«, murmle ich und schmiege mich an ihn.

»Glaub ich dir nicht«, antwortet er und hält mich, die Hände auf meinen Hüften, in Position.

Ich will protestieren, aber stöhne ihm meine verdammte Zustimmung entgegen. *Mein Körper spielt echt verrückt!*

Er lacht darüber. Bis sein Blick wieder zu unserem Spiegelbild geht und er auf einmal zittert. Er hält inne, küsst meine Schulter, atmet schwer, flucht – und verliert die Kontrolle. »Das war so nicht geplant«, murmelt er. »Fuck, Baby.«

Plötzlich wird sein Griff fester, und seine Stöße werden härter. Er nimmt mich nicht mehr sanft, was schon gut war, nein, er nimmt mich mit einer Dringlichkeit, als wäre ich Wasser in der Wüste. Er beugt sich vor, küsst mich, nimmt sich jeden Teil von mir, den er kriegen kann. Egal, ob es richtig ist oder falsch. Ohne Rücksicht auf die Konsequenzen. Und verdammt, ich verliere auch die Kontrolle. *Einem egoistischen Mistkerl kann ich widerstehen. Einem Kerl, den ich schwachmache? Nie im Leben!*

Unsere Münder krachen aufeinander für einen Kuss, der Hunderte verpasste Küsse wiedergutmachen muss. Max achtet nicht darauf, wie ich reagiere. Mir ist egal, wie er reagiert. Wir sind beide wie im Rausch, auf einem heftigen Trip. Meine Droge heißt Max. Seine heißt Indy. Stoß um Stoß bearbeitet er mich. Stoß um Stoß will ich mehr. Er tut mir weh, ich ihm. Und das ist okay so.

»Oh Gott!«, knurrt er plötzlich, wirft den Kopf in den Nacken, kommt und stöhnt mit jedem weiteren Stoß seine Erleichterung heraus, als hätte er Jahre auf diesen Orgasmus gewartet.

Ich will nicht erneut kommen, erst recht nicht mit ihm zusammen, aber er reißt mich einfach mit sich. *Wie eine verdammte Flutwelle. Du hast keine Chance. Bei Max hatte ich nie eine Chance.*

Wenigstens rufe ich dieses Mal nicht seinen Namen. *Ha!* Das muss ich auch nicht, denn wir sind eins. Nicht nur unsere Körper, sondern irgendwie auch unsere Seelen. Selten hat mir etwas so Angst gemacht. Noch dazu etwas, das sich so anfühlt, als hätte es schon immer so sein sollen.

Als ich wieder klarer denken kann, spüre ich, wie ich mich noch an ihn klammere, aber dass er sich von mir gelöst hat und mich mit einem warmen Lappen zwischen den

Beinen wäscht. *So nice! Zu nice!* Ich will ihn wegdrücken, aber er bremst mich. »Lass mich das machen!«, knurrt er. »Meine Nacht, meine Regeln.«

Ja, und mein Untergang.

Auch wenn es mir schwerfällt, halte ich still. Als er fertig ist, packt er mich und trägt mich zurück ins Bett. Die Laken sind zerwühlt und riechen nach uns.

»Was soll ich jetzt tun?«, frage ich geschafft und frustriert darüber, dass mich ausgerechnet der Mann, gegen den ich immun sein sollte, so oft zum Höhepunkt gebracht hat.

Max dreht den Dimmer herunter, bis kaum noch Licht den Raum erhellt. »Jetzt kommst du zu mir«, sagt er und zieht mich an sich.

»Wozu?«

Seine Arme legen sich um mich, und seine Wärme zu spüren hat etwas Beruhigendes. »Wir kuscheln.«

Panik überkommt mich, ich versteife mich. Ein Stacheldrahtzaun wäre mir lieber. »Das möchte ich nicht.«

»Wirst du wohl müssen«, knurrt er, nimmt sich einfach, was er will, und schlingt seinen heißen, nackten, starken Körper um mich und drückt mich an sich, streicht mir über den Rücken, ist nach der harten Nummer unglaublich sanft.

»Ich dachte, es geht um Sex«, sage ich.

»Und ich dachte, du hättest mir eine Nacht angeboten.« Sein Blick wandert zur Uhr. »Es sind erst drei Stunden vergangen. Ich habe noch fünf.«

»Du wirst schwitzen«, versuche ich, ihm das auszureden.

»Ist mir egal.«

»Ich werde dich im Schlaf ansabbern.«

»Stört mich nicht.«

»Meine Haare werden dich kitzeln.«

Ein strenger Blick trifft mich. »Indy, kuschel dich verdammt noch mal an mich.«

Mit einem tiefen Atemzug lege ich meine Arme um ihn. Vergrabe mein Gesicht an seiner Schulter. *Schaufle mir mein eigenes Grab. Yay!*

»Geht doch!«, knurrt er.

Von wegen! Ich höre sein Herz in seiner Brust schlagen, atme seinen Geruch ein, bin verloren. Ich habe Grenzen, und nun habe ich auch die letzte für ihn überschritten. Ich habe mich vor ihm schützen wollen, bin aber kläglich gescheitert. Mein Herz passt sich seinem Herzschlag an, als gehörten wir zusammen. »Arschloch«, murmle ich. Gleich darauf merke ich, wie ich einschlafe. *Bei ihm!* Weil ich mich so gut aufgehoben fühle wie bei keinem Menschen vor ihm.

Max

Indy kuschelt mit mir. Sie hat klargemacht, dass sie sich lieber an ein Stachelschwein schmiegt als an mich, aber hier ist sie. Und schläft in meinen Armen.

Rache sollte süß sein. Aber das hier, das frustriert mich. Weil es zu perfekt ist, zu schön. Weil es mir zu sehr sagt, dass das mit uns hätte funktionieren können. *Hätte, hätte … Seit wann lebst du in der Vergangenheit, Conrad. Du hast eine Nacht mit ihr. Mach das Beste draus.*

Zack, mein Schwanz steht, checkt, dass er wieder gefragt ist.

Ich führe die Hand zu ihrem Schritt und spiele mit ihrer Pussy, werde mit Feuchtigkeit belohnt. Laut ihr hat das natürlich nichts zu bedeuten. Aber heute Nacht geht es nicht nach ihr.

Ich greife nach einem weiteren Kondom, rolle es mir über und drehe Indy auf den Rücken. Sie sucht im Schlaf meine Nähe. *Keine Sorge, Baby, gleich bin ich bei dir.* Ich fingere sie, bis sie richtig nass für mich ist, dränge mich zwischen ihre Beine und schiebe mich in sie. *Scheiße, fühlt sie sich gut an!*

»Hey, was tust du da?«, murmelt sie blinzelnd, wird mit jedem Stoß wacher, mit jedem Stoß feuchter und greift an meine Seiten.

»Spiel einfach mit«, knurre ich verärgert, weil ich ihren kommenden Protest förmlich hören kann. »Deal ist Deal.«

»Du Arsch«, knurrt sie, löst aber ihre Hände von meinen Hüften, greift in meine Haare und stöhnt an meinem Mund. Stöhnt, als wäre ich alles, was sie braucht. Vielleicht stimmt es, vielleicht nicht. Sie ist auf jeden Fall alles für mich.

Fuck, nein, Conrad, nicht schon wieder!

Fuck, doch!

Ich drehe mich auf den Rücken, lege die Hände auf ihren Hintern, dringe noch ein bisschen tiefer. *Gott, ist das gut! Nur eines fehlt noch.* Ich greife in ihre Haare, finde ihre Lippen, küsse sie und stöhne, als sie mir sofort antwortet. *So willig. Endlich willig!*

»Das ist nicht gut«, murmelt sie.

»Abgemacht ist abgemacht, Baby.«

Ich vertiefe den Kuss, streichle ihren Hintern und höre ihren schweren Atem, drehe sie wieder auf den Rücken und nehme sie träge, genieße unsere Verbindung, koste jeden Moment mit ihr aus. Unsere erste und gleichzeitig unsere letzte Nacht. Ihr Atem verrät sie, genau wie meiner mich. Sie steht wieder kurz vor dem Höhepunkt, kann mir am Tag zehnmal Nein sagen, aber in der Nacht sagt ihr Körper *Ja. Immer wieder Ja …*

Dieses Mal warte ich nicht. Sobald sie kommt, lasse ich auch los und halte sie danach in meinen Armen. *Wehe, du sträubst dich wieder*, denke ich. Aber das tut sie nicht. Sie kuschelt sich an mich, als hätten wir das schon immer so getan. *Hätte, hätte …*

Als ich mich aus ihr rausziehe, murmelt sie protestierend. Gleich darauf liegt sie wie ein Seestern auf mir und schläft wieder ein, während ihre Wärme mich durchdringt.

Fuck, so sollte das nicht laufen. *Baby, du solltest leiden!* Ich fahre ihr durch die Haare, zärtlich und liebevoll. Sie sollte jede Sekunde des Abends hassen. Ich drücke ihr einen Kuss ins Haar. Das hier sollte der Gegenschlag für zwei Jahre Mich-Ignorieren sein. Statt zufrieden zu sein und die Akte Indy Fallon schließen und endlich mit meinem Leben und anderen Frauen weitermachen zu können, will ich mehr als zuvor, dass wir zusammenkommen. Sie ist das Gesamtpaket. Jemand zum Spaß haben und jemand mit Köpfchen.

Stopp, Conrad! Sie will dich nicht. Scheint dein Ding zu sein, dich in Frauen zu verlieben, die dich nicht wollen.

Zum ersten Mal seit sehr langer Zeit muss ich wieder an Vanessa denken. Meine Ex. *Blödsinn, Conrad. Nicht nur deine normale Ex. Deine fucking Ex-Frau!* Wir waren zwei Jahre zusammen gewesen, gute Jahre. Dann haben wir geheiratet, und innerhalb von zwei Monaten wurde das Leben mit ihr unerträglich. Plötzlich stellte sie Forderungen, hatte Erwartungen an mich als Ehemann, die ich als Partner vor der Ehe noch nicht zu erfüllen hatte. Ich war ihr Sugardaddy, der Zahlmann. Im Gegenzug durfte ich einmal pro Woche über sie drüberrutschen. Recht schnell hat es mir gereicht. Ich habe noch im ersten Ehejahr die Scheidung eingereicht – und mir geschworen, nie wieder wegen einer Frau den Kopf zu verlieren, die mich nicht mindestens genauso sehr will wie ich sie. *Hat ja gut geklappt, Conrad! Raus aus der einen Falle, rein in die nächste.*

Ich löse mich von Indy, lasse sie schlafen, während ich ins Badezimmer gehe, das Kondom entsorge und mich kurz säubere. Dann ziehe ich mich in mein Arbeitszimmer zurück, um wieder im wirklichen Leben anzukommen. Einem, in dem ich single bin und versuche, die Agentur vor dem Aus zu bewahren. Und einem, in dem diese Frau keine größere Bedeutung für mich hat.

Will jemand wissen, wie gut das klappt? Richtig! Gar nicht.

Ich bearbeite ein paar Präsentationen, aber kann nicht vergessen, dass Indy gerade in meinem Bett liegt. Als wäre das genau der Ort, wo sie hingehört. *Zu mir.* Ich hätte sie feuern sollen, anstatt mich auf diesen Mist einzulassen. Dann wäre sie aus meinem Leben verschwunden. Jetzt ist sie hier, und ich will sie dringender denn je. Ich wollte, dass sie leidet – aber nein, sie schläft friedlich. Ich leide.

***

»Hi, guten Morgen!«, höre ich Indy Samstagfrüh, blicke auf und sehe sie eingehüllt in ein Laken die Wohnküche betreten. Wie eine Göttin. *Die tabu ist, Conrad.*

»Morgen«, erwidere ich kühl. Sie stutzt. *Was hat sie bitte erwartet? Dass ich ihr Frühstück mache? Die Nacht ist vorbei. Ich bin wieder ihr Boss, sie ist meine Angestellte. Ab Montag bin ich wahrscheinlich wieder Luft für sie. Scheißluft!* »Deine Sachen liegen auf dem Sofa. Unser Deal ist damit abgeschlossen, dein Fehler wird keine Konsequenzen haben. Du solltest jetzt gehen.« Ich lasse meinen Blick über sie gleiten. »Oder willst du noch eine Runde?« *Hoffnung durchströmt mich, als hätten die letzten zwei Jahre meinen Vorrat nicht allmählich aufgebraucht.* »Als kleiner Bonus?«, schiebe ich hinterher. »Freiwillig?«

Ein sehnsüchtiger Ausdruck huscht über ihr Gesicht, könnte aber auch meine Einbildung, mein Wunschdenken sein, denn sie schüttelt sofort den Kopf. *Was sonst?* »Meine Sachen sind also auf dem Sofa?«, murmelt sie nur und macht sich daran, sie einzusammeln.

»Ja, auf dem hellen«, rufe ich ihr noch nach. *Je schneller sie weg ist, desto besser.*

Während ich meinen Kaffee am Küchentresen trinke und meine Mails lese, holt sie ihr Shirt und ihren BH. Ich will sie ignorieren, aber ein sehr feiner Sensor in mir registriert jeden ihrer Schritte und in welches Zimmer sie geht. Das ist neu. Auf dass das ab Montag nicht mehr so ist.

Plötzlich läuft Wasser.

»Hey, duschen war nicht vereinbart«, schnauze ich durch das Penthouse.

Sofort verstummt das Geräusch von laufendem Wasser.

Benehme ich mich scheiße? Ja. Aber ich schwöre, sie muss hier weg, so schnell wie möglich, denn ich will sie schon wieder. Für Sex, aber dummerweise auch, um Zeit mit ihr zu verbringen. Wenn ich nicht aufpasse, plane ich schon Joggen im Central Park oder einen Galeriebesuch, oder wir könnten mit dem Boot eines Freundes die Küste entlangfahren, Indy in einem Bikini ... oder nackt auf der Jacht ... *Fuck, das hat was für sich ...*

Ja, blaue Eier, Conrad, weil das nie passieren wird.

»Sind wir wirklich quitt?«, fragt sie, als sie angezogen wieder in der Küche erscheint.

»Sicher. Wieso fragst du?«

»Du wolltest die Nacht haben, aber ich hab den Großteil verschlafen«, sagt sie und knabbert auf ihrer Scheißunterlippe herum.

»Ich habe auch geschlafen«, lüge ich, obwohl ich bis vier Uhr früh gearbeitet habe. »Also ja, wir sind quitt. Du weißt ja, wo der Aufzug ist.« Mein Herzschlag beschleunigt sich, als ich ihren verletzten Blick spüre. *Ist da doch mehr zwischen uns?* Ich warte, doch sie sagt nichts. »Jetzt, Indy. Oder willst du, dass ich es mir noch mal anders überlege?«

»Bin schon weg!«

Endlich setzt sie sich in Bewegung. *Danke!*

Als sie den Fahrstuhl erreicht, durchfährt mich Erleichterung – und Bedauern. *Fuck, Baby, das hier hätte so viel anders enden können.* Da dreht sie sich um, und unsere Blicke treffen sich. Sie zuckt zusammen, wie überrascht, dass ich ihr nachschaue. Ich rechne damit, dass sie sich jeden Moment abwendet und mich ignoriert, so wie immer. Aber sie schaut nicht weg. Sie sieht mich an, und selbst als der Fahrstuhl kommt und sich die Türen öffnen, wendet sie sich nicht sofort zum Gehen ab.

Warum? Was soll das?

Erst nach einem Moment betritt sie die Kabine, dreht sich aber auch drinnen noch mal um. Als gäbe es etwas, was sie loswerden will. Etwas Wichtiges. Als wollte sie so wie ich, dass die Zeit nicht endet. *Aber fuck, sie sagt nichts. Wie immer sagt sie nichts!* Dann schließen sich die Türen, sie ist wirklich weg, und ich frage mich, was das eben war. Kein Anfang von etwas, aber irgendwie auch kein richtiges Ende.

Sie will dich nicht, Conrad.

Zumindest hat sie das gesagt, wende ich ein.

Für jemanden, der mich nicht will, ist sie gefühlt im Schneckentempo gegangen. Dabei hätte ich erwartet, dass sie aus meinem Penthouse rennt, als würde der Feueralarm schrillen. *Warum hat sie gezögert?*

Sie will dich nicht, sage ich mir wieder.

Behauptet sie!, gibt ein Teil von mir Kontra. Sie wäre nicht der erste Mensch, der das eine sagt, aber das andere meint.

Lass sie in Ruhe, sagt eine Stimme.

Fuck, nein, ich war in ihr, als sie gekommen ist. Sie hat mich dabei angesehen, und das war nicht der Blick von jemandem, der in der Sekunde gerne woanders gewesen wäre. Sie war bei mir, ich bei ihr.

Das war nicht unsere letzte Begegnung, und es gibt da eine Sache, die mir helfen könnte, endlich Klarheit über diese Frau zu erlangen. Seit Monaten wehre ich mich dagegen, die obere Büroetage von *All-in* aufzugeben. Ich hatte immer die Hoffnung, dass wir mit einem neuen Großkunden die Belegschaft behalten können und den Platz brauchen. Jetzt habe ich zwei gute Gründe, den Mietvertrag zu kündigen. Grund eins: Ich spare Kosten. Grund zwei – und am wichtigsten: Indy kann mir nicht länger aus dem Weg gehen ...

Hoch motiviert fahre ich ins Büro, um alles zu veranlassen. *All-in* hat zwar für den aktuellen Monat die Miete bereits bezahlt, aber das heißt ja nicht, dass die Führungsriege und ich nicht eher umziehen können. Wenn ich mit einem Bonus winke – natürlich selbst bezahlt und nicht auf Firmenkosten –, kann ein Umzugsunternehmen am Sonntag die obere Etage räumen und die Büros auf Indys Ebene einrichten. *Bin ja gespannt, wie sie mich dann ignorieren will!*

KAPITEL
8

Indy

Alles ist wie immer, sage ich mir am Montagmorgen, als ich mit einem falschen Lächeln die Geschäftsräume von *All-in* betrete. *Nichts passiert.*

Von wegen! Du hast mit deinem Chef geschlafen, um deinen Job zu behalten, und seit sich eure Wege getrennt haben, hast du jede einzelne Sekunde an ihn gedacht. Und jeder sieht es dir an.

»Morgen, Indy«, begrüßt mich Nyla und lächelt breit. *Wir wissen, was du mit dem Chef getan hast.*

»Hallo! Guten Morgen«, gebe ich zurück und eile weiter. *Nichts passiert.*

»Hey, gut, dass du schon da bist«, ruft mir Charlotte zu. »Ich habe dir eine E-Mail geschickt. Meld dich, wenn du sie gelesen hast.« *Denn wir wissen, dass du mit Max geschlafen hast.*

»Alles klar, kümmere mich darum«, sage ich, ignoriere diese nervige Katastrophenstimme in meinem Kopf und nehme meinen Platz ein. *Sie weiß nichts.*

»Oh mein Gott, Indy, du ahnst nicht, was passiert ist!«, kreischt Ava da aufgeregt, was mich heftig zusammenzucken lässt. *Jemand von uns war mit dem Chef im Bett?*

»Was denn?«, frage ich stattdessen bemüht beiläufig, während mein Herz kurz vor einem Infarkt steht.

»Komm schon, sei ein bisschen aufgeregt!«, sagt sie und rüttelt mich an den Schultern.

Ihre Freude ist ansteckend. Gott, und gute Nachrichten sind mehr als willkommen. »Wir haben einen neuen Auftrag?«, spiele ich mit.

»Wovon träumst du nachts?«, ruft sie lachend. »Möööp! Zweiter Versuch! Rate noch mal.«

Max Conrad hat Indy Fallon geküsst, tönt es in meinem Kopf. Aber das wird es nicht sein. Dummerweise läuft jetzt jedoch der Gedanke in Dauerschleife weiter. *Lästig, nervig, unangebracht und ein Stimmungskiller.*

Ich starte meinen Computer. »Ehrlich, Ava, ich habe heute keine Nerven für so was. Sag es mir oder lass es bleiben, ich habe zu tun, ich muss für Charlotte –« Meine nächsten Worte bleiben mir im Hals stecken, als ich Max, *meinen* Max – *sei still, er ist nicht* mein *Max!* – sexyer denn je am anderen Ende des Großraumbüros auftauchen sehe. Das Büro, das gerade gar nicht mehr komplett ein durchgehendes Großraumbüro ist, denn über das Wochenende wurden mit verglasten Trennwänden neue Räume abgeteilt.

»Ja, genau, ist das nicht großartig?!«, ruft Ava, weil sie meinen Blick bemerkt hat, ihn aber missversteht.

So großartig wie ein Flugzeugabsturz. Ich will mich von Max' Anblick losreißen, aber schaffe es nicht. *Als wären meine Augen an ihm festgeschweißt!* Bis mir auffällt, was er gerade tut. Er gibt zwei Leuten Anweisungen, Möbelstücke umzustellen. »Was ist hier los?«, frage ich Ava.

»Max hat die Räumlichkeiten über uns gekündigt, wir verkleinern uns, die Verwaltung und die Chefs ziehen hierher«, erklärt sie.

Okay, das ist nicht nur ein Flugzeugabsturz. Das ist ein Flugzeugabsturz bei Sturm im Bermudadreieck. »Was bitte ist daran gut?«, platzt es heftig aus mir heraus.

»Daran ist gut, dass *All-in* die nächste Zeit keine weiteren Einsparungen vornehmen muss«, raunt mir Charlotte im Vorbeigehen zu. »Es sei denn, Leute machen nicht ihren Job. Indy, ich warte auf deine Entwürfe.«

Die Warnung sitzt.

»Bin dran«, sage ich und öffne wie auf Autopilot das Briefing, bin aber nicht bei der Sache. Wie auch, ich erlebe gerade den schlimmsten Flugzeugabsturz in der Geschichte aller Flugzeugabstürze, und es gibt keine Aussicht auf Rettung.

Zwei Jahre lang habe ich damit gelebt, dass der Mann, der mich verrückt macht, eine Etage über mir arbeitet. Mit ihm war es wie mit Süßigkeiten: Wenn sie außer Reichweite sind, kann man ihnen widerstehen. Nun hat mir jemand einen ganzen Karton voller Zuckerkram direkt vor die Nase gestellt. *Wie zum Teufel soll ich arbeiten? Ich will essen! Ich will ihn. Mehr denn je. Und wenn ich nachgebe, verliere ich alles. Warum musste das passieren? Und warum jetzt?*

»Wann wurde denn die Entscheidung getroffen?«, frage ich Ava.

»Max hat gestern Abend eine E-Mail an alle rumgeschickt«, sagt sie, ohne das Spektakel bei den neuen Büros aus den Augen zu verlieren. »Oh! Mega!«

Ihr Ausruf lässt mich aufschauen. Ich hebe den Kopf wie die gesamte Abteilung, weil Max alle für eine Ansprache zusammentrommelt. *Ja, so mega wie eine Lebensmittelvergiftung!*

Hastig ducke ich mich wieder. Es ist ein Reflex. Wenn jemand schießt, duckst du dich. Er schießt auf mich, mit Unmengen von Testosteron und einem viel zu selbstbewussten Auftreten. *Himmel!*

»Komm schon, steh auf«, flüstert mir Ava zu und zupft an meinem Arm.

Sitzen zu bleiben wäre wohl auffälliger …

Auf wackeligen Beinen erhebe ich mich und fühle mich an den Moment erinnert, als ich in Max' Penthouse aufgetaucht bin. Heute trägt er wieder ganz seriös einen Anzug, ein Hemd und Krawatte, aber ich sehe förmlich die Muskeln darunter und kann nicht anders, als der Linie seiner Krawatte nach unten zu folgen und auf seinen Schritt zu starren. Genau in dem Moment ruht sein schweifender Blick kurz länger auf mir als auf den anderen Mitarbeitern. Oder ich bilde mir das nur ein. Spielt auch keine Rolle, denn ich spüre, wie mir die Röte ins Gesicht schießt.

Nur weiter so, Indy! Du kannst auch gleich eine Rundmail an alle verschicken: Indy hat mit dem Boss geschlafen.

Zum Glück wandert sein Blick weiter, er räuspert sich und beginnt: »Liebe *All-inner*, in schwierigen Zeiten heißt es: zusammenrücken. Viele von uns mussten bereits gehen. Jetzt ist es so weit, dass wir uns auch räumlich einschränken. *All-in* sitzt ab sofort nur noch auf einer Etage, dieser. Wir geben die andere Ebene nicht nur auf, um Miete zu sparen, wir machen das auch, um wieder kürzere Wege zu haben und uns schneller abstimmen zu können. Noch mehr als bisher werde ich mich in jedes Projekt persönlich einbringen. Meine Tür steht jedem offen. Wir sitzen alle im gleichen Boot, und ich weiß, zusammen werden wir Land erreichen, denn ich habe mit euch das beste Team der Welt. Ich bin zuversichtlich, dass wir diesen Sturm gemeinsam überstehen. Wenn ihr Fragen habt, kommt zu mir. Und jetzt lasst uns dafür sorgen, dass es wieder bergauf geht.«

An die Rede hätte er einen der Texter lassen sollen. Hat er wirklich Metaphern benutzt wie: ›Wir sitzen alle in einem Boot‹? Das ist so abgedroschen, dass nicht mal auf den Stand-up-Comedy-Bühnen der Stadt jemand noch Witze darüber bringt.

Keiner sagt ein Wort. So leise ist es selten bei uns.

»Nicht mal ein Höflichkeitsapplaus?«, beschwert sich Max scherzhaft. »Kommt schon, Leute!«

Charlotte klatscht euphorisch. Als Einzige. *Schleimerin!*

»Okay, verstehe, na wie gut, dass ich mir das schon dachte.« Er grinst breit und bringt damit mein Herz zum Flattern. »In der Küche gibt es Donuts. Wie ist das?«

Jetzt folgt ehrlicher Applaus, und die Texter bewegen sich in Formation direkt auf die Kaffeeküche zu. Die Stimmung lockert sich schlagartig. Die Kontakter, Kollegen, die die Kommunikation zwischen den Kreativen und den Kunden und das Projektmanagement übernehmen, schließen sich an.

»Glaubt er, er kann sich mit Süßkram Zustimmung erkaufen?«, knurre ich. »Was für eine billige Masche! Wer fällt denn bitte darauf herein?« Ich drehe mich zur Seite und sehe, wie Ava schon ihren Arbeitsplatz verlässt. »Hey!«

Erwischt zuckt sie mit den Schultern. »Es sind Donuts, und mal ehrlich, selbst wenn es Salatblätter wären, würde ich was abhaben wollen. Sie sind gratis. In schweren Zeiten nimmt man, was man kriegen kann.«

Offensichtlich ist sie mit dieser Einstellung nicht allein. Binnen Minuten hat sich eine Traube um die Kaffeeküche herum gebildet, und wenn ich nicht aufpasse, bin ich die Dumme, die weiterarbeitet und damit auffällt. Wird nicht passieren. Ich hatte genug von Max' Aufmerksamkeit. *Schön mit dem Strom schwimmen, Indy.*

Ich geselle mich zu den anderen, aber achte darauf, Abstand zu Max zu halten.

»Wow, sind die lecker«, höre ich Samira.

»Sichere mir auch einen für die Mittagspause«, sagt Javi zu Elijah.

»Die sollte es immer geben, Chef«, murmelt Charlotte.

»Verdammt, die roten sind gleich weg!«, ruft jemand.

In einer unglaublichen Geschwindigkeit fällt die Agentur über die Donuts her, um sie entweder sofort zu essen oder gesichert zum Arbeitsplatz zu tragen. Wie bei Ameisen, die Nahrung entdeckt haben und sie abtransportieren, bilden sich Kolonnen durch die Etage – und der Stapel schrumpft. Wenn das weiter so geht, ist das Spektakel wie bei einer Raubtierfütterung in fünf Minuten zu Ende.

Ich bleibe am Rand, da drängelt sich jemand an mir vorbei.

»Hey!«, mache ich überrascht, verliere mein Gleichgewicht – und stolpere in die Küche. *Die perfekte Nummer, um nicht aufzufallen! Ha, ha.*

Jemand anderes fängt mich. Ich will aufatmen, bis mir klar wird, dass ich die Hände, die ich gerade spüre, kenne. *Sehr, sehr gut kenne.* So wie man Fingerabdrücke erkennt, erkennt mein Körper den Druck des Griffs wieder. Dafür muss ich den Mann dazu noch nicht einmal sehen. *Scheiße.*

»Alles okay?«, murmelt mir Max über meine Schulter zu.

»Bin ich dir auf die Füße getreten?«, tue ich so respektvoll wie immer. Als hätte ich nicht breitbeinig vor ihm gelegen, er nicht mit meinen Brustwarzen gespielt, mich nicht genommen ... *Stopp, Indy!*

»Das meinte ich nicht«, sagt er.

Wieder rempelt mich jemand an. »Ja, greift zu und holt euch Diabetes«, zische ich sauer über meine Kollegen, die dafür sorgen, dass ich wieder und wieder zu dem Mann gedrängt werde, von dem ich wegwill. »Dann muss die Firma euch nicht feuern, ihr fallt von alleine aus.«

Max lacht hinter mir, und ich spüre, wie sein Körper dabei vibriert und prickelnde Schockwellen durch mich jagt. *Oh, heiliger Saint Piran, steh mir bei.* Alle Aufmerksamkeit gilt zum Glück dem Süßkram, aber ich brenne. Wie immer. Für einen Mann, mit dem nichts laufen darf.

»Sorry«, sage ich, recke mich, möchte nur noch einen der Donuts und dann weg hier.

»Ava, kannst du mir –?«, rufe ich über die Köpfe der anderen meiner Kollegin zu.

»Kann ich *was* für dich tun?«, fragt sie zurück. Ich deute auf den Teller in ihrer Nähe, da schnappt sich Alex gerade den letzten Donut weg.

»Hier, ich gebe dir meinen«, sagt Max und reicht ihn mir.

»Benimm dich normal«, zische ich.

»Tue ich doch. Was ist mit dir?«

Notgedrungen nehme ich den Donut, dabei will ich nichts von Max. »Das ist sehr großzügig, danke«, sage ich steif.

»So bin ich eben«, sagt er leise.

Was soll das? Flirtet er?! Kann er das bitte lassen! Ich habe getan, was er wollte. Die Nacht mit ihm hat mir und meinem Herzen gereicht. Mehr wird nicht passieren. Bevor noch jemand was bemerkt, kehre ich mit dem Donut in der Hand an meinen Platz zurück. Fühlt sich an, als hätte ich eine entsicherte Granate in der Hand.

»Du hast deinen ja gar nicht gegessen«, sagt Ava, als sie sich wieder an ihren Schreibtisch setzt.

»Den hebe ich mir für später auf.«

»Wie schaffst du das?«

»Hab zu tun«, murmle ich, während hinter meiner Stirn der wahre Grund pocht. Max. Seine Finger waren an dem Gebäck. Wenn ich das esse, kriege ich ein feuchtes Höschen.

»Wow, so willensstark möchte ich auch mal sein.«

Tja, mach einen Deal mit dem Teufel!, denke ich, zucke jedoch nur mit den Schultern, als wäre es keine große Sache, öffne das Projekt, das ich für Charlotte gerade anfangen wollte, bevor die Rede losging, und erstarre.

Nein, Indy. Nein, nein, nein.

Oh doch! Mein Kopf ist komplett leer. Alles, was ich über das Projekt weiß, ist weg. Weil er im selben Raum ist.

Du packst das, sage ich mir.

Tief durchatmend setze ich mir meine Kopfhörer auf, drehe die Musik laut auf und lese mir das Briefing noch mal durch. Jeder Satz gibt meinem Gehirn Starthilfe, bis ich wieder im Thema bin. Dann vergrabe ich mich in die Arbeit. *Klasse, sind ja nur noch volle acht Stunden bis zum Feierabend!*

***

Zu meiner Überraschung überstehe ich die nächsten Wochen ohne Zwischenfall. Niemand scheint was von dem

Deal mit Max mitbekommen zu haben. ›Die Kuh ist vom Eis‹, wie mein Uni-Prof immer gerne sagte. Bis das Universum mich offensichtlich wieder testen will …

»Charlotte, wo bleiben die Bildretuschen?«, ruft Max, als die gesamte Agentur daran arbeitet, einen neuen Kunden zu gewinnen. »Ich brauche sie *jetzt*!«

»Wir sind dran!«, höre ich sie antworten. *Sprich: Ich, die englische Geheimwaffe, bin dran.*

Offensichtlich weiß Max das auch, denn sein Blick geht sofort zu mir. Kurz darauf stürmt er auf mich zu. *Bitte nicht! Wenn er mir jetzt über die Schulter schaut, wird es ein Unglück geben …*

Ich tippe schneller, um die Grafiken fertigzustellen, immer schneller und schneller. *Hier verschieben, dort eine Maske anlegen, KI verwenden, um ein Element hinzuzufügen …*

»Zwei Retuschen sind bereits fertig«, sage ich, als ich spüre, wie er neben mir auftaucht, so wie man das Herannahen eines verheerenden Flächenbrands spürt. »Bild Nummer drei hast du in drei, zwei, eins …« *Nie!* Ich drücke eine Taste und erstarre, weil die Datei weg ist. »Nein«, hauche ich und fühle, wie Angstschweiß in Sekundenschnelle aus jeder Pore meines Körpers strömt. *Ich, die englische Geheimwaffe, habe versagt.*

Max' durchdringender Blick trifft mich. Was auch immer er mir damit sagen will, kommt in der Hektik nicht bei mir an.

»Das … das ist nicht so, wie es aussieht«, stammle ich und versuche, meinen letzten Arbeitsschritt rückgängig zu machen. Ohne Erfolg. »Moment …« Ich suche in meinem Ordner. »Irgendwo gibt es eine Sicherung und –«

»Wir reden, wenn ich zurück bin«, knurrt er nur.

»Gib mir fünf Minuten, und ich hab die richtige Datei«, sage ich, aber rede schon mit seinem Rücken.

Oh nein. Mir wird schlecht. Das ist mein Ende bei *All-in* – und mein Ende in New York. Diesmal wird mich kein Deal retten. Fehler ist Fehler. Das Universum will mich offensichtlich nicht in dieser Stadt haben. Ich muss zurück nach England. Zurück in mein altes Leben. Ob ich will oder nicht. Tränen schießen mir in die Augen.

Ja, heul noch lauter, damit es alle mitkriegen!

Ich wische mir über die Augen, atme tief durch und schniefe.

»Was ist passiert?«, fragt Ava besorgt.

»Nichts«, schluchze ich.

»Oh bitte!« Sie reicht mir ein Taschentuch.

»Freudentränen!«, lüge ich.

»Weil es bei *All-in* ja auch so viele gute Nachrichten gibt.«

Sie wird nicht lockerlassen. Dafür mag sie mich zu sehr. Und dafür ist sie zu neugierig. »Er ist mir auf den Fuß getreten«, erfinde ich empört. *Total dämlich. Aber was soll ich sonst sagen? Habe ein trauriges Katzenvideo gestreamt?*

»Wer ist dir auf den Fuß getreten?«, fragt Ava.

»Max!«

»Oh, dieser Arsch. Du solltest Beschwerde einreichen.«

»Was soll das denn bringen?«

»Keine Ahnung, aber es sollte in seiner Akte stehen.«

»Ihm gehört die Agentur. Er hat doch keine Akte.«

»Aber deshalb ist das doch nicht okay.«

Oh Mann, sie klingt so, als würde sie ihm bei der nächstbesten Gelegenheit selbst auf den Fuß treten wollen.

»Es war ja keine Absicht«, sage ich. »Es tat nur weh. Jetzt geht es schon wieder.«

»Sicher?« Sie mustert mich. »Du siehst immer noch blass aus.«

Unser Gespräch hat Charlotte angelockt, der letzte Mensch, den ich in meiner Nähe haben will, wenn mir gerade eine Datei verloren gegangen ist. Mir wird glatt wieder übel. Bei meinem Glück muss ich nicht warten, bis Max zurück ist, sie feuert mich direkt jetzt.

»Alles klar bei euch?«, fragt sie.

»Natürlich«, sagen Ava und ich wie aus einem Mund.

»Dann kümmere dich um den nächsten Auftrag«, sagt sie zu mir.

»Gerne«, flöte ich, aber lasse, sobald sie weg ist, den Auftrag noch liegen. Angespannt durchsuche ich den Back-up-Ordner und finde eine Version meiner vorhin gelöschten Datei, die eine Stunde alt ist. *Besser als nichts.* Ich kopiere und überarbeite sie. *Vielleicht besänftigt das Max ja …*

Eine Stunde später schicke ich ihm die Datei, besser spät als nie, und kümmere mich dann endlich um den neuen Job für Charlotte – ohne weitere Fehler zu machen. *Es geht doch! Natürlich geht es. Ich bin der Profi, keine Praktikantin!*

Als Ava sich um halb neun in den Feierabend verabschiedet, werde ich jedoch wieder unruhig. *Was will ich noch hier? Sollte ich nicht New York unsicher machen und feiern, solange ich das noch kann?* Max wollte mich sprechen, wenn er zurück ist, aber wer weiß, wann das ist. Wenn ich Pech habe, sitze ich hier noch bis Mitternacht – das ist genug Zeit, um mir in epischer Breite mein Ende auszumalen. *Weg hier, Indy, sofort.*

»Ich fühle mich nicht so gut. Ist es okay, wenn ich gehe?«, frage ich Charlotte.

Sie schaut sich um, wer sonst noch da ist. »Du bist die Letzte aus dem Team.«

»Und?«

»Ich brauche dich noch. Max hat sich gemeldet. Wir haben einen Teilauftrag bekommen. Er kommt gleich rein mit dem Briefing, und wir müssen bis morgen was liefern.«

»Und das heißt was genau?«, frage ich nach, obwohl ich natürlich weiß, was das heißt.

»Dass ich euch im Konferenzraum brauche«, ertönt Max' Stimme hinter mir und lässt mich zusammenzucken. »Sofort.«

Hitze durchströmt mich – und gleich darauf Wut. *Warum mich auch feuern, wenn ich vorher noch einen Job erledigen kann?! Aber verdammt, was habe ich für eine Wahl?* »Bin unterwegs.«

Max

Ganz ruhig, Baby, denke ich, als ich Indy sehe. *Alles wird gut. Jetzt wird endlich alles gut. Du hast jetzt einen Partner an deiner Seite. Mich. Wurde auch Zeit.*

Die verträumten Blicke, die sie mir heimlich zuwirft, habe ich schon für Einbildung gehalten. Ihren schnellen Puls, als ich sie in der Kaffeeküche aufgefangen habe, für eine Täuschung. *Bis heute …*

Indy hat keine Probleme, unter Zeitdruck zu arbeiten. Das konnte ich die letzten Wochen hautnah erleben. Sie vertippt sich nicht und verwechselt nicht das Schließen einer Datei mit dem Löschen. Und doch ist es ihr passiert. *Meinetwegen.*

Glaubt sie etwa, sie kann mir wieder aus dem Weg gehen? Fuck, nein, Baby. Du hast mich erst zwei Jahre und jetzt zwei weitere Wochen hingehalten, aber ich werde mich keine weiteren zwei Minuten von dir hinhalten lassen. Warum auch immer du mir aus dem Weg gehst, es endet heute. Um unser beider Willen.

Aber erst mal die Arbeit, Conrad ... Du hast den Kunden überzeugt. Es kommt wieder Geld rein. Jetzt muss All-in *liefern. Und zwar das Beste vom Besten.*

»Ich brauche bis morgen zwei Messeaufsteller, eine Tasche und drei Shirtdesigns«, erkläre ich Indy und ihrer Teamleiterin und gebe ihnen die Informationen zum Projekt. Wir verteilen die Aufgaben unter uns, jeder nimmt seinen Platz ein und beginnt mit der Umsetzung.

Charlotte ist für die Aufsteller zuständig, Indy kümmert sich um die Shirts, und ich übernehme die Tasche. Das könnte der Wendepunkt sein, der Auftrag, der uns wieder Aufwind verschafft, den werde ich nicht liegen lassen. Dass Indy an Bord ist, freut mich. Auf dass sie umgekehrt auch liefert. *Bitte, Baby, ich weiß, du kannst das.*

»Wie weit seid ihr?«, frage ich nach einer Stunde, als es auf zehn Uhr zugeht.

»Der eine Aufsteller ist fertig, aber ich weiß nicht, ob ich den zweiten noch schaffe. Ich habe noch einen Termin«, sagt Charlotte.

»Einen Termin?«, schnaubt Indy, hält aber auf Charlottes Blick hin sofort ihren Mund. Dabei denke ich genau das Gleiche. *Was bitte ist wichtiger als das?*

»Der steht schon seit Wochen fest«, erklärt ihre Chefin und fasst sich in die Haare.

Macht sie sich etwa aus dem Staub wegen eines Frisörtermins? Und das, obwohl ihr Haarschnitt gerade dabei ist, zu etwas Normalem zu verwachsen. Unfassbar. Unter anderen Umständen würde ich darauf drängen, dass sie ihren Part erfüllt. Aber wenn sie geht, sind Indy und ich alleine.

»Das ist in Ordnung, wir schaffen das schon«, sage ich daher. »Geh ruhig, wir machen den Rest.«

Das lässt sie sich nicht zweimal sagen. Charlotte übergibt den zweiten Aufsteller an Indy, verabschiedet sich, und plötzlich sind wir unter uns. Indy und ich. Wie die letzten Menschen auf Erden. Fühlt sich gut an.

Wortlos arbeitet Indy weiter, spielt ihr altes ›Max ist Luft‹-Spiel, aber diesmal ärgert mich das nicht. Die Stille im Raum stört mich nicht im Geringsten. Im Gegenteil, sie ist wie eine Bestätigung, dass ich recht habe. Indy steht auf mich. Und zwar so sehr, dass sie mir nicht mal in die Augen sehen kann. *Cute!*

»Puh!«, stöhne ich beim Arbeiten, nur um ihre Reaktion zu testen.

Sie schluckt, verharrt mitten in ihrer Aufgabe – und macht dann weiter. *Na bitte! Sie ist sich meiner Anwesenheit genauso bewusst wie ich mir ihrer.*

Während ich die Taschendesigns fertigstelle, arbeitet sie an den Shirtdaten und nimmt sich auch den zweiten Messeaufsteller vor. Dieses Mal unterläuft ihr kein Fehler. Weil sie wirklich gut ist. Als ich fertig bin, beobachte ich sie, und es ist fast so, als würde das Programm eine Erweiterung ihrer selbst sein. Jeder Handgriff sitzt.

Fuck, wäre es unangemessen, sie direkt hier auf dem Tisch zu vögeln?

Ja, Conrad. Logisch. Das weißt du. Noch etwas Geduld …

»Was war das vorhin?«, frage ich, als sie auch fast fertig ist und nur noch den Platzhalter auf dem Aufsteller mit dem richtigen Text austauschen muss. Eine reine Formalie.

Zack. Sie zuckt ähnlich wie zuvor zusammen, schafft es jedoch diesmal, die Datei nicht zu löschen. Wäre auch seltsam, wenn ihr der gleiche Fehler zweimal an einem Tag passiert. Sie verschiebt lediglich den Text und korrigiert die falsche Positionierung mit einer einfachen Tastenkombination. »Was meinst du?«

»Du weißt, was«, sage ich, rücke näher und kann sehen, wie ihr Mauszeiger auf dem Bildschirm zittert, wegen mir. »Du hast vorhin einen Fehler gemacht.«

»Und ich hab ihn anschließend behoben!«

»Zu spät«, erwidere ich. »Meine Präsentation war bereits abgeschlossen, als du mir die dritte Datei geschickt hast.«

»Aber du hast den Auftrag bekommen.«

»Nicht deinetwegen.«

»Am Ende ist doch alles gut ausgegangen!«

»Also soll ich darüber hinwegsehen?«, frage ich, blicke auf ihren Bildschirm, greife nach ihrer Maus und korrigiere einen Buchstabendreher in der Überschrift. »Und auch über diesen Fehler?« Ich schaue sie an. »Und über diejenigen, die noch kommen werden?«

»Ich bin gut«, sagt sie kämpferisch. »Sehr gut sogar.«

»Davon sehe ich leider nichts«, spiele ich weiterhin den unzufriedenen Chef, der noch eine offene Rechnung mit seiner Angestellten hat, sonst ist sie in drei Sekunden zur Tür raus. Egal, wie sehr sie auf mich steht.

»Max, es tut mir wirklich schrecklich leid. Das wird nie wieder vorkommen.«

»Das hoffst du«, sage ich und erhöhe den Druck. »Aber wir beide wissen, dass das Wunschdenken ist.«

»Weil es mich nervös macht, wenn mir jemand über die Schulter sieht!«

Jemand? Das glaubt sie doch selbst nicht! »Oh, also passiert dir das bei Charlotte auch? Hat sie bisher gar nicht erwähnt«, mime ich den Ahnungslosen – und muss mich echt beherrschen, ihr nicht durch die Haare zu fahren.

»Gut, weil *du* mich nervös machst, zufrieden?«, zischt sie. »Es ist ein Wunder, dass nicht noch mehr Leute in deiner Gegenwart Fehler machen!«

»Also ist es meine Schuld?«

»Ja!«

»Dann gibt es nur eine Lösung. Einer von uns sollte die Firma verlassen. Und ich werde es nicht sein.«

»Mir fällt da was Besseres ein. Einer von uns lässt den anderen in Ruhe.«

Beinahe niedlich, wie sie sich mir schon wieder entziehen will. Wird ihr aber heute nicht gelingen.

»Es tut mir wirklich leid, Baby, ich kann da nichts machen. Es sei denn …« Ich spreche es nicht aus, muss ich auch nicht. Ein verdammt wütender Blick trifft mich – gefolgt von einem sehnsuchtsvollen, den sie schnell versucht zu verstecken, indem sie auf den Tisch schaut.

»Das meinst du doch nicht ernst!«, ruft sie aus, als ihr klar wird, worauf ich anspiele. Einen neuen Deal.

»Heute Nacht bei mir«, sage ich ruhig.

»Ich halte das für keine gute Idee.«

»Du hast recht, heute Nacht bei *dir*.«

»Das geht nicht.«

Wenn sie wüsste, wie oft ich das schon zu hören bekommen und dann der Welt das Gegenteil bewiesen habe. *Sie will, dass ich sie zu ihrem Glück zwinge? Bitte, habe ich kein Problem mit.*

»Wir machen es ganz einfach, Indy«, sage ich. »Ich habe jetzt noch ein paar Kleinigkeiten im Büro zu erledigen.« Ich werfe einen Blick auf die Uhr. »Das dauert vielleicht dreißig Minuten. Denk darüber nach, was du willst. Deine Kündigung oder mich. Sobald du dich entschieden hast, bring mir deinen Slip vorbei. Danach gehst du und wartest draußen an der Ecke Madison, 26ste. Ich komm dich dann abholen.« *Gewagt, aber wer nicht wagt, der nicht gewinnt.*

»Max, ich …«

»Scht«, unterbreche ich sie. »Denk darüber nach und entscheide dich. Andernfalls kannst du dir morgen deine Papiere abholen und gehen. Verstanden?«

Sie nickt nur.

»Wunderbar, ich bin dann in meinem Büro.«

Wie ich es schaffe, so cool zu bleiben, ist mir ein Rätsel. Vielleicht bin ich es auch gar nicht. Ich will sie heftiger, als gut für mich ist. Ich möchte ihr sagen, dass ihr Name der erste ist, der mir nach dem Aufstehen einfällt, und der letzte, den ich im Kopf habe, wenn ich schlafen gehe. Ich möchte ihr sagen, dass das was zu bedeuten hat. Ich möchte so viel seit zu langer Zeit. Aber ich verkneife es mir. *Geduld, Conrad! Dreißig Minuten noch. Das ist gar nichts.*

Ohne ihr einen Hinweis auf das Chaos in mir zu geben, gehe ich mit meinem Laptop und den Unterlagen in mein Büro. Auf die Arbeit kann ich mich nicht konzentrieren. Was auch immer ansteht, kann tatsächlich auch morgen noch getan werden. Der Job für den Kunden war wichtig, aber er ist erledigt. Jetzt steht Indy auf meiner Prioritätenliste an erster Stelle.

Was ist, wenn sie nicht kommt, Conrad?

Doch, wird sie.

Von wegen! Als die halbe Stunde endlich um ist, kann ich nicht länger still sitzen. Ich stehe auf, kann Indy nicht im Büro entdecken, trete ans Fenster und sehe nach draußen auf die Stadt, der ich meine größten Erfolge, aber auch meine schlimmsten Niederlagen zu verdanken habe.

Taucht Indy wirklich nicht auf?

New York ist noch wach, ich fühle mich jedoch plötzlich ungewohnt erschöpft. Die Zahlungsschwierigkeiten der Agentur machen mich fertig. Das Wissen, Leute entlassen zu haben, lastet auf mir. Die Vorgaben von *TFA* aus Melbourne stören mich. Aber am härtesten trifft mich, dass die Frau, deren bloße Existenz dafür gesorgt hat, dass ich seit Jahren keine richtige Beziehung hatte, offensichtlich lieber ihren Job verliert, als wieder eine heiße Nacht mit mir zu verbringen.

Du bist zu weit gegangen, Conrad. Du hast sie verloren. Und damit auch deine fähigste Mitarbeiterin, die selbst mit kleinen Fehlern immer noch die Beste ist. »Vollidiot!« Ich schlage mit der flachen Hand gegen die Scheibe, die natürlich hält; es ist Sicherheitsglas. Da öffnet sich meine Bürotür.

In der Spiegelung der Scheibe erkenne ich Indy. *Sie ist hier. Ich hatte recht. Natürlich hatte ich recht mit ihr und mir.* Sie sagt kein Wort, dreht sich kurz zum Großraumbüro um, wie um sicherzugehen, dass wir alleine sind, und schaut dann zu meinem Schreibtisch. Wortlos legt sie etwas ab, einen Augenblick später verlässt sie mein Büro, gleich darauf die Agenturräume.

Haben wir einen neuen Deal?

Ich warte einen Moment, bevor ich zum Schreibtisch gehe. Zuerst kann ich nichts Neues darauf entdecken. Da liegen meine üblichen Unterlagen und die Technik. *Hat sie mich ärgern wollen? Oder liegt dort sogar statt ihres Slips ihre Kündigung? Bitte nicht!*

Hektisch wühle ich durch meinen Kram, durch Ausdrucke, Anzeigenmuster, Farbproofs. *Da!* Ich halte inne, als ich einen braunen Umschlag finde, der vorher nicht da war. Ich greife rein und muss grinsen, als ich ein zartes Spitzenhöschen ertaste und raushole. Mit einem sehr nassen Zwickel, der nach ihr riecht. *Braves Mädchen.*

Erleichtert schalte ich meinen Computer aus, weil ich heute nur noch eines machen werde: mit dieser Frau schlafen. Bei ihr.

Ich nehme den Fahrstuhl zur Tiefgarage, steige in meinen SUV und verlasse das Gebäude. Wie verlangt entdecke ich Indy an der vereinbarten Straßenecke. Ich fahre vor und öffne die Beifahrertür. »Steig ein!«

»Ich hasse dich«, sagt sie, aber spielt mit.

Nein, tust du nicht, Baby ...

***

»Wo kann ich parken?«, frage ich, als wir eine halbe Stunde später in einer ruhigen Ecke von Brooklyn angekommen sind.

»Vorne rechts sind Bürogebäude, da dürfte was frei sein.«

Ich folge ihren Anweisungen und finde tatsächlich einen Parkplatz, manövriere hinein, wir steigen aus und laufen auf ihr Wohngebäude zu. *Ist fast wie bei einem Date.* Instinktiv greife ich nach ihrer Hand, aber kaum berühren wir uns, zieht sie sie weg. *Als hätte sie sich verbrannt. Wie immer.* Aber ab sofort ist nichts mehr wie immer.

»Hand, Baby!«, knurre ich. »Nacht ist Nacht.«

»Uns könnte jemand sehen.«

»Dir ist schon klar, dass dann nicht die Welt untergeht?«

»Für dich vielleicht nicht!«

Ich glaube, sie will mir hier irgendwas sagen, aber ich verstehe es nicht. »Bin ich dir so zuwider?«

»Das ist es nicht.«

»Was ist dann das Problem?«

Sie schweigt. Selten hat mich was mehr frustriert. Nach zwei Jahren Schweigen sollten wir reden und die verpassten Unterhaltungen nachholen. *Nicht diesen Mist!*

»Hier ist niemand«, sage ich und strecke meine Hand demonstrativ wieder aus. »Komm schon, oder soll ich ein Flugzeugbanner buchen, auf dem steht, dass Max und Indy miteinander schlafen?«

»Das würdest du nicht tun!«, ruft sie entsetzt. Gleich darauf verschränken sich unsere Finger, und ein warmer Schauer durchströmt mich.

»Na bitte! War das so schwer?«, frage ich und drücke ihre Hand, die sich unglaublich zart in meiner anfühlt – und unglaublich richtig.

»Ja, war es«, gibt sie zu, atmet aus, als hätte sie die Luft angehalten, und greift mich nun fester. *Als wäre ich derje-*

nige, der ständig abhaut! »Ich halte mit meinem Boss Händchen!«

»Das dürfte ja wohl kaum schockierender sein, als mit deinem Boss zu schlafen.«

»Doch, irgendwie schon«, sagt sie und führt mich zum Hauseingang. »Da wären wir.«

Wir gehen eine Treppe hoch. Ich lasse ihre Hand los, damit sie den Schlüssel aus ihrer Tasche holen kann, und lege meine Hand an ihre Taille. Sie lässt es zu, als würde sie es genießen, als wäre es schon immer so zwischen uns gewesen.

Sie schließt auf, wir betreten die Wohnung, und sofort kommt uns eine kleine Frau entgegen. »Indy, Süße, ich hab mich schon gewundert, wo du –« Bei meinem Anblick verstummt sie, nur um gleich darauf ihren Mund zu einem schmutzigen Lächeln zu verziehen und mich anzüglich von Kopf bis Fuß abzuchecken. »Buonasera! Wird das, was ich denke, dass es wird?«

Keine Ahnung, wovon diese Frau spricht. »Ich bin Max«, stelle ich mich vor, weil es Indy die Sprache verschlagen hat, und reiche ihr die Hand.

»Ihr Boss?«, hakt sie nach, was mir bestätigt, dass ich für Indy nicht irgendjemand bin. Sie hat mit dieser Frau über mich geredet. Der Abend wird besser und besser.

»Eher der Boss von ihrem Boss«, stelle ich schief grinsend klar. »Hätte ich meinen Lebenslauf mitbringen sollen?«

»Es ist, was ich denke, dass es ist«, jubelt sie und fällt mir um den Hals, als wären wir alte Freunde. »Wurde aber auch Zeit. Behandle meine Kleine ja anständig.«

»Giulia, du bist peinlich«, findet Indy ihre Sprache wieder. »Und es ist nicht so.« Sie schluckt und macht diverse

Augenrollbewegungen, die entweder eine Warnung oder ein Schlaganfall sind. »Er hat sich selbst eingeladen.«

»Du meinst?!«

Indy nickt wie wild ...

»Oh!« Giulia mustert mich und grinst breit. »Oh là là!« Ich schätze mal, sie hat auf den ersten Deal angespielt und kapiert, dass das der zweite ist. Nur scheint das für sie anders als für Indy ein Grund zur Freude zu sein. *Sehr sympathisch.*

»Das ist nicht gut«, brummt Indy.

Giulia streicht mir über das Hemd und fühlt, wie ich gebaut bin. »Doch, ich glaube, das ist es«, sagt sie, als hätte ich ihren Check-up bestanden. »Ich lass euch dann mal alleine, ihr Süßen. Tut alles, was ich auch tun würde.«

»Ich hasse dich!«

Giulia wirft ihr einen Luftkuss zu. »Ich liebe dich auch.«

Ich schaue Indys Mitbewohnerin nach und muss grinsen, weil mir eine Sache plötzlich aufgeht. Das scheint Indys Ding zu sein, Leute heftig anzugehen, obwohl sie sie eigentlich mag. Das Handbuch zu der Frau hätte ich wirklich gerne eher bekommen. *Da hält man sich an ›Nein heißt Nein‹, dabei bedeutet das bei Indy die ganze Zeit Ja. Immer nur Ja.*

»Wo ist dein Zimmer?«, raune ich ihr zu, umarme sie von hinten und schaue mich um.

»Da vorn, aber ich muss noch –«

»Ins Bad?« Ich lächle. »Da haben wir rein zufällig denselben Weg.« Ich sehe mich um. »Dort lang, oder?«

KAPITEL 9

Indy

Max dirigiert mich ins Bad, immer noch mit den Armen um mich geschlungen. *Als könnte ich abhauen!* Ich sollte mich beschweren, aber lasse es. Das ist, wovon ich fantasiert habe. *Er und ich zusammen. Nicht nur im Bett. Sondern wie ein Paar.* Es fühlt sich richtig an.

Nur dass er dein Boss ist, Indy, erinnert mich eine innere Stimme warnend. *Red Flag! Du weißt, was passiert, wenn ihr was anfangt.*

Tun wir das denn? Was anfangen? Er will doch nur diese eine weitere Nacht.

»Hier, eine Zahnbürste«, sage ich und reiche ihm eine der Gästezahnbürsten, die Giulia und ich immer vorrätig halten. »Und ein Handtuch.« Wir können uns kaum rühren, ohne uns auf die Füße zu treten. »Sorry, dass es so eng ist.«

»Stört mich nicht«, sagt er und zieht mich enger an sich. »Dich?«

Seine Wärme geht auf mich über – meine auf ihn. Über den Spiegel bemerke ich, dass er zu mir hinunterschaut. Ich drehe mich in seinen Armen, um auch ihm direkt in die Augen sehen zu können, weil das hier wichtig ist. »Nein, stört mich nicht, dass es eng ist«, sage ich leise und bin so nervös, als hätte ich ihm meine intimsten Gedanken offenbart. »Das

Bad ist nur nicht geeignet für Sex.«

»Habe ich was von Sex gesagt?«, fragt er und hebt die Zahnbürste. »Ich habe nur vom Zähneputzen gesprochen.« Ich zögere, aber er fängt bereits an. »Los, du auch, Baby! Mach dich bettfertig, es ist spät.«

Will er dieses Mal gar keinen Sex? Ich rühre mich nicht, kann ihn nur anstarren.

»Was ist los?«, nuschelt er mit der Zahnbürste im Mund. *Wie ein ganz normaler Kerl.*

»Kümmerst du dich etwa um mich?«

»Ja, wenn du es zulässt.«

Ja?! Hat er wirklich ›Ja‹ gesagt?! Das hier läuft komplett anders als neulich ab. Warum? Irritiert nehme ich meine Zahnbürste, drehe mich wieder zum Waschbecken, lehne mich mit dem Rücken an ihn, und wir putzen uns die Zähne, in meinem WG-Bad. Wie schräg. Und gleichzeitig so schön, dass mir die Konsequenzen, die es hat, wenn ich mit Max zusammenkomme, immer egaler werden. Das hier ist etwas, wovon ich seit Jahren träume. Nicht Zähneputzen natürlich, aber diese Verbundenheit mit einem anderen Menschen zu erleben. Mit Max ist sie einfach da. Wir passen zusammen wie zwei Teile eines Ganzen.

Aber es ist nur für eine Nacht. Eine weitere. Halt dich zurück.

Egal, vielleicht werden es ja mehr, mache ich mir Mut. Oder mache das, was alle verliebten Leute tun: Ich biege mir die Realität zurecht, bis sie passt.

»Ich wollte noch duschen«, sage ich, als ich fertig bin.

Er sieht zur Duschkabine. »Okay, da passen wir nicht zusammen rein. Geh du zuerst, ich warte«, sagt er, als wäre das sein Bad, und drückt mir einen Kuss auf die Schulter.

Ich rühre mich nicht. Bis auf Giulia und Ava war noch nie jemand für mich da. Schon gar nicht so, und vor allem nicht nachdem er zuletzt Spielchen mit mir gespielt hat. *Ist das ein neues? Indys Herz erobern und dann wegwerfen? Wird es das?*

»Was ist los?«, fragt er.

»Nichts.«

»Wir wissen beide, das stimmt nicht«, sagt er entspannt, als hätte ich mit dem Wort ›nichts‹ eigentlich alles über mich verraten. »Komm, ich helf dir beim Ausziehen«, sagt er und greift an meinen Hosenbund.

Hitze durchschießt mich. Ich sollte ihn wegschicken, aber tue es nicht.

»Kein Widerstand?«, fragt er nach, weil das neu von mir ist.

Ich kann nur den Kopf schütteln, ihn ansehen und mich fragen, wie ich das je konnte: Nein zu ihm sagen.

»Du hast wohl alle Energie damit verbraucht, mich die letzten Wochen zu ignorieren, was?«, fügt er scherzhaft hinzu.

»Die letzten Jahre«, verbessere ich ihn.

»Jahre?«, wiederholt er, bedeutet mir, mich an seinen Schultern abzustützen, und hilft mir ganz aus der Hose. »Fuck, Jahre, Baby?«

Er wirkt so sauer, dass ich mich frage, was er gleich mit mir anstellen wird. *Und du freust dich drauf, Indy.*

»Ab unter die Dusche mit dir, Befehl vom Boss«, sagt er, sobald er mir auch aus meinem Shirt und dem BH geholfen hat.

Was, wenn nicht?, liegt mir auf der Zunge, aber ich verkneife es mir. Ich schlüpfe in die kleine Duschkabine und stelle das Wasser an, greife den Schwamm, gebe Duschgel dazu und wasche mich wie immer, achte nur darauf, dass die Haare trocken bleiben. Aber nichts ist wie immer. Max ist bei mir, und ich kann seine Umrisse hinter der beschlagenen Kabinentür erkennen.

Nur zum Spaß reibe ich die Scheibe frei und posiere sexy. Er sieht so aus, als würde er mit dem Gedanken spielen, sich zu mir in die Duschkabine zu zwängen, koste es, was es wolle. Die Plastikschiebetüren sind kein Gegner für ihn.

Weil er Sex will.

Nein, weil er dich will, Indy. Nur dich.

Noch vor ein paar Wochen in seinem Büro habe ich gedacht, er hasst mich und alles wäre vorbei, aber jetzt sehe ich es so deutlich, dass ich mich frage, ob ich blind war. Er will mich genauso heftig wie ich ihn. Das lässt mich mutig werden. *Oder dumm.*

Frech umkreise ich meine Nippel. Sie sind groß und gefallen ihm.

Er schaut dem Schauspiel eine Sekunde zu, dann reißt er die Tür auf und zerrt mich aus der Kabine. Nicht die Reaktion, die ich wollte. »Sauber genug?«, blafft er und wickelt mich in ein Handtuch.

»Ähm, ja.«

»Fuck, dann geh schon mal in dein Zimmer, ich komm gleich nach.«

»Bist du sauer?«

»Ja, bin ich. Und ich bin hart, Baby. Also beschwer dich gleich nicht, wenn es ruppig zugeht. Selbst schuld.«

Er reißt sich förmlich die Klamotten vom Leib, und auf seinen Blick hin verschwinde ich in mein Zimmer. Kichernd. Dieser Mann bringt mich zum Kichern! Als hätte ich Brausepulver in die Nase bekommen.

Lange muss ich nicht auf ihn warten. Ich lausche auf die Geräusche im Bad. Das Wasser wird abgestellt. Ich höre die Plastiktüren sich öffnen. Wenig später erscheint Max mit einem Handtuch um die Hüften geschlungen, das er, sobald er meine Tür geschlossen hat, zu Boden fallen lässt. Nur eine Sache hält er noch in der Hand, ein Kondom. Muss aus seiner Hose sein.

Stopp, kann ich den Moment bitte noch mal in Zeitlupe erleben!

Als wäre das sein Zimmer und er könnte hier tun und lassen, was er will, bewegt Max sich durch den Raum. Fast will ich ihn fragen, welche Bettseite er will, dabei ist das *mein* Bett.

Wortlos kommt er zu mir. Ich frage mich noch, wie die Einrichtung auf ihn wirkt oder ob er das Chaos bemerkt, das hier herrscht, aber er hat keinen Blick dafür. Er sieht nur mich.

Ohne mich aus den Augen zu lassen, steigt er zu mir ins Bett, öffnet meine Beine und drückt seine Härte an mich, genau dort, wo ich ihn brauche. Ich sollte mich zieren, ihm sagen, wie falsch die Nummer ist. Stattdessen kippe ich mein Becken, damit er in mich dringen kann, obwohl ich sehe, dass er das Kondom noch nicht übergezogen hat. Aber egal. Noch nie habe ich einen Menschen so dringend gebraucht.

»Nein«, sagt er nur, aber reibt sich an mir, ist so ruhig und gefasst, während in seinen gewitterblauen Augen ein Sturm tobt. »Diese Nacht wird anders, Baby. Ich will Antworten!«

»Antworten?«

»Längst überfällige Antworten.«

»Was willst du wissen?« Ich lasse meine Hände über seine Schultern gleiten, muss ihn berühren, muss mein Reservoir an Max-Erinnerungen auffüllen, bevor wieder Wochen oder vielleicht sogar Jahre vergehen, bis neue hinzukommen. »Du kennst doch meinen Lebenslauf!«

Er lacht und küsst mich. »Der interessiert mich nicht. Erklär mir, warum du mich jahrelang ignoriert hast, aber trotzdem so verfickt feucht für mich bist!« Folternd testet er mit seiner Eichel meinen Eingang, kann mühelos in mich dringen, weicht aber zurück, sobald ich mehr einfordere. »Du hast mir nach dem Kuss damals sehr deutlich zu verstehen gegeben, dass das ein Fehler war und dass du nichts von mir willst.«

»Es war ein Fehler.«

Jeder seiner Muskeln spannt sich an, und er sieht mich an, als würde nur ein Wort fehlen und er fickt mich, bis ich das zurücknehme.

»Es war ein Fehler, weil ich mit dir gespürt habe, was ich nicht spüren wollte«, gestehe ich.

Er entspannt sich, wenn auch nicht viel. »Das musst du mir erklären, Baby. Denn für mich klingt das nach was Wundervollem. Nicht nach etwas, das man ignoriert.« Wieder dringt er ein kleines Stück in mich. Wieder zieht er sich zu schnell zurück.

»Bitte, Max.«

»Ich will mehr Antworten!«

»Was willst du noch hören? Ich wollte dich, und plötzlich wolltest du auch mich, aber du bist mein Chef. Beziehungen zwischen Angestellten und Vorgesetzten sind verboten. Ich hätte meinen Job verloren.«

»Fuck, das ist alles?!«

So reden nur Leute, die nichts zu verlieren haben! »Mein Visum hängt an diesem Job«, erkläre ich. »Wenn *All-in* mich kündigt, habe ich sechzig Tage Zeit, um einen neuen Job und ein neues Visum zu erhalten, das ist quasi ein Ding der Unmöglichkeit. Andernfalls müsste ich erst einmal zurück nach Großbritannien. Weg.«

Ich spüre Max noch zwischen meinen Beinen, aber presse mich jetzt nicht mehr an ihn. Der Gedanke sorgt für den üblichen Stein in meinem Magen. Ich möchte den ganzen Berg an Gefühlen unterdrücken, der in mir aufsteigt, aber es ist zu spät. Den Job zu verlieren heißt, das Leben aufzugeben, das ich liebe.

»Ich hätte die Firmenregeln ändern können«, sagt er und reibt mit dem Daumen über meine Stirn.

»Sie gelten für die gesamte Agenturgruppe. Ein Jahr, bevor ich angefangen habe, waren solche Beziehungen noch erlaubt, wenn es sich um Paare an verschiedenen Standorten handelte. Seitdem ist sogar das untersagt.«

Er sieht mich skeptisch an, als würde ich mir das ausdenken. *Schön wär's!*

»Abschnitt vier, Absatz drei: Die *TFA Group* verbietet jegliche Liebesbeziehung unter Angestellten unterschiedlicher Hierarchiestufen.«

»Kennst du die Firmenrichtlinien etwa auswendig?«

»Tue ich«, erwidere ich und fahre ihm durch die Haare, genau wie ich es immer wollte. »Erst fand ich dich nur heiß. Aber seit dem Kuss habe ich mich zu dir umgehört. Du verstehst es, Leute zu motivieren, bist leidenschaftlich bei der Sache, forderst viel, bleibst dabei aber auch fair. Außerdem kannst du anders als Charlotte wirklich ein Grafikprogramm bedienen, auch wenn ich besser bin.« Er runzelt zweifelnd die Stirn. »Zumindest, wenn du mir nicht über die Schulter schaust und mich nervös machst.« Ich boxe ihn spielerisch. »Tu nicht so zufrieden. Ich wollte dich, aber du wolltest mich feuern!«

Das wirkt. Endlich öffnet er das Kondom, rollt es sich über und dringt in mich, bringt uns wieder zusammen, heißer denn je. »Baby, du hast mich um den Verstand gebracht, jeden einzelnen Tag, den du mich wie Luft behandelt hast«, murmelt er und bewegt sich, als würde ich das gerade wieder tun. »Dein Fehler war meine Chance, dich und meine blauen Eier ein für alle Mal loszuwerden.«

Wenn er nicht in mir wäre, würde ich mir Sorgen machen. *Er hätte mich wirklich gefeuert!*

»Warum hast du mir dann dieses unmoralische Angebot gemacht?«, frage ich irritiert.

»Oh Indy!« Er bewegt sich weiter in mir. »Du hättest mal sehen sollen, wie verzweifelt du warst«, flüstert er, während er meine Wange streichelt und mich zärtlich küsst. »Du hast da vor mir gestanden, als wäre ich ein Scheusal und Sex mit mir eine Zumutung, und dann hast du mir die Chance gegeben, mich an dir zu rächen.« Er atmet schwer, und ich spüre, wie ich ihm immer weniger bei dem Gespräch folgen kann. Dabei ist das hier wichtig.

»Du wolltest mir wehtun?«, bringe ich erstickt hervor.

»Oh ja«, antwortet er mit einer Sanftheit in der Stimme, die deutlich macht, dass das alles keine Rolle mehr spielt. »Doch die Nacht verlief anders als geplant.«

Er könnte von meinem unvorbereiteten Auftritt reden, dem ungeplanten Abendessen, der Rasur. Aber all das war nebensächlich. »Du hast es auch gemerkt?«, frage ich vorsichtig.

»Dass wir zusammengehören? Ja, habe ich, Baby.«

Der Sturm in seinen Augen wird heftiger, aber er kann

mir nicht gefährlich werden. In mir tobt auch ein Sturm, die beiden kommen zusammen und machen uns stärker. Ein Schauer durchdringt mich, weil er das so sagt, als gäbe es nichts daran zu rütteln. Als wäre es eine unumstößliche Tatsache. *Indy und Max sind ein Paar. Nicht nur für eine weitere Nacht. Sondern für immer.*

»Du warst am nächsten Morgen so kühl zu mir«, bringe ich leicht vorwurfsvoll hervor und will eine Erklärung dafür.

»Weil du mir signalisiert hast, dass du mich wieder nicht in deinem Leben haben willst.« Wut schwingt in seiner Stimme mit, wenn auch schwächer als vorhin. »Dabei wolltest du mich!«

»Ja«, antworte ich nur und seufze, als er sich in mir bewegt. »Und du mich.«

»Heftiger, als ich jemals etwas oder jemanden wollte.«

Seine Worte lösen einen Funkenregen in mir aus. Ich habe immer noch Angst vor den Konsequenzen für meinen Job und für mein Leben, aber ich kann Max nicht länger widerstehen. Nie wieder. Ich küsse ihn, und er erwidert den Kuss, sanft und träge, weil wir nun alle Zeit der Welt haben. Nicht nur diese Nacht.

Mit sinnlichen Bewegungen dringt er in mich, bis er bis zum Anschlag bei mir ist. Er sorgt für die ersten Erschütterungen, die so viel heftiger sind als beim letzten Mal. Das war nur Übung, jetzt wird es ernst. Letztes Mal waren es nur kleine Verwerfungen, heute verschieben sich ganze Erdplatten. Bis zusammenkommt, was zusammengehört.

»Noch nicht kommen, Baby.«

»Kann ich dir nicht versprechen.«

»Ich hab nur das eine Kondom mit, also versuch es.«

Seine Worte lösen weitere Schauer aus. Diesen Abend hat er genauso wenig geplant wie ich. Ich habe mich gegen seine Anziehung gewehrt, genau wie er sich gegen meine, aber sie war zu stark. Ich habe immer nach New York gewollt. Ich dachte, es sei wegen der Stadt, der Kultur, dem Leben. *Weshalb sonst?* Aber es war seinetwegen. Als hätte er mich gerufen, obwohl wir uns zu der Zeit noch gar nicht kannten.

Meine Hand geht wieder zu seiner Hüfte, um ihn zu bremsen, aber auch, um ihn zu mir zu ziehen. »Mach langsamer, Max.«

»Kann ich nicht, nicht nach all den Jahren.« Bevor ich auf Abstand gehen kann, zieht er mich an sich, hält mich in seinen Armen, als würde er nicht eher loslassen, bis er hat, was er braucht.

Mein Körper reagiert, kribbelt, pocht. »Bitte, warte«, stöhne ich.

»Fuck!«, knurrt er verärgert, hält inne und legt seine Stirn an meine. »Besser?«

Das Pulsieren wird heftiger, wie bei einer Kettenreaktion. Um das hier zu stoppen, hätte er nicht in mein Bett kommen dürfen, ich hätte nicht in seinem landen dürfen, wir hätten uns nie begegnen dürfen. Seit dem ersten Kuss ist alles auf diesen Moment hinausgelaufen.

»Nein, nicht besser«, keuche ich. »Und für dich?«

»Auch nicht.«

Ich nicke nur, und Max bewegt sich wieder. Selbst wenn wir beide den Höhepunkt aufhalten wollen, wir können es nicht. Zu lange haben wir auf diesen Augenblick gewartet. Nicht auf den Orgasmus, sondern darauf, uns gefunden zu haben. Er fühlt sich zu gut für mich an, ich mich zu gut für ihn. Ich schaue in Max' Augen und lasse endlich all die Gefühle frei, die ich so lange in mir eingeschlossen hatte. Er ist der Mann, bei dem ich mich geborgen fühle, der Mann, dem ich vertraue, der Mann, der mich zum Lächeln bringt. Er ist der Mensch, den ich an meiner Seite haben will – nicht nur als meinen Boss, sondern als meinen Partner.

»Gott, Max!«, rufe ich, als er mich zum Kommen bringt.

»Oh Baby, ja«, ruft er und folgt mir.

Ich ergebe mich ihm, habe ihm nichts entgegenzusetzen, er ergibt sich mir. Aber niemand hat verloren. Wir sind beide Gewinner.

»Baby, ich lasse dich nie wieder gehen, verstanden?«, sagt er schwer atmend, als er wieder zu sich kommt, stützt sich auf einem Arm ab und fährt mir durch die Haare.

»Verstanden«, seufze ich. »Aber bei der Arbeit ändert sich nichts.«

»Kann ich dir nicht versprechen.«

»Musst du.«

Max

Vorsichtig ziehe ich mich aus Indy zurück und entferne das Kondom. Das einzige, das ich dabeihatte. *Schlechte Vorbereitung, Conrad.* Aber dafür, dass die Nacht so anders verläuft als neulich, auch ganz gut.

»Bin gleich wieder bei dir«, sage ich und schwenke das benutzte Gummi. »Ich werde das nur schnell los.«

Ich hebe das Handtuch vom Boden auf, wickle es mir um die Hüften für den Fall, dass ich auf dem Flur auf Indys Mitbewohnerin treffe, und verschwinde kurz ins Bad. Dabei gehen mir Indys Worte durch den Kopf. Sie will, dass sich im Büro nichts ändert. *Aber wie soll ich ignorieren, dass sie meine Welt um 180 Grad gedreht hat?* Ich kann mir nicht vorstellen, in einem Raum mit ihr zu sein und nicht ihre Nähe zu suchen, ihr keinen sehnsüchtigen Blick zuzuwerfen, sie nicht anzulächeln.

Als ich das Bad verlasse, kommt sie mir entgegen. »Ich muss nur mal kurz …«, sagt sie. »Bin auch gleich wieder da.«

»Du hast eine Minute!« Ich drücke ihr einen Kuss auf die Wange.

»Sag bloß, wir haben dann ein Meeting, Boss?«

»Ja, ein verdammt wichtiges.«

»Dann beeile ich mich wohl besser.«

Lächelnd verschwindet sie ins Bad, und ich gehe zurück in ihr Zimmer und schaue mich um. Dafür war vorhin keine Zeit. Ich erkenne ihre Liebe für Design. Bildbände liegen herum, ich entdecke Eintrittskarten von vergangenen Ausstellungen, und sie hat, soweit ich das beurteilen kann, eine original Arco Bogenleuchte! Die kostet ein kleines Vermögen. Dafür muss sie gespart haben. *Wenn ich nicht schon auf Indy stehen würde, spätestens jetzt wäre ich ein Fan von ihr. Ja, wegen einer Lampe!*

Ich hebe die Kissen auf, die wir beim Sex aus dem Bett geworfen haben, und schon ist sie zurück, lächelt, als sie mich sieht, und reibt sich müde die Augen.

»Komm, ab ins Bett«, sage ich, nehme sie in die Arme und lege mich mit ihr hin.

»Daran könnte ich mich gewöhnen«, murmelt sie und schmiegt sich, anders als beim letzten Mal, sofort an mich, ohne dass ich sie zwingen muss.

»Dann gewöhn dich dran«, sage ich. »Ich habe vor, das öfter zu machen.«

»Was, mit mir kuscheln?«

»Ja, das und die Nacht verbringen.« *Viele, viele Nächte. Fuck, jede Nacht, wenn es nach mir geht.*

Ich müsste jetzt einschlafen, es war ein langer Tag, aber ich tue es nicht. Indy auch nicht. Jeder von uns will noch mehr von dem anderen. *Als könnte morgen alles vorbei sein.* Ich fahre ihr durch die Haare, liebe es, ihren Hintern zu tätscheln, seufze wohlig, wenn ihre Hände meine Schultern und Bizeps streicheln, mir in den Nacken fahren. Ich bin dieser Frau restlos verfallen. Falls sie vielleicht doch noch zurückrudern wollte: Pech, ich kann es nicht, sie gehört zu mir, ich lasse sie nicht gehen.

»Einverstanden, ich werde im Büro tun, was ich kann, damit niemand etwas bemerkt«, sage ich schließlich leise. »Was ist mit dir?«

»Was soll mit mir sein?«, fragt sie und hebt den Kopf, grinst frech. »Ich werde dich natürlich nach Kräften ignorieren. Darin bin ich Profi.«

Autsch. Ich verziehe das Gesicht. Selbst mit ihrem entzückenden Lächeln versetzt mir die Aussicht einen Stich. Wir haben diesen Mist einfach zu lange gespielt.

»Oh Boss«, sagt sie und greift nach meinem Schwanz, streichelt mich und macht mich wieder hart. »Keine Sorge, ich werde das jedes Mal wiedergutmachen.«

Ihr spielerischer Tonfall gefällt mir, ihre Worte weniger, schließlich will ich sie als Partnerin, nicht als Playmate. »Ich will nicht, dass du Sex benutzt, damit das mit uns funktioniert.«

Sie streichelt mich weiter, lässt mich immer weniger klar denken. »Soll ich dir als Entschädigung ein Bild malen? Gefällt dir das besser?«

Ich muss rau lachen, was aber in ein Stöhnen übergeht, als sie mit dem Zeigefinger behutsam meine Eichel umkreist. *Gott, wo hat sie den Trick gelernt? Oder ist das mit der Redewendung gemeint, jemanden um den kleinen Finger zu wickeln? Funktioniert.*

»War das zu viel?«, fragt sie heuchlerisch besorgt und widmet sich meinen Hoden.

»Wenn du mit ›zu viel‹ meinst, ob ich gleich komme, dann war es das, ja.«

Ein zufriedenes Lächeln legt sich auf ihre Lippen, ihre grünen Augen funkeln vergnügt. Sie wichst wieder nur meinen Schaft, für meinen Geschmack zu zärtlich. *Fuck*, ich bin gerade erst gekommen, aber ich will schon wieder mehr.

Ich greife nach ihrer Hand, packe sie fester und zeige ihr, wie ich es mag. Unwillkürlich bewegen sich ihre Hüften im gleichen Rhythmus mit. *Vielleicht hat sie heute einen Fehler gemacht, du aber auch, Conrad. Wird dir nie wieder passieren, dass du nur ein Kondom dabeihast.*

»Ich muss dich im Büro ignorieren«, sagt sie, öffnet mir ihre Beine und seufzt, als ich an ihre Pussy greife und sie sanft reibe. »Das verstehst du doch, oder? Alles andere wäre verdächtig.«

»Ich bin jetzt auf derselben Etage wie du, es würde nicht auffallen, wenn du netter wärst.« Ich streife ihre Klit. »Nur *etwas* netter.«

»Gott!« Ihr Griff um meinen Schaft lockert sich. Nur weil ich sie halte, spüre ich weiter Druck, und ihre Pussy belohnt mich schon wieder mit Feuchtigkeit.

»War das ein Ja?«, forsche ich nach. »Gibst du mir recht?«

»Mmh-mmh«, macht sie leise an meiner Brust, aber zittert unter meiner Hand. Bekommt so wie ich von ihr auch von mir nicht genug.

»Also ein Ja«, sage ich gespielt zufrieden, dabei hat sie Nein gemeint.

»Verdammt, Max, wenn ich dich weiter wie Luft behandle, ist es sicherer. Niemand darf etwas mitbekommen. Das ist wichtig.«

Ich kann mir nicht vorstellen, sie so zu behandeln, als wäre nichts zwischen uns. Ja, jahrelang habe ich mich zurückgehalten. Aber da dachte ich auch, sie will nichts von mir. Jetzt ist das was anderes.

Da trifft mich ihr verzweifelter Blick, und ich muss daran denken, was für sie auf dem Spiel steht. »Okay«, sage ich, schiebe drei Finger in sie, und sie keucht vor Lust auf. »Aber wenn niemand sonst in der Nähe ist, werde ich tun, wonach auch immer mir ist.«

»Kein ... Sex ... im ... Büro.«

Ich streife ihre Klit und kümmere mich um sie.

»Verdammt, Max, kein Sex –«

Sie kommt an meiner Hand, wie schon einmal und doch so anders. »Natürlich kein Sex«, sage ich, küsse sie und sehe sie ernst an. Ganz verrückt bin ich nicht. Das wird nur eine

Fantasie bleiben. »Aber vielleicht ein Kuss?« Ich mache es vor, während ich ihre Pussy weiter streichle.

»Finde ich immer noch nicht gut«, sagt sie, löst sich, greift wieder nach meinem Schwanz, rückt von meiner Hand weg und rutscht tiefer.

»Baby, was wird das?!«

»Ich bin fertig und dachte mir, ich schlafe zu Füßen meines Herren und Meisters!« Sie setzt sich auf meine Oberschenkel, reibt die Muskeln, die ich vom Sport habe, beugt sich vor und umkreist mit ihrer Zunge meine Eichel.

»Fuck!« Ich lehne mich zurück und weiß für einen Augenblick absolut gar nichts. Das Gefühl ist der Wahnsinn, sie ist der Wahnsinn. Ich kralle mich in das Laken, um nicht in ihre Haare zu greifen und, was auch immer sie vorhat, für mich schneller zu beenden, als sie meinen Namen sagen kann. Und das will was heißen, schließlich ist der sehr kurz. Max.

»Nicht gut?«, fragt sie an meinem Schaft und fährt mit der Zunge fest daran entlang.

Oh, dieses Biest! Sie spürt ganz genau, dass sie in diesem Moment alles von mir verlangen kann, Hauptsache, sie hört nicht auf. Aber ich kann das Spiel auch spielen. *Zumindest noch eine Minute lang. Vierzig Sekunden … zwanzig …* »Nein, nicht gut«, sage ich. »Es bleibt dabei: Wenn wir unter uns sind, werde ich dich im Büro küssen.«

Natürlich lässt sie das nicht gelten! »Nur wenn ich dich lasse, Boss«, sagt sie, nimmt meine Eier in die Hand und massiert sie.

»Oh, wirst du!«, keuche ich und muss die Augen schließen, als sie ihre Lippen um meinen Schwanz legt und den Kopf auf und ab bewegt. »Fuck, wirst du!«, knurre ich, kann mich nicht länger beherrschen und fasse in ihre Haare, um ihre Bewegungen zu kontrollieren.

Sie kann mir nicht antworten, muss sie auch nicht. Wie ein ›Abwarten!‹ krallt sie sich in meine Oberschenkel. *Werden wir ja sehen …*

Auch wenn ich mich zurückhalten will, es geht nicht. Das Gefühl ist zu heiß. Ich stoße tiefer und komme. *Gott, wie gut.* Als ich sie freigebe, atmen wir beide erschöpft.

»Okay, auch keine Küsse«, sage ich, als sie wieder zu mir hochkommt, mit Sperma am Kinn, das ich weglecke. »Aber das wird verdammt schwer.«

»Auch für mich.«

»Wie, es war kein Kinderspiel?«, ziehe ich sie auf.

Sie seufzt, was eigentlich schon Antwort genug ist. »Es war einfacher, als du noch in der Etage über mir warst. Wir sind uns praktisch nie über den Weg gelaufen. Du warst wie eine Tafel Schokolade, die außer Reichweite liegt. Aber jetzt?« Sie drückt mir einen Kuss auf den Hals, wandert mit ihren Lippen zu meinem Ohr und knabbert an meinem Ohrläppchen. »Du kannst nicht zufällig die Etage über uns wieder anmieten?«

»Ich musste sie wirklich aufgeben. Wir sind so stark geschrumpft, dass es keinen Sinn mehr ergibt, sie weiter zu bezahlen. Das sichert aktuell außerdem fünf weitere Stellen. Das verstehst du, oder?«

»Verdammt«, flucht sie leise, und irgendwie gefällt mir das.

»Wir kriegen das schon hin«, sage ich und drücke sie an mich.

»Glaubst du das ernsthaft?« Sie hebt den Kopf und sieht mich an. In ihrem Blick sind ungewöhnlich viele Zweifel.

Und ein Hauch von Angst, der mir überhaupt nicht gefällt. Dabei sollten wir positiv an die Sache herangehen. Das Leben wird von alleine komplizierter. Man sollte sich die guten Momente nicht vermiesen, weil man an die schlechten denkt, die kommen könnten …

»Keiner wird was bemerken«, sage ich. »Weißt du auch, warum?«

»Na, warum?«

»Weil ich nicht zulassen werde, dass ich dich wieder verliere.«

Ein freches Funkeln schleicht sich in ihre Augen, das mir besser gefällt, auch wenn ich weiß, dass sie gleich wieder etwas sagen wird, womit sie mich ärgern will. »Du willst mehr Blowjobs, richtig, Boss?«

»Erwischt«, antworte ich genauso scherzhaft, aber werde gleich darauf wieder ernst. »Ich werde das nicht zulassen, Baby, weil du der wichtigste Mensch auf der Welt für mich bist.«

»Obwohl ich dich ignoriert habe?«

»Ja, das konnte nichts daran ändern. Auch wenn ich dir echt böse Sachen antun wollte, spukst du mir seit Jahren durch den Kopf. In Gedanken führe ich mit dir schon lange eine Beziehung, und jetzt, da es eine richtige wird, werde ich nichts tun, um sie zu gefährden.« *Gott, tut das gut, das loszuwerden.*

Worte liegen mir auf der Zunge, die ich ihr noch nicht sagen kann. Mein ganzes verfluchtes Herz ist voll davon. Aber es ist verrückt, jemandem zu gestehen, dass man ihn liebt, wenn man sich jahrelang gegenseitig etwas vorgemacht hat. Also halte ich mich zurück. Fürs Erste.

»Sag es noch mal!«, bittet sie mich leise und schmiegt sich an mich.

»Ich werde nichts tun, um unsere Beziehung zu gefährden.«

»Noch mal«, sagt sie im Halbschlaf.

»Ich passe auf dich auf, Baby.«

»Das hast du eben noch anders ausgedrückt …«, murmelt sie.

Ich drücke ihr einen Kuss ins Haar, halte sie und will sie nie wieder loslassen. »Ich fange dich, wenn du fällst.«

Sie seufzt verdammt zufrieden.

»Ich liebe dich.«

Mein Herz rast wie verrückt und fast glaube ich, sie hat es noch gehört, aber mir antworten nichts als ihre ruhigen Atemzüge. Hätte nicht gedacht, dass ich das nach Vanessa noch mal einer Frau sage. Und noch weniger, dass es sich richtig anfühlt. Ich drehe mich mit ihr auf die Seite, habe ihren Duft in der Nase und hoffe, dass ich alles, was ich ihr gerade versprochen habe, auch halten kann.

KAPITEL 10

Indy

»Ich muss zur Arbeit«, weckt mich Max um kurz nach sieben und löst meine Arme von sich. *So normal, so falsch.*

»Nein«, sage ich verschlafen und greife fester nach ihm, weil ich ihn nicht loslassen will. Neben ihm einzuschlafen war schon schön, aber neben ihm aufzuwachen toppt es noch mal. Er fühlt sich so viel besser an als die Decke auf meiner Haut. *Sein Geruch ist auf mir, meiner auf ihm.* Mir war immer klar, dass nicht viel fehlt, um mein Herz an den Mann zu verlieren. Guter Sex, seine sanften Berührungen und ein klärendes Gespräch haben gereicht. *Na ja, meinetwegen auch grandioser Sex. Er ist der Eine.* Ich habe das für einen Mythos gehalten, aber da ist er, der perfekte Mann für mich.

»Ich habe Termine, Baby.«

»Verschieb sie!«

»Sie sind wichtig.«

»*Lebens*wichtig?«

»Auf die eine oder andere Art.«

»Das war eine Ja-oder-Nein-Frage, also sind sie nicht lebenswichtig.«

»Sie sind wichtig für die Agentur«, sagt er. »Du musst außerdem auch zur Arbeit.«

»Ja, später!« Ich lege ein Bein um ihn und lächle ihn verführerisch an. Bin sonst sehr vorbildlich, doch nach letzter Nacht steht mir ein egoistischer Morgen mit dem Mann meiner Träume zu. »Wir könnten uns auch krankmelden.«

»Das wäre ja gar nicht auffällig!«

Gefällt mir, dass er meine Worte von gestern ernst nimmt, und es sorgt dafür, dass ich ihn noch weniger gehen lassen will. »Das kann schon mal vorkommen, dass zwei Leute gleichzeitig krank sind«, sage ich.

»Nachdem wir gestern Abend die Letzten im Büro waren?«

Ich lasse mir das durch den Kopf gehen und gebe Max mit einem frustrierten Schnauben frei. »Verstehe!« Wir würden sofort auffliegen.

»Keine Sorge, ich komme wieder.«

»Mit mehr Kondomen?«

»Definitiv.« Er löst sich mit einem Kuss von mir, steht auf und zieht sich an. Viel zu schnell, obwohl er nicht hetzt. Noch ein Kuss folgt, kurz, aber perfekt, dann ist er weg, kehrt noch mal um, küsst mich länger, murmelt: »Gott, du fehlst mir jetzt schon. Weißt du das?« Dann geht er endgültig, ich höre die Wohnungstür ins Schloss fallen.

Max Conrad ist verrückt nach mir, und ich bin verrückt nach ihm. Das wird wirklich hart, mir nichts anmerken zu lassen. Ich habe kein gutes Pokerface.

Kaum ist Max weg, taucht Giulia im Türrahmen auf und grinst breit. Die Neugierde in Person.

»Was ist?«, frage ich und übe, lässig zu klingen, muss dabei aber grinsen.

»Wie konntest du deinem Chef nur so lange widerstehen?«

»Es steht viel auf dem Spiel«, sage ich.

»Aber trotzdem!« Sie kommt mit zwei Kaffeetassen in mein Zimmer und setzt sich zu mir aufs Bett. »Der Mann ist heiß!«

»So etwas darfst du nicht sagen.«

»Warum nicht?«

»Weil ich in dieser WG die Einzige bin, die ihn heiß finden darf.«

»Komm damit klar«, sagt sie, zuckt mit den Schultern und grinst frech, als würde sie es genießen, mich aufzuziehen. »Es ist ein Fakt. So wie Schnee kalt ist.«

»Giulia!«, knurre ich warnend.

Sie lacht laut über mich, weil sie mich so nicht kennt. »Keine Sorge, er gehört ganz dir. Mich hat er ja nicht mal richtig angeschaut. Ich wette, er könnte dir nicht mal sagen, ob ich blond oder brünett bin. Er hatte nur Augen für dich. Übrigens noch ein Grund, warum ich nicht verstehen kann, wie du ihm so lange widerstehen konntest.« Sie fächelt sich Luft zu. »Der Mann ist intensiv.«

»Das ist er«, murmle ich und strahle übers ganze Gesicht. Schon wieder.

»Wird es jetzt ernst?«

»Ja«, sage ich.

»Dann musst du unbedingt dieses Lächeln loswerden.«

Denkt sie denn, das versuche ich nicht? Ich ziehe meine Mundwinkel nach unten. »Besser?«

»Deine Augen funkeln wie zu Weihnachten, wenn du als braves Mädchen von Santa Claus ein spezielles Geschenk kriegst, wenn du verstehst, was ich meine.«

»Wow, Rutenwitze! Die habe ich ja noch nie gehört«, knurre ich, während sie so heftig lacht, dass sie fast ihren

Kaffee auf meinem Bettzeug verschüttet.

Mit einem entschuldigenden Blick trinkt sie ihn. »Stell dir alle Leute in Unterwäsche vor, ein Trick vom Studium.«

»Auch *das* ist nicht hilfreich.«

»Oh, stimmt, er ist heiß, und in der Agentur seid ihr jung und frisch und habt keine alten Säcke mit faltigen Eiern.« Sie denkt nach. »Dann stell ihn dir mit einem Hautausschlag vor.«

»Igitt!« Sofort verziehe ich das Gesicht und muss den Impuls unterdrücken, mich zu kratzen. »Wie kommst du auf so was?!«

»Es wirkt«, sagt sie und verzieht nun selbst das Gesicht. »Ich habe das eine Zeit lang im Internet angezeigt bekommen. Du weißt ja, wie der Algorithmus ist. Du googelst *eine* falsche Sache, und schon glauben diese Maschinen, du möchtest diesen Mist sehen.« Sie schüttelt sich.

»Wonach hast du bitte gesucht?«

»Lass es mich nicht wiederholen. Ich bin sehr froh, dass ich momentan Meerschweinchen mit Hüten angezeigt bekomme.«

Ich muss laut lachen und denke mal kurz nicht an Max. *Wo treibt sie sich bloß im Internet herum? Klingt nicht so, als wäre sie angehende Anwältin, sondern als hätte sie eine gespaltene Persönlichkeit.*

»Oh bitte, du bekommst so was doch bestimmt auch angezeigt«, sagt sie.

»Nein, ich sehe Interior Design, Werbekampagnen und alles zu Schriftarten. Meinen Kram eben.« Ich dachte, das tut jeder.

»Du bist nicht normal!«, sagt sie.

»Kommt von der Frau, die den unnormalen Kram sieht!«

»Den sieht doch jeder ab und zu. Wenn du das nicht tust, bist du nicht von diesem Planeten.«

»Das wird es sein! Ich bin aus England. Das ist quasi eine andere Welt.«

Sie entdeckt mein Handy auf der Kommode und beugt sich darüber. »Katzenbabys, King Charles, Harry, Meghan, Schwangerschaftstest, Penisse. Monsterpenisse ...«

Nicht ihr Ernst?! Ich liebe meinen Design-Content. Ich will nach meinem Handy greifen, aber sie versperrt mir den Weg und macht weiter.

»Geschlechtskrankheit, Dessous, Sextoys ...«

Ich täusche eine Bewegung an und rette mein Handy unter vollem Körpereinsatz aus ihren Fängen. »Du bist ein schlechter Einfluss«, knurre ich.

»Ich mache aus dir nur eine echte Amerikanerin.«

»Weil die das Wort Dildo auch so oft verwenden«, sage ich mit einem Augenrollen. Engländer sind schon prüde, aber Amerikaner toppen das. Es würde mich nicht wundern, wenn es in diesem Land Menschen gäbe, die ernsthaft glauben, dass der Storch das Baby gebracht hat!

»Oh, wir sprechen den Schweinkram nie laut aus, aber googeln tun wir ihn ohne Ende. Sag Danke, immerhin rettet mein Insiderwissen dich, auffällig zu werden.«

»Danke«, sage ich und umarme sie. Keine Ahnung, ob ich jetzt wirklich all den Mist auf meiner Für-dich-Seite angezeigt bekomme, aber zumindest hilft der Tipp mit dem Hautausschlag. *Hoffe ich.*

***

»Morgen, Indy!«, begrüßt mich Elijah, als ich gegen zehn Uhr zur Arbeit komme.

»Einen wunderschönen guten Morgen«, flöte ich zurück, viel zu vergnügt, zu abgehoben, zu sehr: Sie wurde flachgelegt. Ich räuspere mich und schiebe ein nüchternes »Hi« hinterher. *Knapp gerettet!*

Ich gehe weiter und suche das Großraumbüro unauffällig nach Max ab. Als ich ihn nicht sehe, bin ich froh und traurig zugleich. Aber so kann ich mich erst mal sammeln. *Niemand darf was bemerken*, hämmert es in meinem Kopf. *Du bist Indy, Grafikerin und – wenn jemand fragt – nach wie vor single.*

Bevor ich mich an meinen Arbeitsplatz setzen kann, fängt mich Charlotte ab. Mit einem frischen asymmetrischen Haarschnitt. *Also hat sie sich gestern wegen eines Frisörtermins aus dem Staub gemacht? Unglaublich!* »Indy, ich brauche dich«, ruft sie mir zu und winkt mich energisch zu sich in den Konferenzraum, in dem bereits ein kleines Team sitzt.

»Klar, komme, worum geht es?«, frage ich, dabei liegt mir auf der Zunge, dass sie ihren Mist alleine machen soll.

»Arbeit«, sagt sie nur ungeduldig, bevor sie im Raum verschwindet.

Ich stelle meine Tasche an meinem Platz ab, schnappe mir meinen Laptop und betrete den Konfi. Arbeit klingt eigentlich ganz gut. Deutlich besser, als Max im Kopf zu haben.

Bäm! Gute Idee, wäre die Arbeit nicht mit dem Boss höchstpersönlich. Mein Blick fällt direkt auf ihn – und seiner trifft mich. Man sagt, ein Blitz schlägt niemals zweimal ein, aber seine Anwesenheit erwischt mich unvorbereitet und verwandelt meine Beine in Gummi.

Hautausschlag, Hautausschlag, Hautausschlag, denke ich sofort, als mein Blick über ihn gleiten will.

Hilft nicht.

Eiterbeule! Monsterpickel. Abszess!

Puh, das funktioniert etwas.

»Der neue Kunde war so begeistert, dass er weitere Aufträge vergeben hat«, erklärt Charlotte, blind für die Schwingungen zwischen Max und mir. »Indy, da deine Bildsprache so gut ist, solltest du bei dem Projekt die Leitung der Grafikdesigner übernehmen.«

»Gerne«, sage ich nur.

Der einzige freie Platz ist neben Max, als hätte sich das Universum direkt fünf Minuten nach dem Start unserer Beziehung einen Härtetest überlegt. Als ich mich setze, wirbelt sein Geruch zu mir. Die pure Ablenkung.

Jauche, Kloake, Schwefel ... Giulias Methode hilft nicht, ich atme stattdessen durch den Mund. »Was ist dieses Mal der Auftrag?«, frage ich.

»Eine Online-Kampagne«, sagt Max beneidenswert ruhig. »Das sollte genau dein Ding sein.«

Oh, Boss, du weißt, was mein Ding ist. Du bist es.

Hitze durchdringt mich, und ich verkrampfe mich. *Reiß dich zusammen, Indy. Du hast hier Publikum.*

»Ich zeige dir mal, was wir bisher erarbeitet haben«, sagt Owen, der Leiter der Kontakter, mit dem ich heute das erste Mal persönlich zusammenarbeite. Ruhig blättert er durch die Folien und zeigt die Marketingstrategie, die ich schon kenne, die Arbeiten, die Charlotte, Max und ich erstellt haben, und eine Online-Kampagne, die der Kunde als Inspiration mitgeschickt hat für das, was er sich vorstellt.

»Wir haben gedacht, dass wir so was wollen«, sagt Max, als Owen fertig ist, greift nach meinem Laptop und zeigt mir Beispiele. Ich weiß, er macht das immer so. Aber damit ist er mir jetzt noch näher. *Merkt er das denn nicht?*

Ich reiße ihm das Gerät aus der Hand. »Ich glaube, ich habe schon verstanden, was gewollt ist«, sage ich mit zusammengebissenen Zähnen.

»Wir wollen hier alle nur das beste Ergebnis«, ermahnt mich Charlotte.

»Natürlich«, sage ich. Dabei will ich was anderes, *ihn*. Ich will ihn küssen, meine Beine um seine Hüften schlingen, ihn in mir spüren, loslassen und mich in seinen Armen geborgen fühlen und dann Ideen austauschen, Witze machen und lachen, während ich dieses vertraute Flattern in meinem Magen spüre …

»Indy, bist du noch bei uns?«, fragt Max neben mir, weil ich offensichtlich eine Frage an mich verpasst habe.

»Ähm, was?«, stammle ich.

»Wir warten.«

Ich schaue in die fragenden Gesichter der Runde. *Eiterbeule, Monsterpickel, Abszess …* »Entschuldigung, ich habe nicht gut geschlafen«, murmle ich. *Weil mich der Boss nachts wach gehalten hat.*

»Kaffee?«, fragt Owen.

»Ja, bitte.« *Plus eine Gehirnwäsche.*

Er will gerade aufstehen und mir welchen holen, als Max sich erhebt. »Fangt mit der Kampagne an. Ich hole Kaffee.«

Gott sei Dank, er geht.

Max

Mich so wie immer zu verhalten ist schwerer als gedacht. Zwei Sekunden länger, und ich hätte die Fassung verloren. Ich verlasse das Büro, kaum in der Lage, meine Erektion zu unterdrücken. Fehlt nicht viel, und ich humple gebückt mit den Händen vorm Schritt. Ich hatte auf Indy offensichtlich einen ähnlichen Effekt. Nein, sogar stärker. *Fuck, Baby, ich habe versprochen, dich nicht im Büro zu küssen, aber ich habe nicht versprochen, dir nicht den Hintern zu versohlen! Kannst du dich bitte konzentrieren? Es ist verfickt heiß, wenn du meinetwegen den Faden verlierst, aber auch unangebracht.*

In der Kaffeeküche werde ich fast sofort von Leuten abgefangen, die auf meine Rückkehr von der Besprechung gewartet haben, um eine Unterschrift, eine Genehmigung oder ein Zwischenfeedback zu bekommen. Zum ersten Mal in meiner Karriere erledige ich solch lästigen Papierkram gerne. Mein Gehirn braucht dringend eine Indy-Pause.

Ich kümmere mich um den Kaffee, weiß, wie Indy ihren mag, aber bereite absichtlich einen Espresso für sie zu. *Soll ja niemand denken, dass ich ihre Vorlieben kenne!* Ich mache auch einen für Owen. Entweder bilde ich mir das nur ein oder er ahnt, dass zwischen ihr und mir was läuft. Das ist das Letzte, was ich gebrauchen kann, dass mir jemand vereitelt, worauf ich seit zwei Jahren gewartet habe. Auch wenn wir Freunde sind, die sich sonst alles erzählen, Indy hat recht, die Regeln der Mutterfirma in Melbourne sind klar. Eine Beziehung unter Kollegen mit Machtgefälle ist verboten. Wenn uns jemand erwischt, muss einer von uns gehen, und das wäre sie. Sie mag unser größtes Talent sein, aber ich bin der Chef und Gründer. Ich kann Owen nicht einweihen. Je weniger Leute es wissen, desto besser. Ja, er kann ein Geheimnis für sich behalten, aber wenn ihn jemand von *TFA* befragt, soll er nicht für mich lügen müssen.

»Wie weit sind wir?«, frage ich, als ich mit den Kaffees in den Händen wieder zum Meeting dazustoße.

Indy tippt so konzentriert auf ihrem Laptop herum, dass sie mich gar nicht zu bemerken scheint. *Gut so.*

»Der Fünf-Sekunden-Spot ist fertig, und sie arbeitet an dem Zehnsekünder«, sagt Owen.

Wow, sie ist nicht nur eine talentierte Grafikerin, sondern auch eine kompetente Mediengestalterin! Wie schnell ist sie bitte? »Lass mich mal sehen.« Ich setze mich und stelle den Kaffee beiseite.

»Huch!«, macht Indy, als sie mich bemerkt. *Ja, Überraschung, der heiße Boss ist zurück.*

»Spiel den Kurzclip ab«, sagt Owen zu ihr.

Und lösch bitte nichts, füge ich in Gedanken hinzu, als ich, anders als die anderen im Raum, merke, wie ihre Finger schon wieder auf die Tastenkombination zusteuern, die ihre gesamte Arbeit zerstören könnte. Zum Glück drückt sie im letzten Moment die richtige Taste und spielt den Clip ab. *Geht doch!*

»Was meinst du?«, fragt mich Charlotte, als die fünf Sekunden um sind.

»Spiel es noch mal ab!«, sage ich, da ich mich beim ersten Mal nicht vollständig darauf konzentrieren konnte. Wundert zum Glück niemanden, weil ich solche Videos gerne an die Dutzend Mal laufen lasse, bevor sie zum Kunden gehen. Der Clip läuft erneut. Dieses Mal bin ich bei der Sache. »Und noch mal langsamer.«

»Harte Nacht gehabt?«, fragt Owen.

»Wie immer«, knurre ich und blitze ihn warnend an. »Oder schläfst du bei den aktuellen Betriebsergebnissen ruhig?«

Mit einem Seufzen übernimmt er und spielt den Clip mit halber Geschwindigkeit ab, so wie ich es mag, um jedes Detail zu prüfen.

»Dachte ich es mir doch. Da ist ein Schnittfehler«, sage ich.

»Kann ja gar nicht sein«, ruft Indy entrüstet.

Mist, meine Mundwinkel zucken. »Ein kleiner«, räume ich ein und muss mir auf die Zunge beißen, nicht ›Baby‹ hinzuzufügen. »Hat ihn denn sonst niemand bemerkt?«

Alle sehen mich groß an.

»Darf ich mal?«, sage ich zu Indy und nehme wieder ihren Laptop. Auch wenn sie das nicht mag. Ich kenne mich mit diesem Programm nicht so gut aus wie sie, die diverse Weiterbildungen zur Mediengestalterin hatte, aber ich kann mit dem arbeiten, was sie erstellt hat. Ich gehe zu der fehlerhaften Stelle und zeige allen eine Textüberblendung, die noch von einer alten Version stammen müsste.

»Oh«, macht Indy überführt, die es jetzt sofort bemerkt, wohingegen der Rest noch etwas braucht.

»Kann ich das Element einfach löschen?«, frage ich, während mein Finger bereits über der Taste schwebt.

»Nein, ich erstelle eine neue Version, Moment.« Sie übernimmt wieder, speichert den Clip unter einer anderen Versionsnummer ab und nimmt die Änderungen vor. Dann geht sie zu dem Zehn-Sekunden-Spot und korrigiert auch dort den Fehler, den sie mitgezogen hatte. *Sexy. Verdammt!* Wieder will ich sie.

Was machst du normalerweise in den Meetings, Conrad? Oh ja, richtig, auf die Ergebnisse achten. Aber Owen scheint das im Griff zu haben. Wenn du hierbleibst, fliegt ihr nach nicht mal einem Tag auf. Tolle Leistung. Aber keine zum Feiern.

»Die Richtung ist gut, gebt ihr mir Bescheid, wenn ihr mich braucht?«, ziehe ich mich aus dem Termin zurück, bevor ein Unglück passiert. »Ich muss mich noch um was anderes kümmern.«

»Was ist denn bitte wichtiger als ein neuer Auftrag?«, fragt Owen.

»Ein weiterer Kunde.«

»Oh, haben wir noch jemanden?«

Ich schaue ihn nur intensiv an, weil ich geschäftliche Belange nicht vor den Angestellten bespreche. Das weiß er eigentlich. Ich vertraue Indy, aber bei Charlotte bin ich mir nicht sicher, ob sie Informationen für sich behalten kann. Es kursieren schon genug Gerüchte. Ich will keine falschen Hoffnungen wecken.

»Geh einfach!«, fängt Owen sich und schickt mich weg. »Wir waren ohne dich eh schneller.«

Spielt er auf die Spannung zwischen Indy und mir an? »Weil ihr einen Fehler eingebaut habt«, sage ich scherzhaft.

»Den niemand außer dir bemerkt hat.«

»Wenn ich ihn bemerke, dann auch jemand anderes.«

»Er wäre mir noch aufgefallen«, zischt Indy beleidigt.

»Wäre er das?«, kann ich mir nicht verkneifen, sie ein bisschen zu necken. Wir wissen beide, dass sie in letzter Zeit eine erstaunlich hohe Fehlerquote hat. Immer noch niedriger als bei anderen Mitarbeitern, aber dennoch hoch.

»Ja, natürlich«, sagt Indy, vielleicht eine Spur zu forsch, dafür, dass ich der oberste Boss bin.

»Zeigt mir trotzdem alles am Ende«, verlange ich. »Nichts verlässt die Agentur, bevor ich es nicht gesehen habe.«

»Oh, wirst du etwa zum Kontrollfreak«, scherzt Owen, während mir Indy einen Blick zuwirft, als würde ihr genau das gefallen.

Fuck, ich muss hier sofort raus. »Zeigt es mir einfach«, brumme ich und verschwinde.

In meinem Büro brauche ich einen Moment, um mich zu sammeln. Ich habe Indy vermisst, bevor sie in der Agentur aufgetaucht ist. Aber als sie dann da war, wollte ich, dass sie am liebsten wieder geht. Äußerlich hatte ich mich vielleicht im Griff, aber innerlich ... Sie zu sehen und zu ignorieren war hart. Und zu sehen, dass es ihr, die auch noch Übung darin hatte, sogar schwerer fiel als mir, war noch härter. Ich wollte sie verdammt noch mal küssen, als hätte ich das nicht die halbe Nacht getan!

Lachen dringt zu mir.

Aus dem Konferenzraum. Von ihr.

»Scheiße«, knurre ich und setze mir Kopfhörer auf. *Vergiss sie für einen Moment! Na los!*

Zum Glück war meine Notlüge, um mich aus dem Meeting zu ziehen, nur teilweise unwahr. Ich bemühe mich um mehr Aufträge. Obwohl ich diese Art von Kundenwerbung hasse, reiche ich Präsentationen bei Firmen ein, die sich vor Kurzem von ihren bisherigen Agenturen getrennt haben. *Wie ein Vertreter bei der Kaltakquise. Aber was habe ich für eine Wahl?* All-in *fehlen Kunden.*

Bei einem aufstrebenden Start-up habe ich Erfolg. Sie suchen ein neues Verpackungsdesign. Derzeit haben sie nur ein Produkt – lächerlich wenig –, aber laut dem Gründer planen sie, eine ganze Reihe von Angeboten zu entwickeln. *Besser als nichts – und es könnte was Großes daraus werden.*

Ich notiere mir alle Details und vereinbare ein Treffen mit den Gründern, damit wir mehr über sie erfahren können. Danach entwickle ich erste Ideen, um direkt beim Kennenlerngespräch zu punkten.

»Hast du eine Minute?«, fragt mich Owen, als er an die Glastür meines Büros klopft, weil die Runde mit Charlotte und Indy offensichtlich vorbei ist.

»Passt dir der Termin morgen nicht?«, frage ich, weil ich Jake und ihn beim Start-up dabeihaben will. »Laut Kalender bist du frei.«

»Nein, der ist in Ordnung, es geht um was anderes.« Er kommt rein und schließt die Tür hinter sich. Scheint was Ernstes zu sein. Ich kenne ihn, er sieht aus, als hätte er Hiobsbotschaften. Genau das, was *All-in* braucht. *Warten wir nicht, bis das angeschlagene Schiff untergeht, wracken wir es direkt ab!*

»Was ist denn los? Schlechter Kaffee?«, witzle ich. Das kam tatsächlich mal als Kritikpunkt bei einer Mitarbeiterbefragung heraus, weshalb wir schon seit geraumer Zeit mehrere Maschinen haben – und etwas glücklichere Mitarbeiter.

Owen setzt sich auf meine Schreibtischkante. »Es war heute das erste Mal, dass ich mit Indy zu tun hatte. Bisher hatte ich immer nur Charlotte im Team.«

»Und?« Ich schaue ihn so gelangweilt wie möglich an, während mir mein Herz bis zum Hals schlägt.

»Als du sie neulich von der Liste für die Kündigungen wieder runtergenommen hast, hatte ich meine Zweifel, aber ich bin froh, dass du es getan hast. Sie ist gut.«

»Sehr gut sogar«, pflichte ich ihm bei und beiße mir auf die Zunge, um nicht zu enthusiastisch zu klingen. Ich könnte den ganzen Tag Loblieder auf diese Frau singen, doch dann könnte ich auch gleich in die Welt hinausposaunen, dass ich sie liebe.

»Es war wirklich klug, sie nicht zu feuern. Sie ist zwar noch recht jung, aber selbst Leute wie Charlotte könnten sich noch eine Scheibe von ihr abschneiden.«

»Mach zwei draus«, murmle ich, weil Charlotte fachlich eher Mittelmaß, aber großartig im Managen ist. Wenn Aufträge fertig werden müssen, werden sie es dank ihr. »War's das?« Ich gehe davon aus, dass er Ja sagt, und wende mich wieder meinem Bildschirm zu, doch er bleibt sitzen. »Nun spuck es schon aus! Seit wann bist du so zurückhaltend?«

»Du scheinst sie nervös zu machen«, sagt er.

»Ist mir nicht aufgefallen«, knurre ich, vielleicht eine Spur zu feindselig, weil es mich stört, dass er das bemerkt hat. Aber auch, weil wir jetzt nicht nur über Indy, sondern Indy und mich reden.

»Wie solltest du auch, schließlich scheint sie das nur zu sein, wenn du in der Nähe bist.«

»Ich bin ihr Boss, sie darf nervös sein.« Ich straffe die Schultern, recke mich und kann mir ein Grinsen nicht verkneifen. »Ich bin doch auch recht einschüchternd.«

Owen lacht humorlos, weil das noch nicht alles war, was er zu sagen hatte. »Als du weg warst, war sie sofort um zweihundert Prozent besser.«

»Wow!« Ich spüre, wie mein Herz bei dem Kompliment anschwillt, als wäre es an mich gerichtet gewesen. »Dann sollte sie wohl besser weiter allein arbeiten.«

»Ja, sollte sie wohl!«

Endlich schiebt er seinen Hintern von meinem Schreibtisch und geht. Mir fällt es schwer, ihm nichts über Indy und mich zu sagen, wir sind Freunde. Unter anderen Umständen würde er sich für mich freuen, aber die Zeiten sind zu hart. Bevor ich ihren Job riskiere, schweige ich lieber. Als er sich an der Tür noch mal umdreht, steigt mein Puls erneut in die Höhe. »Was denn noch?«, frage ich. »Habe ich ihr zu lange auf die Brüste gestarrt?«

Der Witz geht nach hinten los. »Tatsächlich hast du ihr gar nicht auf die Brüste gestarrt«, sagt er.

»Weil ich weiß, was sich gehört.«

»Seit wann?«

»Na hör mal!« Mir gefällt die Richtung, die das Gespräch nimmt, nicht. Dass Indy sich anders verhält, schön und gut, aber dass Owen auch bemerkt, dass ich anders drauf war, ist alarmierend. Davon mal abgesehen, dass er so tut, als würde ich ständig Frauen auf die Brüste starren. Ich weiß, dass die Augen weiter oben sind.

»Du hast da auf jeden Fall was verpasst«, sagt er und hat mich am Haken.

»Wieso? Hat sie drei Brüste?«

»Sie hatte harte Nippel.«

Oberfucker! Was gehen ihn ihre Nippel an? »Willst du einen Eintrag in deiner Akte wegen sexueller Belästigung?«, frage ich so beherrscht, dass ich dafür eine Auszeichnung erhalten sollte.

»Es stört dich also nicht?« Er kneift aufmerksam die Augen zusammen.

»Es stört mich, wenn ich den Leiter der Kontakter feuern muss, weil er sich nicht im Griff hat.« *Halbe Lüge. Denn fuck, wenn er nicht gleich aufhört mit dem Thema, muss ich ihm den Kopf abreißen.*

»Dann ist ja gut, Max.« Jetzt will er wirklich gehen, doch ich halte ihn auf. Wir hatten schon viele Gespräche, aber keines wie das. Eines, bei dem wir nicht offen zueinander sind. Noch gestern hätte ich ihm mein Leben anvertraut, heute bin ich mir da nicht mehr so sicher.

»Was genau deutest du eigentlich gerade an, Owen?«

»Du weißt, was.«

»Sag es trotzdem.«

»Ich denke, dass zwischen ihr und dir was läuft.«

Fuck! Ich setze meine beste Unschuldsmiene auf. Keine Ahnung, ob er sie mir abkauft. *Wer bitte hat seine Gesichtsmuskeln unter Kontrolle, wenn einen ein verdammter Laster überfährt?* »Wie kommst du denn darauf?«

»Etwas war seltsam, von der ersten Sekunde an.«

Ich will nachbohren, aber cleverer ist, das Ganze abzutun. »Das ist alles?«, frage ich. »Ich schätze mal, das gesamte Meeting war seltsam. Früher haben wir solche Termine in dem großen Eckbüro eine Etage über uns abgehalten, nicht in einem Glaskasten, bei dem nur Vorhänge dafür sorgen, dass uns niemand auf die Finger schaut.«

»Stimmt«, sagt er, klingt allerdings nicht überzeugt. »Da ist also nichts?«

»Absolut nichts«, lüge ich meinem langjährigen Partner und besten Freund ins Gesicht, damit er, falls *TFA* nachfragt, glaubhaft versichern kann, dass er nichts von meinem Verhältnis mit Indy weiß.

»Verstehe. Aber falls doch was ist: Sei vorsichtig.«

»Da ist nichts«, beteuere ich.

»Ich sage ja auch nur, falls …«

»Und ich sage dir, dass da nichts ist.«

»So sehr, wie du es betonst, mache ich mir jetzt doch Sorgen.«

»Möchtest du, dass ich einen Lügendetektortest mache?« Ich warte, aber er sagt nichts, also heißt das wohl, dass es nicht nötig ist. »Danke, dass du mit mir über Indy gesprochen hast. Mir ist nicht aufgefallen, dass ich sie nervös mache. Ich meide einfach weitere Meetings mit ihr. Das sollte sich leicht einrichten lassen, ich hatte bisher nie was mit ihr zu tun.«

Er geht immer noch nicht. *Alter!*

»Du weißt, dass sie die Frau ist, mit der du rumgeknutscht hast?«

»Wovon redest du?«, frage ich. Dabei erinnere ich mich sofort. *Wie könnte ich auch nicht? Dieser eine Tag hat alles auf den Kopf gestellt.*

»Auf der Feier vor zwei Jahren habt ihr euch geküsst.«

»Echt?«, tue ich überrascht.

»Es war heiß.«

Ich zucke betont ahnungslos mit den Schultern. Je weniger ich jetzt sage, desto weniger mache ich mich angreifbar. Uns, Indy und mich, angreifbar.

»Du hattest die Woche danach grandios schlechte Laune«, sagt er, als wäre es erst gestern gewesen.

»Damit kommst du jetzt? Beim besten Willen, ich weiß nicht, wovon du redest.«

»Na gut. Aber wenn doch was ist, kannst du damit zu mir kommen.«

»Es ist nichts, Owen.«

»Dann habe ich nichts gesagt. Nachher Lunch?«, fragt er plötzlich so locker wie eh und je.

»Unbedingt.«

Als er geht, fällt mein Blick auf Indy, und ich muss lächeln. Sobald ich mich dabei ertappe, höre ich auf, sehe ihr aber weiter zu. Sie ist am Arbeitsplatz bei ihrer Kollegin. Sekundenlang starre ich sie an. Sie hat eine Glasflasche in der Hand und knabbert immer wieder am Flaschenhals herum, während sie mit der freien Hand etwas auf dem Bildschirm zeigt – und sie sieht zum Anbeißen aus.

Schau weg, Conrad.

Noch einen Moment.

Nein, jetzt.

Plötzlich hebt sie den Kopf und entdeckt mich. Sie zuckt zusammen und schafft es irgendwie, sich mit dem Wasser zu bekleckern, obwohl es in einer Flasche ist. *Hätte ich nur weggeschaut!*

Los, Conrad, arbeite! Du hast es ihr versprochen!

»Chef, ich brauche eine Unterschrift«, taucht Charlotte im Türrahmen auf und rettet mich.

»Klar, komm rein!«

Das war knapp.

Reiß dich bloß zusammen, Conrad. Für sie.

KAPITEL 11

Indy

»Komm, wir gehen alle was trinken«, sagt Ava, macht Feierabend und steht auf.

»Ich bin noch nicht fertig«, antworte ich, ohne meinen Blick vom Bildschirm zu nehmen. *Ich könnte Max sehen, könnte mich verraten, uns auffliegen lassen.* So wie heute Vormittag beim Meeting oder danach.

»Wann ist die Deadline?«

»Morgen Abend.«

»Dann kann das doch warten«, meint sie.

»Charlotte wollte die Sachen heute haben.«

»Aber Charlotte ist auch schon gegangen.«

»Oh, echt?«

Jetzt blicke ich doch auf, suche den Raum nach ihrem asymmetrischen Haarschnitt ab und bleibe bei Max' Büro hängen. *War ja so klar!* Er telefoniert und öffnet eine Flasche von einer Firma, für die wir arbeiten. Ein Grüntee-Protein-Drink, von dem eine Kiste in der Kaffeeküche steht, ein Geschenk des Kunden. Bei dem Getränk war jemand von den Textern so gewitzt und hat einen Zettel als Warnung rangehängt: BRECHMITTEL. Max nimmt einen Schluck, verzieht das Gesicht und überspielt den Ekel mit einem Hustenanfall. Ich muss lachen.

»Du willst doch nicht etwa bleiben, um *ihn* zu beeindrucken?«, fragt Ava.

Ertappt löse ich meinen Blick. »Für wen hältst du mich?«

»Keine Ahnung, aber Zahra drückt sich schon den ganzen Tag in der Nähe seines Büros herum.«

»Warum?«, frage ich etwas heftiger als beabsichtigt.

»Warum wohl? Wer mit dem Boss schläft, ist safe.« Sie schaut nun auch zu ihm, wie alle es tun. Diese verglasten Büros laden einen förmlich dazu ein. Max bemerkt uns und starrt zurück. *Zu mir.* Intensiv wie ein Raubtier, das seine Beute im Blick hat. Ich sollte abhauen, aber halte still. Ab sofort halte ich immer still.

»Puh! Was war das denn?«, schnauft Ava. »Meinst du, er steht auf mich?«

Nein, tut er nicht, will ich ihr sagen, *weil er auf mich steht.* Aber ich muss mich unbedingt wie die alte Indy verhalten, die nichts mit dem Boss am Laufen hat. »Kann schon sein«, sage ich daher. »Oder das war sein ›Haben die Leute nichts Besseres zu tun, als zu gaffen? Wenn sie Langeweile haben, finde ich schon Arbeit für sie!‹-Blick.«

»Bloß nicht!«, stöhnt Ava, hängt sich ihre Tasche um und rüttelt mich an den Schultern. »Na los, Indy, pack ein und komm mit! Wir haben was zu feiern.«

»Was denn?« Es steht immer noch kritisch um *All-in*. Wir sind komplett aus dem Ranking der umsatzstärksten Agenturen des Landes rausgefallen. Und beim Kreativranking sind wir ins Mittelfeld abgerutscht. Nicht weil wir schlechter geworden sind, sondern weil weniger Aufträge auch weniger Möglichkeiten bedeuten, kreativ zu überzeugen.

»Wir haben seit Wochen keine Kündigungen gehabt.«

»Das ist ein makabrer Grund zum Feiern.«

Ava zuckt mit den Schultern. »Besser der als keiner. Also, was ist jetzt?« Sie stupst mich wieder an. »Du bist in New York, Indy, in *der* Weltstadt. Willst du lieber Topflappen stricken?« Sie grinst frech. »Oder was sind eure Lieblingshobbys in England? Rosenbüsche schneiden?«

Ganz falsch liegt sie nicht. Gärtnern ist tatsächlich ein weitverbreitetes Hobby. »Du bist blöd«, gebe ich lachend zurück, strecke ihr die Zunge raus und speichere das Dokument. »Gut, ich bin dabei!« Besser, als wenn ich bleibe und die Beziehung zu Max dank eines unachtsamen Blicks doch noch verrate.

»Gott, und ich dachte schon, wir müssen dir K.-o.-Tropfen verabreichen und dich abschleppen.«

»Nicht lustig!«

»Also, beim letzten Mal war das zum Totlachen!«

»Wie, beim letzten Mal?!«, kreische ich entsetzt.

Sie lacht schallend, weil sie mich nur aufgezogen hat. *Hoffe ich.* Aber am besten trinke ich in Zukunft nur Getränke, die ich selbst gekauft oder geöffnet habe. Drogen, die meine Wahrnehmung verändern, kann ich gerade nicht gebrauchen. Sonst plaudere ich noch aus, dass Max und ich zusammen sind.

Ich schließe mein Programm und schalte den Bildschirm aus, sammle meine Sachen zusammen und laufe ihr nach zu den Fahrstühlen. So als würde Max mir mit Blicken folgen, wird mein Rücken warm, doch ich zwinge mich, mich nicht nach ihm umzudrehen. So wie das die Indy Fallon von früher getan hätte. *Einmal die linke kalte Schulter zeigen, einmal die rechte kalte Schulter zeigen und weg hier.*

»Da ist ja unsere englische Geheimwaffe!«, jubeln die anderen aus dem Fahrstuhl, als Ava mit mir im Schlepptau anrückt.

»Ja, Cocktail Night!«, johlt Alex, als wir losfahren.

»Wer will was?« Javi schwenkt eine Champagnerflasche.

»Wo hast du die denn her?«, frage ich. In der Agentur hat jeder heimliche Vorräte für harte Zeiten, besonders die Texter. Wenn nach mehr als zehn Stunden Arbeit der Kopf zumacht, tun sie alles, um ihre grauen Zellen zu lockern. Die Flasche sieht mir jedoch zu teuer aus, als dass er sie selbst gekauft hätte.

»Unser Kunde hat eine Kiste an Jake geliefert. Ich habe ihm eine Flasche abgegeben und den Rest für uns beiseitegelegt«, erklärt er mit einem Grinsen, stolz auf sein Manöver.

»Gemein!«, rüge ich ihn.

»Oh bitte, die Firma beutet uns doch nach Strich und Faden aus. Ich nehme mir nur, was mir zusteht, ein Bonus für besondere Dienste.«

»Will ich wissen, was du damit meinst?«

»Nein«, rufen alle so laut, dass ich es wissen will, aber mir die Nachfrage spare. *Er muss irgendwas repariert oder gebaut haben. Schließlich ist das sein Hobby. Vielleicht eine Sexschaukel?*

»Und wenn das jemand herausfindet?«, frage ich.

»Jake ist cool«, sagt Javi. »Er kündigt mich nicht, weil ich ein Geschenk an die Firma geklaut habe. Außerdem ist der Schampus für das ganze Team, nicht nur für mich. So was unterstützt er.«

Stimmt. Alles, was den Teamgeist fördert, ist erlaubt, und Zusammenhalt ist zurzeit wichtiger denn je.

Die Flasche geht reihum, und ich muss gestehen, auch wenn der Champagner gestohlen ist, schmeckt er köstlich. Vielleicht gerade deswegen. Ich nehme glatt noch einen Schluck und atme zufrieden auf, als ich die Flasche absetze. »Teatime!«

»Oh, unsere Engländerin taut endlich auf!«, witzelt Javi.

»Was soll das denn heißen? Ich bin immer locker.«

Er spreizt einen kleinen Finger ab und tut so, als würde er eine Teetasse halten. »Aber sicher bin ich locker. Stimmt's, werte Anwesende?«, näselt er gestelzt.

Der Fahrstuhl grölt so laut, dass wir, als sich die Türen auf der Etage mit den Anwälten von Spencer & Connor öffnen, direkt weiterfahren können. Ich wette, weil sie Angst um ihre maßgeschneiderten Anzüge haben. *Könnte ja ein Sektspritzer die ägyptische Baumwolle ruinieren!* Nur einer quetscht sich noch rein. Ben. Ein Juniorpartner, der unsere verrückte Meute mag und sich in seiner Mittagspause gerne zu uns verdrückt, um den Kopf freizubekommen.

»Wo geht es hin?«, fragt er.

»Abwärts!«, ruft Elijah und hebt zum Prosten die Flasche. »Immer nur abwärts, mit uns und der ganzen Welt.« *Sehr dark von ihm.* Wenn er nicht so ausgelassen wäre, würde ich mir Sorgen um ihn machen. Schließlich ist er die Frohnatur von *All-in*.

Ava stößt ihn lachend in die Seite, weil er sich benehmen soll. »Unsinn, in die Bar um die Ecke«, erklärt sie Ben, spielt mit seiner Krawatte und zwinkert keck. »Lust mitzukommen?«

»Wie könnte ich da Nein sagen!«

Als der Fahrstuhl unten hält, haben wir zu siebt zwei Flaschen Champagner geleert. Gackernd verlassen wir das

Gebäude, und ich weiß, ich bin genau da, wo ich immer sein wollte, dort, wo das Leben tobt. In einer Gruppe von Leuten, die so wie ich aus allen Himmelsrichtungen der Welt hierhergekommen sind, um ihren Traum zu leben. Jeder kann sein, wie er will. Gerade das, was andere Leute entzweit, verbindet uns, macht uns stark. Die Geräusche der Stadt umfangen mich, und das Gelächter meiner Kollegen verschmilzt damit. New York ist wie ein lebendiges Wesen, und wir sind das Blut, das durch seine Adern fließt. Die Stadt lebt von uns, wir leben von ihr.

»Die erste Runde geht auf mich!«, rufe ich übermütig.

Javi und Elijah heben mich hoch und tragen mich die restlichen Meter zu unserer Stammbar. »Sie zahlt«, johlen sie jedem zu, der irritiert schaut.

»Die erste Runde«, schiebe ich hinterher.

»Gratis-Drinks sind Gratis-Drinks«, sagt Javi.

Als wir ankommen, bestelle ich für alle Bier.

»Teatime«, rufe ich wieder und stoße mit ihnen an. »Auf unsere Jobs.«

»Oh bitte«, sagt Zahra und grinst schmutzig. »Auf unseren heißen Boss, der jetzt in Reichweite sitzt.«

»Jaaa!«, johlen die Frauen der Gruppe. »Auf Max!«

Ich verschlucke mich an meinem Bier und muss husten. *Habe ich das gerade richtig gehört? Wollen denn alle Frauen bei* All-in *meinem Max an die Wäsche?*

Ava klopft mir auf den Rücken. »Für eine Engländerin bist du, was das Trinken angeht, wohl aus der Übung, was?«

»Wenn ich gewusst hätte, dass heute ein Wettbewerb stattfindet, hätte ich trainiert ...«, presse ich heraus, sobald ich sprechen kann. »Was findet ihr bitte an Max?«

»Bist du blind? Er hat diese Blicke drauf, die dein Höschen zu Staub zerfallen lassen. Puh!« Zahra fächelt sich Luft zu. Nicht gespielt, sondern so, als könnte sie jeden Moment in Ohnmacht fallen. Wegen unserem Boss! *Meinem* Boss. Passt mir gar nicht.

»Oder stehst du auf Owen?«, fragt Ava, legt den Kopf schief und mustert mich, was mir sehr unangenehm ist. »Oh mein Gott, Leute, alle mal herhören! Indy ist in Owen verknallt!«

Elijah und Zahra applaudieren. Hastig trinke ich mein Bier aus. »Ich steh doch nicht auf Owen!«

»Auf wen dann?«, fragt Ava. »Auf Jake vielleicht?!«

»Wer?«, frage ich verwirrt. Ich hatte mit den Mitarbeitern anderer Abteilungen bisher wirklich wenig zu tun – und auch nicht die Zeit, jeden abzuchecken.

»Oh, unsere Indy mag nur Pixel. Ist es das?«

»Vielleicht stehe ich ja auf Frauen?«, flöte ich.

»Uhhh!«, quietscht Zahra und hebt ihre Brüste. »Also angucken ist erlaubt, Baby. Anfassen kostet fünf Dollar.«

»Ihr seid unmöglich!«, rufe ich.

»Wer ist denn dein Typ?«, fragt mich der Anwalt.

»Vielleicht ja du!«, erwidere ich und lege ihm die Arme um den Hals. *Lieber, alle denken, ich will Ben abschleppen als Max.* Ich setze mich bei ihm auf den Schoß. Er schlingt die Arme um mich, und es fühlt sich an, als würde mich mein Bruder halten. *Wenn ich einen Bruder hätte …*

»Auch wenn du nicht auf Max stehst, komm schon, ein bisschen attraktiv ist er doch schon, oder?«, meint Zahra.

Gespielt nachdenklich verziehe ich das Gesicht. »Ja, ein bisschen«, gestehe ich, denn wenn alle auf ihn abfahren, sollte ich das auch.

»Ha, ich wusste es! Was gefällt dir an ihm?«, bohrt Samira nach.

»Ich wette, wie er küsst«, feixt Ava.

Die Richtung, in die das Gespräch geht, gefällt mir nicht. *Wo ist das Loch im Boden, in dem ich mich kurz verstecken kann?*

»Was meint Ava damit?«, fragt mich Zahra.

»Indy hat vor Jahren mal mit dem Boss rumgeknutscht«, erklärt Ava, bevor ich was sagen kann.

Zahra fallen fast die Augen raus. »Hast du nicht?!«

»Doch«, bestätige ich verhalten. *Und übrigens nicht erst vor Jahren, sondern zuletzt heute früh.*

»Und das war nicht gut?«, fragt sie weiter.

»Doch, war es«, kann ich mir nicht verkneifen. »Max Conrad ist ein verdammt guter Küsser. Puh!« Hektisch fächle ich mir Luft zu. Nicht nur um alle zu unterhalten, sondern weil mir bei all dem Gerede über Max heißer geworden ist.

»Und da sagt die Frau, sie steht nicht auf ihn. Wenn du könntest, würdest du dich doch zuerst an ihn ranmachen!«

»Klar, und gegen die Firmenpolitik verstoßen«, entgegne ich.

»Wozu gibt es Kopierräume?«

»Um zu kopieren?«

»Nein, um ungesehen fummeln zu können. Sind eigentlich alle Engländer so prüde?«, fragt sie, formt mit den Fingern der einen Hand einen Ring und steckt den Zeigefinger der anderen Hand hindurch. »Ich rede hiervon …«

»Oh, du meinst Sex«, sage ich direkt. »Wer von uns ist jetzt prüde? Ich kann es sogar aussprechen. Sex, Sex, Sex, Sex, Sex!«

Johlend klatscht der Rest unserer Gruppe, weil der Punkt an mich geht. *1:0 für die englische Geheimwaffe!*

Als die dritte Runde startet, mache ich langsamer. Ich vertrage Alkohol ganz gut, ich bin Engländerin, uns liegt das Trinken im Blut, um die grauen Monate und den Inselkoller zu ertragen, aber ich will auf keinen Fall am nächsten Tag einen Kater haben. Ein leichter Schwips ist völlig ausreichend.

»Dein Handy brummt!«, haucht mir da der Anwalt ins Ohr.

»Kann warten.«

»Es brummt wieder«, sagt er. »Und es vibriert an meinem Schritt.«

»Oh, sorry!« Ich rutsche auf ihm herum, bis ich rankomme, ziehe es aus der Hosentasche, schaue diskret aufs Display, sodass Ben nicht mitlesen kann, und muss sehr breit und sehr verräterisch grinsen, als ich zwei Nachrichten von Max sehe.

Max: Ich mache jetzt Feierabend, Baby.
Max: Wo bist du?

»Uh, Indy hat einen Loveeer!«, ruft Elijah.

Instinktiv umklammere ich mein Handy fester. Der Bande wäre zuzutrauen, dass sie es mir abnimmt. Sie sind schon zu dicht, um zu merken, wie daneben das wäre. »Nein, ich hab gerade erfahren, dass ich eine Million Pfund erben werde«, gebe ich zurück.

»Einen Li-La-Lover«, wiederholt er und macht aufdringliche Luftküsse in meine Richtung. *So kindisch!*

»Eine reiche Erbtante«, beharre ich. »Gebt mir drei Sekunden! Ich muss antworten. Sonst verfällt mein Anspruch!«

Unter dem Gejohle der Gruppe schreibe ich Max – und achte darauf, dass keiner mitliest.

Ich: Bin an einem lustigen Ort.
Max: Geht es etwas genauer?
Ich: Bei Ava.
Max: Aha. Und wo ist Ava?
Ich: Neben mir. Logisch, oder?
Max: Sag mal, willst du mich ärgern?
Ich: Wirst du dann böse? ;)
Max: Vielleicht.
Ich: Oh, dann will ich dich unbedingt ärgern. Bin umgeben von gut aussehenden Menschen, sitze bei einem von ihnen auf dem Schoß.
Max: Runter da, Baby.
Ich: Nööö!

Max

Schwer atmend stütze ich mich auf meinem Schreibtisch ab und starre auf mein Handy, das vor mir auf der Tischplatte liegt. *Nö?!* Indy sitzt auf dem Schoß von einem anderen Typen und will da nicht runter. Wenn der aus Fleisch und

Blut und keine Bronzestatue ist, ist das die falsche Antwort. Aber vielleicht checke ich ja auch was nicht.

Ich: Was soll das, Baby? Spielst du mit mir?
Indy: Bin in einer Bar. Das ist nur Tarnung.
Ich: Wofür?
Indy: Na, damit keiner meiner Kollegen denkt, ich hab was mit dir.

Tarnung? Also macht sie mit einem anderen Kerl rum? Fuck, nein!

Ich: Runter von dem Typen!
Indy: Tarnung ist wichtig.
Ich: Sofort!
Indy: Das würde auffallen.
Ich: Willst du den Abend lieber mit ihm oder mit mir verbringen?
Indy: Mit dir.
Ich: Und das heißt …?
Indy: Ich gehe von ihm runter, alles klar. Ich will ja keinen Ärger. Aber ein bisschen muss ich mitmachen. Alle Frauen stehen auf dich. Ich habe Schiss, mich zu verraten, wenn ich ebenfalls schwärme. Ich brauchte ein Alibi.

Ich muss daran denken, wie sie mich ansieht. Die berühmte ›stiff upper lip‹ der Briten, eine Miene, die keine Gefühle verrät, wäre jetzt Gold wert. Man sagt doch den Engländern nach, dass sie selbst in den absurdesten Situationen die Contenance bewahren. *An Indy ist dieses Talent vorbeigegangen.*

Ich: Gut, spiel ihnen etwas vor, aber übertreib es nicht! Ich fahre jetzt zu mir. Kommst du nach, wenn ihr fertig seid?
Indy: Soll ich denn?
Ich: Unbedingt.
Indy: Es kann spät werden.
Ich: Ist nicht schlimm. Ich muss dich sehen.
Indy: Du hast mich doch den ganzen Tag gesehen.
Ich: Aber ich muss dich auch anfassen dürfen.
Indy: Verdammt, dann bleibe ich nur noch eine Runde. Passt das? Oder willst du noch mal kurz für dich sein.
Ich: Nein, passt. Bis gleich.

Und ich dachte, die Frau steht nicht auf mich! Jetzt beendet sie sogar vorzeitig ihr Afterwork. Für mich.

Ich stecke mein Handy weg und will sofort nach Hause, um zu duschen, da laufe ich Owen in die Arme. Hatte gar nicht bemerkt, dass er auch noch hier ist. Passt mir gar nicht.

»Pläne für heute Abend?«, fragt er – und ist schon wieder so seltsam.

»Ja«, antworte ich knapp.

»Kenne ich sie?«

»Wen? Meine Spielekonsole?«, scherze ich.

»Jetzt wird mir einiges klar«, sagt er, allerdings deutlich entspannter als heute Vormittag. »Wer ist die Frau, die dich so happy macht?«

»Niemand.«

»Aha! Also gibt es jemanden!«

Ich könnte mich ohrfeigen, dass ich ihm so in die Karten gespielt habe. Jetzt wird er nicht mehr lockerlassen, bis er die ganze Geschichte kennt.

In dem Versuch, die Situation doch noch zu retten, verlasse ich das Büro, aber er heftet sich an meine Fersen. *So typisch! Als mein Freund will er für mich da sein, und das kann er nur, wenn er weiß, was los ist. Aber über diese eine Sache muss ich schweigen.*

»Wie heißt sie?«, fragt er weiter.

»Owen, bitte!«

»Sie heißt wie ich? Seltsam, aber ich fühle mich geehrt«, zieht er mich auf.

»Blödmann«, erwidere ich, betrete den Fahrstuhl und stöhne, als er mir folgt, lästiger als eine Schmeißfliege. »Es ist noch ganz frisch und mehr kann ich dir nicht sagen.« *Will ich auch nicht – und werde es auch nicht.*

»Aber du versteckst sie nicht vor mir, weil sie potthässlich ist«, provoziert er weiter, während wir nach unten fahren, schnell und doch nicht schnell genug.

»Kein Kommentar.«

»Wir reden auch nicht von Vanessa?«

»Nein«, zische ich barsch, als er meine Ex-Frau erwähnt. *Spinnt er, dass er glaubt, mit ihr würde wieder was laufen?*

»Hat sie eine kriminelle Vergangenheit?«

»Sag mal, kennen wir uns?! Sie ist wundervoll, okay?! Sie ist für andere da, unglaublich gut in dem, was sie tut, und heiß. Wirklich heiß«, erkläre ich und kann nicht fassen, dass ich ihm immer mehr Details liefere, die es ihm ermöglichen zu erraten, von wem ich rede. Das war nicht der Plan.

»Gut für dich«, sagt er da zum Glück, als hätte ihn genau mein Ausbruch, den ich so verräterisch finde, beruhigt. »Ich dachte schon, du kommst nie über Indy hinweg.«

»Wie meinst du das denn?«, frage ich verwirrt.

»Ich bin dein bester Freund. Glaubst du, mir ist nicht aufgefallen, dass du seit dem Kuss damals keine andere Frau an deiner Seite hattest?«

»Es gab andere«, lüge ich.

»Oh bitte, wen?« Er hebt die Hand, bevor ich was erwidern kann. »Selbst wenn es die gab, sie waren so unbedeutend, dass du sie nicht erwähnt hast.«

»Ich hätte jetzt auch nichts gesagt, wenn du nicht so neugierig gewesen wärst.«

»Ich meine es nur gut mit dir, altes Haus«, sagt er, klopft mir auf die Schulter und wuschelt mir durch die Haare. Als wäre ich fünf.

»Gibt es denn bei dir jemanden?«, frage ich, um das Thema zu wechseln, und ordne mir die Haare.

»Du kennst mich, ich bin wie ein Bienchen und hüpfe von Blüte zu Blüte, nasche mal hier, mal da«, antwortet er mit einem breiten Grinsen. Das klingt für mich traurig. Er sollte auch einen Menschen haben, der für ihn alles ist, statt bedeutungslose Dates zu haben.

»Sonst geht es dir gut, Owen?«

»Prächtig.«

Wir erreichen die Parkgarage und steuern unsere Autos an. Anders als tagsüber ist die Garage jetzt fast leer. Lediglich die Parkplätze der Kanzlei eine Etage unter uns sind belegt. Muss ein wichtiger Kunde sein, wenn alle Anwälte Überstunden machen. Sonst sind wir wie immer die Letzten.

»Viel Spaß«, sagt er, als sich unsere Wege trennen.

»Dir auch«, antworte ich.

Ich atme auf, als ich in meinem Wagen sitze. Den ersten Tag haben Indy und ich geschafft. Jetzt müssen wir nur alle weiteren überstehen.

***

»Muss ich mich wieder ausziehen?«, fragt Indy, als sie eine halbe Stunde später angeheitert mein Penthouse betritt und ich fast wie beim letzten Mal shirtfrei auf sie warte, dieses Mal allerdings, weil ich geduscht habe.

Hunger durchfährt mich, wilder, roher Hunger – und mein Schwanz pocht sofort. »Musst du«, sage ich, und meine Lippen verziehen sich zu einem Lächeln, als ich mich ihr nähere. »Aber fürs Erste musst du mich küssen, Baby!«

»Nur wenn ich es auch will«, sagt sie, legt ihre Hände in meinen Nacken und schmiegt sich an mich.

»Mal sehen, ob ich dich dazu bringe«, sage ich, lasse sie meinen Schwanz spüren, reibe über ihren Rücken und atme ihren Duft ein.

»Mmh«, seufzt sie sexy.

»War das schon dein Ja?«

»Nö«, erwidert sie frecher als sonst, vermutlich wegen der Drinks, die sie hatte.

»Und jetzt?« Ich knabbere an ihrem Hals, wandere mit den Lippen zu ihrem Ohrläppchen, liebe es, all das zu tun, was ich mir im Büro verkneifen musste.

»Überzeugt!« Sie stellt sich auf die Zehenspitzen, zieht sich an mir hoch und legt ihren Mund auf meinen, startet einen Kuss, der kein Kuss ist, sondern pures Verlangen nach mehr.

Himmel! Ein leichter Schwindel erfasst mich, als wäre sie ein hochprozentiger Shot, den ich zu schnell hintergekippt habe. Ich brauche sie sofort. Mit einem Ruck packe ich sie, lasse sie ihre Beine um mich legen und trage sie durch das Penthouse.

»Hast du viel getrunken, Baby?«

»Ein paar Bier.«

Die Antwort hilft mir nicht. »Ist das viel?«

»Bin nur leicht beschwipst.«

»Also könntest du Nein sagen, wenn du was nicht möchtest?«

»Bei dir, niemals.«

Unter anderen Umständen gäbe es für die Antwort die volle Punktzahl, aber nicht heute. Auf dem halben Weg zum Schlafzimmer halte ich an der Kücheninsel an und setze sie auf der Anrichte ab, direkt auf meiner Hüfthöhe. »Ich meine es ernst, Indy. Wenn du getrunken hast, kann ich auch warten.« Auch wenn mein steinharter Schwanz das anders sieht und ich bleibende Schäden von dieser krassen Erektion riskiere.

Ihre Schenkel pressen sich fester an mich. »*Ich* kann aber nicht warten«, haucht sie und küsst mich erneut, erst zärtlich, dann schnell wieder wilder. »Weißt du, wie schwer es war, dich heute zu ignorieren? Dich nicht anzusehen, dir aus dem Weg zu gehen? Du warst wie diese Supermagneten, die auch noch so entfernte Teilchen anziehen.«

»Ich dachte, du hättest darin Übung, mir zu widerstehen.« *Ihre Worte, nicht meine.*

»Offensichtlich nicht genug«, murmelt sie und fährt mir durch die Haare.

»Hast du heute Abend schon gegessen?«

»Nur ein paar Nüsse in der Bar.«

»Was bist du? Ein Eichhörnchen? Das ist kein Essen, Baby.«

»Hab keinen Hunger mehr.« Sie lächelt und reibt über meine Schultern, meine muskulösen Oberarme, meinen Rücken. »Zumindest nicht auf Essen, wenn du verstehst, was ich meine. Ich hoffe, du hast Kondome hier.«

»Jede Menge.«

Ich könnte weiter auf sie einreden, das hier hinterfragen, aber sie ist erwachsen. Wenn sie sagt, sie will mich, dann kriegt sie mich. Ich lege meine Hände unter ihren Hintern, hebe sie an und trage sie in Richtung Schlafzimmer, so wie ich es mir seit Jahren vorgestellt habe. Wir beide hier. Heiß aufeinander. *Die beste Art von Feierabend.*

»Los, raus aus dem Shirt«, sage ich und ziehe am Stoff, sobald ich Indy auf dem Bett abgelegt habe.

»Pass auf, dass du mein Oberteil nicht zerreißt!«

»Wäre kein Verlust. Wenn es nach mir ginge, trägst du das nie wieder.«

»Sehr bossy, Boss. Was hast du dagegen? Ich trage ständig Shirts.«

Ich zerre weiter daran und stöhne, als sie ihre Arme hebt und ich sie davon befreien kann. »Owen konnte deine Nippel sehen«, sage ich und fahre mit dem Finger über ihre riesigen Brustwarzen, die sich unter dem Spitzen-BH aufstellen. »Ich hoffe, die waren in der Besprechung nicht seinetwegen so hart.«

»Lass mich kurz darüber nachdenken!«

»Indy«, knurre ich warnend und schiebe ihre BH-Körbchen nach unten, damit ich ihre Nippel lecken kann.

»Gott, nein«, haucht sie und wölbt den Rücken. »Das war deinetwegen. Ich hätte nicht gedacht, dass es so schwierig sein würde, mich wie immer zu verhalten. Es sollte ein ganz normaler Tag sein, aber drei Sekunden nachdem wir beschlossen haben, es zu riskieren, lande ich in einem Meeting mit dir. Das war heftig.«

»Charlotte und Owen waren auch da.«

»Aber die haben mich nicht so nervös gemacht wie du.« Sie zieht mein Gesicht wieder auf Augenhöhe und funkelt mich mit ihren sexy grünen Augen an. Wir atmen beide tief durch, genießen das Prickeln zwischen uns, dem wir in der Firma nicht nachgeben dürfen. »Glaubst du, einer von ihnen hat es bemerkt?«

Ja, denke ich. Aber die Antwort würde die Stimmung killen. Was auch immer wir noch bereden müssen, erst brauche ich sie. Ich nehme ihre Hände und drücke sie zurück auf die Matratze, bevor ich ihren Ausschnitt küsse und den BH löse. Dann kämpfe ich mit ihren Jeans. »Warum trägst du immer Hosen?«

»Sie sind zeitlos.«

»Sie sind vor allem unpraktisch.« Ich greife fest an ihren Schritt und zeige ihr, was ich meine. Ich kann sie nicht so berühren, wie ich es möchte.

»Oh bitte, sie bewahren dich im Büro davor, mich für einen Quickie in die Besenkammer zu ziehen.«

Gequält lachend zerre ich am Stoff, Indy hilft mir wie schon beim letzten Mal, sie aus ihren Sachen zu befreien. *Fuck, ist das sexy, wenn sie so heiß auf mich ist!* Ich spreize ihre Beine, ziehe den Slip zur Seite und kann mich nicht beherrschen, lecke über ihre feuchte Mitte, schmecke sie, necke sie. Nur ihre Haare stören mich, die wieder nachgewachsen sind. *Ich hatte gehört, die Frauen Europas seien in dem Punkt nachlässiger. Aber Indy ist Engländerin, die trimmen jeden Grashalm, warum also nicht auch diesen besonderen Garten?*

»Oh Gott!«, stöhnt sie und drückt sich fordernd gegen mich.

»Willst du es so sehr?«

»Mmh!«, schnurrt sie und atmet in flachen Stößen.

»Sag es!«

»Ja, ich will es! Mach weiter!«

Gerne. Ich packe sie an der Hüfte und drücke meinen Mund auf ihre Pussy. Sie wirft den Kopf in den Nacken, reagiert so perfekt, dass ich die Lippen noch fester auf ihre Pussy presse, mehr Druck ausübe, sie heftiger zum Brennen bringe.

»Max!«, ruft sie nur, als sie ihrem Höhepunkt immer näher kommt und ihre Hüften einladend bewegt.

»Soll ich aufhören?«

»Untersteh dich!«

Lächelnd schiebe ich zwei Finger in sie, sauge an ihrer Klit, bin nicht zärtlich, eher gröber, was ihr gefällt.

»Ja!«, keucht sie und gräbt ihre Hände in meine Haare. »Gott, ja, noch mehr!«

Baby, du bekommst nicht mehr, sondern alles. Ich krümme meine Finger und sauge fester an ihrer Klit, konzentriere mich ganz auf sie. *Sie findet bei* All-in *schon die wenigen Begegnungen mit mir intensiv? Sie hat ja keine Ahnung, wie viel heftiger es werden kann. Ja, Feuer ist heiß, aber die Hölle ist so viel heißer.*

»Max!«

Mit einem Schrei kommt sie an meinem Mund. Sie bewegt ihre Hüften und nimmt jede Welle des Höhepunkts mit, bis sie geschafft liegen bleibt und mir durch die Haare fährt, wie ein stummes Danke. *Als wäre das nötig! Baby, was immer du willst, du kriegst es von mir.*

Zufrieden ziehe ich ihr den Slip, den ich nur beiseitegeschoben habe, ganz aus, genieße ihren Geschmack auf meinen Lippen und küsse mich über ihre samtweiche Haut wieder nach oben – mit einem etwas längeren Stopp bei diesen paradiesischen Nippeln. *Geht nicht anders.*

»Wie kommt es, dass ich plötzlich nichts mehr anhabe, du aber noch halb angezogen bist?«, murmelt sie, packt mich und küsst mich heftig zurück.

»Vielleicht will ich dich mehr als du mich?«

»Auf keinen Fall«, sagt sie und greift an meinen Hosenbund.

Ihre Ungeduld macht mich verrückt – auf die beste aller Arten. Während sie mich auszieht, suche ich schon nach einem Kondom. Ich habe das Gefühl, als hätte ich jahrelangen Entzug nachzuholen. Noch nie habe ich eine Frau so gewollt, noch nie so gebraucht wie Indy. Und das nach nur einem Tag Abstinenz.

Ehe ich mich ganz aus der Hose befreien kann, hat sie mir das Kondom schon abgenommen und es mir übergestreift.

»Komm her, Max«, sagt sie rau, legt sich zurück und zieht mich zu sich.

»Immer«, sage ich, rutsche zwischen ihre Schenkel, und sobald ich kann, dringe ich in sie ein. »Hab dich vermisst,

Baby«, sage ich, beuge mich zu ihr, atme ihren Duft ein und dringe tiefer. »Hab dich verdammt heftig vermisst.«

»Aber ich war doch da!«, seufzt sie.

»Zehn Meter von meinem Büro entfernt.«

»Klingt, als wäre ich am anderen Ende der Welt gewesen.«

»Warst du«, sage ich ernst. »Für zehn Stunden warst du unerreichbar.«

»Hab dich auch vermisst«, murmelt sie.

Wir küssen uns, pressen uns aneinander, erst zärtlich, doch das genügt nicht. Keinem von uns. Ich nehme sie härter, stoße kräftiger zu, sie krallt sich fest. Nichts reicht. Egal, wie schnell ich mich bewege, es ist zu langsam. Wir wollen nicht den Sex. Wir wollen zusammen explodieren. *Jetzt.* Verzweifelt greift sie nach unten und will ihre Klit reiben. Ich stoße ihre Hand weg und übernehme das – und sie kommt und reißt mich mit sich. *Was sonst?*

Waren wir eben wie Tiere, so sind wir jetzt wieder Liebende. Wir lächeln uns an, und ich frage mich, wie lange wir das vor den anderen noch verbergen können – wie lange sie bei *All-in* bleiben kann. Selbst wenn zwei Magnete nicht aufeinandertreffen, spürt man die Spannung zwischen ihnen.

»Fuck, wir sollten das beenden«, sage ich, stütze mich über ihr auf, streiche ihr Haarsträhnen aus dem Gesicht und küsse sie sanft. Es muss sein. Denn noch schlimmer, als sie nicht berühren zu dürfen, ist, wenn sie wirklich wieder am anderen Ende der Welt wäre, weil wir aufgeflogen sind. Da fängt sie an zu lachen. »Geht es dir gut, Baby?«

»Blendend.«

KAPITEL 12

Indy

Ich kann nicht anders, als zu lachen. »Wie bitte, Boss? Als ich gut fand, weiterhin den Abstand zu wahren, war es eine schlechte Idee, aber jetzt, da es dir einfällt, ist es plötzlich in Ordnung? Ideendieb!«

»Ich hatte keine Ahnung, wie hart es wird, den anderen was vorzuspielen«, gesteht Max.

›Hart‹ trifft es nicht mal annähernd. Ein Blick in seine Augen sagt mir, dass er den Tag über genauso gelitten hat wie ich. Es stört mich. Ich will nicht, dass er leidet. Aber es zeigt mir auch, wie viel ich diesem Mann bedeute.

»Hättest du mal auf mich gehört!«, schlage ich einen scherzhaften Tonfall an. »Jetzt musst du damit leben.«

»Okay, aber bitte trag andere Shirts.«

Meint er, weil wir jetzt zusammen sind, könnte er meinen Style kritisieren? »Was ist mit meinen Oberteilen plötzlich nicht in Ordnung?«, frage ich.

»Sie sitzen immer zu eng.«

Das stört ihn?! »Pah, sie passen perfekt!«

Er streicht über meine Brustwarzen, die sich sofort wieder versteifen. »Wenn das passiert, kann ich das unter deinen Shirts sehen – genau wie jeder andere, und es gefällt mir nicht.«

»Passiert halt, wenn ich friere«, sage ich und seufze, als er meine Spitzen reibt.

»Ja, wäre nur nicht Hochsommer. Wir wissen beide, was das bedeutet.«

Dass ich nass werde. Erwischt. Aber so leicht gebe ich nicht auf. Ich drücke meine Hüften gegen ihn und spüre, wie er härter wird. »Ich kann auch bei dir sehen, wenn du erregt bist, aber verlange ich deshalb weite Hosen? Nein.«

»Ich hatte keinen Ständer im Büro!«, protestiert er empört.

»Fast hättest du einen gehabt«, necke ich ihn. »Du bist doch Kaffee holen gegangen!« Das kleine Manöver war mehr als durchschaubar. Zumindest für mich.

»Verdammt, okay. Fast. Aber es hat niemand sonst bemerkt.«

»Bin ich etwa niemand?!« *Mir ist es definitiv aufgefallen, und wer weiß, wem noch. Ich hatte nach dem Vorfall die Blicke meiner Kollegen gemieden.*

»Bitte trag trotzdem andere Shirts!«

»Das geht nicht so ohne Weiteres. Davon mal abgesehen, dass ich nicht so viele weite Oberteile in meiner Garderobe habe, die meine Brüste verstecken. Es wäre verdächtig, wenn ich, nur wenige *Wochen* nachdem der Boss auf die Etage gezogen ist, meinen Kleidungsstil ändere, den ich seit fünf *Jahren* habe! Jeder wird merken, dass was nicht stimmt. Vermeide einfach Meetings mit mir.«

»Das wird nicht mehr so funktionieren wie früher, Baby. Wir sind nur noch so wenige, dass das öfter vorkommen wird.«

»Verdammt!«, fluche ich. Damit erhöht sich das Risiko, entdeckt zu werden. Heute hatten wir Glück. Aber was ist mit morgen?

»Keine Sorge, wir kriegen das hin, Indy.«

Mit einem Kuss löst er sich von mir, zieht das Kondom ab und geht ins Bad. Ich folge ihm.

»Willst du duschen?«, fragt er.

Ich nicke, auch wenn ich mir nicht sicher bin, ob eine Dusche mit ihm so schnell geht wie sonst. Aber ich muss dringend den Tag abwaschen, und dann will ich ihn, nur ihn. So lange, wie ich ihn haben kann, bis wir wieder so tun müssen, als wären wir Fremde füreinander.

Max regelt etwas an der Kabine, und sanfte Wasserperlen fallen von der Decke. Ich habe schon mal von solchen Duschen gehört, aber in so einer zu stehen ist eine völlig neue Erfahrung. Seufzend lege ich den Kopf zurück und genieße die feinen Tropfen auf meiner Haut. Bis Max mich an sich zieht. Ihn genieße ich noch mehr. Er mich auch, denn seine Lippen wandern über meine Haut, treffen meine, verleiten mich zu einem immer leidenschaftlicheren Kuss.

»Langsam«, sage ich. »Sonst verrät uns nicht nur mein Shirt in der Firma, sondern auch meine geschwollenen Lippen.«

»Hast du halt mit jemandem rumgeknutscht, na und?«, knurrt er und wird eher stürmischer als langsamer.

»Die anderen wittern eine Lüge zehn Meilen gegen den Wind und verhören mich, bis sie ihre Antworten haben.«

»Überleg dir eine gute Geschichte!«

»Und was erzählst *du* ihnen, wenn sie dich zu *deinen* geschwollenen Lippen befragen?!«, seufze ich unter seinem Ansturm. Da wären alle in der Lage, eins und eins zusammenzuzählen.

Einsichtig wandern seine Lippen zu meiner Schulter,

was etwas besser ist, weil seine Stoppeln dort weniger sichtbare Kratzer hinterlassen.

»Vielleicht könntest du dir einen Push-up-BH besorgen«, sagt er.

»Ach, pralle, hochgeschnallte Brüste würden dir helfen, weniger oft an Sex mit mir zu denken?«

»Sie würden dein Nippelproblem lösen«, sagt er, fährt über eine meiner Spitzen und sorgt für einen süßen Schauer.

»Wohl eher *dein* Nippelproblem«, scherze ich, da er seine Finger scheinbar nicht von ihnen lassen kann. »Aber ja, einen Versuch ist es wert.«

»Das klingt skeptisch. Ist das etwa auch riskant?«

»Na ja, vollere Brüste würden dem ein oder anderen auch auffallen. Aber ich könnte, falls jemand nachfragt, erklären, dass ein BH in der Wäsche und einer kaputtgegangen ist.«

»Passiert das öfter?«

»Oft nicht, aber es kann schon mal vorkommen, dass ein Bügel aus dem Stoff sticht und rausrutscht.« *Ist mir tatsächlich ein Mal passiert.*

»Okay, dann mach das. Ich will einfach nicht, dass dir andere auf deine Nippel starren.« Er reibt wieder drüber. »Die gehören mir!«

Ich will einen Witz reißen, weil er so einen Blödsinn sagt, aber die Intensität, mit der er das tut, raubt mir den Atem. »Ja, deine«, sage ich, verschränke die Hände in seinem Nacken, schließe die Augen und fühle mich, als würde ich mit dem tollsten Typen der Welt im Sommerregen herumknutschen. Bis mir einfällt, dass er vorhin meine Frage nicht beantwortet hat, ob Charlotte und Owen was bemerkt haben.

»In der Bar habe ich mich übrigens gut geschlagen, niemand hat was mitbekommen«, sage ich. »Wie ist das mit Charlotte?« Wenn sie was ahnt, muss ich das unbedingt wissen. Sie schwirrt ständig in meiner Nähe herum.

Wir verlassen die Dusche, und Max reicht mir ein Handtuch. Ich wickle mich darin ein und folge ihm zurück ins Schlafzimmer und dann in die Küche, wo er anfängt, Sandwiches zu machen. Er schaut mich fragend an, ob ich das Gleiche will. Auf mein Nicken hin, weil ich jetzt doch Hunger habe, macht er mehr. Als würden wir uns schon ewig kennen. Wir brauchen keine Worte. Genau deshalb beunruhigt mich sein Verhalten auch. Weil mir nicht gefällt, was er gerade gesagt beziehungsweise nicht gesagt hat.

»Weichst du mir wieder aus?«, frage ich.

»Erwischt.« Er atmet tief durch und sieht mich an. »Charlotte hat nichts bemerkt, aber Owen ist mein seltsames Verhalten aufgefallen. Wir sind Freunde. Ich schwöre, er kennt meine Pulsfrequenz für sämtliche Situationen, egal, ob ich im Stress bin oder zu Tode gelangweilt – oder auch abgelenkt. Er bemerkt, wenn ich anders ticke als sonst, und hat mich nach unserem Meeting heute Vormittag angesprochen. Ich hab nichts zugegeben. Aber ganz zufrieden wirkte er nicht.«

Das musste ja passieren. Aber so schnell?! Sofort rast mein Herz. »Würde er unsere Beziehung melden?«

»Keine Ahnung, ich war mit ihm noch nie in so einer Situation. Ich bin heilfroh, dass er bei dem Meeting heute sehen konnte, wie gut du bist, aber du standest schon mal auf der Entlassungsliste. Ich konnte dich retten, keine Ahnung, ob mir das, falls weitere Kündigungen notwendig werden, auch beim zweiten Mal gelingen würde.«

Mir wird ganz anders.

»Hey!« Max reicht mir einen Teller mit einem Sandwich und führt mich zu einem seiner Sofas, das einen atemberaubenden Blick über Midtown hat. »Das Wichtigste ist, dass er nicht weiter nachgebohrt hat. Er weiß, dass ich eine Freundin habe, aber er weiß nicht, dass du es bist.«

Das ist so beruhigend wie ein doppelter Espresso! Früher oder später wird er die ominöse Frau doch kennenlernen wollen. Ich würde das immer wissen wollen, wenn es um Ava oder Giulia ginge. Selbst bei Leuten wie Charlotte würde mich interessieren, wer die neue Flamme ist, wenn es eine gibt. Aber ein Wort beruhigt mich sofort: *Freundin.*

»Ich bin deine Freundin«, wiederhole ich leise für mich, nehme einen Bissen von dem Sandwich, das er für mich gemacht hat, und kuschle mich an Max. Morgen wieder mein Boss, aber gerade mein sicherer Hafen.

»Du bist meine Freundin«, versichert er mir, legt den Arm um mich und isst ebenfalls.

»Dann bist du mein Freund.«

»Nein.«

»Nein?«, frage ich erschrocken.

Er lächelt und drückt mir einen nach Sandwich schmeckenden Kuss auf die Lippen. »Ich bin mehr als nur dein Freund. Ich bin alles für dich, kapiert?«

Ich stoße ihn leicht mit dem Ellenbogen.

»Hey, wofür war das?«

»Dafür, dass du eben einen Herzinfarkt bei mir ausgelöst hast.«

Er lacht nur. Ich kann verstehen, warum, finde das aber nicht lustig. Also stoße ich ihn wieder.

»Nein, ehrlich, Max? Nachdem du so gemein zu mir warst, vertrage ich das nicht gut.«

Er beißt von seinem Sandwich ab, und seine Augen funkeln schelmisch. »Dann werde ich das wohl nachher wiedergutmachen. Denn du bist auch alles für mich.«

»Nachher? Warum nicht jetzt gleich?«

»Wir essen!«

Ich lehne mich an ihn. »Wer hat von Sex geredet?« Ich blinzle zu ihm hoch. »In einer Beziehung gibt es noch mehr als das. Das weißt du, oder?« Kurz befürchte ich, dass all sein Gerede davon, wie toll er mich findet, nur auf das Körperliche beschränkt ist.

»Ja, weiß ich«, sagt er jedoch entspannt, schlingt einen Arm um mich und drückt mir einen Kuss auf die Schläfe. »Gemütlich zusammensitzen zum Beispiel, wie jetzt, gehört auch dazu. Verzeihst du mir jetzt?«

Ich will ihn ein bisschen hinhalten, aber kann es nicht. Er ist eben mein Ein und Alles. »Ja, tue ich«, sage ich.

»Was gefällt dir, wenn du nicht gerade arbeitest?«, fragt er.

»Ich mag das Nachtleben, ausgehen, Spaß haben, mich amüsieren. Machst du so was, oder bist du dafür zu alt?«

»Hey, Küken, ich bin Anfang dreißig, keine achtzig!«, murrt er und kitzelt mich.

Lachend winde ich mich unter ihm. »Stopp!«, rufe ich. »Du gehst also auch gerne unter Leute. Du hättest auch einfach Ja sagen können!«

»Du hast mich alt genannt!«

Ich fahre sanft über seine Lachfältchen an den Augen, kann nicht anders, weil ihm das zusetzt, dabei werden wir alle alt. »Keine Sorge, ich steh auf alte Männer.«

Dafür kitzelt er mich wieder ab. Mindestens doppelt so wild wie vorher.

»Gnade, Max! Gnade!«, japse ich nach Luft, und wir lachen beide, als er aufhört.

»Was noch?«, fragt er.

»Ich mag außerdem Ausstellungen. Ich war, seit ich hier bin, schon ein Dutzend Mal im MoMA und in den Galerien in Chelsea und generell in so ziemlich jeder Ausstellung, die eröffnet wird.«

Das klingt langweilig, und ich fürchte schon, jetzt nennt er mich im Gegenzug alt. Verdient hätte ich es. Aber er überrascht mich. Er sagt einfach nur: »Ich auch.« *Verdammt, ist er perfekt! Hätte ich zwei Herzen, ihm gehörten ab sofort beide.*

»Warum sind wir uns nie begegnet?«, frage ich.

»Ich schätze mal, weil ich das meistens unter der Woche mache, auf dem Weg von oder zu Terminen, wenn du arbeitest.«

»Ergibt Sinn, ich kann immer nur am Wochenende.« Ich lache. »Außer bei der Art Night, wenn alles auch nachts geöffnet hat, das verträgt sich mal mit meinem Job. Dann gehe ich direkt nach der Arbeit, ohne mich um die Einlasszeiten zu kümmern.«

»Was habe ich als fester Freund bei dir noch für Pflichten?«

Allein dass er das fragt! Ich lege den Kopf zurück und grinse ihn breit an. Er macht das so verdammt gut, dass ich Schmetterlinge im Bauch spüre. Und auch Lust auf den Mann, wie immer. Aber vor allem Schmetterlinge. »Du müsstest auch mal Tampons kaufen.« Meine persönliche Testfrage, um herauszufinden, wie wichtig ich einem Typen bin.

»Meinst du das ernst?!«

Okay, die Reaktion verpasst meiner Begeisterung einen kleinen Dämpfer. »Es wäre doch albern, wenn du alles besorgen würdest und ich dann noch mal alleine für Tampons loslaufen müsste.«

»Warum sollte ich die Einkäufe machen? Wir wohnen nicht zusammen.«

»Noch nicht.« Ich stocke und weiche zurück, um seinen Gesichtsausdruck zu sehen. Er wirkt, nett formuliert, überrascht. *Oh Gott, warum habe ich das laut gesagt?! Das ist so aufdringlich von mir.* Ja, ich will alles mit diesem Mann. Wenn ich so darüber nachdenke, dann kann ich mir sogar vorstellen, ihn mal zu heiraten, obwohl ich bisher bei keinem Mann den Wunsch verspürt habe. Aber das ist wie zehn Schritte vor dem ersten. »Keine Panik, Max. Ich träume nicht davon, dass wir sofort zusammenziehen. Es wäre nur so naheliegend und –«

»Stopp, Baby.« Lachend schließt er die Arme um mich und drückt mich auf dem Sofa zurück. »Egal, ob wir mal zusammenwohnen sollten oder nicht, ich kaufe dir Tampons, wenn du welche brauchst, gar kein Problem. Du musst mir nur vorher eine Einweisung geben, worauf ich achten muss.« Er räuspert sich. »Oder ich lasse sie besorgen. Ich gehe tatsächlich selten selbst einkaufen, das erledigt meine Haushälterin für mich. Mehr, was auf mich als dein Freund zukommt?«

»Ja. Als mein Freund müsstest du irgendwann meine Eltern kennenlernen«, bringe ich vorsichtig an.

»Hast du kein gutes Verhältnis zu ihnen?«

»Na ja, seit ein Ozean zwischen uns liegt, ist es eigentlich sehr schön. Aber davor …? Ich liebe sie, aber sie sind sehr britisch und sehr ländlich.« Immer wieder herausfordernd für mich, die ich so anders denke. Wobei ich umgekehrt auch für sie ein Buch mit sieben Siegeln sein werde.

»Unter ländlich kann ich mir was vorstellen«, sagt er. »Ich nehme an, etwas traditioneller und konservativer?«

Ich nicke.

»Aber was meinst du mit britisch?«

Wie erkläre ich das nur? »Also, in jedem Zimmer gibt es Queen-Elizabeth- und jetzt neu King-Charles-Memorabilien. Meine Eltern lieben das Königshaus und hassen Amerikaner, die der Insel ihren Prinzen Harry abspenstig gemacht haben.«

»Oha, ich sehe schon, das wird nicht leicht.«

»Das ist erst der Anfang«, sage ich. »Im ganzen Haus gibt es nur Tee, keinen Kaffee. Pluspunkte sammelst du, wenn du den Rasen mit der Nagelschere bearbeitest.« Ich muss lächeln, als ich an den Rasen im Garten meiner Eltern denke. Tatsächlich kann da kein grüner Fleck im Großraum New York mithalten. Selbst der Central Park ist eine Wildwiese im Vergleich zum Kleinod in Cornwall.

Max lacht laut.

»Hey, das war kein Witz!«

»Okay, ich werde mich mit englischer Rasenpflege auseinandersetzen.«

»Wie sind denn deine Eltern?«, frage ich neugierig.

»Meine Mom ist Fotografin, und mein Dad ist Unternehmensberater.«

Ich muss grinsen, weil es mir in Amerika nicht zum ersten Mal passiert, dass mir Leute mit ihrem Job vorgestellt werden. Schnell verberge ich mein Gesicht an seiner Brust, damit er weitererzählt. »Was noch?«

»Sie sind außerdem sehr herzlich, haben mir immer meinen Freiraum gelassen und sind glücklich, wenn ich glücklich bin.«

Ich seufze, weil sie so viel moderner klingen als meine Eltern. »Wohnen sie hier?«, frage ich.

»Früher ja, jetzt haben sie eines der typischen Backsteinhäuser in Beacon Hill, in Boston.« Er dreht den Kopf, und wir sehen uns in die Augen. »Möchtest du sie wirklich kennenlernen?«

»Ja, ich muss doch wissen, von wem du diese tollen dunklen Haare hast ...« Ich zerzause sie ihm. »Von wem deine Augen ...« Ich verliere mich einen Moment in seinem Blick. »Und von wem diese Grübchen.« Ich fahre mit den Fingern über seine Mundwinkel.

»Ich habe keine Grübchen!«

»Oh doch, und zwar richtig fiese.«

»Warum das denn? Klingt, als hätte ich Waffen im Gesicht«, sagt er, grinst amüsiert – und feuert sie direkt ab, denn da sind sie wieder!

»Hast du in gewisser Weise«, sage ich und streichle seine Wange. »Sie bringen Frauenherzen zum Schmelzen.«

Max

Was auch immer ich vorher für Indy empfunden habe, jetzt hat es mich endgültig erwischt. Ich kann mich nicht erinnern, wann ich zuletzt mit einer Frau so einen gemütlichen Abend verbracht, erst Sandwiches und jetzt Eiscreme gefuttert habe – geschweige denn mit einer halb nackten, frisch geduschten Schönheit, die nichts weiter als ein Handtuch trägt. Mit Vanessa war es am Anfang auch schön, aber nie so. Bei Indy fühle ich mich zu Hause.

»Was für Pflichten hätte ich denn als deine Freundin?«, fragt Indy nach einer Weile, schnappt sich den Eislöffel und löffelt das Zeug weg, als wäre es nichts.

»Also, wie du vielleicht gemerkt hast, stehe ich auf Sex!« Ich lege eine Kunstpause ein, damit ich ihre volle Aufmerksamkeit habe. »Viel Sex.«

»Echt? Na, ob ich dafür die Richtige bin«, sagt sie mit diesem typisch britischen Understatement, aber einem leichten New Yorker Akzent, der irre sexy ist.

»Keine Sorge«, nehme ich ihren Tonfall auf. »Ich erwarte beim Sex nicht, dass du besonders kreativ wirst. Mach einfach die Beine breit, dann kommen wir gut zusammen aus.«

»In welchem Winkel genau? Fünfzehn Grad? Dreißig? Sechzig?!«, fragt sie lachend nach, weil sie natürlich merkt, dass ich scherze. »Mal im Ernst, Max. Was ist dir denn sonst noch wichtig? Wenn wir noch Zeit neben dem Sex übrig haben, versteht sich.«

»Ich will einfach Zeit mit dir verbringen, so wie jetzt.«

»Wir in deinem Tower von Manhattan? Abgeschottet vom Leben? Mmm …«

»Du hast da was falsch verstanden, Baby. Ich will mit dir auch was erleben, rausgehen, Galerien besuchen. Wir müssen dann nur aufpassen, dass uns niemand zusammen sieht.«

»Stimmt«, sagt sie und wirkt unzufrieden. »Dann können wir nicht zu den Ausstellungen gehen. Das wäre riskant.«

»Wir könnten uns dort durch Zufall getroffen haben«, räume ich ein, weil ich verdammt gerne mit ihr zu einer Eröffnung gehen würde, die nächste Woche stattfindet.

»Aber ich könnte nie deine Hand nehmen.« Sie verschränkt ihre Finger mit meinen. »Oder mich an dich lehnen.« Sie rückt näher. »Oder dich küssen …« Sie streift meine Lippen. »Das ist doch Mist, Max!« *Und das von der Frau, die mir vor wenigen Wochen gar nicht genug aus dem Weg gehen konnte!*

Sie hat recht, das ist Mist. Wir können die Dinge, für die wir uns interessieren, nie gemeinsam genießen. Wobei ›nie‹ vielleicht zu hart ist, aber auf jeden Fall bis auf Weiteres. Dabei geht es nicht nur um Ausstellungen oder Events, sondern auch um Restaurants, Bars, Orte, die wir beide mögen, an denen aber auch immer die Gefahr besteht, jemanden von der Agentur oder zumindest aus der Branche zu treffen. Jeder Fehltritt könnte unser Ende bedeuten.

In Gedanken gehe ich Orte durch, die man in New York besuchen kann, und verwerfe sie wieder. *Komm schon, Conrad, du kennst diese Stadt in- und auswendig. Da muss es doch was geben!*

»Was hältst du von Coney Island?«, frage ich.

»Der Vergnügungspark?« Sie runzelt skeptisch die Stirn und klingt, als wäre das der letzte Ort, an den sie auch nur einen Zeh setzen würde.

»Sag mir nicht, du wohnst seit Jahren hier, aber warst noch nie da?!«

»Ich mache mir nicht so viel aus Karussells. Das ist doch für Kinder.«

»Es gibt auch Meer, Strand, Eis – und ein Riesenrad.«

»Oh, echt?« Plötzlich leuchten ihre Augen, wieder in diesem schönen Grün, von dem ich mehr will.

»Außerdem wärst du mit mir da.« Ich lächle. »Mit mir und meinen Grübchen.« Ich grinse noch breiter. *Auf dass sie voll zur Geltung kommen!*

Bingo, das Leuchten nimmt zu. »Das gefällt mir auf jeden Fall«, sagt sie.

»Also machen wir das?« Selten war ich so aufgeregt, was mit einer Frau zu unternehmen. Aber ich will mehr als mit ihr in meinem Penthouse oder ihrer WG abhängen, versteckt von der Welt. Ich will ein richtiges Leben mit ihr, richtige Erinnerungen. Momente, die uns gehören. Als Paar. Nicht als Angestellte und Boss.

»Am Wochenende soll es warm werden«, meint sie, noch nicht hundertprozentig überzeugt. Da kann ich helfen.

»Du könntest knappe Shorts und etwas Bauchfreies tragen.«

»Oder ein Kleid«, sagt sie mit einem Zwinkern.

»Verdammt, ja, ein Kleid!«, rufe ich begeistert, weil ich sie noch nie in einem gesehen habe.

»Das würde dir wirklich Spaß machen?«, fragt sie.

»Und wie! Ich kenne da jeden Laden, und ich bin mir sehr sicher, dass sich niemand von der Agentur dahin verirrt. Wenn New Yorker am Wochenende die Stadt verlassen, wollen sie ins Grüne, richtig raus, nicht dahin.«

»Oder sie hängen in Clubs rum«, sagt Indy. »Das machen Ava, Zahra und Samira.« Sie lächelt, klettert auf meinen Schoß und küsst mich. »Okay, ziehen wir das durch! Fahren wir nach Coney Island!«

Fuck, macht sie mich an! »Was dagegen, wenn wir jetzt noch mal Sex haben? Du weißt ja, ist mir wichtig.«

»Bin dabei.«

KAPITEL 13

Indy

Jeden Tag befürchte ich, dass Max und ich auffliegen. Jeden Tag passiert exakt: nichts. Ich bleibe zwar angespannt, wenn ich mit ihm in einer Besprechung sitze, aber das kommt nicht oft vor. Wenn jemand eine Bemerkung macht, schiebe ich meine Nervosität einfach auf die Tatsache, dass er der Chef ist und die wirtschaftliche Situation der Agentur schwierig bleibt. Das glaubt mir jeder. Giulia ist die Einzige, die über Max und mich Bescheid weiß, und das ist auch gut so, weil ich mit irgendjemandem jedes Detail der Beziehung besprechen muss. Sie könnte mittlerweile Memoiren über den Mann schreiben, aber sie beschwert sich nicht. Im Gegenteil, sie feiert jeden Ausflug, den ich mit ihm mache, wie der nach Coney Island, der toll war, jeden verbotenen Kuss, den wir uns erlauben, wenn wir die Letzten im Büro sind, jeden flüchtigen Blick. *Wir kommen damit durch. Wir kommen wirklich damit durch. Juhuuu!*

Jetzt nicht übermütig werden, Indy.

Ach egal: Wir kommen damit durch. Dass ich mir das all die Jahre nicht erlaubt habe, und jetzt gibt es gar keine Probleme. Ich hab mich echt um eine schöne Zeit gebracht.

***

»Eine Frage«, sagt Ava eines Morgens, als ich wie immer

ins Büro komme, meine Sachen abstelle und lächle, weil ich am Morgen in Max' Armen aufgewacht bin. »Datest du jemanden?«

»Nein, wieso?«, antworte ich reflexartig und fühle mich total sicher mit meinem Doppelleben.

Ava tippt sich an ihren Hals, meint aber meinen.

»Was ist da?«, frage ich und reibe über die Stelle.

»Ein Knutschfleck, so groß wie Queens.«

»Oh!«, mache ich und spüre, wie ich rot anlaufe. Dabei wäre Abstreiten besser gewesen. *Mist, Mist, Mist! Wie konnte die Leidenschaft nur so mit uns durchgehen?* Meine gute Laune verabschiedet sich. *Tschüss, bin dann mal im Keller.*

»Das muss dir doch nicht peinlich sein«, sagt sie und mustert mich neugierig. »Wer ist dein Mr. Big?«

Ich laufe noch röter an, als ich Max im Augenwinkel entdecke. *Er, er, er!*, schreit alles in mir. *Scht.* »Kennst du nicht«, sage ich mit einer Coolness, die ich nicht für möglich gehalten hätte. *Telefoniert nur zehn Meter von uns entfernt.*

»Ach komm, verrat mir wenigstens ein bisschen!«, bettelt sie.

Ava wird keine Ruhe geben. Dafür kennen wir uns schon zu lange. »Also gut!« Verschwörerisch beuge ich mich zu ihr. »Er ist superalt und superfett und superreich.«

»Und das ist supergelogen«, greift sie meine Worte auf. »Wir wissen beide, dass du dir nichts aus Status und Geld machst. Mit so jemandem wärst du nie zusammen!«

»Erwischt! Er ist superjung, superdürr und superarm«, spiele ich das Spiel weiter.

»Indy!«, ruft sie so laut, dass das die Aufmerksamkeit weiterer Kollegen auf sich zieht.

Nicht gut. Damit hätte ich rechnen müssen.

»Was ist denn hier los?«, fragt Elijah, der sich offensichtlich gerade etwas langweilt und nach Ablenkung sucht. *Die bin dann wohl ich. Herzlichen Glückwunsch, Ms. Fallon, Sie werden heute auf Herz und Nieren geprüft.* Als würde das helfen, versuche ich, hinter meinem Schreibtisch zu versinken. In einem Großraumbüro. Mit Glaswänden. *Wahrscheinlich würde das nicht mal einem Chamäleon gelingen!*

»Indy hat einen Lover, will aber nichts verraten«, erklärt Ava und lockt noch mehr Leute an, sodass sich allmählich eine Traube um uns bildet. *Weil ich es so liebe, im Mittelpunkt zu stehen!*

»Meine Lippen sind versiegelt«, bleibe ich stur, während mich alle anstarren. »Das ist privat. Ich frage euch auch nicht über euer Liebesleben aus.«

»Weil wir keines haben«, sagt Ava und lehnt sich zu meinem Arbeitsplatz rüber. »Wo hast du ihn kennengelernt?«

»Und vor allem wann?«, fügt Elijah lachend hinzu. »Du bist doch immer am Arbeiten.«

»Ist vielleicht mein Taxifahrer?«, zische ich.

»Oh bitte, die meisten sprechen kaum richtig unsere Sprache«, sagt er. »Wenn es nicht GPS gäbe, wären sie in der Stadt verloren.«

»Außerdem nimmt sie immer die Metro«, erklärt Ava allen. *Vielen Dank, Verräterin!*

»Dann war es wohl jemand von dort«, sage ich und krame in meinem Hirn nach einer plausiblen Geschichte, die sie zufriedenstellt. »Jemand hat mir einen Platz angeboten. So hat alles angefangen!« *Das ist doch gut. Der Beginn einer wundervollen Lovestory in Manhattan.*

»Da merkt man, dass du Grafikerin und keine Storytellerin bist«, sagt Zahra, weil es sich offensichtlich jetzt sogar bis zu den Textern herumgesprochen hat, dass ich jemanden date. »Warum sollte dir denn jemand einen Platz in der U-Bahn anbieten? Außerhalb der Rushhour?!«

»Er hat mich gegen einen üblen Typen verteidigt! Ha!«, biete ich als Erklärung an.

»Das klingt plausibel, aber kommt ungefähr zehn falsche Erklärungen zu spät«, meint Ava. »Los, sag schon, woher du ihn kennst und was er macht und wie er heißt!« *Und fliege auf, verliere deinen Job, geh zurück nach England ... nein!*

Ich schinde Zeit, stelle die Höhe meines Drehstuhls neu ein und starte meinen Computer – während es in meinem Kopf arbeitet. Ich habe Fantasie, so ist es nicht, aber Zahra hat recht, im Storytelling bin ich eine Niete, ich bin die Frau für die bunten Bildchen.

»Was ist denn hier los?«, tönt Max' Stimme da über die Menschentraube hinweg. »Braucht jemand einen Notarzt?«

»Nur wenn der Indy ein Wahrheitsserum spritzt«, murmelt Ava, leider nicht leise genug.

»Wofür brauchen wir ein Wahrheitsserum?«, fragt Max und arbeitet sich zu mir durch. »Soll sie gestehen, dass sie Kopierpapier geklaut hat?«

»Warum sollte ich das tun? Um Flieger zu bauen?«, brumme ich, schaue auf und habe mich für einen Moment nicht im Griff. Max sieht großartig aus. Er sieht immer großartig aus. Ich habe ihn heute Morgen erst meine Wohnung verlassen sehen, da waren seine Haare zerzaust. Danach war er zu Hause, und jetzt trägt er wieder einen der dunklen Anzüge, ist frisch geduscht, rasiert und pure, gut riechende Perfektion mit einem wirklich durchdringenden Blick, der mein Höschen ruiniert.

»Sorry für den Auflauf, Boss«, sagt Elijah. »Indy hat einen neuen Freund. Wir wollten nur wissen, wer es ist.«

»Oh, und das ist so ein Geheimnis?«, fragt er, gesellt sich zu den anderen und sieht mich herausfordernd an. *Es ist vielleicht ganz gut, wenn er sich ahnungslos stellt. Aber woher zum Teufel soll ich auf die Schnelle einen Freund nehmen? Die wachsen nicht an Bäumen.*

»Das ist meine Privatangelegenheit«, sage ich.

»Ein Name ist nicht zu viel verlangt«, sagt Max.

Echt jetzt? Ohne Rücksicht erdolche ich ihn mit meinen Blicken. Könnte ja auch einfach ihm als Boss gelten, nicht ihm als mein Freund. *Ist er verrückt geworden, bei der Befragung mitzuspielen?* Ich verstehe ja, dass das bei unserer Tarnung hilft, aber wir hätten die Legende gerne gemeinsam und in Ruhe ausarbeiten können.

»Sein Name ist Will«, fauche ich.

»Engländer?«, fragt Max.

»Gott, nein!« Ich verdrehe die Augen. *Als ob alle Wills der Welt Engländer sein müssten!*

»Wo kommt er dann her?«, fragt Ava.

»Vom Mond! Was ist das denn für eine seltsame Frage?!«

»Also von hier?«

»Ja«, zische ich.

»Und was macht er beruflich?«

»Er ist Anwalt«, sage ich und erinnere mich an das, was ich von Giulia weiß. Sie studiert Strafrecht. Wenn Rückfragen kommen, müsste ich sie beantworten können. Das sollte mir helfen.

»In welcher Kanzlei?«, will Elijah wissen. »Ich habe auch mal für ein Semester Jura studiert und kenne viele Leute.«

»Er arbeitet in einer kleinen Kanzlei in Queens«, sage ich. »Sie engagiert sich hauptsächlich für bedürftige Menschen.« *Und ich bete, dass deine Kontakte eher die Fachbereiche genommen haben, mit denen man später exorbitante Honorare einstreicht!*

»Okay, da kenne ich niemanden«, sagt er. *Gott sei Dank.* »Dein Freund engagiert sich also?«

»Ja, das tut er«, sage ich stolz und zum ersten Mal bei der Befragung nicht gespielt, denn ich denke an Max, der sich für seine Agentur einsetzt. *Ist es nicht das, was eine gute Lüge auszeichnet: ein Körnchen Wahrheit?* »Reicht euch das, und ich kann meinen Job erledigen?« Ich zeige zu Max. »Der Boss bezahlt uns nicht fürs Reden.«

Die Menschenmenge löst sich auf. Wurde auch Zeit. Aber als Max geht, treffen sich unsere Blicke noch mal, und es scheint, als würde er mir sagen: ›Gut gemacht. Das schreit später nach einer Belohnung.‹ Auf dass das niemand bemerkt. Das war sexy – und auffällig.

»Puh!«, lasse ich die Luft entweichen. »Ich werde ab jetzt nur noch Rollkragenpullover tragen.«

»Weil es mehr Knutschflecken geben wird?«, fragt Ava neugierig.

»Weil ich mich dazu nicht mehr äußern werde!«, empöre ich mich und rufe die heutigen Projekte auf. »Wo waren wir stehen geblieben?«

Gerade als ich endlich zur Tagesordnung übergehen will, beugt sich meine Kollegin noch mal zu mir rüber. »Komm mal näher.«

Ich verdrehe nur die Augen. Mir reicht das Theater. *Hatten nicht alle genug Spaß auf meine Kosten?*

»Los, Indy, mach schon!«

Meine liebste Nervensäge. Ich rücke zu ihr ran, bis ich ihren Atem an meinem Ohr spüren kann. »Was, Ava?«

»Es ist Max, oder?«

Der Schock durchfährt mich wie ein Blitz, ich kann das gar nicht überspielen. Sie hat es herausgefunden. Ein Teil von mir freut sich, weil ich sie nun nicht länger anlügen muss, ein weitaus größerer will sich vor Panik übergeben.

»Keine Sorge, von mir erfährt niemand was«, flüstert sie und setzt sich auf ihren Platz zurück. »Ich kann dich ja verstehen, er ist wirklich heiß.«

»Scht«, mache ich nur und sehe mich panisch um, ob wir erneut die Aufmerksamkeit unserer Kollegen auf uns ziehen.

»Kaffee«, sagt sie nur, steht auf und geht in die Kaffeeküche, die gerade verwaist ist, weil alle die erste Runde für den Tag bereits haben. Damit ist die Küche, so seltsam es auch klingen mag, aktuell der sicherste Ort für dieses Gespräch.

Ich folge ihr auf wackeligen Knien, winke aber ab, als sie mir welchen anbietet. *Ich brauche eher Johanniskraut als Koffein.*

»Nimm einen, sonst fällt es auf«, sagt sie.

Widerwillig greife ich doch zu und nippe an meiner Tasse. Mein ohnehin schon rasendes Herz droht in meiner Brust zu explodieren. *Ba-bumm. Ba-bumm. Ba-bumm.*

»Er ist es, oder?«, fragt sie erneut, leiser.

Ich nicke nur. Es laut auszusprechen traue ich mich nicht. Ich dachte ja, bis eben wäre mein Doppelleben gut gelaufen. Genau in dem Moment grätscht mir das Schicksal dazwischen. Das soll mir nicht noch mal passieren. Zum Glück ist bisher nur Ava darauf gekommen. »Was hat uns verraten?«, frage ich, damit wir uns in Zukunft unauffälliger verhalten.

»Seine Blicke.«

War sie gerade in derselben Szene wie ich? »Er hat sich über mich lustig gemacht!«, zische ich.

»Das meine ich nicht. Er bekommt dieses Funkeln in den Augen, wenn er dich ansieht. Es ist mir schon ein paar Mal aufgefallen. Er versucht, es zu verbergen, aber es gelingt ihm nicht. Außerdem …« Sie macht eine theatralische Pause, aber meine Nerven sind zu strapaziert, um das zu würdigen. »Er hatte auch einen Knutschfleck.«

»Zufall«, erwidere ich.

»Wenn du das sagst!«

Ich nippe an meinem Kaffee, genieße die Wärme und versuche, Avas Beobachtung zu verdauen. *Was, wenn noch jemand den Verdacht hat?*

»Wie lange geht das schon?«, fragt sie.

»Ein paar Wochen«, gestehe ich. »Aber es ist nicht einfach.«

»Ist er nicht so toll, wie er wirkt?«

»Er? Doch! Er ist großartig. Aber wir müssen vorsichtig sein. Nicht nur hier, überall. Es ist schwierig, was zu unternehmen, bei dem wir nicht gestört werden. Ich hatte es mir leichter vorgestellt.«

»Ihr könntet die Stadt verlassen.«

»Wie halb New York?!« Die Autokolonnen an den Wochenenden und Feiertagen sind legendär.

»Wie halb New York, aber wie keiner aus der Agentur. Das sind Großstädter durch und durch. Ich würde es probieren. Natürlich nur, wenn es euch Spaß macht.« Sie fällt mir um den Hals. »Ich freue mich auf jeden Fall für dich. Bei deinem erfundenen Will hatte ich Zweifel. Aber bei ihm? Ihr passt perfekt zusammen.«

Ich brauche eigentlich niemanden, der mir sagt, dass Max der Richtige ist. Das spüre ich bei jedem Blick, jeder Berührung, jeder Sekunde in seiner Nähe. Dass Ava es aber auch sieht und es mir gönnt, macht es noch mal schöner. Wieder grinse ich breit.

Stopp, Indy, lass das! Für heute hast du dich auffällig genug verhalten!

Zurück an meinem Platz sehe ich, dass Max mir auf dem Handy geschrieben hat. Er fragt, ob alles in Ordnung sei, weil ich verschwunden war. *Süß, dass er sich Sorgen macht.*

HAB WILL GEDATET, schicke ich ihm als kleine Stichelei zurück. Das verdient er nicht besser.

Gleich darauf gebe ich mir einen Ruck und schreibe ihm von dem Gespräch mit Ava. Er sollte wissen, dass wir nicht so unauffällig gewesen sind, wie wir dachten. Ich spüre, wie er daraufhin zu mir schaut. Ja, das sind die Blicke, die so heiß sind, dass nicht nur meine, sondern auch die Raumtemperatur im Allgemeinen steigt.

Mit aller Macht ignoriere ich sie.

Er macht weiter.

Ich: Schau weg!

Max: Ich wäre jetzt gerne bei dir.

Ich: Später …

Das Brennen verschwindet. *Endlich!*

Max: Wir sollten wirklich vorsichtig sein.
Ich: Ja. Vielleicht sollten wir auch erst mal keine weiteren Ausflüge machen ...
Max: Kommt nicht infrage.
Ich: Mir ist das zu riskant.
Max: Ich habe da eine Idee. Wirst du leicht seekrank?
Ich: Ich bin Engländerin!
Max: Das heißt?
Ich: Du darfst nicht seekrank sein, wenn du auf einer Insel wohnst. Ich vertrage einiges, nur bei richtig heftigem Seegang erwischt es mich. Warum fragst du?
Max: Ich habe einen Freund, der eine kleine Motorjacht besitzt. Er braucht sie nicht oft. Ich könnte ihn fragen, ob wir sie uns leihen können. Wie klingt das?

Max kennt Leute mit einem Boot? Warum sagt er das erst jetzt?!

Ich grinse viel zu breit, und Elijah bemerkt es. »Na, sextest du mit Will?« Er wackelt anzüglich mit den Augenbrauen.

»Hau ab!«, zische ich und halte das Handy an meine Brust für den Fall, dass er aufs Display schauen will.

»Also ja, tust du! Du wirst mir immer sympathischer, Indy. Falls du Hilfe beim Wording brauchst ...«

»Gehe ich zu den Textern, nicht zu dir.«

»Aber ich bin gut darin!«

»Ich weiß mir schon zu helfen.« Ich grinse böse. »Gerade hat mir Will eine Aubergine geschickt. Mmh. Antworte ich mal mit einem Messer-Bild.«

»Uff!«, macht er, als hätte ich ihn entmannt.

»Siehst du, ich komme zurecht.«

Ich warte, bis Elijah weg ist, und schreibe Max nur eine Sache: BIN AN BORD!

Max

Ich dachte, wir wären vorsichtig. *Aber wie vorsichtig ist man schon, wenn man verliebt ist?* Dass Ava uns durchschaut hat, gibt mir auf jeden Fall zu denken, und in den nächsten Tagen gehen Indy und ich uns vorsichtshalber aus dem Weg. Sogar abends treffen wir uns nicht. Es muss sein, denn sonst strahle ich am darauffolgenden Tag in ihrer Gegenwart immer wie ein verdammter Lottogewinner. *Überhaupt nicht auffällig.* Mein Lichtblick ist der Bootsausflug am Samstag, der klappt.

***

»Darf ich jetzt?«, fragt Indy, als wir uns – getrennt angereist – bei *Tom's Point* treffen, einer Marina in Nassau County, die von ein paar New Yorkern genutzt wird. Sie trägt Bootsschuhe, weiße Shorts und ein gestreiftes Shirt mit einem roten Gürtel – die perfekte Matrosin. An ihrem Hals kann ich die Schnüre eines Bikinis erkennen. Ich muss nicht nachfragen, was sie meint.

»Jetzt darfst du! Fuck, Baby, jetzt musst du …«, knurre ich, ziehe sie in meine Arme und küsse sie, endlich wieder. »Verdammt, das müssen wir anders regeln«, sage ich und halte sie weiter in meinen Armen, da, wo ich sie immer haben will, bei mir. »Tut mir leid, aber ich bin nicht für eine Wochenendbeziehung gemacht.«

»Ich auch nicht«, sagt sie. »Wir müssen wohl einfach weiter vorsichtig bleiben.«

»Müssen wir«, sage ich. »Aber nicht heute.«

Sie grinst und küsst mich erneut. »Nein, nicht heute.«

Die Sonne schimmert auf der Wasseroberfläche. Möwen kreischen im Wind. Wellen bringen die verschiedenen Jachten auf dem Wasser zum Schaukeln.

»Lass uns losfahren«, sage ich. Je schneller wir draußen auf dem Wasser sind, desto eher habe ich sie ganz für mich.

»Aye, aye, Kapitän!«

Ich gehe voraus und reiche Indy die Hand, um ihr an Bord zu helfen.

»Muss ich was machen?«, fragt sie und sieht sich um. Die Motorjacht gehört eher zu den kleineren Booten in der Marina, für lange Touren ist sie ungeeignet, aber für kurze Ausflüge ist sie perfekt. Es gibt eine Kajüte unter Deck, aber der schönere Bereich ist die mit einem Sonnensegel überdachte Sitzgruppe hinter der kleinen Kommandobrücke.

Ich stelle mich ans Steuer und starte den Motor. »Also, ich wäre dafür, dass du dir das Shirt ausziehst.« Darauf freue ich mich schon die ganze Woche.

Sie spielt mit dem Saum. »Bist du dir sicher, Kapitän?

Ich werde den Hafenmitarbeitern eine Show bieten.«

Die Frau kennt mich einfach zu gut. »Fuck, nein, warte.«

Ich steuere die Jacht von ihrem Liegeplatz, und wir verlassen das Hafenbecken im Schritttempo. Es weht eine leichte Brise, das Wetter ist einfach perfekt. Alles mit ihr ist perfekt.

»Jetzt darfst du!«, rufe ich, als wir die Marina verlassen.

Indy erwidert nichts. Wenn ich es nicht besser wüsste, könnte man meinen, sie sei über Bord gegangen.

Ich drehe mich nach ihr um, und da steht sie, als hätte sie nicht mal geblinzelt. Sie sieht aus, als müsste sie sich übergeben. »Ich denke, du wirst nicht seekrank, Baby?«

»D-d-da!« Sie zeigt zum Hafen.

Ich folge ihrer Hand, kann jedoch nichts erkennen. Zumindest nichts, was dafür sorgen würde, dass mir sämtliche Farbe aus dem Gesicht weicht. »Worauf soll ich achten?«

»Ich könnte schwören, ich habe Charlotte gesehen.«

Fuck! Sofort wird mir auch ganz anders. Ich wollte schnell vom Hafen weg, um mit Indy alleine zu sein, aber jetzt drossle ich die Geschwindigkeit und drehe mich ebenfalls um. Ich sehe jede Menge Leute an Land. Ausflügler, die auf den Start ihrer Rundfahrt warten, Angler mit Eimern neben sich, Kinder, die über die Stege rennen und Möwen jagen, aber die Chefin der Grafikabteilung mit ihrer schrägen Frisur entdecke ich nicht.

»Du musst dich geirrt haben. Was sollte sie denn auch hier machen?«

»Das Gleiche wie wir«, sagt Indy, immer noch blass um die Nase. Zu blass für so einen schönen Tag.

»Komm her!«, sage ich, weil ich sie in den Arm nehmen

will, aber ich kann nur entweder das Boot steuern oder zu ihr gehen.

»Wir warten besser noch.«

Ich kann sie verstehen, aber das ist doch albern. Sie braucht mich, und ich will für sie da sein. Charlotte war dort ganz sicher nicht. Nach Avas Entdeckung unserer Beziehung liegen nur unsere Nerven etwas blank. »Los, komm schon, Baby. Befehl vom Kapitän. Du wirst gebraucht.«

Das wirkt. Na bitte! Sie erhebt sich und kommt zu mir. Ich nehme eine Hand vom Steuer, schiebe sie vor mich und lege beide Hände wieder darauf. Auf diese Weise schütze ich sie auch gleichzeitig vor möglichen Zuschauern im Hafen – und ich habe sie ganz nah bei mir.

»Du hast dich bestimmt geirrt.«

»Ich sehe Charlotte jeden Tag.«

»Vielleicht glaubst du gerade deshalb, sie auch hier gesehen zu haben?«

»Ihre Frisur ist sehr speziell.« *Punkt für Indy.*

»Aber sie wird nicht die Einzige sein, die sie hat. Komm, entspann dich, Baby!« Ich küsse ihre Schulter. »Das ist unsere gemeinsame Zeit. Ich will sie nicht damit verschwenden, über Leute aus der Firma nachzudenken. Selbst wenn sie es war, heißt das ja außerdem nicht, dass sie uns erkannt hat. Ich ohne Anzug könnte doch jeder heiße Kerl sein. Und du trägst auch nicht eines deiner üblichen Shirts. Wir sind hier quasi inkognito unterwegs.«

Das bringt sie zum Lachen. Sie dreht sich vor mir um, schlingt ihre Arme um meinen Hals und streicht mir durch die Haare. »Weise Worte, Boss.«

Ich drücke sie an mich und steuere uns weiter aus dem

Hafenbecken heraus. Nach einer kurzen Warnung gebe ich Gas, und wir flitzen über das Wasser, weg von *Tom's Point*, weg von der Gefahr, entdeckt zu werden, weg von den Problemen mit der Firma.

»Das ist fantastisch«, ruft Indy, lehnt sich an mich, schließt die Augen, lässt sich die Sonne ins Gesicht scheinen und den Wind durchs Haar fahren.

»Ziehst du jetzt dein Shirt aus?«

»Mehr als das! Sogar meine Hose! Ich werde richtig Farbe bekommen.«

»Werden Engländer nicht immer nur rot?«

»Nicht alle! Genauso wenig, wie alle Amerikaner fett sind.« Sie streicht über meinen flachen Bauch. »Du bist der beste Beweis, Mister Muskelmann.«

»Wir müssen sehr besondere Exemplare sein.«

»Das sind wir.«

Ich küsse sie in den Nacken, und sie quietscht vergnügt. *Mein Lieblingslaut. Freude und Lust vereint.* Sie will aus ihrer Position heraus, um sich auszuziehen, aber ich halte sie fest. Sie soll es vor mir tun.

»Ich werde dich ablenken«, sagt sie.

»Ist akzeptabel. Schließlich kann das Boot schlecht in einem Graben landen.«

»Was ist mit anderen Booten? Du könntest sie rammen.«

»Die können uns im Notfall ausweichen. Wird's bald?«

Lachend zieht sie sich ihr Shirt aus und enthüllt einen schlichten knallroten Bikini, der nur von Kordeln zusammengehalten wird. *Verdammt, das Teil ist irre sexy.* Beim Ausziehen ihrer Hose wackelt sie mit ihrem Hintern und streift dabei ein paarmal meinen Schritt. Keine Ahnung, ob es absichtlich oder unbeabsichtigt ist. Wahrscheinlich Ersteres. Die Frau liebt es, mich verrückt nach ihr zu machen. Sie muss sich dafür aber auch nicht anstrengen. Ein frecher Blick von ihr genügt, und ich will sie.

»Lässt du mich jetzt nach hinten gehen?«, fragt sie, als nur noch dieser kleine rote Fummel die wichtigsten Stellen bedeckt.

»Bist du schon eingecremt?«

»Du klingst wie meine Mutter!«

»Ich sag das nur, weil ich das liebend gerne übernehmen würde.« Ich wackle mit den Augenbrauen. »Ich habe geschickte Hände.«

Sie seufzt. »Ja, an die erinnere ich mich gut. Aber ich wollte nicht in der Sonne bleiben, sondern mich weiter umsehen, was wir hier an Bord haben.«

»Dann mal los. Aber wenn du einen Eincremer brauchst, melde dich.«

»Mach ich.«

Ich gebe sie nach einem Kuss frei und steuere uns weiter die Küste entlang, bis immer weniger Verkehr ist. Obwohl Indy an Bord ist, vermisse ich sofort wieder ihre Nähe. Ihr scheint es genauso zu gehen, denn sie kommt recht schnell mit Getränken zurück, die sie in der Kombüse entdeckt hat. Ich kann mich nicht erinnern, wann ich das letzte Mal so glücklich war. Ich sollte die Motorjacht öfter benutzen. Mein Freund braucht sie nur für vier Wochen im Jahr, den Rest der Zeit vermietet er sie. *Jetzt hat er einen neuen Abnehmer.*

Ich wähle eine Route entlang der Küste mit ausreichend Abstand zum Ufer, damit wir unsere Ruhe haben. Als wir die Smithtown Bucht erreichen, mache ich eine Pause. Wir sind nicht ganz alleine auf dem Wasser, aber die anderen Boote sind weit genug entfernt, um sie nur als kleine bunte Punkte zu erkennen. In der Ferne sehe ich Sonnenanbeter, die sich am Strand rekeln, und auch die üblichen Wassersportler, doch das kümmert uns nicht.

»Hunger?«, fragt Indy.

»Nur auf dich«, sage ich und ziehe sie zu mir, packe sie an ihrem Hintern und hebe sie hoch.

Sie gibt einen leisen Schrei von sich, weil die Jacht auf den Wellen schaukelt, aber sie hat nicht gelogen, ihr macht es nichts aus, auf dem Wasser zu sein. Genauso wenig wie mir. Ich trage sie zu den Polstern der Sitzecke und setze sie ab. Jetzt beginnt der beste Teil des Ausflugs.

»Los, du brauchst auch etwas Sonne«, sagt sie und zieht mir das Poloshirt aus. *So cute von ihr!*

Nur zu bereitwillig spiele ich mit. Gleich darauf trifft ihr hungriger Blick meinen Oberkörper. *Baby, ich brauche keine Sonne, ich brauche dich. Genau wie du mich.*

Ich ziehe sie zu mir, schiebe ihren winzigen Bikini zur Seite, spiele mit ihren Brustwarzen und küsse sie. Indy stöhnt wohlig an meinen Lippen.

»Fühlt sich das gut an, Baby?«

»Ja, aber es gibt da was, was noch besser wäre.«

»Das hier?« Ich knabbere an ihrem Ohrläppchen. Dabei weiß ich, sie meint Sex. Heißen, seit Tagen überfälligen Sex.

»Hey!«, macht sie. »Ich geb gleich vorbeifahrenden Schiffen ein Zeichen, dass ich gerettet werden muss.«

»Nichts da«, sage ich, packe ihre Hände und halte sie fest. »Hier hilft dir nur einer in deiner Not. Ich. Verstanden?«

»Verstanden, Kapitän!«

Ich greife an ihre Pussy, um zu prüfen, wie feucht sie für mich ist, und finde nichts als samtweiche Haut. Sie ist rasiert. »Wer hat das gemacht?«

»Ich«, gibt sie zu. »Ultralangsam.«

Wenn sie wüsste, wie sehr ich das zu schätzen weiß. Ich streichle ihre Venuslippen, fühle die heiße Haut und ihre Feuchtigkeit und will noch dringender in ihr sein. Keine Ahnung, wie Mönche ein Leben in Enthaltsamkeit aushalten. Mir reicht eine Woche. Sie will wohl das Gleiche, denn sie schiebt mir direkt die Hose samt Boxershorts über den Hintern und sieht sich nach einem Kondom um.

Da ist aber jemand ungeduldig! Ich hole es aus der Hosentasche, bevor ich die Klamotten ganz abstreife und auf den Boden werfe, und rolle es mir über. Gleich darauf drücke ich sie zurück, sie zieht mich zu sich, und wir stöhnen beide, als ich in sie dringe und wir wieder vereint sind.

»Gott, fühlst du dich gut an!«, murmle ich und bewege mich im Rhythmus mit den Wellen.

»Mach schneller«, fordert sie.

»Nein, Baby! Lass uns das genießen!« Niemand wird uns hier stören. Vielleicht die Küstenwache, aber das wäre schon sehr seltsam. Wir sind nicht das einzige Boot, das unterwegs ist, und nichts unterscheidet unseres von denen der anderen.

Langsam bewege ich mich in ihr, halte sie, küsse sie, liebe, dass sie mehr will. Dass sie mich will. Wieder und wieder. Weil sie anders als gewisse Frauen nie genug von mir bekommt. So ist das, wenn man zusammengehört. *Fuck, fast komme ich bei dem Gedanken.* Der Druck wird immer heftiger, aber ich will den Höhepunkt rauszögern, will mit ihr in dieser Blase schweben.

»Max«, ruft sie plötzlich und gibt mir den Rest. Sie kommt, kann sich nicht bremsen und zieht mich mit sich. Ob ich will oder nicht. Scheiß auf den Genuss! Ich folge ihr. Wie immer. *Wie kann ein Mensch mich nur so glücklich machen?!*

»Geht es dir gut?«, frage ich tiefenentspannt und fahre ihr durch die Haare. Schließlich hat man nicht jeden Tag Sex auf einem Boot.

»Ja, ich könnte ewig hier liegen, dich und den blauen Himmel anschauen, vergessen, dass nicht alles perfekt ist. Das müssen wir diesen Sommer noch öfter machen. Geht das?«

»Bestimmt.« Ich grinse. »Also fahren wir nicht mehr nach Coney Island?«

»Nicht, wenn das die Alternative ist.«

Verstanden. Wir machen nur noch Bootstouren, im Sommer an Deck, im Frühjahr und Herbst unter Deck. Hauptsache, wir haben uns. Heftig, wie wenig man braucht, um glücklich zu sein. Wie bei einer guten Werbekampagne. Weniger ist meist mehr.

Wir liegen noch eine Weile so da, dann creme ich sie ein, dabei wandert ihr Blick zum Ausstieg.

»Kann ich einfach von hier aus schwimmen gehen?«, fragt sie.

»Klar, wenn du willst.«

»Und wie!«

Zack, drei Sekunden später stürzt sie sich splitterfasernackt mit einem Kopfsprung ins Wasser, kreischt nach dem

Auftauchen kurz und winkt mir dann zu. Wie eine Sirene, die Seefahrer in ihr Verderben lockt. »Komm, Max, das Wasser ist toll.«

»Du meinst wohl eher kalt?« Die Bucht ist nicht besonders groß, und dann kommt schon der Atlantik. Meine Eier werden auf die Größe von Haselnüssen schrumpfen.

»Kneifst du etwa?! In England ist es um Längen kälter.«

»Aber in der Karibik ist es dafür himmlisch warm«, sage ich.

»Ich bin warm«, ruft sie und spritzt Wasser zur Jacht. »Richtig heiß sogar. Ich wärme dich, wenn dir kalt wird.«

»Deal«, sage ich, als hätte das den Ausschlag gegeben, dabei sind es ihr Lachen und das Funkeln in ihren Augen. Dafür kriegt sie alles von mir.

Anders als sie gehe ich zur Leiter. Da lacht sie mich aus. »Wie alt bist du, Opa, dass du die Einstiegshilfe brauchst?!«

»Na warte!« *Das kann ich nicht auf mir sitzen lassen!* Ich springe auch, wenn auch nicht von ganz oben, und lande unter ihrem Gelächter mit einem Bauchklatscher im Wasser. »Machst du dich über deinen Boss lustig?«

Sie streckt mir die Zunge raus. »Ja, denn ich bin besser. Bäh!«

Challenge accepted! »Das wollen wir ja mal sehen.«

Das Wasser ist zwar arschkalt, aber man gewöhnt sich daran. Ich kraule zu ihr hin, sie schwimmt jedoch wirklich schnell. Meine sexy Nixe. Als ich sie einhole, glaube ich, dass ich das nur schaffe, weil sie es zulässt. Ist aber auch egal. Hauptsache, wir haben uns.

Wir schwimmen beide auf der Stelle, ich ziehe sie zu mir, halte sie, sie hält mich, und ich weiß, dass wir das schaffen.

Das mit uns. Der geheimen Beziehung. Allem. Weil wir uns haben. So etwas habe ich noch nie gefühlt. Nicht mit Vanessa. Nicht mit einer anderen. Indy ist die Eine.

»Ich liebe dich«, sagt sie plötzlich.

»Wie bitte?«, antworte ich überrumpelt.

»Jetzt hast du es kaputtgemacht!« Sie stößt mich spielerisch unter Wasser, macht sich los und schwimmt mir davon. Erst denke ich, es sei nur zum Spaß und sie dreht sich wieder zu mir, neckt mich, lockt mich, ihr zu folgen, lacht, aber das passiert nicht. *Fuck.* Sie schwimmt zur Leiter vom Boot, geht an Bord, drückt das Wasser aus ihren Haaren, rubbelt sich mit einem Handtuch trocken und nimmt neue Sonnencreme. Und ignoriert mich. *Conrad, was hast du getan? Du Vollidiot!*

»Warte, ich helfe dir!«, sage ich und beweise, dass ich durchaus gut schwimmen kann. Mit wenigen Zügen bin ich auch beim Boot und klettere an Deck. »Dreh dich mit dem Rücken zu mir!«

»Mm«, macht sie, nimmt ihre Haare nach vorne, cremt sich die Arme nach und überlässt mir ihre Rückseite. *Puh, immerhin lässt sie meine Nähe noch zu.* Nach dem Abgang habe ich mit allem gerechnet.

Sanft fahre ich über ihre Schulterblätter, massiere ihren Nacken, aber halte mich zurück, sie schwachzumachen. Es würde die Wogen glätten, aber es wäre auch falsch. Ihre Worte hängen noch zwischen uns. Ihre wunderschönen Worte: Ich liebe dich. Indy liebt mich.

»Wenn du mit der Creme fertig bist, gib sie mir mal, ich sollte auch etwas nehmen«, sage ich. Ich bin wirklich blass, deutlich blasser als Indy, und das Letzte, was ich brauche, ist ein verräterischer Sonnenbrand. Der würde in der Agentur für Gesprächsstoff sorgen.

»Hier«, sagt sie und reicht mir die Tube, wirft mir einen schrägen Seitenblick zu und lächelt – zaghaft, aber immerhin lächelt sie.

»Ist zwischen uns alles in Ordnung?«, frage ich vorsichtig.

Sie brummt etwas als Antwort und nimmt mir die Creme ab, um sie auf meinen Schultern zu verteilen. Ich lasse es geschehen und genieße es, dass sie sich um mich kümmert. Nicht hastig oder so, als wäre es eine lästige Pflicht, sondern so, als würde es ihr Freude bereiten. So, als wären wir noch zusammen.

»Fertig?«, frage ich schließlich.

»Das Gesicht noch«, sagt sie, nimmt die Creme und verteilt sie ganz vorsichtig auf meinen Wangen, meiner Nase und meiner Stirn. Beinahe ist es nur ein Streicheln. Ich könnte es auch selbst machen, aber ich lasse es sie tun.

»Ich liebe dich auch«, flüstere ich leise, was ich dachte, nie wieder empfinden zu können. Ich habe es ihr schon öfter gesagt, wenn sie geschlafen hat, aber erst jetzt zählt es. Sie ist nicht die Einzige, die in der Beziehung voll und ganz drinsteckt. Ich bin es auch.

Ihre Hände verharren einen Moment, dann setzen sie ihre Aufgabe fort. Ein Lächeln huscht ihr übers Gesicht, doch sie beißt sich auf die Unterlippe, als wollte sie es vor mir verbergen. Sie will mir noch böse sein wegen meiner dummen Reaktion, aber es fällt ihr schon nach zehn Minuten schwer. *Das ist meine Chance.*

»Du bist nicht nur die Frau, die mir seit Jahren im Kopf herumspukt, du bist der beste Teil meiner Arbeit«, sage ich.

»Dich jeden Tag zu sehen treibt mich an, diese Agentur zu retten, damit du hier bei mir bleiben kannst. Ich bin kein Mensch, der Versprechen gibt, die er nicht halten kann, aber ich will, dass das mit uns wirklich klappt, Baby, ich liebe dich.«

Sie legt ihre Hände auf meine Wangen und streicht mit dem Daumen sanft über meine Nase. »Ich weiß«, wispert sie. »Du hast es ein paarmal abends gesagt, ich glaube, als du dachtest, ich würde schon schlafen.«

Ich ziehe sie enger an mich und muss sie einfach wieder küssen, wie um es zu bestätigen. Ich fühle schon so lange so. Selbst als wir den Deal vereinbart haben, war unter all dem Hass Liebe. Vielleicht hätte ich sie an dem Tag aus meinem Leben entfernt. Aber losgelassen hätte ich sie nicht.

»Und ich liebe dich«, sagt sie. »Falls du dachtest, dass du dich verhört hast, weil Wasser in deinen Ohren war – das hast du nicht. Deine Reaktion war nur ...« Sie sucht nach einem Wort.

»Dämlich? Bescheuert? Unreif?«, helfe ich ihr.

»Ja, ja und ja«, sagt sie. »Und verletzend.«

Ein Schlag in den Magen tut weniger weh. »Verdammt, das wollte ich nicht. Das kam nur so unerwartet und hat mir quasi den Boden unter den Füßen weggerissen. Für eine Millisekunde hatte ich das Gefühl, ich würde untergehen.«

»Klingt übel«, sagt sie.

»Ist aber was Gutes.«

»Ach ja?«

»Ja«, sage ich und beschließe, ihr von Vanessa zu erzählen, damit sie es richtig versteht. »Auch wenn du das vielleicht denkst, aber mir gestehen nicht jede Woche Frauen ihre Liebe. Und selbst wenn, dann meinen sie es nicht so.«

Fragend sieht sie mich an.

»Ich war mal verheiratet«, erkläre ich, worauf sie mich schockiert ansieht. »Das ist sehr lange her«, füge ich schnell hinzu. »Ich war Anfang zwanzig, verliebt, naiv.«

»Sie hat dir das Herz gebrochen?«, fragt Indy nach.

»Nein, sie hat es eher ausgequetscht«, sage ich düster und spüre wieder diesen alten Groll, der jedoch sofort nachlässt, als Indy sich an mich schmiegt. »Vor der Hochzeit waren wir ein glückliches Paar«, erzähle ich. »Zumindest dachte ich das. Danach stellte sich heraus, dass ihre Gefühle für mich nicht echt waren. Sie wollte keinen Partner, sie wollte einen Sugardaddy, der ihr ein angenehmes Leben finanziert. Ich habe mich scheiden lassen und bin nach ihr vorsichtiger geworden, habe mich emotional nicht mehr auf Frauen eingelassen, sondern mich auf die Agentur konzentriert.«

»Bis ich kam?«, fischt Indy nach Komplimenten.

»Bis du kamst«, sage ich, ohne zu zögern.

»Würdest du wieder heiraten?«, fragt sie.

Ich sehe sie überrascht von der Seite an. »Bist du eine der Frauen, die davon träumt?« Leichte Panik durchströmt mich, weil ich zwar Indy liebe, aber die Ehe auf meiner Prioritätenliste an die unterste Stelle gesetzt habe.

»Davon, ein weißes Kleid zu tragen, das man nur an einem Tag im Leben anziehen kann? Nein, davon träume ich nicht. Noch vor fünfzig Jahren war es sinnvoll zu heiraten, aber heute, finde ich, ist es eher symbolisch. Ich will nicht, dass jemand bei mir bleibt, weil er versprochen hat, auf Gedeih und Verderb zu bleiben. Ich will, dass jemand bleibt, weil er mich will. Mich als Menschen.« Sie rollt mit den Augen. »Aber verrat das bloß nicht meiner Mum, wenn ihr euch kennenlernt. Das wäre für sie ein Weltuntergang.«

»Keine Sorge, meine Lippen sind versiegelt«, sage ich und liebe sie für ihre Antwort, wenn das überhaupt geht, noch mehr. Sie sieht es also wie ich: Man sollte zusammen sein, weil man sich mag, nicht weil einen eine Vereinbarung dazu zwingt.

»Falls du übrigens wieder denkst, dass du untergehst«, sagt sie. »Ich bin eine wirklich gute Schwimmerin. Das muss man sein, wenn man am Meer aufwächst. Ich rette dich.«

»Das tust du auch so«, murmle ich. *Auf so viele Arten.*

Wir küssen uns wieder, aber ich kann Indy überzeugen, dass wir erst mal etwas essen sollten, bevor wir wieder miteinander schlafen. Ich wärme Pizza auf, die ich eingepackt habe, und Indy zerlegt eine Melone in kleinere Portionen. Wir essen und liegen danach in der Lounge und schauen zu, wie kleine Wölkchen am sommerblauen Himmel über uns vorüberziehen.

»Willst du weiterfahren?«, frage ich.

»Ist es woanders schöner als hier?«

»Nein.«

»Dann bin ich genau hier glücklich. Was ist mit dir?«

»Geht mir genauso.« *Da, wo sie ist, will ich sein. Der Rest ist egal.*

Wir liegen Seite an Seite, und Indy dreht den Kopf. »Was machen wir nächste Woche?«, fragt sie.

»Wir bleiben weiterhin vorsichtig.«

»Das meine ich nicht.« Sie streichelt über meine Unterarme, fährt die Muskelstränge ab, jagt wohlige Wärme durch mich. »Was machen wir nach Feierabend? Ich will dich nicht erst am Wochenende für mich haben.«

Ich schaue ihr in die Augen und weiß, Indy will mich, nicht nur in ihrem Bett, sondern in ihrem Leben. Das wollte sie von Anfang an. Die Antwort könnte kaum einfacher sein: »Baby, wir sehen uns. Auf jeden Fall tun wir das. Wir brauchen nur eine andere Strategie im Büro. Wir können es uns nicht leisten, entdeckt zu werden. Aber ich verspreche dir, wir finden einen Weg, uns zu treffen.«

Sie seufzt halb erleichtert, halb frustriert und drückt mir einen sanften Kuss aufs Kinn. »Du solltest mit den anderen Frauen flirten, dann stehe ich weniger im Fokus.«

»Nein, das ist keine gute Idee. Das ist ja quasi genauso untersagt wie eine Beziehung zwischen uns beiden.«

»Dann stell dir vor, ich stehe auf Owen.«

»Wie bitte?!« Ein Ruck geht durch mich, und auch wenn ich weiß, dass sie nicht auf ihn steht, durchfährt mich rasende Eifersucht.

»Tadaaa! Es wirkt! Du siehst aus, als könntest du jemanden umbringen.«

»Überhaupt nicht auffällig.«

»Na ja, zumindest würde niemand denken, dass zwischen uns was läuft.«

Ich schaue Indy an und will ihr das ausreden, habe aber keine bessere Idee. »Gut, ich stelle mir vor, dass du auf Owen stehst«, knurre ich. »Dann stell du dir bitte vor, dass ich auf Charlotte stehe.«

Indy schnaubt entsetzt.

»Was? Das ist nur fair.«

»Charlotte passt überhaupt nicht zu dir.«

»Wer dann?«, frage ich. »Zahra?«

»Nein, nimm Lauren aus der Personalabteilung. Sie ist süß.«

»Reden wir von derselben Lauren? Sie ist viel zu jung!« Ich räuspere mich. »Wirklich jung.«

»Du tust ja so, als könnte sie deine Tochter sein. Euch trennen keine zehn Jahre!«

»Meinetwegen, Lauren«, lenke ich ein, weil es im Grunde egal ist, es ist ja nur Tarnung. »Bis dahin genieße ich, dass ich mich gerade bei dir nicht zurückhalten muss …«

»Wir schaffen das?«, fragt sie.

»Wir schaffen alles, Baby.«

KAPITEL 14

Indy

Max steht auf Lauren. Mit jedem Schritt, den ich meinem Arbeitsplatz näher komme, sage ich mir das Mantra auf. *Max steht auf Lauren.* Aber mein dämliches Lächeln, mein Herzklopfen und meine gute Laune bleiben. Das Wochenende mit Max war einfach zu schön. *Los, Indy, benimm dich normal. Bis auf Ava hat bisher niemand was bemerkt, das muss so bleiben.*

»Da bist du ja«, begrüßt mich Charlotte, die Person, der ich gerade als Letztes begegnen wollte. Sobald ich ihre schief geschnittene Frisur sehe, sind alle Gedanken an Max wie weggeblasen, und mir wird ganz anders. *Was, wenn ich mich nicht geirrt habe und sie wirklich bei* Tom's Point *war?*

»Habe ich einen Termin verpasst?«, frage ich neutral.

»Nein, es geht um was anderes. Kommst du kurz mit?«

Unbehagen breitet sich in mir aus. Und dann ist da noch ihr Blick. Irgendwie – ich kann es nicht anders beschreiben – boshaft. »Worum geht es denn?«, frage ich.

»Erfährst du gleich. Alle warten im Konferenzraum auf dich.«

Ihre Wortwahl macht mich stutzig. Meine Kollegen arbeiten. Die Vorhänge des Konferenzraums sind zugezogen, man kann nicht reinschauen. »Wer sind ›alle‹?«

»Indy!«, zischt sie ungeduldig.

»Ich komme ja schon!«

Ich lege meine Tasche ab und schnappe mir wie immer meinen Laptop, woraufhin Charlotte Luft holt, als wollte sie etwas sagen. Aber sie verkneift es sich. Sie lässt mir den Vortritt, folgt mir jedoch nicht in die Besprechung. *Sehr seltsam.*

»Bist du nicht dabei?«, wundere ich mich.

»Nein«, antwortet sie knapp, weicht zurück und schließt die Tür vor meiner Nase, was mein Stresslevel um einhundert Prozent erhöht.

Ich drehe mich um und zucke zusammen, als ich sehe, wer noch da ist. *Max.* Mein Blick schnellt sofort zu ihm, obwohl wir uns geschworen haben, vorsichtig zu sein. Aber es scheint in Ordnung zu sein, denn sein Blick haftet ebenfalls an mir. Vor allen anderen. Als wäre es plötzlich okay.

Das ist nicht gut.

Ich nehme all meinen Mut zusammen und schaue zu den anderen in der Runde. Owen ist da, genau wie Jake, Kendra, die Leiterin der Personalabteilung, und unser Anwalt Henry. Eine ungewöhnliche Konstellation.

»Geht es um eine Gehaltserhöhung?«, mache ich einen Witz, während ich mich auf den offensichtlich für mich frei gehaltenen Stuhl setze, der weit von den anderen entfernt steht – aber nah bei Max.

»Es geht wohl eher um eine Art Gehaltsstopp«, murmelt Henry pikiert.

»Was ist hier los?«, frage ich und wende mich an Max. Er ist der Chef der Agentur, er sollte es wissen.

»Das frage ich mich auch«, knurrt er jedoch nur und schaut

verärgert zu Owen. Offensichtlich wurde er genau wie ich ohne weitere Informationen zu diesem Meeting gedrängt, oder besser noch: vorgeladen.

»Du Wichser, hättest wirklich mit mir reden sollen«, murmelt Owen vertraulich in Richtung Max und wendet sich nach einem Räuspern an uns beide. »Der Personalabteilung wurde gemeldet, dass ihr eine Beziehung habt. Wir sind heute hier, um zu klären, was an den Vorwürfen dran ist.«

»Nichts«, sagt Max sofort.

Owen sieht zu mir. »Ist das auch deine Version?«

Mein Herz rast, meine Hände sind feucht, und mir ist, als müsste ich mich übergeben. »J-j-ja«, presse ich heraus.

»Sehr glaubwürdig«, murmelt Owen und wirft einen Stapel Fotos auf den Tisch. »Wenn ihr keine Beziehung habt, wer sind dann diese zwei Turteltäubchen? Eure Doppelgänger?«

Die Fotomotive verstärken mein Unwohlsein. Die Bilder sind am Jachthafen entstanden. Jetzt, am Wochenende. Ich hatte mich nicht geirrt, Charlotte war dort. Hilfe suchend schaue ich zu Max. Hier geht es nicht nur um meinen Job, sondern auch um mein Leben in New York, um mein Leben mit ihm. *Ist es jetzt aus?* Tränen steigen mir in die Augen, gegen die ich sofort ankämpfe. So ein dramatischer Auftritt hilft mir nicht. Lange werde ich sie jedoch nicht aufhalten können.

»Hey«, macht Max und streckt seine Hand nach mir aus wie eine Rettungsleine.

Ich starre sie an wie einen Fremdkörper. Wir haben uns nie in der Firma berührt, nie vor anderen. Wir haben uns benommen, bis auf den ersten Abend in seinem Büro, aber da kann man auch nicht davon sprechen, dass wir eine Beziehung hatten. Das war ein Deal.

»Also dann! Warum es weiter abstreiten? Komm, Baby«, sagt er sanft und bewegt einladend seine Finger. *So cute von ihm!*

Zögerlich schiebe ich meine Hand in seine. Damit bestätigen wir, dass wir eine Beziehung haben. Dass wir uns lieben. Dass das hier mehr ist als eine Büroaffäre.

»Also seid ihr das auf den Fotos?«, fragt Owen streng.

»Ja, sind wir«, gibt Max zu Protokoll. »Das siehst du doch!«

»Was passiert jetzt?«, frage ich, sehe erst zu Owen, dann zu Max.

»Sag du es ihr«, meint Owen. »Du kennst ja die Vorgaben.«

Max schluckt, aber packt meine Hand fester, als hätte er Angst, ich könnte verschwinden. »Deine IT-Zugänge werden gesperrt. Du wirst bis einschließlich letzten Freitag bezahlt und bist ab heute nicht mehr Teil der Firma.«

»Aber ich sollte das Messeprojekt fertigstellen!«

»Das kann Charlotte übernehmen.«

Ich habe da so meine Zweifel, beiße mir jedoch auf die Zunge. *Warum hat sie das getan? Ich war nie Konkurrenz für sie. Ja, ich war fachlich besser, aber sie hat die Abteilung geleitet. Das war doch ein völlig anderer Job.* Obwohl die Fakten so klar sind, suche ich immer noch nach einem Ausweg. Es muss einen geben. Da schiebt mir unser Anwalt Henry schon ein Papier zu und reicht mir einen Stift, total unbeeindruckt von dem ganzen Drama, als wäre das in seinen Augen unnötiger Kinderkram. »Du musst das unterschreiben, Indy.«

»Was ist das?«

»Die Beendigung deines Arbeitsvertrags und der Verzicht auf eine Abfindung.«

Mann, muss ihm als alten Kerl Spaß machen, uns jungen Leuten einen Dämpfer zu verpassen. Wie betäubt nehme ich den Stift, spiele aber damit zwischen den Fingern herum. Ich starre auf die Linie, auf die ich meinen Namen setzen muss, aber sie bedeutet so viel mehr als das Ende meiner Karriere bei *All-in*. Sie beendet das Leben, wie ich es kenne.

»Ich kann das nicht unterschreiben«, murmle ich.

»Du musst.«

»Ich kann wirklich nicht«, sage ich und sehe hektisch blinzelnd zu Max. Er weiß, warum.

»Ohne den Job verliert sie ihr Visum für die Staaten«, erklärt er allen.

Henry blättert in seinen Unterlagen. »Das stimmt, aber sie hat sechzig Tage Zeit, um einen neuen Arbeitgeber zu finden, der das Visum für sie beantragt.« Er sieht zu mir. »Du bist gut, das ist machbar.«

Seine Worte geben mir den Rest. *Wenn das so leicht wäre, kann er es ja gerne für mich versuchen! Einen 24-seitigen Katalog an einem Tag zu erstellen ist machbar. Herausfordernd, stressig, aber machbar. Einen neuen Job in so kurzer Zeit zu finden? Ist ein Lottogewinn.*

»Gibt es denn keinen anderen Weg?«, frage ich mit brüchiger Stimme und fühle mich wie damals in Max' Büro, als ich angeboten habe, alles zu tun, was er will, damit ich den Job behalte, nur dass so etwas dieses Mal nicht funktionieren wird. *Aber vielleicht übersehe ich ja was? Bitte, ich muss was übersehen.*

Max

Indy in dieser Situation zu erleben bringt mich um, und ich kann nichts tun, außer ihre verfickte Hand zu halten. Das ist, als würde ich mitten im Starkregen einen Schirm aufspannen, dabei bräuchte man eher einen sturmfesten Unterschlupf.

Tu was, Conrad!

»Owen, ich bitte dich! Es stimmt, das auf dem Foto sind wir, aber unsere Arbeit ist in keinster Weise von unserer Beziehung beeinträchtigt.«

»Du kennst die Regeln.«

»Ja, tue ich, sie sind dafür da, dass niemand einen Vorteil daraus zieht. Aber welcher sollte das sein? Indy macht ihren Job genau wie immer.«

»Was ist mit den letzten Kündigungen? Sie stand auf der Abschussliste, du hast sie runtergenommen«, sagt Owen. »Das ist ein Vorteil.«

»Unsinn! Sie zu kündigen wäre ein Fehler gewesen, sie ist die Beste auf ihrem Gebiet. Wie kannst du das anbringen? Das hast du selbst später eingesehen. Habt ihr noch mehr Einwände?«

»Darum geht es doch gar nicht«, sagt er. »Wir müssen uns an die Vorgaben aus Melbourne halten.«

»Die auch Rumknutschen auf Agenturfeiern verbieten«, knurre ich. »Trotzdem dulden wir das.«

»Das sind Ausnahmesituationen, das weißt du.«

Das weiß ich. Aber versteht er denn nicht, dass ich nicht zusehen kann, wie er Indys Leben ruiniert? Mein Leben? Unser Leben?

»Ich kann nur noch mal betonen, dass die Beziehung in keinster Weise die Arbeit beeinflusst hat«, sage ich und sehe Hilfe suchend zur meiner Personalleiterin Kendra. »Könnten wir nicht eine Sondergenehmigung aufsetzen?«

»Melbourne lässt keine zu.«

Gott, nerven mich die Leute. Und wenn im Arbeitsvertrag steht: spring! Springen sie auch? Könnten sie mir bitte mal helfen?

Aber sie helfen mir nicht. Für sie ist die Sache klar. Mir fällt nur ein Punkt ein, eine Karte, die ich spielen kann.

Bist du dir sicher, Conrad?

Ich schaue zu Indy, drücke ihre Hand. *Ja, wenn es um sie geht, bin ich das.*

»Dann gehe ich an ihrer Stelle«, sage ich.

Indy zieht neben mir scharf die Luft ein. »Nicht, Max, das ist verrückt.«

Sehr viel weniger verrückt, als sie zu verlieren. »Ich meine das ernst. Wenn einer von uns gehen muss, dann bin ich das.«

»Du bist der Chef, du kannst nicht kündigen«, schnaubt Jake, als hätte ich einen schlechten Witz gebracht.

Abwarten! »Zettel«, verlange ich von Kendra.

»Hier«, sagt sie und reicht mir zitternd ein Blatt Papier.

Ich nehme Indy den Stift aus der Hand, schreibe hastig einen Dreizeiler und lese ihn währenddessen vor. »Ich, Max Conrad, kündige mit sofortiger Wirkung bei *All-in* und übertrage meine Firmenanteile an Owen Alexander. Datum, Ort, Unterschrift und fertig.« Ich reiche ihr mein Kündigungsschreiben. »Damit ist es offiziell.«

»Das kann ich nicht annehmen«, sagt sie und schaut Hilfe suchend zu Owen.

»Was für eine Scheiße«, knurrt er und sieht mich durchdringend an. Ich weiß, in was für eine schwierige Lage ich ihn bringe. Als Freund will er mir helfen, aber als Teil der Führungsriege muss er bei den Regeln bleiben. »Du bluffst doch. Du liebst diese Agentur.«

»Sie liebe ich mehr.«

»Es geht nicht«, sagt er und reibt sich über das Gesicht.

»Warum nicht?«

»Weil Indy rein formell bereits gekündigt ist. Der Fall ist durch.«

»Stell sie halt wieder ein.«

»Das muss *TFA* absegnen, und das wird nicht passieren. Das da –« Er zeigt auf das Papier. »Das ist ein armseliger Erpressungsversuch. Den kannst du dir echt sparen.« Er sieht zu Indy. »Unterschreib einfach, und wir können die ganze Farce hier wie Erwachsene beenden.«

»Wenn sie unterschreibt und geht, gehe ich mit ihr und kündige meinen Job, Owen«, betone ich noch mal. »Das ist kein Witz für mich.« Dass er das glaubt, kotzt mich tierisch an.

»Fuck, los, dann geh!«, knurrt er, nimmt meine Kündigung, zerknüllt sie und wirft sie in die Ecke. »Hau doch ab.« Wütend springt er auf und verlässt den Konferenzraum. Wie ein beleidigtes Kind, das nicht seinen Willen gekriegt hat. *Als ginge es hier um ihn!*

»Indy?«, sagt Jake deutlich beherrschter, appelliert an ihren gesunden Menschenverstand.

Sie sieht zu mir. Sanft wische ich ihr Tränen von den Wangen. Sie legt ihr Gesicht in meine Hand, und ihr Blick gefällt mir nicht. »Ich muss unterschreiben, Max, aber du? Das ist dein Unternehmen. Bleib!«

Als wäre das nur eine hohle Drohung von mir gewesen! Ein Spiel. Ein Test. »Nein, ich muss auch gehen«, sage ich. »Wäre mir das nur eher klar geworden, hättest du jetzt noch einen Job.« *Und sie stünde nicht kurz davor, das verfickte Land verlassen zu müssen!*

»Also dann ...« Sie nimmt den Stift und setzt sehr langsam ihren Namen unter das Dokument. »Amerikanische Indy Fallon, ruhe in Frieden«, murmelt sie mit ihrem typisch schwarzen Humor, der mir das Herz bricht. Dann wechselt ihre Gesichtsfarbe von Weiß zu Grün. Sie springt auf und stürmt aus dem Raum.

Ich hebe meine Kündigung auf und entfalte den Zettel. »Ich bin auch raus«, sage ich und folge Indy zu den Toiletten.

Sie krümmt sich würgend am Waschbecken, ich trete zu ihr und reibe ihr über den Rücken. *Könnte ich nur mehr tun!* Ich greife nach einem Papiertuch, mache es nass und reiche es ihr. *Eine lächerlich kleine Geste!*

»Jemand wird uns zusammen sehen«, sagt sie schwach.

»Ist doch jetzt egal, Baby.«

Sie tupft sich das Gesicht ab, ich ziehe sie an mich, und sie schluchzt an meiner Brust. *Fuck*, ihre Verzweiflung ist auch meine. »Ich werde das Visum verlieren, Max.«

»Nur wenn du keinen anderen Job findest«, übe ich mich in Optimismus. *Wenigstens einer von uns sollte ihn haben.*

»Das stimmt, aber die Erfolgsaussichten stehen schlecht. Das habe ich schon mal probiert, damals nach dem Kuss, und es hat nicht geklappt. Dabei waren die Zeiten besser als jetzt.«

»Du hast mich, ich habe Kontakte.« Ich reibe über ihren Rücken. »Baby, ich lasse dich nicht gehen, verstanden?«

***

Die nächsten Wochen tue ich alles in meiner Macht Stehende, damit Indy bleiben kann. Aber sie findet keinen Job, und auch keiner meiner Kontakte kann helfen. Die meisten Kreativen, die ich kenne, arbeiten selbst als Freelancer und haben keine Angestellten, und meine Freunde in Firmen haben Stellen, allerdings für Marketing Manager, nicht für Grafiker – die beauftragen sie nur nach Bedarf. *So ein Mist!*

»Sorry, aber da mache ich nicht mit«, beschwere ich mich, als wir in Indys WG sind und sie schließlich anfängt, ihr Zimmer auszumisten, ihr bisheriges Leben aufzulösen.

»Guter Mann«, säuselt ihre Mitbewohnerin, packt jedoch mit an.

»Du solltest ihr auch nicht helfen. Sie wird nicht abreisen.« Daran klammere ich mich stur. *Wir haben noch zwei Wochen, da kann viel passieren. Da muss was passieren.*

»Einer muss ihr helfen«, sagt Giulia. »Für den Fall der Fälle.«

Mit verschränkten Armen sehe ich Indy bei der Arbeit zu. Sie besitzt eine antike Kommode und einen klobigen Ledersessel, macht Fotos davon und stellt sie zum Verkauf ins Internet. Auch ihre Arco Bogenleuchte muss dran glauben. Für den Bruchteil des Originalpreises!

»Dumme Idee«, knurre ich. »Die Teile gehören zu dir.«

»Der Umzug mit den Sachen ist viel zu teuer, ich muss sie verkaufen.«

»Du kannst sie bei mir einlagern.«

»Für wie lange? Ein Jahr? Zwei? Drei?« Sie will auf jeden Fall zurück, aber ob und vor allem wann das klappt, weiß keiner.

»Es würde mir nichts ausmachen«, sage ich. »Selbst wenn es zehn Jahre werden, stört mich das nicht. Aber es werden keine zehn. Falls du wirklich gehen musst, kommst du eher zurück.« *Dafür werde ich sorgen.*

Sie hält bei ihrer Arbeit inne, löst meine störrisch vor der Brust verschränkten Arme und legt sie sich um die Taille. Ich halte mich erst zurück, aber sobald ich sie spüre, entwickeln meine Hände ein Eigenleben, und ich streiche ihr erst über die Seiten und dann den Rücken.

»Du bist süß. Weißt du das?«, sagt sie.

»So hat mich noch nie jemand genannt.« Ich lasse meine Hände zu ihrem Hintern wandern und drücke sie. »Sicher, dass das das richtige Wort ist?«

Sie kichert, wie ich es liebe und wie es in letzter Zeit viel zu selten vorkommt. »Du bist bossy süß«, verbessert sie sich und lehnt sich an mich. »Wenn ich meine Möbel verkaufe, bekomme ich außerdem noch etwas Geld zusammen. Das werde ich brauchen, wenn ich drüben bin.«

»Ich kann dir welches leihen«, sage ich. Ist ja nicht so, als würde ich in Armut leben. Durch die Agentur habe ich mir ein angenehmes Polster aufgebaut. Ein sparsamer Mensch – der obendrein nicht in New York, einer der teuersten Städte der Welt, lebt – könnte es sich damit vermutlich bis an sein Lebensende gutgehen lassen.

»Willst du mich echt aushalten?«

»Du weißt doch …, ich lasse dich das bezahlen«, murmle ich und streiche ihr eine Haarsträhne aus dem Gesicht.

Giulia stöhnt. »Ich würde ja sagen, geht in euer Zimmer, aber das ist dein Zimmer, Indy. Könntet ihr euch also bitte beherrschen? Ich bin auch noch hier und will euch nicht beim Fummeln zuschauen.«

»Mich etwas beherrschen kriege ich hin«, sage ich und genieße es, wie Indy wieder lächelt. Schnell werde ich jedoch wieder ernst. »Spaß beiseite. Ich kann dir aushelfen, Baby. Das mache ich gerne.«

»Aber das ist doch keine Dauerlösung! Glaub mir, so ist es am besten.«

Abwarten! Kaufe ich eben den gesamten Haufen hinter ihrem Rücken, dann haben wir beide was davon: Sie bekommt das Geld und ich ihre Sachen.

»Was ist mit dem Zeug?«, frage ich und zeige auf einen Klamottenstapel auf dem Boden.

»Das kommt alles zur Kleiderspende. Die Sachen brauche ich in Cornwall nicht mehr.«

Ich hebe ein Glitzerkleid hoch. »Habt ihr dort keine Bars?«

»Doch, aber keine, in denen man das tragen kann.«

Ich lasse das Kleid wieder zu Boden fallen und hebe ein Shirt auf. »Das behalte ich.«

»Das war nicht zum Wegwerfen, sondern für die Wäsche«, sagt sie, will es mir abnehmen, doch ich halte es fest.

»Es riecht nach dir.« Ich muss schlucken, realisiere allmählich, dass unsere Zeit abläuft. Obwohl ich dachte, ich könnte es verhindern. »Fuck, Baby, ein ganzer Ozean liegt bald zwischen uns. Das bleibt bei mir. Als Souvenir.«

»Du könntest mit mir hinziehen!«, sagt sie.

Ich hebe die Augenbrauen. »Dafür hättest du mir dein kleines Städtchen in Cornwall schmackhafter machen müssen.«

»Es gibt eine romantische Altstadt, eine Burg, das Meer, tolle Landschaft«, zählt sie auf.

»Aha«, mache ich nur, weil sie die letzten Wochen ständig über die langsame Gangart und die konservative Einstellung der Leute hergezogen ist. Sie passt da nicht rein und ich auch nicht. Wir wären Exoten. Das ist maximal eine Übergangs-, keine Dauerlösung.

»Außerdem gibt es mich in Cornwall«, sagt sie. »Ich bin ja wohl Grund genug, um mitzukommen!«

Ich küsse sie und halte sie fest, erst nur leicht, aber dann richtig. Ich atme ihren Duft tief ein und will sie nie mehr loslassen. Ich werde nicht wegziehen, sondern mir in New York was Neues aufbauen. Das ergibt mehr Sinn. »Bleib illegal hier«, sage ich, was mir als Notlösung ständig durch den Kopf spukt. Sie wäre nicht die Erste, die das macht.

»Das habe ich nicht gehört!«, tönt Giulia als angehende Anwältin.

»Entspann dich«, sagt Indy lachend. »Er reißt nur Witze. Das mache ich nicht. Ich hätte keine ruhige Nacht mehr.«

»Okay, das war dumm«, sammle ich mich. »Aber was ich eigentlich sagen will, ist ...«

»Dass ich nicht gehen soll. Ich weiß. Aber wenn ich keinen Job finde, muss ich das«, seufzt sie und gibt sich einen Ruck, ist so verdammt stark. Keine Ahnung, wie sie das schafft. »Und jetzt hilf mir beim Ausmisten!«

»Will ich nicht«, antworte ich.

»Will hier keiner«, sagt Giulia und hält mir eine Tüte hin, in die alte Zeitschriften für den Müll sollen. »Muss aber sein.«

Zähneknirschend packe ich mit an – und zweige noch ein Shirt und das Glitzerkleid ab. *Fuck, kotzt mich das an. Was, wenn ich sie gehen lassen muss? So sollte es mit uns nicht laufen. Ich liebe sie doch!*

Owen nervt mich seit der Kündigung auch regelmäßig, aber sobald er anruft, drücke ich ihn weg, und seine Nachrichten lösche ich ungelesen. Er meldet sich bei Indy, die ihn versteht. Ich tue das nicht. Sie will vermitteln, schließlich sind wir Freunde, aber ich bleibe stur. Bis er vor der Tür steht.

»Kriegt Indy den Job zurück?«, frage ich das Einzige, was mich interessiert.

»Nein, ich –«

»Dann haben wir nichts zu besprechen.«

***

Fuck, und plötzlich ist die Zeit abgelaufen. Wir können vor alles, was wir tun, ›ein letztes Mal‹ hängen. Natürlich bleiben wir zusammen, aber die Distanz wird unsere Beziehung verändern. Keine Ahnung, ob wir das aushalten.

Ein letztes Mal bei Indy sein, bevor sie auszieht.

Ein letztes Mal mit dem Boot rausfahren, solange das Wetter es zulässt.

Ein letztes Mal Abendessen bei mir …

Indy stochert auf ihrem Teller herum, und ich kann sie nicht mal aufziehen. Weil nichts hieran lustig ist. Die letzten Wochen waren schlimm, weil sie der Countdown für den Abschied waren. Gleichzeitig waren sie ein Geschenk, weil wir nur uns hatten und alles machen konnten, was uns interessiert, ohne Rücksicht auf andere nehmen zu müssen. Es waren Wochen, die noch mal klarer gemacht haben, dass wir zusammengehören. Wenn es was ändern würde, ich würde mich auf das Empire State Building stellen und es in die Welt hinausposaunen. *Wir gehören zusammen. Indy ist mein Mädchen. Sie gehört mir – und sie gehört zu mir.*

»Alles okay?«, frage ich sie, als sie die Gabel ablegt und ihr Blick glasig wird.

»Nein«, sagt sie, aber lächelt schwach.

Dumme Frage, Conrad. Natürlich ist nichts okay. Morgen um die Zeit ist sie in Cornwall.

Ich will den Tisch nicht abräumen, weil wir dann wieder eine Sache zum letzten Mal gemacht haben, aber es ändert auch nichts, vor leeren Tellern sitzen zu bleiben.

»Wonach ist dir als Nächstes?«, frage ich und räume das Geschirr in die Spülmaschine.

»Nach Kuscheln.«

Und die Sekunden rückwärts zählen? »Sorry, Baby, aber das wird nicht passieren.« Mir ist auch danach, aber wenn wir das tun, verbringen wir unsere letzten gemeinsamen Stunden heulend in den Armen des anderen. »Ich will, dass du deinen letzten Abend als phänomenal in Erinnerung behältst.« Ich wackle anzüglich mit den Augenbrauen, muss mich selbst ein bisschen zu diesem Manöver überreden, aber merke, dass das genau das Richtige ist für sie und für uns. *Wenn man schon untergeht, dann doch wenigstens mit Pauken und Trompeten.*

»Kuscheln ist schön«, beharrt sie.

»Kuscheln machen wir schon die ganze Zeit.« Ich stehe auf und hole das Glitzerkleid, das ich von ihrer Aussortieraktion gerettet habe. »Los, rein da.«

»Du hast es behalten!«

»Das sollte dich nicht wundern. Es ist sexy. Also, wird's bald?«

Indy sieht mich misstrauisch an. »Wirst du jetzt wieder bossy?«

»Was heißt hier wieder? Einmal Boss, immer Boss. So hat es angefangen, so endet es. Zumindest vorläufig. Mach schon! Oder brauchst du Hilfe?«

Braucht sie nicht. Sie spielt mit, reißt mir das Kleid aus der Hand, zieht sich vor meinen Augen aus und schlüpft rein. *Gott, der Anblick wird mir fehlen!* Lust durchdringt mich. Mein Schwanz zuckt, aber ich halte mich zurück.

»Jetzt zieh das Höschen aus!«

»Wie bitte?«

»Du hast mich schon verstanden, Baby, Höschen aus.« Ich grinse. »Oder soll ich das übernehmen?«

»Du willst, dass ich an meinem letzten Abend ohne Slip durch New York laufe?!«

»Wie es sich gehört.«

»Das macht hier keiner!«

»Sei dir da mal nicht so sicher. Also?« Ich sehe sie eindringlich an, weiß genau, welche Knöpfe ich bei ihr drücken muss. »Ab morgen bist du wieder in Cornwall und darfst Liebestöter tragen.« Ich stöhne. »Fuck, habt ihr Engländer nicht sogar die eiserne Jungfrau erfunden? Dann nimm die. Aber heute Abend bleibt die Unterwäsche weg.«

Sie stemmt die Hände in die Seiten und blitzt mich wütend an, nicht mein Lieblingsblick von ihr, aber besser als dieser Trauerschleier. Sie zeigt Feuer, und genau so will ich sie in Erinnerung behalten. *Voller Leben.*

»Sorry, aber da spiele ich nicht mit«, sagt sie.

»Falsche Antwort, Baby. Dann auf meine Tour!« Sobald ich auf sie zugehe, weicht sie zurück. *Als könnte sie mir entkommen!* Ich dränge sie an die Wand und schiebe die Hände unter ihr Kleid.

»Du bist unmöglich!«, faucht sie.

»Ich weiß.« Ich taste nach dem Saum ihres Slips und warte kurz. »Nervös?«

»Kein bisschen.«

Lügnerin! Ich ziehe den Stoff tiefer, bis er so locker sitzt, dass er zu Boden fällt. Ich muss nicht nachschauen, ich kenne Indy, ich weiß, dass der Stoff feucht ist.

»Fertig?«, zischt sie.

»Es fehlt noch der BH, Baby. Den musst du auch ablegen.«

Sie schluckt.

»Mehr Widerstand?«

»Ich brauche eher Hilfe.«

»Sag Bitte!«

»Bitte«, tönt sie mit einem Augenrollen.

»Wie könnte ich da Nein sagen!« Ich löse den Verschluss und befreie sie von ihrem BH. Sofort zeichnen sich ihre Nippel hart unter dem Kleid ab. »Wunderschön«, hauche ich und fahre über die kleinen Erhebungen.

»Und jetzt?«, keucht sie.

»Jetzt sorge ich für eine Nacht, die du nie wieder vergessen wirst.«

»Das ist sie schon.«

»Vertrau mir! Sie wird noch besser.«

KAPITEL 15

Indy

Ich will Max bremsen, als er mich in nichts als einem knappen Glitzerkleid aus seinem Penthouse drängt. Je schöner es jetzt wird, desto schmerzhafter wird nachher der Abschied. Aber da habe ich mich in den falschen Kerl verliebt.

»Baby, wenn du dich nicht schneller bewegst, muss ich dich tragen, dann könnte dein Kleid hochrutschen, und jeder wird deine Pussy sehen.«

Wie kommt er nur plötzlich auf all diese Ideen? »Das würdest du niemals zulassen.«

»Teste mich!«, sagt er und gibt mir einen Klaps auf den Hintern.

Hitze durchströmt mich. *Scheiß drauf, dass ich morgen Abend in Cornwall sein werde, heute bin ich noch hier, bei ihm! Testest du ihn, Indy?*

Ja, natürlich!

Gespielt störrisch weigere ich mich, schneller zu laufen. Liegt auch an den High Heels, die ich nicht mehr so oft trage wie früher. Lachend packt mich Max an der Hüfte, hebt mich an und trägt mich wie einen Baumstamm weiter, eng an sich gepresst, sodass ich seine Härte spüre. Nicht so, dass ganz New York meine Mitte sieht. Meine Gefühle drehen durch. Eines ist am stärksten. »Ich will dich«, sage ich.

»Ich weiß«, gibt er mit einem zufriedenen Grinsen zurück.

»Dann lass uns umkehren.«

»Auf keinen Fall, Baby. Wir sind doch gerade erst losgegangen.«

»Aber ich brauche dich.«

»Wer sagt, dass du mich nicht bekommst?!«

Was hat er nur vor?!

Max winkt vor seinem Gebäudekomplex ein Taxi heran und gibt dem Fahrer eine Adresse im Finanzdistrikt. Vom *Red*.

Nicht sein Ernst?! Heiliger Saint Piran, jetzt wird mir richtig heiß. Ich hätte nicht nur die Unterwäsche, sondern auch das Kleid weglassen sollen! Die Bar hat zahlreiche Auszeichnungen für ihre Cocktails gewonnen. Aber das wirklich Besondere ist, dass es dort keine Tabus gibt.

»Aufgeregt?«, fragt er und legt im Wagen seine Hand auf mein Knie.

Hitze schießt durch mich, breitet sich von der Berührung ausgehend in jede Zelle meines Körpers aus. »Nein«, tue ich cool.

»Wie ist es jetzt?« Er schiebt seine Hand höher – zu meiner Mitte.

»Max!«, keuche ich.

Lachend drückt er mir einen Kuss auf die Wange. »Das war wohl ein Ja.«

War es. Weil ich es liebe, wenn der Mann die Kontrolle übernimmt. Wenn er mein Boss ist. Viel zu früh zieht er seine Hand weg und verschränkt seine Finger mit meinen. Ich brenne, und er weiß das.

»Frag mich noch was!«, bitte ich ihn.

»Will da etwa jemand mehr?«

»Nein«, lüge ich wieder.

»Oh Baby«, stöhnt er nur und greift sich an den Schritt. »Du musst warten, so wie ich.«

Ich will ihm sagen, dass wir keine Zeit haben, aber das wird ihn nicht erweichen. Spiel ist Spiel.

New Yorks Straßen sind zwar voll, aber es sind nur ein paar Blocks bis zum Finanzdistrikt. Wir steigen aus, betreten das Foyer des Wolkenkratzers und fahren mit einem der Fahrstühle in die oberste Etage.

Das *Red* empfängt uns mit lauter Musik und heiterem Gelächter.

»Vorwärts«, sagt er, schiebt eine Hand unter mein Kleid, direkt auf meinen nackten Hintern, und dirigiert mich zur Bar.

»Max!«, keuche ich.

»Beweg dich, oder meine Finger sind als Nächstes nicht nur *auf*, sondern *in* deinem Hintern.«

Das ist kein Bluff, wie ich noch aus unserer Anfangszeit weiß. Arsch! Ich muss grinsen. *Teuflisch erregender, mich verrückt machender Arsch!* Ein Schauer durchläuft mich. Ich will ihn, aber ich will auch den Nervenkitzel. Wie gewünscht bewege ich mich.

»Geht doch!«, raunt er mir zufrieden zu und küsst meinen Nacken. Ich stolpere prompt. »Nur weiter so!«, sagt er da und lässt mich seine Härte spüren. Ich stolpere direkt wieder, und er lacht.

Verdammt, ja, du machst mich schwach! Brauchst du es schriftlich?!

An der Bar stellt sich Max hinter mich, drückt mich an den Tresen und bestellt einen Bourbon für sich und einen Cosmopolitan für mich – und er lässt mich erneut seine Erektion spüren.

»Ich brauche keinen Alkohol«, murmle ich und presse mich an ihn. *Was ich will, ist schon da ...*

»Ich weiß«, sagt er mit tiefer Stimme und beißt mir leidenschaftlich in den Nacken. »Aber du kannst dieser Stadt doch nicht ernsthaft nüchtern den Rücken kehren?« Der Barkeeper bearbeitet unsere Bestellung, und Max greift um mich herum und zwischen meine Schenkel. »Stimmst du mir zu, Baby?«

»Ja!«, hauche ich, weil mich seine Berührung so verrückt macht, wollte aber eigentlich Nein sagen. In dem Moment stellt der Barkeeper den ersten Drink ab.

»Sag Danke«, haucht mir Max ins Ohr und schiebt zwei Finger in mich.

»Danke«, presse ich heraus, habe aber vergessen, wofür. Wenn er so weitermacht, komme ich direkt an der Bar. *Will er das?!* »Uns könnte jemand sehen«, sage ich, während der Barkeeper vor uns den zweiten Drink zubereitet und sich Leute um uns herum angeregt unterhalten.

»Schau dich um, Baby!« Seine Finger spielen weiter mit mir. »Glaubst du, jemand schert sich um uns?«

Ich sehe zu den anderen Gästen. Eine Gruppe Geschäftsmänner ist mit einer Frau da. Eine Gruppe Frauen wiederum mit einem Kerl. Ein Paar küsst sich sehr leidenschaftlich, und im Halbdunkel erkenne ich, dass jemand Sex an der Fensterfront hat. Soweit ich sehe, New Yorker unter sich! Max hat recht, niemand schert sich um uns. Der Anblick der anderen Gäste macht aber was mit mir. Mutig presse ich mich fester an Max' Hand, verliere meine Zurückhaltung.

»Lass mich kommen!«, flehe ich leise.

»Vor all diesen Menschen?«

»Ja«, hauche ich. *Das Brennen ist stärker als mein Anstandsgefühl.*

»Dreißig Dollar«, sagt der Barkeeper da.

»Moment!« Max löst seinen Griff von mir und holt seine Kreditkarte heraus, um sie mit von mir feuchten Fingern dem Barkeeper zu reichen.

»Du ...« Mir fehlen die Worte.

»Keine Sorge.« Er drückt mir einen Kuss auf die Wange. »Du hast gleich wieder meine ungeteilte Aufmerksamkeit, Baby.«

Mein Unterleib zieht sich bei seinen Worten zusammen. Ja, der spießige englische Teil in mir will sich beschweren, aber die Amerikanerin in mir will diesen Mann.

Ungeduldig beobachte ich, wie der Barkeeper unsere zwei Drinks abrechnet und mit Max' Kreditkarte zurückkommt. »Danke, Sir.«

»Ich habe zu danken«, sagt Max, steckt die Karte ein und schiebt ohne Vorwarnung seine Finger wieder in mich. »Lass uns anstoßen, Baby!«

Oh, Himmel!

Oder Hölle!

Oder beides.

Er greift nach seinem Glas, ich greife nach meinem, doch meine Hände zittern. Mein ganzer Körper zittert bereits, so dringend will ich kommen.

»Nichts verschütten«, raunt Max mir zu. »Sonst höre ich auf, dich zu fingern.«

»Keine Sorge, du weißt ja, ich mache nie Fehler«, tue ich selbstbewusst.

Er lacht leise und presst sich noch enger an mich. »Und wir wissen beide, was oder wer dich nachlässig werden lässt.« *Ja, er hat diese Wirkung auf mich!* Er rückt näher zu mir und schiebt die Finger noch tiefer, trifft diesen einen Punkt, der dafür sorgt, dass ich lustvoll die Zehen in meinen High Heels krümme. »Dein Glas, Baby.«

Ich hatte es fast vergessen, aber tippe es gegen seines. Definitiv nicht bei der Sache.

»Jetzt trink!«, raunt er mir zu, stellt sein Glas nach einem Schluck ab und verwöhnt mich wieder intensiver.

Warum nicht gleich eine komplizierte Mathematikgleichung lösen?!, denke ich. *Uff.* Schwer atmend führe ich mein Glas an die Lippen, schaue Max über die Schulter an – und vergesse meinen eigenen Namen. Die Atmosphäre der Bar, die anderen Leute und Max sind wie eine Droge. Ich bewege mein Becken, und ehe ich selbst begreife, was passiert, gibt mein Körper nach, bebt und wird von einem heftigen Orgasmus erfasst. Die Wellen lassen mich jegliche Kontrolle verlieren. Ich stöhne laut vor Erleichterung und presse mich schamlos an Max' Hand. Meine Knie werden weich, meine Kraft verlässt mich für eine Millisekunde, das Glas rutscht mir aus der Hand. Doch bevor ich es fallen lasse, nimmt Max es mir ab.

»Fehler, Baby«, raunt er mir zu, mit den Fingern noch in mir, genau an diesem gefährlich sensiblen Punkt in mir.

»Was hast du nun vor?« *Abbrechen wird er nicht.*

»Wir gehen zu einer der Sitzecken.«

Erst jetzt bemerke ich die versteckten Ecksofas. Max legt den Arm um mich und wartet, bis ich mein Glas dieses Mal fest in der Hand habe, bevor er mich durch die Bar und um die Leute herumführt zu freien Plätzen am Rand.

Bei jedem Schritt spüre ich meine eigene Feuchtigkeit zwischen meinen Schenkeln. Jeder Schritt macht mir deutlich, wen ich wirklich spüren möchte. Ihn. Jeder Schritt macht mich hungriger.

Als wir bei einem unbelegten Sofa ankommen, fühle ich mich, als hätte ich eine Meile zurückgelegt, dabei waren es nur wenige Meter. Max setzt sich, greift nach mir und zieht mich auf seinen Schoß – auf seine Härte.

»Und jetzt stoßen wir noch mal an, Baby, und du trinkst wirklich was. Cheers.«

»Ich will dich«, sage ich.

»Trink«, antwortet er nur grinsend.

Unsere Gläser klirren, und ich nehme einen Schluck von meinem Cosmopolitan. Der Alkohol verstärkt das Kribbeln in mir. Ich bin nicht betrunken, Max kennt mich und weiß, dass das nicht so leicht passiert. Der Drink soll mich anregen, und das tut er.

»Was jetzt, Boss?«, flüstere ich ihm zu und fahre über seine Brust. »Ich finde, du solltest mich küssen!«

»Machst du nun die Regeln?«

»Richtig erkannt. Du hattest deinen Spaß. Ich bin dran.«

»Oh, glaub mir, der wahre Spaß beginnt erst, wenn ich dich dort am Fenster nehme.« Max zeigt zu den bodentiefen Fenstern, und mir stockt der Atem, als ich im Halbdunkel die Umrisse zweier Männer ausmache, die dort Sex haben. Heißen Sex.

»Nicht dein Ernst?!«, keuche ich.

»Doch.« Er knabbert an meinem Ohr. »Und wenn ich das will, machst du mit. Vertrau mir. Du wirst es lieben!«

Ein prickelnder Schauer läuft mir über den Rücken.

»Wusste ich es doch«, sagt er lachend, als er es bemerkt. »Aber du hast recht, erst mal sollte ich dich küssen.« Er greift an meinen Hals, zieht mich zu sich, und als seine Lippen meine berühren, ist der Kuss so anders als sonst und doch genau, wie er immer mit Max ist, heiß und prickelnd und meine Welt aus den Angeln hebend.

»Jetzt!«, sagt er, löst sich viel zu schnell von mir, lässt unsere Gläser auf einem Tisch neben dem Sofa stehen, hilft mir hoch und schiebt mich zur Glaswand.

»Ich bin noch nicht so weit.«

»Aber ich«, sagt er und stöhnt gequält. »Fuck, Baby, ich brauche dich jetzt.« Er drückt mich an das Glas, mit dem Gesicht zur Stadt, die ich so liebe, die es mir angetan hat, genau wie die Menschen, allen voran mein Boss, der hinter mir steht und mich will. »Schieb dein Kleid hoch!«

Unsere Blicke treffen sich in der Spiegelung der Scheibe, und seine Hitze entflammt mich sofort wieder. Ohne ihn aus den Augen zu lassen, hebe ich mein Kleid und atme schneller, als mir klar wird, dass New York meine Mitte sieht. Max erschauert ebenfalls, was selten vorkommt, und ich kann mir ein Lächeln nicht verkneifen, weil ich ihn so schwachmache. *Ich, Indy Fallon aus Padstow, Cornwall!*

»Na warte. Das wirst du bereuen«, murmelt er, rollt sich ein Kondom über, und keine Sekunde später spüre ich, wie er sich hart von hinten in mich schiebt. Jeder Stoß drückt mich gegen die Scheibe, und ich kreische leise auf.

»Was, wenn das Fenster bricht und ich falle, Max?«

»Niemals, Baby!«

Wie zum Beweis packt er mich fester. Er wird mich immer halten. Darauf kann ich mich verlassen.

»Ja, ja, ja«, keuche ich im Rhythmus seiner Stöße und merke, wie ich ihn damit nur noch mehr anstachle. Andere Gäste des *Red* hören uns bestimmt, aber niemand beschwert sich. Sie sind Teil unseres Abends, wir sind Teil ihres Abends.

Die Scheibe beschlägt von meinem Atem und der Hitze meines Körpers. Der Anblick der Stadt treibt mich weiter an, bis ich die Augen schließen muss, ich bin dem Höhepunkt schon zu nah.

»Schau mich an, Baby!«, sagt Max da.

Sofort öffne ich die Augen, und unsere Blicke treffen sich in der Scheibe.

»So ist gut«, murmelt er erregt und küsst meinen verschwitzten Nacken. »So ist es gut. Bleib bei mir.«

Immer, denke ich.

Dann greift er an meine Klit, und ich komme, zerfalle, verliere mich, damit er mich finden kann. *Wie heftig!* Gerade als ich merke, dass meine Knie gleich nachgeben, packt er mich fester, hält mich, wo er mich haben will, und kommt ebenfalls. Ich höre ihn hinter mir, sehe ihn in der Scheibe, spüre in mir seine rohe Lust und Verzweiflung, die in diesem Fick liegt, als wollte er, dass ich ihn bis ans Ende meiner Tage in mir spüre. *Wenn das doch nur ginge!*

Für einen Moment sind alle Geräusche weg, ich höre nur ihn, dann tauchen die anderen Geräusche wieder auf. Die Musik, klirrende Gläser, das Murmeln der weiteren Gäste.

Das ist New York. Das ist der Sound der Stadt. Der Sound meines Lebens. Der Sound, den ich so liebe.

»Kannst du laufen?«, fragt Max leise an meinem Ohr.

»Ich denke schon.«

»Komm, vorsichtig …«

Jetzt ist er wieder der fürsorgliche Mann, mein Freund, dem ich alles bedeute! Der perfekte Abschluss für diese heftige Nummer. Er zieht sich aus mir zurück, entfernt das Kondom und schließt seine Hose. Immer noch mich mit dem Rücken vor den Blicken der anderen Gäste schützend zieht er mir das Kleid tiefer. *Langsam, vorsichtig. Wie ein Streicheln.* Schließlich legt er die Arme um mich und hält mich. Kuschelt.

»Ich bin nicht gefallen«, sage ich.

»Hab ich dir doch versprochen, Baby.«

Hat er. Mit ihm an meiner Seite bin ich sicher. Auch wenn vor zwei Monaten so viel kaputtgegangen ist, darauf kann ich mich verlassen.

Eine ganze Weile stehen wir so da und genießen uns und die Aussicht, dann sucht er mit mir die Toiletten auf. Er wirft das Kondom weg und wäscht sich die Hände. Ich gehe auf die Toilette, wische mich mit Toilettenpapier sauber und staune, als ich aus der Kabine komme und ihn erblicke, wie er dasteht, pures Selbstbewusstsein, jemand, den niemand in die Knie zwingt, und doch habe ich es geschafft.

»Hast du Lust auf Pizza am Times Square?«, fragt er. »Ein New Yorker Klassiker.«

Mein Magen grummelt zustimmend. »Ich trage immer noch keinen Slip«, sage ich jedoch.

»Und?«, fragt er nur grinsend, legt schon den Arm um mich und führt mich zum Ausgang. »Kein Hunger wäre eine

Ausrede, aber das?«

»Du ruinierst mich noch, Max.«

»Ich dachte, das hätte ich längst.«

»Du ruinierst mich für immer.«

Er lächelt zufrieden. »Dann verläuft ja alles nach Plan.«

»Was hast du noch vor?«, frage ich neugierig, als hätten wir ewig Zeit.

»Alles machen, was man in New York machen kann.«

»Wir haben eine Nacht, Max. Wie soll das funktionieren?«

»Lauf schneller.«

Max

Keine Ahnung, ob wir alles schaffen werden, was ich im Kopf habe, aber ich möchte, dass Indy möglichst viel von dieser Stadt aufsaugt, den Lärm, die Lichter, die Energie. Je mehr, desto besser. Und ich möchte noch mehr Erinnerungen mit ihr schaffen. *Mehr, mehr, mehr.* Die, die ich habe, sind einfach zu wenig.

Wir essen Pizza am Times Square, kaufen ihr in einem 24h-Shop Turnschuhe, gehen einen Teil der High Line entlang– eine ehemalige oberirdische Bahntrasse, die nun ein Park ist –, schleichen uns in eine Off-Off-Off-Broadway-Show, stolpern in eine Stand-up-Comedy-Kneipe, gönnen uns einen Snack von einem Straßenverkäufer und posieren vor dem Bullen an der Wall Street.

Bis der Nachthimmel langsam grau wird …

Wir stehen am Hudson River. Von hier aus können wir zu Fuß zu meiner Wohnung gehen. Es sind nur ein paar Blocks. Wir sind beide müde und überdreht und lachen immer wieder aus dem Nichts heraus. Woody Allen hätte mit uns eine gute Vorlage für einen weiteren New-York-Film. Bis die ersten Sonnenstrahlen erscheinen. Zeitgleich werden wir still. Das ist er, unser letzter Tag. In vier Stunden hebt der Flieger ab. Wir müssen zu mir, ihre Sachen holen und zum Flughafen – je nach Verkehr dauert es eine Weile bis zum JFK.

Man sagt, ein neuer Tag, ein neuer Anfang. Aber manchmal weiß man, dass ein neuer Tag auch das Ende ist. Ich dachte, ich wäre darauf vorbereitet. *Du Idiot, Conrad!* Nichts bereitet einen darauf vor, einen geliebten Menschen loszulassen. Egal ob nur auf Zeit oder für immer.

»Wir müssen los«, sage ich leise.

»Noch fünf Minuten.«

»Natürlich.«

Es spielt keine Rolle, ob wir fünf Minuten mehr oder weniger haben, sie ändern nichts, das weiß auch Indy, aber fünf Minuten haben wir. Wenn es nicht um Leben und Tod geht, hat man immer fünf Minuten.

Du wirst schmalzig, Conrad.

Na und? Ist das ein Problem?

»Hier, meine Jacke«, sage ich und lege sie Indy über die Schultern, als ich sehe, dass sie in ihrem Kleid zittert.

»Hab ich dir je erzählt, wie es war, als ich nach New York gekommen bin?«, fragt sie, legt kurz den Kopf zurück, um zu mir zu schauen, schmiegt sich dann wieder mit dem Rücken an meine Brust und schaut mit mir gemeinsam aufs Wasser.

»Nein, wie?«

»Ich hatte einen kleinen Rucksack und einen Koffer dabei, mein MacBook und tausend Pfund in bar, die ich umtauschen wollte. Ich bin mit der Metro gefahren, bin in meiner WG angekommen und wollte dort erst einmal auspacken. Ich hatte als Mitbringsel Earl Grey Tee und Shortbread-Kekse dabei. Was typisch Englisches eben. Man bekommt die Sachen auch hier, aber ich fand die Geste nice. Doch da hatte ich die Rechnung ohne Giulia gemacht.«

»Was hat sie getan?«

»Sie hat an der Tüte geschnüffelt, verstanden, dass das was zum Frühstücken ist, und mir dann völlig unbeeindruckt ein Glitzerkleid hingehalten, in das sie nicht mehr gepasst hat. Dieses.«

»Dieses? Und das wolltest du weggeben?!«

»Es sollte jemand anderen glücklich machen.«

Ich kann sie verstehen und liebe sie dafür noch mehr. »Hat es, mich«, sage ich. Mehr, als ich mir habe vorstellen können. »Was hat Giulia dann gemacht?«, frage ich.

»Sie hat mich in die erste Skybar meines Lebens geschleppt, zusammen mit anderen Frauen aus ihrer Studentengruppe, und die haben gackernd nach heißen Anzugträgern Ausschau gehalten.«

Die Szene habe ich direkt vor Augen. Das erlebe ich öfter in New York. Die Stadt hat einen Ruf. »Du hast nicht mitgemacht?«, frage ich.

»Ich war durch und durch Engländerin und fand das todpeinlich. Als wären wir Mädchen, die Jungs in der Umkleidekabine beim Sport auflauern.« Sie lacht leise. »Ich habe ihnen gesagt, ich wäre hier, um mein eigenes Geld zu verdienen und glücklich zu werden. Ich brauche keinen reichen Typen in einem schicken Anzug, dem die Stadt zu Füßen liegt.«

»Was haben sie geantwortet?«

»Das sagst du so lange, bis du so jemandem begegnest und der dir den Kopf verdreht.«

»Hast du das etwa?«, ziehe ich sie auf.

»Lass mich nachdenken!« Sie tippt sich mit dem Finger an die Lippe. »Ich glaube nicht.«

Ihr typisches Understatement bringt mich wie so oft zum Lachen, auch wenn sich dieses Mal ein Kloß im Hals bildet. Denn sie hat mich kennengelernt. »Die fünf Minuten sind um, Baby.«

»Ich weiß«, sagt sie leise, drückt mir einen Kuss auf die Lippen und geht los. *Ein letztes Mal wir beide, sie und ich, Hand in Hand.*

Fuck, wäre nur alles anders gekommen!

Keiner von uns sagt ein Wort. Es gibt keine Worte, die das hier besser machen. Wenn wir reden, dann nur das Nötigste.

In meinem Penthouse stehen zwei gepackte Koffer. Indy zögert, nimmt sie dann aber, dabei hatte ich das vor. Meine letzte Gelegenheit, ihr zu helfen.

»Willst du dich nicht umziehen?«, frage ich.

Sie grinst breit und funkelt mit dem Glitzerkleid, das sie erst gar nicht anziehen wollte, um die Wette. »Nein, das behalte ich an. Ich will alle schockieren.«

Verstehe ich. »Wie wäre es wenigstens mit Unterwäsche?«

»Nein …«, setzt sie an, aber schluckt. »Okay, für die Sicherheitskontrolle ist es vielleicht ratsam.«

»Das denke ich auch«, murmle ich.

Sie zieht sich noch schnell ihr Höschen und den BH an, schlüpft dann wieder in das Kleid und ist abmarschbereit.

»Hier, das Jackett«, sage ich und will ihr reinhelfen.

»Das ist doch deines. Ich habe Jacken dabei.«

»Nimm es trotzdem, so weiß jeder, dass du einen Kerl hast, dem du wichtig bist.«

»Na gut«, gibt sie nach. »Besser so, als wenn du dein Revier markierst und mich anpinkelst.«

Hat sie das gerade laut gesagt? Ich muss lachen und werde gleichzeitig traurig, weil ihr Humor mir fehlen wird. *Sie* wird mir einfach fehlen. Der Blick in ihre Augen. Ihr Geruch. Ihr kreativer Kopf. Sie. Einfach nur sie. *Fuck, ist das hart.*

Krieg dich ein, Conrad, für sie ist es tausendmal härter.

Ich nehme die beiden Koffer, sie ihre Handtasche und die Laptoptasche mit ihrem wertvollsten Besitz, einem MacBook, und wir verlassen mein Penthouse. *Ein letztes Mal ... Scheiße!*

Ich winke ein Taxi ran, wir steigen ein und fahren los zum Flughafen, verschränken unsere Hände und schauen uns an, als könnten wir das Ende aufhalten, solange wir den Blickkontakt halten. *Wenn es nur so einfach wäre!*

Ungewöhnlich für New York kommen wir viel zu schnell durch. *Was soll der Mist?* Keine Baustelle in Manhattan. Kein Stau auf der Brooklyn Bridge. Kein Stop-and-go auf der Interstate zum JFK. Bei solchem Verkehr denkt man, jemand meint es gut mit einem. Schön wär's! Es ist, als könnte das Universum uns gar nicht schnell genug trennen. Fast bin ich geneigt, das Taxi zu bitten, langsamer zu fahren. Aber ich verkneife es mir. Es ändert nichts am Ergebnis. Es ist vorbei.

Als wir ankommen, begleite ich Indy ins Flughafengebäude und helfe ihr bei der Gepäckabgabe, die Koffer auf das Band zu wuchten und die Gebühren für das Übergepäck zu bezahlen. Danach holen wir uns je einen Kaffee, den wir beide kaum anrühren. Wir schinden bloß Zeit. Als sie mir ihre Handynummer für Großbritannien gibt, unter der ich sie demnächst erreichen kann, fühlt sich das wie ein weiterer Cut an.

Bevor es voller wird, dränge ich Indy, die Sicherheitskontrolle zu passieren. Das sollte sie nutzen. Wir gehen zum Ende der Schlange und bleiben wieder stehen. Ich könnte ihr sagen, dass ich sie besuchen komme, sie könnte sagen, dass sie das auch macht. Aber alles, was wir haben, zerfällt vor unseren Augen. Keine Worte der Welt sind irgendwie passend.

»Sag was!«, flüstert sie.

»Was«, wiederhole ich ihre Vorlage wie bei einem kindischen Scherz, seufze und ziehe sie an mich. »Egal, was ich sage, es fühlt sich an wie berühmte letzte Worte. Wie ein Ende. Passt mir nicht. Sag du doch was!«

»Was«, ahmt sie meinen Witz nach, legt dann den Kopf zurück und sieht mich an. Sie holt schon Luft, aber schüttelt dann den Kopf. »Du hast recht. Das hier ist doof. Ich gehe einfach, okay?«

»Gut, geh!«

Sie hält mich weiter fest, ich sie. *Wir sind echt Weicheier. Oder Liebende!*

Es wird Zeit, Conrad.

Nein.

»Jetzt aber«, meint sie und regt sich.

»Wirklich, jetzt?«

»Ja, jetzt, Max.«

Ich lasse sie los, sie mich. Sie schultert sich ihre beiden Handgepäcktaschen, dreht sich um und reiht sich in die Warteschlange für die Sicherheitskontrolle ein. Keiner von uns hat gesagt, dass er den anderen liebt, aber das müssen wir auch nicht. Wir wissen es, und es auszusprechen würde das hier nicht leichter, sondern schwieriger machen. Ich bin hier, das sagt ihr alles. Sie dreht sich zu mir um, das sagt mir alles.

Meter für Meter rückt sie vor, und ich sehe von der Halle aus zu, wie sie mir entgleitet. Leute kommen nach New York, um ein neues Leben anzufangen. Niemand sollte gehen. Das ist falsch.

Ich will toben, schreien, abhauen, ihr nach, irgendwas tun. Aber ich zwinge mich, einfach nur still stehen zu bleiben und ihr nachzusehen. *Hätte nie gedacht, dass das so schwer sein kann.*

Unsere Blicke lösen sich voneinander, als sie dran ist, ihre Sachen auf das Kontrollband zu legen. Im Gegensatz zu den meisten hat sie kaum Gepäck, nur ihre kleine Handtasche, die Laptoptasche und ein Nackenkissen, das daran baumelt. Sie muss meine Jacke ablegen und steht dann wieder in diesem glitzernden Kleid da. *Die faszinierendste Frau im gesamten Flughafengebäude.* Ihr Make-up ist nicht mehr frisch, ihre Haare sind leicht zerzaust, sie sieht müde aus, aber sie könnte in dem Moment nicht schöner sein.

Sie passiert die Sicherheitskontrolle, wird noch mal überprüft, weil der Scanner Alarm schlägt, obwohl dieses Kleid nun wirklich nichts verbirgt. Dann wartet sie auf ihre Sachen und dreht sich zu mir um.

Nicht weinen, Baby, denke ich mir. *Jetzt nicht weinen.*

Ich spüre, wie meine Augen brennen, aber ich blinzle kräftig dagegen an, um es ihr nicht schwerer zu machen, als es eh schon ist. Wir beide müssen mit der Trennung umgehen, aber sie muss in ein Leben zurückkehren, das sie eigentlich hinter sich gelassen hatte. Ich kann mir nicht mal im Ansatz vorstellen, wie sich das anfühlt. *Wie eine Niederlage. Wie eine Strafe. Wie etwas, das nicht hätte sein sollen. Weil sie zu dir gehört, Conrad.*

Ihre Sachen kommen, sie schlüpft in meine Jacke, nimmt sich ihre Taschen und muss weitergehen. Jetzt ist der Moment. *Fuck.*

Wir sehen uns an, und obwohl wir so weit entfernt stehen, habe ich das Gefühl, ich bin direkt vor ihr. Sie zögert, als wollte sie zurück. Aber das geht nicht mehr. Zumindest nicht, ohne die Sicherheitsbehörden am Flughafen zu alarmieren.

Könnte ich nur mehr tun!

Ich greife nach meinem Handy und rufe sie an. Ich sehe, wie sie zusammenzuckt und ihres dann aus der Tasche holt. Sie hält es sich ans Ohr, und für einen Moment hören wir uns nur atmen. Das genügt schon, das macht es schon erträglicher.

»Geh, bevor dich die Beamten befragen«, sage ich.

Sie reibt sich über die Augenwinkel. »Gut, ich gehe, aber bleibst du dran?«

»Natürlich.«

Die Halle ist nicht zum Warten gedacht, doch ich finde einen Platz, an dem ich es ein paar Stunden aushalte, ehe ihr Flieger startet. Wir reden kaum, das müssen wir auch nicht, wir brauchen einfach nur mehr Zeit miteinander. Jede Minute zählt.

Schließlich bekomme ich mit, wie ihr Flug aufgerufen wird, auch, dass das Boarding beginnt. Indy bleibt am Telefon, solange sie kann, nimmt mich mit in die Maschine. Dann muss sie das Gerät ausschalten, weil der Flieger bereit ist zum Start.

»Guten Flug«, sage ich, so wie man das sagt, wenn jemand geht und wiederkommt.

»Gute Rückfahrt und wenig Verkehrsstau«, erwidert sie. Dann ist die Leitung tot. *Einfach tot.*

Ich nehme das Handy vom Ohr und spüre Tränen in meinen Augen, die ich nicht mehr länger zurückhalten kann.

»Du fängst jetzt nicht an zu heulen, oder?«, lässt mich eine Stimme zusammenfahren. *Owen.*

Meine Stimmung schlägt sofort von traurig zu wütend um. Ich nehme ihm Indys Kündigung immer noch übel. »Was machst du denn hier?«, knurre ich.

»Ich werde deinen hübschen Hintern nach Hause fahren«, sagt er entspannt. »Komm mit, ich stehe auf den Besucherparkplätzen.«

Ich rühre mich nicht. Eher laufe ich zu Fuß zurück nach Manhattan, als mit ihm Zeit zu verbringen.

»Das wird sie nicht freuen.«

»Wen, Charlotte? Die kann mich mal.«

Owen lacht. »Nein, Indy hat mir Bescheid gegeben, wann ihr Flug geht. Wer denn sonst? Anders als du redet sie mit mir. Kommst du jetzt?«

»Ich würde dir lieber eine knallen.«

»Wow, wie kreativ!«, tönt er und schwenkt klappernd die Schlüssel.

Bebend vor Wut folge ich ihm. Ich kann ihn kaum ansehen, ohne daran zu denken, ihm eine reinzuschlagen. Das will echt was heißen, denn zum einen habe ich das noch nie gemacht und zum anderen ist die Kündigung zwei Monate her. Nur die Tatsache, dass Indy ihn geschickt hat, besänftigt mich. Um ein Prozent. Nicht viel, aber immerhin.

»Fein, fahr mich nach Hause, aber glaub nicht, dass zwischen uns irgendwas anders ist, Penner.«

»Selber Penner«, schießt er zurück, jetzt auch hörbar sauer. »Du hättest mir das von Indy und dir sagen müssen.«

»Was hätte das geändert?«

»Ich hätte einen Antrag auf Aufhebung der Regeln einreichen können, damit die Vorschriften allgemein geändert werden, nicht nur euretwegen.«

»Meinst du ernsthaft, das hätte was gebracht?«

»Keine Ahnung, aber zumindest wären wir noch Freunde.«

Ich müsste ihm sagen, dass wir das natürlich auch jetzt noch sind, nur eben Freunde im Streit, soll es geben …, aber ich tue es nicht. *Soll er ruhig etwas leiden.* Ich entdecke seinen Wagen und steige stumm auf der Beifahrerseite ein. Das Universum scheint mich echt zu hassen, denn anders als auf der Hinfahrt schieben wir uns mit dem schlimmsten Verkehrschaos des Jahrhunderts zurück nach Manhattan. Drei Stunden brauchen wir für eine Strecke, die zuvor nur eine Stunde gedauert hat, und ich wechsle die ganze Zeit kein einziges Wort mit Owen. Er wartet, dass ich was sage, aber ich bin nicht bereit dazu. Stattdessen starre ich auf mein Handy und habe den Flight Tracker geöffnet, um zu sehen, wo sich Indys Flugzeug gerade befindet. Mitten über dem Atlantik. Schon so fucking weit weg.

»Es war also nicht nur eine Affäre«, sagt Owen schließlich, als wir bei mir ankommen. Ich verstehe, dass er mit mir reden will und weiß zu schätzen, dass er mich nicht drängt, aber ich kann nicht. Nicht jetzt.

»Was geht dich das an?«, blaffe ich nur, steige aus, knalle die Tür hinter mir zu und lasse ihn stehen. Ich will jetzt allein sein. Nein, das stimmt nicht. Ich will Indy an meiner Seite. Aber weil das nicht geht, habe ich lieber niemanden um mich.

Ich betrete die Wohnung, will mir meine Sportsachen holen und trainieren gehen, aber kann mich nach den ersten Schritten nicht mehr rühren. Indys Duft liegt in der Luft, und das macht plötzlich viel zu deutlich, dass sie wirklich weg ist. Ich habe alles verloren, was mir jemals etwas bedeutet hat. Noch vor ein paar Wochen hatte ich alles, jetzt nichts. Ich will das nicht fühlen. *Scheiße, wie hält man das aus?*

Mein Blick geht zur Bar.

Nicht dein Ernst, Conrad.

Fuck, doch! Ich mache das, was jeder anständige gebrochene Arsch in meiner Situation tut. Ich gieße mir ein Glas Whiskey ein und leere es. *Na bitte, das nenne ich mal eine gescheite Maßnahme!* Dann nehme ich mir das nächste und leere es auch. *Irgendwann wird dieses elendige Gefühl schon nachlassen. Wenn nicht, habe ich ja noch Wodka.*

KAPITEL 16

Indy

Es ist nicht für immer, sage ich mir tapfer. Dennoch ist die Landung in London wie ein Schock für mich. Bis zu diesem Moment habe ich nicht glauben können, dass ich tatsächlich zurückgehe nach England. Aber hier bin ich. One way. Ohne Rückflugticket. Müde und verheult. Wieder auf dem europäischen Kontinent. Wieder auf der Insel. Wieder – nachdem ich meine US- gegen eine UK-SIM-Karte getauscht habe – mit meiner alten Nummer.

»Willkommen zurück«, sagt der Beamte an der Passkontrolle, als er meinen britischen Reisepass kontrolliert und sieht, dass ich Bürgerin bin. »Heute haben wir hervorragendes Wetter.«

Es regnet in Strömen. Ich lächle höflich über den typisch britischen Humor. Der Mann weiß ja nicht, dass England nicht mehr mein Zuhause ist. Weil ich es in New York gefunden hatte, bei Max.

Hektisch blinzle ich die aufsteigenden Tränen weg. Eben noch war das letzte Mal mit ihm, jetzt folgen erste Male ohne ihn. *Verdammt!*

Ich habe nicht viel Zeit, um meinen Anschlussflug nach Newquay, dem regionalen Flughafen in Cornwall, zu erreichen. Schniefend hetze ich durch die Abflughalle, und

Erinnerungen kommen hoch. Daran, wie ich von hier weggegangen bin, wie glücklich ich war, in ein neues Leben zu starten, wie ich mich gefühlt habe, als würde mir eine Last von den Schultern genommen werden, wie ich wusste, dass jetzt meine Zeit beginnt. Dass ich jemals zurückkomme – außer für Besuche natürlich –, das war nicht vorgesehen. Das war nicht der Plan.

Aber so ist das Leben, Indy. Es passieren ständig Dinge, die nicht hätten sein sollen.

Als ich mein Gate erreiche, hat das Boarding schon begonnen. Ich schalte kurz mein Handy ein, um zu schauen, ob Max mir geschrieben hat, und atme auf.

Max: Ich liebe dich.
Max: Ich vermisse dich.
Max: Ja, jetzt schon.

Dann folgt ein Penisbild. *Der Mann hat mir echt ein Penisbild von sich geschickt! Kein Fake, das ist wirklich sein bestes Stück.*

Max: Sorry, hab getrunken.
Max: Fuck, ich meine, du fehlst mir!

Auch wenn er das sicherlich nicht so beabsichtigt hat, ich muss leise lachen. Obwohl das Boarding läuft, verschwinde ich noch mal schnell zu den Toiletten und schieße in einer Kabine ein Busen-Selfie als kleines Dankeschön. Vielleicht heitert es ihn so auf wie sein Bild mich. Für eine Sekunde fühle ich mich leicht. *Das erste Mal verrückte Sachen ohne ihn machen ... Mist!* Die Sekunde vergeht.

Ich schicke ihm das Foto und dass ich ihn auch liebe, dann gehe ich an Bord der Maschine. Tränen brennen mir wieder in den Augen, doch ich bin zu erschöpft, um zu weinen. Ich will, dass es vorbeigeht. *Aber das wird es nicht, Indy, jetzt geht der schwere Teil erst richtig los …*

***

Als ich am späten Abend in Newquay lande, brauche ich dringend eine Dusche und Max. Ich bekomme keines von beidem, sondern meinen Dad, der mich vom Flughafen abholt. »Hallo, Schätzchen, schön, dich zu sehen!«

Seine herzliche Art raubt mir den Atem. Er nimmt mich in den Arm, drückt mich, und sofort kommen mir neue Tränen. Als würde mir seine Anwesenheit erst so richtig klarmachen, was ich verloren habe.

»Na, na, Spätzchen«, murmelt mein Vater. »Das ist nichts, was sich nicht mit einer Tasse Tee richten lässt.« *Wenn es doch nur so einfach wäre, Dad. Ich würde bis ans Ende meines Lebens Tee statt Kaffee trinken!*

Die salzige Meeresluft schlägt mir entgegen, und ich beruhige mich so weit, dass wir zu seinem Wagen gehen können. Ich bilde mir ein, dass die Luft ein bisschen wie in New York riecht, aber sie ist anders. Ich höre nur den Wind und das Rauschen der Wellen, keine Großstadt. Ein kleiner Teil von mir freut sich, wieder hier zu sein, schließlich bin ich hier aufgewachsen. Aber ein viel größerer würde sofort umkehren, wenn er könnte.

Die gesamte Fahrt lang nach Padstow bin ich still, warte auf eine Nachricht von Max und checke immer wieder mein Handy. Aber er hat nicht mehr geantwortet. Ich schätze mal, weil er sich nach der durchgemachten Nacht hingelegt hat.

»Cami hat dein altes Zimmer einmal gründlich durchgeputzt«, plaudert mein Dad. »Du kennst ja deine Mutter, da bleibt kein Stein auf dem anderen. Sie hat dir die Bettwäsche bezogen, die du so magst, und dir dein Lieblingsessen gekocht.«

»Chicken Masala?«, frage ich nach. Das schmeckt tatsächlich nirgends so gut wie bei ihr.

»Nein, Lammkeule.« Er sieht kurz zu mir. »Sie hat beharrlich behauptet, das sei dein Lieblingsessen.«

»Ist auch lecker«, sage ich, denn es macht keinen Unterschied. Ich habe keinen Appetit. Wenn man Pappe essen könnte, könnte man mir auch einen Teller davon vorsetzen.

Er erzählt, was neu am Haus und neu im Ort ist, aber ich kann ihm nicht folgen.

Das erste Mal ohne Max ... Noch nie habe ich mich so allein gefühlt.

Als das vertraute Schiefersteingebäude auf dem Hügel oberhalb des Hafens auftaucht, ist das wie eine Reise in die Vergangenheit. Als würde ich gleich meinem alten Ich begegnen, dem Mädchen mit großen Träumen, das unbedingt hier rauswollte. Wie enttäuscht wäre es, wenn es wüsste, dass der Aufbruch nicht für immer war.

»Da bist du ja«, kommt meine Mum aus dem Haus gerauscht, kaum dass der Wagen steht. Ich steige aus, sie fällt mir um den Hals und weicht sofort wieder zurück, als sie mein Outfit bemerkt. »Was hast du denn an?«

»Das trägt man in New York!«

»Ich denke, du warst Grafikerin, keine Amüsierdame.«

»Camille«, zischt mein Dad.

»Oh bitte, Alfred, sieh doch. Das Kleid bedeckt gerade

so das Nötigste.«

»Es geht fast bis zu den Knien«, fauche ich und hasse, dass ich sofort in alte Muster verfalle und mich rechtfertige. Mit vierzehn waren meine Miniröcke wirklich kurz. Das Kleid dagegen ist tragbar.

»Also in dem Teil setzt du dich nicht auf unsere Polster. Komm, du willst bestimmt duschen. Dann kannst du dir auch was anderes anziehen.«

Hilfe suchend drehe ich mich zu meinem Dad um, aber der Naturgewalt namens Camille Fallon hat auch er nichts entgegenzusetzen.

Sie meint es nur gut, formt er mit den Lippen.

Ja, das tut sie. Natürlich tut sie das.

Wie selbstverständlich führt sie mich ins Haus. Ich war zu Mums Geburtstag das letzte Mal hier, das war vergangenen Herbst. Es ist also schon eine Weile her, und wie beim letzten Mal auch fühle ich mich fremd. Nichts hiervon passt zu mir. So war es schon immer. Nichts hiervon erinnert mich an New York, nichts an meine WG mit Giulia, nichts an Max' Penthouse. Es ist, als hätte ich die letzten fünf Jahre einen Traum gelebt und wäre jetzt wieder in der Realität aufgewacht.

Wie Relikte aus der Vergangenheit registriere ich den antiken Queen-Anne-Sekretär, ein Erbstück meines Opas. Dazu das Landhaus-Sofa mit dem sandig-roten Muster und dem dazugehörigen Fußschemel. Und natürlich den Kram zur Royal Family. Ich bin in einer anderen Welt. *Das erste Mal ohne Max.*

»Wie lange brauchst du?«, blafft mich meine Mum so ungeduldig an, dass mir klar wird, dass sie die Frage schon mal gestellt haben muss, ich sie aber nicht mitbekommen habe.

»Wofür?«, frage ich.

»Na, fürs Duschen. Ich will das Essen nicht unnötig lange aufwärmen. Reichen dir zehn Minuten?«

Ich fahre mir durch die Haare, atme tief durch, erinnere mich dran, dass das eben ihre Art ist. »Ja, das ist okay«, sage ich.

Zufrieden mit meiner Antwort verlässt sie mein altes Jugendzimmer, und ich setze mich auf mein Bett. Eine Feder quietscht. Das tut sie schon seit Jahren. Ich sehe mich um, und alles erinnert mich so stark an die junge Frau mit den großen Träumen, dass mir ganz schwer ums Herz wird.

An den Wänden hängen Poster von New York, Chicago und Los Angeles, mein Stück Großstadt in der Provinz. Neben meinem Bett liegt ein Stapel Magazine zu Architektur und Design. Auf meinem Schreibtisch steht eine Tasse mit den Pantone-Farbwerten von Indigo. Jeder, der sie sieht, versteht nicht, warum sie mir so viel bedeutet hat, aber so, wie manche ihren Namenstag feiern, habe ich eine Farbe. Meinen Blauton. *Indigo für Indy. Das würde Max gefallen.*

Ich stelle meinen Laptop neben mir auf der Matratze ab, atme kurz durch, schließe die Augen und rufe mir die Bilder von letzter Nacht auf. Sie fühlen sich an wie ein verrückter Traum. *Max und ich in New York. Der Sex in der Bar, das Essen, die Stimmung, die Lichter, die Menschen, das Leben.*

Er.

Überall er.

»Indyyy!«, ruft meine Mum durch das Haus und reißt mich aus meinen Erinnerungen. Genau richtig, bevor ich wieder heulen muss.

»Gleich!«, gebe ich zurück, springe auf und suche in einem

meiner Koffer nach frischen Sachen. *Sachen aus New York. Sachen, die Max jeden Tag an mir gesehen hat.*

Zum Duschen ist keine Zeit mehr. Ich ziehe mich um, gehe ins Bad und wasche mir nur schnell das Gesicht. Als ich aufschaue, erschrecke ich. Fünf Minuten in Padstow haben gereicht, damit ich wieder aussehe wie das Mädchen von damals. Es ist, als würde über mir ein Grauschleier liegen. Lässt sich in Photoshop superschnell mit einem Regler entfernen. Klappt in der Realität leider nicht.

Max ... Gott, ich vermisse dich.

»Das Essen wird kalt«, ruft meine Mum wieder.

Ein letztes Mal atme ich tief durch, dann gehe ich ins Esszimmer. *Das erste Abendessen ohne Max ...*

***

Die nächsten Tage schlafe ich viel. Die durchgemachte Nacht in New York, der lange Flug und der Jetlag stecken mir in den Knochen. Aber der Großteil der Erschöpfung rührt daher, dass ich pausenlos an Max denke. Mein Gehirn ist nonstop damit beschäftigt, jede Sekunde mit ihm abzurufen. Das zehrt an mir.

Dann folgen der erste Morgen, der erste Spaziergang, das erste Mittagessen, die erste Woche. Normalerweise sind erste Male schön und aufregend. Meine sind ohne Max und machen mich traurig. Da hilft es auch nicht, wenn wir uns texten oder anrufen. Dazu kommt, dass ich New York vermisse. Ich melde mich bei Ava und auch bei Giulia, aber die Stimmung ist nicht so locker wie sonst. *Nichts ist mehr wie sonst.*

Als endlich der erste Videocall mit Max klappt, bin ich richtig aufgeregt. Mir fällt sofort auf, wie fertig er aussieht.

Aber da ist sein Max-Lächeln. Es ist alles, was ich gerade brauche.

»Komm, ich gebe dir mal eine Haustour durch mein idyllisches Gefängnis«, sage ich und führe ihn mit der Kamera herum. »Hier siehst du mein ehemaliges Zimmer!« Ich schwenke durch den Raum und zeige ihm mein Reich, mein kleines New York in Cornwall.

»Keine Boy-Band-Poster?«, fragt er frech. »Versteckst du die vor mir?«

»Ich war ein anständiges Mädchen. Mit zwölf hingen die Spice Girls an der Wand. Girlpower!«

Max sieht mich an, als müsste er das erst verdauen. Dabei will ich nicht wissen, für wen er sich mit zwölf Jahren interessiert hat. Wahrscheinlich alles, was große Brüste hatte!

»Jeder braucht Vorbilder!«, sage ich.

»Wen bewunderst du jetzt?«

»Zum Beispiel Gail Anderson, eine New Yorkerin, April Greiman, eine Grafikdesignerin, die unsere digitalen Medien geprägt hat, Carolyn Davidson, die Entwicklerin des Nike-Logos, und zig andere Leute, denen ich auf Instagram folge.«

»Ich kenne Gail. Soll ich euch mal vorstellen?«

Hat er gerade gesagt, er kennt mein Idol? Kennen wie in: Er hat ihre Nummer?! »Oh mein Gott, ja«, hauche ich begeistert, bis mir meine Lage klar wird. »Falls ich jemals wieder nach New York komme.«

»Das wirst du!«, sagt er und deutet auf die Stadtpanoramen hinter mir. »In dem Wolkenkratzer da wohne übrigens ich.«

»Nicht lustig, Max.«

»Ist mein Ernst.«

Ich drehe mich um und suche das Bild. *Wow, wow, wow!* Tatsächlich kann ich verdeckt hinter anderen Häusern das Gebäude sehen, in dem Max wohnt. »Du bist hier«, hauche ich erstickt und berühre das Poster, als würde ich ihn berühren.

»Ja, ich bin bei dir, Baby.«

Tränen schießen mir in die Augen, weil ich ihn so vermisse, und ich gebe mir einen Ruck und reiße mich los. »Wenn du noch Zeit hast, zeige ich dir das Teezimmer«, sage ich gespielt fröhlich.

»Habe ich. Das lasse ich mir nicht entgehen.«

Wenn Max und ich uns verpassen, rede ich mit Giulia, die mir Geschichten über ihre neue unordentliche Mitbewohnerin zum Besten gibt. Meine englische Ordnung fehlt ihr. Von Ava erfahre ich den neuesten Büroklatsch und dass es um *All-in* immer schlechter steht, weil nach Max' und meinem Weggang noch mehr Kunden abgesprungen sind. Es gab weitere Entlassungen – auch von Charlotte. Sie dachte wohl, ohne mich wäre ihre Position sicherer, deshalb muss sie Max und mich auch verraten haben, aber es war eher umgekehrt, sie stand ohne mich schlechter da.

Laut Ava wünscht sich mehr als eine Stimme, dass Max und ich wieder zurückkommen, bevor die Agentur insolvent geht. Ich kann das nicht, aber er.

Genau wie Owen rede ich Max gut zu. Nicht nur weil die Firma sein Baby ist, sondern auch damit Avas Job sicher ist. Wir müssen nicht beide arbeitslos sein. Außerdem könnte er so weiter versuchen, von *TFA* eine Ausnahmegenehmigung zu erhalten und mich zurückzuholen. Das überzeugt ihn. Er nimmt wieder seine alte Position ein und regelt mit Owen die Rückübertragung seiner damals abgetretenen Firmenanteile. Der Rest der Gespräche dreht sich um uns.

Sooft es geht, nehme ich Max mit auf Ausflüge zu den Klippen. Dort bin ich eh fast bei jedem Wetter, weil ich mir einbilde, wenn ich die Augen nur genug verenge, dann erkenne ich am anderen Ende des Horizonts Max. Dann bin ich nicht allein. Dann ist er wirklich hier.

»Kann es sein, dass du seit einer Stunde niemandem begegnet bist?«, fragt er mich auf einer meiner Touren, bei mir ist es Mittag, fast zwei Uhr, bei ihm noch Vormittag.

Ich lasse meinen Blick über die dunkelgrünen Wiesen und die schroffen Felsvorsprünge schweifen. »Ja, wir könnten es direkt hier auf dem Weg treiben, keiner würde es merken!«, scherze ich.

»Wie willst du später die Grasflecken erklären?«

»Wir sind ausgerutscht«, erwidere ich lachend. »Also wärst du dabei?«

»Du kennst mich. Immer, Baby.« Ein kurzer Moment des Schweigens folgt, bevor er ernster wird. »Versuchst du, nach London zu gehen?«

Ich nicke. »Ich bewerbe mich, aber es ist wie überall, es ist schwer, und die meisten Agenturen nehmen lieber Studenten, die sind billiger als ich mit meinen vielen Jahren Berufserfahrung.« *Dämlicher Sparzwang.*

»Was ist mit dem Job als Selbstständige?«

»Daran arbeite ich parallel, aber es dauert, einen Kundenstamm aufzubauen, von dem ich leben kann. Aktuell freue ich mich über Aufträge für Visitenkarten!« Ich verziehe das Gesicht, weil ich dafür nicht studiert habe. »Die kann heutzutage jeder online selbst gestalten. Zumindest jeder mit Internetzugang.«

»Aber dort sehen sie altbacken aus«, wendet Max ein.

»Oh, für die Klientel, die sie bei mir beauftragt, sind sie perfekt. Glaub mir. Als ich bei meinem letzten Projekt den verschnörkelten Rahmen weggelassen habe, folgte prompt eine Beschwerde über meine Mum.«

Max runzelt die Stirn. Er hat echt keine Ahnung, wie es hier läuft. Als Großstädter kann man sich das auch nur schwer vorstellen.

»Jeder kennt hier jeden«, erkläre ich. »Wenn ich ein Pixel falsch setze, startet das eine Telefonkette, die bei meiner Mum endet. Die gibt mir die Änderungswünsche weiter und denkt jedes Mal, ich verstünde nichts von meinem Job.« Ich seufze, weil mir mein Galgenhumor abhandenkommt. »Ich bin in der Hölle gelandet.« Ich schaue mich um. »Einer saftig grünen Hölle mit einer frischen Brise vom Meer, die dafür sorgt, dass man den üblichen Schwefelgeruch nicht wahrnimmt, aber ich bin mir sicher, wenn es mal windstill ist, riecht es jeder. Die Hölle.«

Max muss lachen. *Wie mir das gefällt!* Im Gegenzug zeigt er mir, was sich bei ihm tut. »Ich habe einen neuen Bauchmuskel trainiert, schau mal.« Er hebt sein Shirt und spannt seinen Bauch an, und lustvolle Erregung durchfährt mich. *So unpassend!*

»Wow«, antworte ich lahm. »Ich dachte, du zeigst mir wieder deinen Penis«, spiele ich auf sein Dickpic an.

»Ich war betrunken«, entschuldigt er sich nicht zum ersten Mal und grinst. »Außerdem hat es dafür gesorgt, dass du mir deine Brüste gezeigt hast. Beeindruckend!«

»Weil die ja auch komplett neu für dich sind!«

»Gut, Punkt für dich, aber nein, kein zweites Dickpic, nur das hier.« Er zeigt wieder auf seinen Bauch. *Himmel! Wie gemein von ihm! Das ist, wie Nachtisch vor die Nase gesetzt zu bekommen und ihn nicht essen zu dürfen.*

»Warte, ich hole mir Popcorn, deine Muskeln sind unterhaltsamer als ein Spielfilm«, witzle ich.

Er lacht wieder rau und typisch Max-mäßig, und ich spüre einen leichten Stich. Wir arrangieren uns, aber es ist nicht wie früher. *Wie ich dieses Display hasse! 2D! Wer mag 2D, wenn er 3D haben könnte?*

»Wie war dein Wiedereinstieg bei *All-in*?«, frage ich, weil er seit gestern wieder der Chef der Agentur ist. »War es irgendwie seltsam, wieder da zu sein?«

»Für mich? Nein. Für die anderen? Ja.« Er kratzt sich verlegen am Hinterkopf. »Ich scheuche sie alle ordentlich herum. Viel mehr als früher.«

»Wie lautet dein Spitzname?«

»Keine Ahnung.«

»Oh bitte, ich bin mir sicher, alle haben einen für dich, und auch, dass du ihn bereits kennst.« *Jeder bekommt mit, was der Flurfunk sagt.*

»Zeig mir noch mal deine Brüste, und ich verrate ihn dir.«

»Ich bin in der Öffentlichkeit.«

»In der immer noch kein anderer Mensch zu sehen ist außer dir.«

Punkt für ihn. Hektisch drehe ich mich um. Er hat recht. Grün im Norden, Grün im Süden, Grün im Osten und Blau vom Meer im Westen. Ich bin allein. »Das kann ich nicht tun«, sage ich trotzdem. »Ich schwöre, selbst der Wind hat Augen und trägt diesen Fehltritt zu meiner Mum.«

»Baby, was deiner Mutter nicht gefällt, ist genau das Richtige für dich. Aber gut, wenn du meinen Spitznamen nicht erfahren willst. Er ist wirklich gut ...«

»Wie gemein!« Ich ringe mit mir, könnte auch Ava fragen, aber ich merke, wie Max meine rebellische Ader wach kitzelt. Dachte schon, sie hätte sich für immer zur Ruhe gesetzt. *Frührente und so ...* Hastig hebe ich meinen Pullover und zittere wegen des kühlen Küstenwetters, das auch nur Engländer noch Spätsommer nennen können. »Zufrieden?« Ich drehe mich von links nach rechts und zurück. »Alles gut im Bild?«

Max sagt nichts.

»Hey, bist du noch da?« Ich fuchtle mit der Hand vor dem Display herum und fürchte schon, dass die Verbindung abgebrochen ist, noch ein Nachteil an diesem Ort. Das Netz ist sehr störanfällig. Es wäre nicht das erste Mal, dass das Bild einfriert.

»Fuck, ja, ich bin noch da«, sagt er und stöhnt. »Haben deine Brüste schon immer so nice ausgesehen?!«

»Der Spitzname!«, sage ich nur, weil ich jetzt keinen Sextalk gebrauchen kann. Dann vermisse ich Max nur noch mehr. Und will ihn. Und habe den Rest des Tages schlechte Laune.

Er atmet tief durch.

»Wird's bald, Boss!«

»Maximus Arschlochus.«

Ich pruste los. »Das hast du doch gerade erfunden!«

»Ruf Ava an, wenn du mir nicht glaubst. Ich bin Maximus Arschlochus.«

Ich muss glatt wieder lachen.

»Solltest du mir nicht beistehen?«, fragt er gespielt gekränkt. »Die sind ziemlich fies zu mir.«

»Und wie kann ich dir von hier aus helfen? Etwa indem ich dir wieder meine Brüste zeige?«

Seine Augen leuchten. »Ja, unbedingt!«

»Dafür ist es zu kalt.« Ich kuschle mich in meinen Pullover.

»Okay, dann verzichte ich.«

»Maximus Arschlochus«, wiederhole ich glucksend. »Eher Maximus Bauchmuskulus.«

Jetzt lacht er. *Gott, wie ich das liebe!*

Max

Maximus Bauchmuskulus!

Fuck, wie sehr ich Indys Humor vermisse!

Wir legen auf, und wie nach jedem Anruf sacken meine Mundwinkel nach unten. Nein, ich habe keinen Schlaganfall, sie fehlt mir, und ich weiß, ihr geht es umgekehrt genauso.

Wie immer brauche ich nach dem Gespräch einen Moment, bevor ich mich wieder auf die Arbeit konzentrieren kann. Für sie ist es schon Mittag, ich bin seit sechs Uhr morgens im Büro, jetzt ist es um neun, und die Leute trudeln nach und nach ein. Die Arbeit tut gut, sie lenkt mich von der Tatsache ab, dass Indy nicht hier ist. Zumindest kurzzeitig.

Fahr zu ihr, Conrad.

Es geht nicht. Die Agentur braucht mich.

Und wenn sie kommt?

Geht doch auch nicht. Momentan kann Indy nicht weg, weil sie ständig Bewerbungsgespräche hat und darum kämpft, beruflich wieder Fuß zu fassen. Und selbst wenn sie einen Job findet, wird sie nicht sofort Urlaub nehmen können. *Was ist das alles für eine riesige Scheiße?! Für jedes Problem gibt es heutzutage Lösungen, aber nicht für dieses.*

»Alles in Ordnung?«, fragt Owen und klopft an meine Bürotür.

Ich zwinge mich zu einem Lächeln. So falsch wie Designerhandtaschen für zehn Dollar. »Klar, alles ist super.«

Er schaut mich skeptisch an. »Sicher? Dein Lächeln sieht so aus, als sollte ich deine Zahnzwischenräume auf Essensreste überprüfen – sind übrigens keine da.«

Seine Sorge ist nicht unbegründet. Nach Indys Abreise bin ich abgestürzt. Der Whiskey hat mir geholfen, die erste Nacht zu überstehen, dann die zweite, schließlich die dritte. Wenn ich mit Indy telefoniert habe, habe ich funktioniert. Wenn nicht, war ich ein Wrack.

Eines Abends habe ich Owen angerufen und ihm beleidigende Nachrichten auf seinem Handy hinterlassen. Immerhin hat er Indy gekündigt! Mein sogenannter fucking bester Freund. Er ist zu mir gefahren, wurde vom Portier wie früher auch als mein Freund durchgelassen, hat mich in meinem Penthouse ohnmächtig vorgefunden und rief einen Krankenwagen. Wäre er nicht aufgetaucht, hätte es viel schlimmer enden können. Aber davon weiß Indy nichts. Davon wird sie nie erfahren. Sie würde sich die Schuld daran geben. Dabei hätte die die Konzernmutter *TFA* mit ihren dämlichen Vorschriften.

Danach haben Owen und ich uns ausgesprochen. Ich wollte weiter auf ihn sauer sein, aber es ging nicht. Vielleicht war er nicht für mich da, als Indy gefeuert wurde, aber er ist es jetzt. Ihm waren die Hände gebunden, ich verstehe das. Und ich habe ihn angelogen. Selbst jetzt fühle ich mich deswegen noch schlecht.

Als er mir erzählt hat, dass *All-in* durch meinen Weggang weitere Kunden verloren hat und sie wieder Leute entlassen mussten, habe ich mich schuldig gefühlt. Ich habe nie leichtfertig Kündigungen ausgesprochen, aber wie viel so ein Jobverlust ausmacht, habe ich erst durch Indy erkannt. Jake und Owen hatten mir meinen alten Job frei gehalten, und ich bin zurückgekommen und wieder bei *All-in* eingestiegen. Und das mache ich jetzt: arbeiten. Arbeiten, um nicht daran zu denken, dass Indy beschissene dreitausend Meilen von mir entfernt ist.

»Wirklich alles gut«, versichere ich ihm und atme tief durch. »Warum fragst du?«

»Sie hat mich eben angerufen. Sie war besorgt, weil du so mitgenommen aussiehst.«

Das ist neu. Nicht dass sie mit Owen redet – das macht sie seit ihrer Abreise aus New York und seit er angefangen hat, sich bei mir zu entschuldigen –, sondern dass mein schauspielerisches Talent wohl doch nicht so gut ist, wie ich dachte. *Aber klar, Conrad, sie kennt dich halt. Von allen Menschen auf der Welt ist sie vermutlich die Einzige, die immer wissen wird, wenn was nicht in Ordnung ist.*

»Ich sollte mal Augenpads ausprobieren«, murmle ich. »Wenn die bei Frauen wirken, dann doch bestimmt auch bei Männern.«

»Hey, das ist nicht witzig!«, knurrt Owen. »Sie hat recht, du siehst runtergerockt aus. So hast du nicht mal nach harten Agenturpartys ausgesehen, und auch wenn es lange her ist, davon gab es so einige. Kommst du mit der Arbeit zurecht?«

»Ich habe in den paar Monaten nicht verlernt, wie der Job geht!«

»Das meine ich nicht, und das weißt du auch. Vielleicht hättest du doch eine längere Pause einlegen sollen, bis ihr für euch einen Rhythmus gefunden habt, wie eure Fernbeziehung funktioniert.«

Wer von uns ist jetzt der Witzbold? Dann gehe ich nie wieder arbeiten, denn wir werden nie einen Rhythmus finden, denke ich. *Es fühlt sich nie richtig an.* »Nein, es war gut, dass du mir, neben Indy, gesagt hast, dass die Agentur mich braucht.«

»Gut für die Agentur, ja. Aber auch gut für dich?«

»Deine Sorge geht mir echt auf die Nerven.« Wenn ich raten müsste, überkompensiert er, dass er mich mit Indy so im Stich gelassen hat.

»Denk mal darüber nach, was passiert, wenn ich Indy was davon stecke.«

»Wehe!«, brumme ich. *Sie hat genug um die Ohren.*

»Dann rede mit mir.«

»Das mache ich doch gerade«, rufe ich. »Es kommen Worte aus meinem Mund. Gibt es eine neue Art von Gesprächsform, die ich noch nicht kenne?«

»Du bist gereizt.«

»Ich bin ja auch Maximus Arschlochus!« Mein Knurren verwandelt sich in ein leises Lachen, und ich seufze tief. »Sorry, das war blöd von mir.« Ich fahre mir über das Gesicht und sammle mich. Owen hat bereits genug abbekommen. »Wenn überhaupt, dann ist die Arbeit das Einzige, was mich morgens aus dem Bett bringt.«

»Warum bist du dann so fertig? Trinkst du wieder?«

»Fuck, nein!« *Der eine Absturz hat mir gereicht. Ich mache stattdessen Sport und trainiere meine Bauchmuskeln wie ein Verrückter*, denke ich bitter und fühle mich noch einsamer, als mir Indys Spitzname für mich einfällt. *Maximus Bauchmuskulus.* »Sie fehlt mir, okay? Sie fehlt mir jede einzelne Sekunde.«

»Aber ihr sprecht euch, ihr seid zusammen. Ja, es ist eine Fernbeziehung, aber eine Beziehung.«

»Es ist was anderes, wenn du das Leben mit jemandem teilst, als wenn du ihm nur davon erzählst. Keine Ahnung, wie andere das hinkriegen, mit jedem Tag, der vergeht, entfernen wir uns mehr voneinander, und keiner von uns kann es aufhalten. Es sei denn, sie könnte wieder in New York arbeiten.« Das ist meine leise Hoffnung.

»Hast du mit den Leuten in Melbourne noch mal gesprochen?«, fragt er.

»Habe ich und tue ich gefühlt jede Woche. Mir ist egal, was ihre Regeln besagen, ich will eine Ausnahme. Doch bisher weigert sich *TFA*.« Ich verstehe ihre Bedenken, aber in einer Zeit, in der die meisten Menschen ihre Partner bei der Arbeit kennenlernen, ist es ein bisschen altmodisch, Beziehungen untereinander zu verbieten. Glückliche Mitarbeiter leisten bessere Arbeit. Leider liebt die Frau, die in Melbourne das Sagen hat, Regeln über alles und antwortet mit einem: ›War schon immer so, wird immer so bleiben.‹ *Dann soll sie Beeren sammeln, während ihr Mann jagt! Fuck, nerven mich Leute, die an der Vergangenheit festhalten.*

»Weiß Indy, dass du versuchst, was zu ändern?«, fragt Owen.

»Nein, ich will ihr keine falschen Hoffnungen machen. Denkst du, ich sollte es ihr sagen?« Dann müssten wir beide nicht so tun, als wäre alles toll. Wir hätten wieder was, woran wir gemeinsam arbeiten, worauf wir uns gemeinsam freuen können.

Er schüttelt den Kopf. »Sie sollte all ihre Energie darauf verwenden, vor Ort was zu finden. Wenn es zu einer Regeländerung kommt, kann sie immer noch abbrechen und hierher zurückkommen. Wie steht es mit anderen Jobs in New York?«

Oh, Kellner werden gesucht. Für die gibt es aber leider kein Arbeitsvisum. Gelten nicht als Fachkräfte. Auf die restlichen Stellen bewerben sich Hunderte wie ein Wolfsrudel, das sich um eine Fliege streitet. »Wir suchen nach wie vor, aber es sieht schlecht aus.«

»So ein Mist. Ich hab mich auch umgehört, leider bisher ohne Erfolg. Soll ich weitermachen?«

»Unbedingt, auch wenn ich wenig Hoffnung habe. Selbst die Leute, die mir einen Gefallen schulden, konnten mir nicht helfen.« Einer meiner prominenten Freunde hat sogar vorgeschlagen, sie als Beraterin einzustellen. Aber Indy ist keine, und wenn das auffliegt, bezweifle ich, dass sie je wieder ein Arbeitsvisum für die Staaten erhält. Frustriert wedle ich mit der Hand. »Los, geh schon und lass mich weitermachen.«

Owen verschwindet nicht.

»Was?«, blaffe ich.

»Vielleicht solltest du dir heute freinehmen, nach Hause fahren und dich wenigstens für einen Tag mal erholen.«

»Wird nicht passieren.«

»Warum nicht?«

Checkt er es nicht?! »Weil mich in meinem Penthouse alles an sie erinnert.« Ich überlege sogar, die Immobilie zu verkaufen, und habe schon Maklerangebote vorliegen. So ernst ist es mir.

»Also bist du jetzt mit deiner Arbeit verheiratet?«, tönt Owen und legt, ganz Freund, den Finger genau dahin, wo es wehtut. »Na, das wird eurer Beziehung helfen!«

»Sehr witz–«, *ig*, will ich sagen, aber stocke.

Conrad, das ist es!

Bist du dir sicher?

Yes!

Ich schließe kurz die Augen und reibe mir die Stirn.

»Brauchst du einen Arzt?«, fragt Owen.

»Scht«, mache ich. Plötzlich sehe ich die Lösung ganz klar vor mir. Ich habe die Zeit mit Vanessa für einen Fehler gehalten, den ich nie wieder machen wollte. *Aber wäre Indy diejenige gewesen …*

Vor meinem inneren Auge tauchen Bilder von ihr und mir auf. *Sie definitiv ohne Höschen, verdammt, das würde mir gefallen. Und in Weiß. Natürlich.*

Hitze durchströmt mich und vertreibt diesen Nebel, der mich die letzten Wochen blockiert hat.

»Owen, du bist ein Genie!«, rufe ich und springe auf.

»Du nimmst dir also einen Tag frei?«

»Besser! Mindestens eine Woche!«

KAPITEL
17

Indy

Vielen Dank für Ihre Bewerbung und Ihr Interesse an Beyond Art.
Leider müssen wir Ihnen mitteilen, dass wir Sie für die Stelle Grafikdesign (männlich / weiblich / divers) nicht berücksichtigen konnten.
Wir wünschen Ihnen alles Gute auf Ihrem beruflichen Weg.

Verdammt, wieder eine Absage! Wütend zerknülle ich den Brief, der nur so vor Textbausteinen strotzt, und werfe ihn in den Müll. Mein Lebenslauf ist akkurat, es gibt keine Lücken, und ich habe global erfolgreiche Projekte als Referenz angegeben. In New York war ich eine der Besten. Hier tun alle so, als wäre ich im Mittelfeld. *Wie kann das sein? Was muss man bitte als Referenz für einen Job aufweisen? CEO bei Adobe? Chefdesignerin von Apple? Hundert Jahre Berufserfahrung?*

Ich schaue aus dem Fenster und sehe in den Garten meiner Eltern. Üppig blühende Hortensien, Lavendel, perfekter grüner Rasen, eine kleine Steinmauer, die das Grundstück umgibt und dahinter nichts als malerische Landschaft. *Ist das mein Schicksal bis ans Ende meiner Tage? Ein schönes Gefängnis, aber ein Gefängnis.*

»Es gibt Scones«, höre ich meine Mum rufen.

»Komme!«, antworte ich und stehe auf.

Los, reiß dich zusammen, Indy, sei dankbar, dass du Eltern hast, bei denen du unterkommen kannst. Das ist viel wert.

Ich nehme die Treppe nach unten, höre wieder das typische Knarzen der dritten Stufe von oben, das mit den Jahren lauter geworden ist, und will in die Küche einbiegen.

»Hier sind wir«, ruft Mum von einer anderen Ecke aus.

Wir?! Dad ist, soviel ich weiß, angeln.

Ich ändere die Richtung und stocke, als ich einen Mann auf dem Landhaus-Sofa meiner Eltern sitzen sehe. Er ist etwa in meinem Alter, trägt eine beige Stoffhose, ein blaues Hemd und einen Pullover mit Karomuster, als hätte er seinen Look mit unserer Couchgarnitur abgestimmt.

»Indy, Schatz, du erinnerst dich doch bestimmt an David? Ihr habt mit vier immer zusammen am Strand gespielt.«

»Ich glaube auch noch mit fünf und sechs, Muffin«, fügt er hinzu.

Das ist der Mann, mit dem mich meine Mum auf ihrem anstehenden Geburtstag verkuppeln wollte. Offensichtlich hat sich der Plan geändert, und wir sollen eher zusammenkommen, damit sie uns nicht an den Single-Tisch, sondern zu den Paaren setzen kann.

Ich weiß, dass ich als Kind viel Zeit am Strand verbracht habe. Daran habe ich gute Erinnerungen. Dass der Mann meinen Spitznamen von früher benutzt, löst weniger gute aus, vor allem an meine Schulzeit. Ich war kein dickes Kind, aber etwas fülliger – und weil ich Muffins geliebt habe, hat man mich mit dem Namen gehänselt. *Der heutige Tag meint es nicht gut mit mir. Erst die Absage, jetzt das!*

Beide tun so, als würde ich David kennen. Aber mein Gedächtnis streikt. »Hi, David«, sage ich höflich, zögere, mich hinzusetzen, und wähle dann den Platz ihm gegenüber. Immer noch zu nah.

»Ich dachte, du nimmst auch das Sofa«, sagt meine Mum. Was sie eigentlich meint, ist, dass ich mich umsetzen soll. Gezwungen lächelnd rücke ich zu David, und meine Mum bietet uns ihre Scones an. »Greift zu, Kinder!«

Mir ist der Appetit vergangen, aber ich nehme mir einen. Eher darf ich eh nicht aufstehen. David tut es mir gleich. Deutlich begeisterter mit einem: »Die duften herrlich, Mrs. Fallon!« *Schleimer!*

»David leitet jetzt ein eigenes Bed & Breakfast drüben in Harlyn«, sagt meine Mum, als könnte er mir das nicht selbst erzählen. *Er sitzt direkt neben mir!*

»Glückwunsch«, sage ich neutral, aber fluche innerlich, als ich das Leuchten in den Augen meiner Mutter bemerke. *Oh nein, sie macht sich ernsthaft Hoffnung, dass dieser Mann und ich zusammenkommen.*

»Indy ist gerade erst aus Amerika zurückgekommen«, erzählt ihm meine Mum. *Als wüsste er das nicht längst. Ganz Cornwall weiß von meiner Ankunft in einem ›amerikanischen Amüsierkleid‹, der Ausdruck, den meine Mutter in Umlauf gebracht hat.*

»Schön, dass du wieder hier bist«, sagt David.

Ja, so schön wie der Weltuntergang!

»Na, dann lasse ich euch mal alleine«, meint meine Mum zufrieden, bevor sie aufsteht und die Tür hinter sich schließt. *Sie! Schließt! Die! Tür!* Das macht sie sonst nie. *Was bitte wird das hier?*

»Dürfen wir erst wieder raus, wenn Kinder unterwegs sind?«, witzle ich.

»Ich dachte an vier«, erwidert David todernst.

»Wie bitte?«, erkundige ich mich höflich.

»Kinder. Ich dachte an vier Kinder. Bist du einverstanden?«

»Ich fürchte, ich komme gerade nicht mit …« *Oder ich habe einen Aussetzer und einen Teil der Unterhaltung verpasst.*

Ich rücke an die entlegenste Sofakante und bin zum ersten Mal wirklich froh um die zurückhaltende Art der Engländer. David bleibt steif an seinem Platz sitzen, beißt von einem Scone ab und krümelt auf seine Hose. *Als wäre meine Fluchtreaktion völlig normal!*

»Es hat sich wie ein Lauffeuer verbreitet, dass du wieder hier bist«, sagt er. »Emma und Maggy reden von nichts anderem.«

Mein Gesicht verzieht sich zu einem schmerzhaften Lächeln, als ich an meine alten Mitschülerinnen erinnert werde, die mir das Leben in Padstow so schwer gemacht haben. Mit Kommentaren zu meiner Figur, meiner Kleidung, meinen Interessen. Allem! *Wie schön, dass meine Erzfeindinnen noch in der Nachbarschaft wohnen. Das macht mir Padstow gleich sympathischer!*

»Sie sind jetzt übrigens verheiratet. Emma mit Thomas und Maggy mit Benjamin.«

»Das passt ja«, murmle ich sarkastisch. *Wahrscheinlich kriegen sie keine Babys, sondern Monster, die die Weltherrschaft wollen.*

»Ja, nicht wahr! Das finden alle«, ruft er begeistert, taub für Zwischentöne. »Du solltest sie unbedingt besuchen. Sie fragen sich schon, warum du dich noch nicht gemeldet hast.«

Ernsthaft? Das Letzte, was ich tun werde, ist, diese Leute zu besuchen. Eher mache ich einen Exorzismus mit. »Ich denke darüber nach«, sage ich jedoch höflich, weil ich weiß, dass jeder meiner Fehltritte zu meiner Mutter und damit wieder zu mir getragen wird. *Man sollte nur aufs Land ziehen, wenn man auf so etwas steht!*

David checkt es immer noch nicht. »Sag Bescheid, wenn du sie triffst, ich komme dann mit.«

Als was? Mein Date?! »Mmh«, mache ich nur, was alles bedeuten kann. »Tja, also, war nett, dich wiedergesehen zu haben.« *Nicht wirklich.* »Leider habe ich jetzt zu tun«, versuche ich, mich aus der Affäre zu ziehen.

»Was immer es ist, ich kann dir helfen.«

»Nein, danke, David.«

Ich stehe auf und atme schwer wie nach einem Streit, weil ich innerlich koche. *Träumt er davon, dass ich ihm vier Babys austrage, vier Menschen, die dann auch hier festsitzen? Schön, wenn ihn das glücklich macht, aber mich nicht. Das hat es nie. So ticke ich einfach nicht. Warum sieht das hier niemand?*

Schmerz durchzieht mich, als ich an die Menschen denke, die mich kennen, die mich lieben: Giulia, Ava und Max. Vor allem Max. Bei ihm muss ich keine Show abziehen. Ich kann sein, wie ich bin, und er weiß mich zu nehmen.

»Habe ich was Falsches gesagt?«, fragt David erschrocken über meinen Aufbruch. »Das wollte ich nicht, Muffin.«

Bei dem Kosenamen durchzuckt es mich erneut, aber ich schlucke meinen Ärger hinunter. Ihm scheint gar nicht klar zu sein, wie verletzend es ist, mich so zu nennen.

»Es liegt nicht an dir«, sage ich höflich. »Ich muss mich einfach nur daran gewöhnen, wieder hier zu sein.« Schon während ich die Worte ausspreche, hasse ich mich dafür. *Wer bin ich geworden, dass ich nicht einfach zugeben kann, dass ich alles hier schrecklich finde? Aktuell an erster Stelle ihn.*

»Natürlich brauchst du Zeit, Muffin. Das verstehe ich«, sagt er gespielt einfühlsam und kommt auf mich zu. *Hilfe!* Mit schockierender Genauigkeit sehe ich, dass er mich küssen will, und alles in mir sträubt sich bei dem Gedanken. *Eher küsse ich alle Frösche der Welt als ihn.*

»Nein, ich denke, das verstehst du nicht, David«, explodiere ich. Es geht nicht anders. Ich bin New Yorkerin – gerade im Exil, aber trotzdem! –, die lassen sich so eine Nummer nicht bieten! »Du tauchst hier auf, weil deine Mutter mit meiner Mutter irgendwelche Absprachen über unsere Köpfe hinweg getroffen hat, statt selbst auf mich zuzukommen. Wo leben wir denn? Im Mittelalter? Als Ehen arrangiert wurden? Ich habe dich seit Jahren nicht gesehen. Vielleicht haben wir am Strand gespielt, aber ich kann mich an nichts erinnern. Oder doch. Warte!« Jetzt tauchen Bilder auf von einer Zeit, als ich sieben oder acht Jahre alt war. »Du hast mich mit Matsch beworfen, habe ich das richtig im Kopf?«

»Das machen Kinder halt so«, sagt er ohne einen Hauch von Reue.

»Ich war acht, und du warst was, elf, zwölf? Du warst so viel älter, und du hast mich mit *Matsch* beworfen. Wieder und wieder.«

»Muffin, das ist doch ewig her.«

»Nicht lange genug.«

Die Tür fliegt auf, und meine Mum platzt herein. »Was ist denn hier los?«, fragt sie beunruhigt über unseren Streit.

»Ich bin weg! Das ist hier los«, sage ich, weil ich in diesem

Haus, in der Gegenwart dieser zwei Menschen zu ersticken drohe.

Tränen steigen mir in die Augen. Ich dachte, ich würde mich langsam wieder einleben. Ich kümmere mich um einen Job. Ich schaue nach vorne, und ich weiß, ich werde Max bald wiedersehen und dann wird alles gut sein. Zwar für viel zu kurze Zeit, aber immerhin endlich wieder gut. Doch in diesem Moment fühlt es sich an, als würde das nie passieren.

Draußen stürmt es, und ein paar Tropfen fallen vom Himmel. Ich sollte nicht losgehen, aber es ist mir egal. Ein bisschen Regen hat uns Engländer noch nie aufgehalten. Ich muss hier einfach raus. *Jetzt sofort.*

Ich schlüpfe in meine Sportschuhe, verlasse das Haus meiner Eltern, laufe die Auffahrt hinunter und dann die Landstraße entlang. Erst weiß ich selbst nicht, wohin ich will, bis ich merke, dass ich die Straße stadtauswärts nehme. *Weg hier! Weg. Endlich!* Auch wenn ich genau weiß, dass ich auf dieser Insel gefangen bin.

Weitere Tropfen fallen zu Boden, der Horizont färbt sich dunkelblau, bis es unmöglich ist zu sagen, wo der Himmel aufhört und das Meer beginnt.

Ich biege von der kleinen auf die größere Landstraße und laufe vor ein Auto. *Klar, weil ich mich nicht verkuppeln lasse, bringt das Schicksal mich jetzt um. Sehr passend!*

Der Wagen kommt gerade noch rechtzeitig zum Stehen, und ich hämmere mit der Wut von vier Wochen in Cornwall ohne irgendeine Verbesserung meiner Situation gegen die Motorhaube. »Du verfickter Penner, wie kannst du bitte den einzigen Menschen im Umkreis von zehn Meilen anfahren? Wo hast du deinen Führerschein gemacht? In der Wüste?!«

Die Fahrertür geht auf, aber ich habe keine Energie, mich mit einem weiteren dieser Hinterwäldler herumzuschlagen. Wer auch immer das ist, ich werde es später von meiner Mum erfahren. *Darauf ist Verlass!*

Ich laufe weiter, der Regen nimmt zu, die Jeans kleben mir an den Oberschenkeln, und die feuchte Luft ist unangenehm kalt auf meiner Haut. Aber ich kann nicht aufhören. Wenn ich stehen bleibe, bleibt mein Leben stehen. Dann bin ich am Ende.

Mich überkommt heftige Sehnsucht nach Max. Ja, ich könnte ihn anrufen. Aber in solchen Situationen brauche ich ihn an meiner Seite. Hier, nicht am anderen Ende der Welt. Zum Anfassen, nicht nur zum Sehen. Echt, nicht digital.

Ich verlasse die Straße und nehme einen der Wanderwege, die zu den Klippen hinaufführen. Das Meer rauscht im Takt mit den donnernden Wolken, doch das macht mir keine Angst. Das, was ich will, ist dort, am anderen Ende der Welt.

»Wehe, du springst«, knurrt da eine vertraute Stimme hinter mir.

Okay, Indy, jetzt verlierst du völlig den Verstand!

Ich fahre mir über das Gesicht. Da räuspert sich jemand hinter mir. *Oh bitte, er ist ganz sicher nicht hier.* Ich drehe mich um, um zu sehen, wer sich einen Scherz erlaubt, und meine Welt bleibt stehen.

Vor mir ist Max, von Kopf bis Fuß durchnässt. Im Hintergrund auf der Straße sehe ich einen Wagen mit laufendem Motor. Den Wagen, vor den ich gerannt bin. *Entweder ich bin tot, weil mich der Blitz getroffen hat, oder meine große Liebe ist wirklich hier.*

»Würdest du mir nicht nachspringen?«, witzle ich, weil ich einen Moment brauche, um zu verarbeiten, was ich sehe.

»Da runter?«, antwortet Max, macht einen vorsichtigen Schritt in Richtung Klippe, weicht zurück und grinst breit. »Das wäre ja wie Romeo und Julia. In dem Versuch zusammenzukommen, sterben sie am Ende beide. Nein, danke. Auch wenn Shakespeare ein Klassiker ist. Solchen Mist können sich nur Briten ausdenken. Du weißt ja, wir Amerikaner lieben Hollywood und kitschige Happy Ends. Da passiert was anderes.« Mit diesen Worten sinkt er auf ein Knie und öffnet ein Schmuckkästchen.

»Ja«, sage ich, bevor ich ganz begreife, was er da tut.

»Ich muss erst noch die Frage stellen, Baby.«

»Ja«, kann ich wieder nur sagen, weil er mir einen Antrag machen will, und ich tue das, was ich seit Wochen machen will. Ich falle Max um den Hals und küsse ihn. *Gott, war das überfällig.*

Max

Indy wirft sich in meine Arme, so stürmisch, dass mir das Schmuckkästchen aus der Hand fällt. Der Ring war teuer, aber ich verschwende keinen Gedanken an das Teil. Sie ist so viel wertvoller. Ich fühle ihren Körper an meinem, und ein unbeschreiblicher Mix an Gefühlen durchfährt mich – Liebe, Erleichterung und rohe Lust. *Fuck!*

Ihre Haut ist nass und kalt vom Regen, aber das kümmert mich nicht. Ich ziehe sie näher an mich heran und brauche einfach mehr von ihr – und ich möchte sicherstellen, dass sie nicht doch noch springt. Bei dieser Frau weiß man nie, was ihr einfällt. Unsere Lippen fallen übereinander her, unsere Körper pressen sich aneinander. Sie fühlt sich an wie in New York. *Nein, besser. Hungriger, wilder. Dann hat die Trennung wenigstens eine gute Sache gehabt.*

Schließlich lehnt sie sich an meine Schulter, hält mich umklammert, als könnte ich verschwinden, und ihr Körper bebt. Sie weint. Gut, dass ich sie damals am Flughafen nicht so gesehen habe, ich wäre einfach in den Sicherheitsbereich gerannt und wäre mit ihr abgehauen. Nach Paraguay, Venezuela, meinetwegen auch China, in irgendein Land, das uns nicht an die USA ausliefert.

»Scht, Baby«, mache ich und küsse ihren Hals.

»Du bist hier.«

»Ich bin hier.«

Sie weint noch heftiger. Ich glaube, jetzt vor Freude. »Du bist wirklich hier.«

»Mmh«, murmle ich und streiche ihr Tränen aus dem Gesicht, die sich längst mit dem Regen vermischt haben. Ich sehe sie an, sie mich. Wir können es beide nicht glauben, dass wir uns endlich wiederhaben. Der Stoff unserer Klamotten klebt nass auf unserer Haut, aber ihre Finger fahren unter meinen Sweater, und ich stöhne laut auf, als ich ihre Berührung spüre. So vertraut. So fühlt nur sie sich an. Und neu mit eisigen Händen.

»Dir ist kalt«, sage ich.

»Sorg dafür, dass mir wärmer wird. Bitte, Max!«

Das lasse ich mir nicht zweimal sagen!

Ich drücke sie auf den durchweichten Boden und jage uns beiden Schauer über den Rücken, als ich an dem Stoff reiße, der uns voneinander trennt. Ihre Jeans kleben auf ihrer Haut, aber nichts kann mich aufhalten. Sie hilft mir. Gleich darauf zerre ich ihren Slip zur Seite und schiebe zwei Finger in sie. Nicht sanft oder gefühlvoll, aber genau richtig, denn sie stöhnt zufrieden und drängt sich enger an mich. *Fuck, wie habe ich diesen Laut vermisst!*

»Wird dir wärmer?«

»Ein bisschen«, sagt sie, während sie sich mit gespreizten Beinen an mich presst. »Ich brauche mehr, Max.« Sie reibt sich an meinem Schritt. »Dich, jetzt, sofort.«

Ich drücke Indy auf dem matschigen Gras zurück und bilde mit meinem Körper einen Schirm über ihr. Romantischer wird es nicht. Der Regen prasselt auf meinen Rücken ein und läuft seitlich an mir herunter. Ihr Atem bildet kleine Wölkchen, so sehr glüht sie. Selbst wenn ich wollte, könnte ich ihr nicht widerstehen. Mitten im Regen fische ich ein Kondom aus meiner Hosentasche, das dort immer steckt, öffne die Knopfleiste meiner Jeans, befreie meine Erektion, ziehe mir das Gummi über und tue das, was wir beide so dringend brauchen. Ich nehme sie, nicht sanft oder zärtlich, sondern so, als könnten wir sterben, wenn ich mich nicht beeile. Es gibt nur uns hier draußen – nicht den Regen, die Kälte oder den matschigen Boden –, nur uns.

»Gott, hast du mir gefehlt«, knurre ich und küsse sie heftiger, benutze ihren Körper, den ich so gut kenne, und drücke nebenbei die englische Wiese unter uns platt. Nichts könnte befriedigender sein.

»Max!«, ruft sie nur, und ihr Schrei wird vom Wind fortgerissen. Ihre Hand krallt sich in meine Hüfte, und sie zieht mich immer wieder näher, will mehr von mir, weil das, was ich ihr gebe, nicht ausreicht. »Jaaa!« Mit einem Schrei kommt sie unter mir. *Unglaublich schnell, unglaublich heftig.* »Ja, ja, ja.« Ich lasse mich mitreißen, gebe diesem Druck nach, habe das Gefühl, dass, obwohl das Wetter um uns herum Weltuntergangsstimmung vermittelt, für uns die Sonne scheint. *Wurde auch Zeit.*

»Ich liebe dich«, sage ich, als ich wieder zu Atem komme.

»Ich dich auch, Boss.« Sie streicht mir Wasserperlen aus den Haaren und lächelt zufrieden. Aber ihre Finger sind kühl, und ich kann sehen, dass ihre Lippen sich blau färben.

»Lass uns zum Wagen gehen«, sage ich.

»Gute Idee!«

Ich entferne das Kondom, quetsche mich in die nasse Hose und halte ihr ihre hin. »Hier, nimm sie und geh einfach.«

Ich will ihr schon folgen, aber stocke. »Mist, der Ring.«

»Was ist los?«, ruft sie.

Mir wird schon wieder heiß, als ich sie sehe, mitten im Regen, mit ihrer Hose in der Hand, dem nassen, durchsichtigen Shirt, einem mehr schlecht als recht gerichteten Slip und ihrem Wahnsinnslächeln. Ein echtes Lächeln. Nicht dieser Fake der letzten Wochen.

»Ich habe den Ring fallen gelassen«, erkläre ich.

»Bist du sicher, dass du ihn verloren hast?«, fragt sie. »Du hast doch noch keinen am Finger, oder?«

»Nein.«

»Dann bin ich mir sicher.«

»Warte, ich helfe dir, ihn zu suchen.«

Die Wiese steht halb unter Wasser, aber weit kann das Schmuckkästchen nicht gefallen sein. Auf Knien tasten wir uns durch überschwemmtes Gras. Wäre es nicht so dunkel wegen des Unwetters, würde man es leichter finden.

Sie niest, und ich sehe, dass ihr richtig kalt ist, sie hat überall Gänsehaut.

»Bitte, Baby, warte im Wagen, du frierst.«

»Ich werde dich den Ring nicht alleine suchen lassen. Außerdem ist es ab sofort meiner. Ich habe Ja gesagt.« *Lustig, wie scharf sie darauf ist.*

»Ich kann einen neuen kaufen.«

Sie sieht mich an. »Wie viel hat er gekostet? Fünf Dollar?«

»Das verrät man nicht.«

»Wenn es mehr als hundert Dollar waren, dann suchen wir weiter.«

Ich schweige, weil es weit mehr war. Der Ring ist zwar vom Flughafen, aber die haben mittlerweile hochwertige Shops. Er ist aus Platingold und hat einen kleinen Diamanten.

»Wir suchen weiter«, sagt sie entschlossen und krabbelt vor mir her.

Ihr Anblick lenkt mich ab. Ich habe ihren Hintern vor der Nase und muss ihn einmal küssen. Sie quietscht und lacht, aber mir fällt noch etwas anderes auf. Ihre kalte Haut. *Los, Conrad, finde diesen beschissenen Ring. Sonst hast du die Frau vor der Klippe gerettet, aber sie stirbt an einer Lungenentzündung.*

»Hab ihn!«, ruft Indy plötzlich triumphierend und fährt mit dem Kästchen herum. Sie will sich den Ring hastig selbst anstecken, doch ich nehme ihn ihr ab. »Hey, was soll das?«

»Baby, ich übernehme das!«

»Kleinlich. Ich dachte, du machst dir nichts aus Konventionen.«

»Nur aus denen, die mir keinen Spaß machen. Mit dir ist es anders.« Ich sehe mich um und muss lachen. Das Unwetter tobt über uns. Der Himmel ist schwarz wie die Nacht. Niemand ist weit und breit zu sehen, und wir sitzen im nassen Gras. »Gott, mit dir ist alles anders. Also, Hand her!«

Ich strecke meine Hand aus und werde nervös, als ich ihre spüre, nass und kalt, doch für den Moment stört das keinen von uns. Ich schiebe ihr den Ring auf den Finger und küsse sie, will sie wieder, aber reiße mich los.

»Jetzt, ab ins Auto.«

»Gott, ja«, stöhnt sie und rennt zum Wagen, der immer noch mit Licht und offener Tür am Straßenrand steht, genau dort, wo ich gehalten habe, als sie mir vor die Motorhaube gelaufen ist. Der einzige Mensch weit und breit – und der einzige, der zählt.

»Brr«, macht sie, als sie ins Trockene flüchtet, und schüttelt sich.

Ich folge ihr, schließe die Tür und drehe die Heizung nach oben, woraufhin sofort die Scheiben beschlagen. Indy hält ihre Hände vor die Lüftung, aber friert weiter.

»Wir müssen aus den nassen Sachen raus«, sage ich.

»Das ist ja noch kälter!«, quiekt sie protestierend.

»Nur im ersten Moment.«

Ich pelle mich aus meinem Sweater und spritze das Armaturenbrett nass, schiebe den Sitz zurück und befreie mich ächzend von den Jeans. Indy schält sich aus ihrem Shirt.

»Auch den BH«, sage ich.

»So viel macht der nicht aus.«

Ich blitze sie warnend an. Das Teil ist tropfnass.

»Ich kann nicht oben ohne durch meinen Heimatort spazieren.«

Noch vor ein paar Wochen hätte ich ihr widersprochen, aber nach allem, was sie mir in der Zwischenzeit erzählt hat, gebe ich ihr recht. »Warte!«, sage ich nur.

Splitterfasernackt springe ich im strömenden Regen aus dem Wagen und höre Indy vergnügt kreischen: »Die Stelle hier hat doch was für sich. Du kannst ein Flitzer sein, und niemand bekommt es mit.«

Selbst wenn, ich bin der Amerikaner. Von denen erwartet man dumme Aktionen. Ich mache mir keine Gedanken um die Konsequenzen. Lachend gehe ich an den Kofferraum, nehme meine Tasche raus und werfe sie auf den Rücksitz, bevor ich wieder einsteige.

»Komm nach hinten«, sage ich. »Du kannst was von meinen Sachen anziehen.« Unsere Blicke treffen sich kurz im Rückspiegel. »Du darfst aber auch nackt bleiben. Ich hatte noch nie eine komplett nackte Frau auf dem Beifahrersitz; das ist ein Anblick, der was für sich hat.«

Sie lacht und quetscht sich mit einem »Achtung« nach hinten zu mir. Ich reiche ihr ein Shirt und eine Jogginghose und schlüpfe selbst in Boxershorts und mein Schlafshirt.

»Komm her«, sage ich, ziehe sie an mich und reibe über ihre Arme und Beine, um sie zu wärmen. »Besser?«

Indy kuschelt sich an mich und schließt die Augen, ein

seliges Lächeln auf dem Gesicht. »Richtig viel besser.« Blinzelnd schaut sie auf ihre Hand mit dem Ring. »Du willst mich echt heiraten!«

»Ich will nicht nur, ich werde.«

»Bist du dir sicher?« Sie legt den Kopf zurück und sieht mich an, registriert erst jetzt, wie übermüdet ich aussehe, genauso mitgenommen wie sie. Kein Display und kein Filter kann das diesmal überdecken.

»Ich war mir nie bei etwas sicherer«, sage ich. »Wir haben uns so angestrengt, einen Job für dich in New York zu finden und einen Weg, wie du an das Arbeitsvisum kommst, dass wir die einfachste Möglichkeit gar nicht in Betracht gezogen haben. Bist du dir denn sicher?«

»Bin ich«, sagt sie und lacht. »Ich war skeptisch, ob die Ehe und ich zusammenpassen. Aber ich habe gerade mit meinem Verlobten Sex im Regen auf der Erhöhung vom St. Savior's Point gehabt! Wenn die weiteren Jahre auch so werden, kann ich damit leben.«

»Dein Verlobter«, wiederhole ich im gleichen Tonfall wie sie, voller Stolz und Zufriedenheit und Glück und Liebe. Ich küsse sie noch mal und lächle. »Meine Verlobte.«

Da klopft es von außen gegen die beschlagene Scheibe. »Sir, sind Sie liegengeblieben? Brauchen Sie einen Abschleppdienst?«

KAPITEL 18

Indy

In dem Moment, als es an die Scheibe von Max' Wagen klopft, wird mir wieder klar, wo ich bin. In Cornwall, nicht in einem Traum.

»Das ist David«, flüstere ich Max zu.

»Und wer ist David?«

Ich rolle mit den Augen, weil er mir das nicht glauben wird. Klingt wie aus dem viktorianischen Zeitalter. »Das ist der Mann, mit dem meine Mum mich verkuppeln wollte.«

Sofort hält Max mich fester, als könnte David mich ihm wegnehmen.

»Danke schön, alles in Ordnung«, ruft Max.

»Sicher?«, kommt als Antwort zurück.

»Sicher«, ruft Max. »Hab mein Mädchen«, fügt er leise hinzu und küsst mich. *Gott, hört sich das gut an. Sein Mädchen.*

»Und jetzt?«, frage ich, als David uns in Ruhe lässt.

»Gibt es hier so was wie Las Vegas, wo man superschnell heiraten kann?«

»Nein, hier in Europa herrschen Sitte und Anstand, Mister.«

»Dann bleibe ich wohl, bis ein Termin beim Standesamt frei wird, denn ich werde nicht ohne dich nach New York zurückkehren.«

Meine Güte, ist das sexy, wenn er so entschlossen ist. Bossy eben. »Du weißt schon, dass ich dann nicht nur die Heiratsurkunde, sondern auch einen neuen Ausweis brauche? Das dauert länger.«

»Dann bleib Indy Fallon!«, sagt er, ohne zu zögern. *Das würde einem David nie gefallen.*

»Es macht dir nichts aus, wenn ich nicht Mrs. Conrad werde?«, frage ich nach.

»Mir ist egal, wie wir zurückkommen, Hauptsache, es geht schnell. Also los, ab zu dir.«

Seine Eile ist wirklich süß. Ich beäuge Max kritisch und zupfe ihm Gras aus den Haaren, was insgesamt nur wenig an seinem chaotischen Erscheinungsbild ändert.

»Du wirst meine Eltern kennenlernen«, sage ich.

»Werde ich. Und?«

»Bevor du das tust, sollten wir duschen. Die Wiese klebt an uns.«

Wir klettern wieder nach vorne. Ich kann Max ansehen, wie irritierend er es findet, dass bei uns in England durch den Linksverkehr die Gangschaltung auf der anderen Seite ist. Zum Glück hat er es unfallfrei bis hierher geschafft. Weil es schneller geht, setze ich mich hinter das Steuer und fahre uns zum Haus meiner Eltern, wo ich in einer Nebenstraße anhalte. Von dort gibt es einen Pfad zum Garten, über den man unbemerkt das Gebäude betreten kann.

»Hast du den früher öfter benutzt?«, fragt Max, als er mit seiner Tasche in der Hand aussteigt.

»Immer wenn ich es nicht länger ausgehalten habe«, sage ich mit meinen nassen Sachen im Arm und drücke ihn an den Schultern nach unten, damit er hinter den Hortensienbüschen in Deckung geht. Ich nehme seine Hand und ziehe ihn mit mir zum Hintereingang. Es fühlt sich gut an, meine Finger mit seinen zu verschränken. Wir sind wieder zusammen. Außerdem ist er wahnsinnig warm, während mir schon wieder kalt wird.

Wir schleichen durch den Hintereingang ins Haus und die Treppe hoch in mein Zimmer, wo Max seine Sachen abstellen kann. Gleich darauf lotse ich ihn ins Bad. Max stellt sich zuerst unter die Dusche, danach wechseln wir uns ab, er kann sich in meinem Zimmer anziehen, und ich dusche.

Herrlich, endlich wird mir wärmer. Von außen und von innen, weil Max da ist.

»Indy!«, ertönt plötzlich der spitze Schrei meiner Mutter.

»Ja, Mum?«, rufe ich alarmiert.

»Da steht ein fremder Mann in deinem Zimmer.«

Ich höre Schritte auf der Treppe, wahrscheinlich von meinem Dad. »Soll ich die Polizei rufen, Cami?« *Yepp, war mein Dad.*

»Nein!«, kreische ich, spüle hastig den Schaum ab und sehe zu, dass ich fertig werde.

»Hallo, Mrs. Fallon, Mr. Fallon«, höre ich Max' Stimme und fluche leise vor mich hin. *Mist, das ist nicht der erste Eindruck, den er bei meinen Eltern hinterlassen sollte.* »Ich freue mich, Sie kennenzulernen.«

»Wer sind Sie?«, höre ich meine Mum etwas atemlos fragen, was seltsam ist, weil sie nichts so leicht aus der Fassung bringt. »Indy, wer ist das?«, ruft sie laut.

»Moment! Gleich!«, antworte ich.

Ich wickle mich in ein Handtuch, schlüpfe in Badeschlappen und stolpere förmlich auf den Flur, wo ich ebenfalls innehalte, als ich Max sehe. Da ist er, mein sexy Boss aus New

York. Er trägt Anzughosen und ein weißes Hemd mit offenem Hemdkragen und sieht ganz nach Business aus, ganz nach Großstadt – und zum Anbeißen. »Ähm«, mache ich statt einer Erklärung, gehe aber zu Max, nehme seine Hand und schmiege mich an ihn. Er legt seinen Arm um mich, und sofort fühle ich mich sicher, obwohl ich umgekehrt ihn vor meinen Eltern beschützen sollte.

»Jetzt?«, fragt er mich leise, und ich weiß, was er von mir wissen will.

»Ich sollte mir etwas anderes anziehen, findest du nicht?«

»Reicht mir«, flüstert er mir ins Ohr, und ich muss kichern. *Vor meinen Eltern! Das habe ich noch nie getan.* Entsprechend sieht meine Mum auch aus. Eine Mischung aus Schock und Erleichterung macht sich auf ihrem Gesicht breit, wie ich sie noch nie bei ihr erlebt habe. Keine Ahnung, ob das jetzt gut oder schlecht ist.

»Das ist Max«, sage ich. »Max Conrad.«

»Hieß so nicht dein Chef in New York?«, fragt meine Mum und überrascht mich, weil ich immer dachte, dass sie mir nie zuhört, wenn ich ihr was von der Agentur erzählt habe. Das war schließlich Arbeitskram.

»Ähm, ja, Max ist mein Chef.« Ich stocke. »Ex-Chef.«

»Du quälst sie, das weißt du, oder?«, flüstert er mir zu und macht mich mit seinen Lippen ganz verrückt.

Keine Sorge, ich bin die englische Geheimwaffe, ich weiß, was ich tue. Ich stoße ihm – mit einem Lächeln im Gesicht – meinen Ellenbogen in die Seite, und er lacht leise.

»Max ist mein Freund«, sage ich.

»Dein Freund!«, wiederholt meine Mum.

»Mein fester Freund«, sage ich.

»Dein fester Freund«, wiederholt sie wieder.

»Sogar mehr.«

»Wie mehr?!«

Ich bleibe bei meiner Salamitaktik, weil ich befürchte, dass meine Mum sonst umkippt. Mein Dad begreift schneller, was los ist.

»Spätzchen, vielleicht ziehst du dich fertig an, und wir setzen uns alle für einen Tee zusammen?«, meint er zu mir und hakt meine Mum bereits unter.

»Aber, Alfred, dieser Max ist mehr als nur Indys fester Freund.«

»Ja, Cami, das habe ich gehört«, sagt mein Dad mit der Geduld eines Mannes, der die Stimmungen meiner Mutter seit Jahrzehnten kennt. »Komm, Liebes, gib den Kindern einen Moment für sich.«

Er führt sie die Treppe runter, und ich drehe mich um und lehne mich an Max. »Uff. Sie haben dich nicht rausgeworfen. Sehr gut.«

Max lacht und küsst meine Nasenspitze. »Sie ist nett, deine Mum.«

»Gleich wird für dich aufgetischt«, warne ich ihn.

»Ja, sag ich doch, nett.«

»Sie übertreibt.«

»Weil sie dich liebt.«

»Meine Güte, sie wird dich auch lieben.«

»Das hoffe ich, schließlich nehme ich ihre einzige Tochter mit nach New York.« Max grinst breit, als würde er eine sehr frevelhafte Tat begehen, und ich muss auch lachen. *So glücklich war ich lange nicht!* Nur er schafft das.

Ich ziehe mich schnell an und will ihm noch erklären, wo

was ist, aber Max überrascht mich, indem er losmarschiert, als wäre er hier zu Hause, weil er die Zimmer von unseren Anrufen schon kennt.

»Ich habe hier Gebäck«, sagt meine Mum, als wir in die Teestube kommen, und reicht die Scones vom Nachmittag. »Und natürlich Tee.«

»Danke«, antwortet Max höflich, dabei weiß ich, dass er Tee hasst. Er hat erzählt, dass er nur welchen trinkt, wenn er krank ist.

Ich setze mich neben ihn und greife seine Hand, verschränke unsere Finger und genieße einen nie gekannten Frieden. Als hätte ich die letzten Wochen permanent gekämpft und endlich gewonnen. *Hat sich gelohnt.*

»Was ist da noch?«, fragt meine Mum, als alle sitzen.

»Wir sind außerdem verlobt«, sage ich.

»Verlobt?!«

»Und wir werden heiraten.«

»Heiraten?« Sie fächelt sich Luft zu.

»So schnell wie möglich«, sage ich.

Jetzt fällt sie wirklich aus allen Wolken. »Was?!«

Max räuspert sich und wendet sich an meinen Dad. »Sir, ich bitte Sie hiermit um die Hand Ihrer Tochter.«

»Hey, ich habe schon zugesagt«, beschwere ich mich über diese altmodische Geste.

Ungerührt sieht Max meinen Dad an. Offensichtlich weiß er, dass sich etwas Fingerspitzengefühl bei dieser Sache später als nützlich erweisen wird. »Ich liebe Indy«, sagt er. »Ich verspreche, gut für sie zu sorgen und sie vor allem glücklich zu machen.«

»In New York?«, will mein Vater nur wissen.

Max und ich schlucken, aber er nickt. Er weiß, wie man mit schwierigem Publikum umgeht. »Ja, in New York.«

»Einverstanden«, sagt mein Dad, ohne zu zögern. Als hätte er gar keine Zweifel. Als würde er mich doch besser kennen, als ich immer dachte.

»Was? Wie kannst du da einverstanden sein?«, ruft meine Mum.

»Cami, schau dir die beiden doch an! Sie sind glücklich, Indy ist glücklich. Richtig glücklich. Was wollen wir denn mehr?«

Das bin ich. Obwohl ich angespannt bin, bekomme ich das Lächeln nicht aus meinem Gesicht. Allein dass Max hier ist, macht diesen Ort plötzlich viel erträglicher. Irgendwie größer, mit mehr Möglichkeiten.

»Verdammt, unsere Kleine wird heiraten. Noch vor Denise!«, ruft meine Mum plötzlich wie ausgewechselt und überrascht mich erneut. Sie steht auf und greift nach dem Telefon. »Das muss ich Mary erzählen!« Sie nimmt den Hörer und dreht sich zu uns um. »Aber du heiratest hier, richtig?« Ihr Blick wird ernst. »Untersteh dich, Tochter, in irgendeiner Durchgangskapelle zu heiraten. Mein Mädchen bekommt eine anständige Feier.«

Max und ich müssen beide lachen. *Wie gut, dass es kein Las Vegas in England gibt.*

»Ja, wir heiraten hier«, sagt Max.

»Das wird hart«, flüstere ich ihm zu.

»Mit dir? Kaum vorstellbar.«

Max

Zwei Wochen später finde ich ›hart‹ den falschen Ausdruck für das, was vor sich geht. Keine Ahnung, warum man uns Amerikanern immer sagt, wir würden übertreiben, in Padstow habe ich das Gefühl, jemand aus der Royal Family würde heiraten. Der ganze Ort wird innerhalb kürzester Zeit zur Kulisse für unsere Trauung. Wimpel mit unseren Namen hängen in den Straßen. *Ja, fucking Wimpel!* Ich mache Fotos davon, weil mir das sonst keiner glauben wird. Ein Souvenirgeschäft bestellt bei Indy das Design für Tassen, auf denen unser Foto ist. Und die lokalen Restaurants haben ein neues Gericht der Saison: den Max-und-Indy-Burger.

Kurz gesagt: Es ist verrückt!

Nicht nur der Ort dreht durch, auch Indys Mutter, die sich zu einer Art Brautmumzilla entwickelt und alles bestimmt von *unserer* Hochzeit. Wenn das meine Mutter organisieren würde, wäre das gut, weil sie mich und meine Vorlieben und damit auch Indys Vorlieben kennt. Sie und mein Dad schaffen es aber leider erst, direkt zur Trauung zu kommen. Bei Indys Mum ist das anders. Sie bestimmt alles nach ihrem Geschmack, damit es für sie später perfekt ist. *Als wäre das ihre Hochzeit!*

»Die Torte ist furchtbar«, raune ich Indy zu, als wir bei

der Verkostung in einer kleinen Konditorei im Nachbarort sind und ihre Mutter genau die Sorte aussucht, die uns beiden am wenigsten schmeckt.

»Lass sie«, sagt Indy. »Sie darf die aussuchen, die wir anschneiden. Wir wählen die, die wir essen.«

»Die Hochzeit wird schrecklich«, sage ich.

»Ja, wird sie«, gibt mir Indy lachend recht. »Schlimm?«

Ich denke an das Festgelage, das ihre Mutter für die Zeit nach der Trauung eingeplant hat. *Indy und ich müssen einen Fisch ausnehmen! Das sei Brauch bei ihnen im Ort.* Dazu kommt die Folkloreband aus dem Nachbardorf, für die selbst der Begriff Amateur noch zu amateurhaft ist. Laut Indy wird mich das Hochzeitskleid an Mode aus den Achtzigerjahren erinnern, so groß sind wohl die Puffärmel. Und die Blumen? Gut, die Blumendekoration wird geschmackvoll sein, zumindest nach den ersten Beispielgestecken, die ich gesehen habe. Das ist aber auch alles. *Wir haben schöne Blumen. Wow!*

Aber dann sehe ich Indy an, und all das rückt in den Hintergrund. »Ist egal, wie die Hochzeit wird«, sage ich. »Hauptsache, sie ist mit dir.«

KAPITEL
19

Indy

Vier Wochen später

Ich kann nicht fassen, dass ich wirklich heirate!, denke ich, als der große Tag ansteht. *In einem Kleid, dessen Puffärmel so weit sind, dass man ein ganzes Büfett damit rausschmuggeln kann. Was für ein Zirkus. Aber es ist für die gute Sache. Um mit Max zusammen zu sein.* Direkt nach dem Frühstück hat meine Mum mich von Max getrennt und mich quasi in meinem Zimmer eingesperrt. Sie nennt das ›Vorbereitung‹, ich ›unnötig‹. Doch sie gewinnt, wie bei allem, was die Hochzeit betrifft.

»Lass uns anfangen, dich fertig zu machen«, sagt sie.

»Bis zur Trauung sind es noch drei Stunden.«

»Eben, wir sollten uns beeilen.«

Ich finde, sie übertreibt. Aber da von uns beiden sie diejenige ist, die schon mal geheiratet hat, hat sie mir damit einiges an Erfahrung voraus. »Womit starten wir, Mum?«

»Mit dem Mieder.«

»Dem was bitte?«, wiederhole ich, da holt sie bereits etwas hervor, das als Brautunterwäsche gedacht ist – und, wenn ich mir das Teil anschaue, gleichzeitig eine Geduldsprobe für den Bräutigam darstellt. Das Oberteil wird auf dem Rücken mit jeder Menge Knöpfen zusammengehalten.

»Mum, das kann ich nicht anziehen.« Und sei es auch nur, weil Max später eine Schere braucht, um mich aus dem Ding zu befreien.

»Es ist Teil des Kleides.« Sie schaut mich eindringlich an. *Mist, den Blick kenne ich. Wenn Camille Fallon was will, kriegt sie es auch.*

»Okay, hilf mir da rein!«, gebe ich nach.

Ich schnappe mir das Oberteil und halte es mir vor die Brust, stelle mich vor meine Mum und erdulde, dass sie Knopf für Knopf schließt.

»Fertig!«, verkündet sie eine halbe Stunde später. »Jetzt kannst du den Stoff vorne loslassen.«

Ich löse meine Hände, und das Oberteil hält. Tatsächlich gefällt es mir. Die weiße Seide schimmert wunderschön, und meine Brüste werden in dem Teil sexy angehoben. Es hat aber auch was von einem Kostüm. Als würde ich bei einem historischen Spektakel mitwirken und Kleidung aus dem Mittelalter tragen. Kichernd drehe ich mich vor dem Spiegel, um mich von allen Seiten zu bewundern.

»Indy, nicht trödeln«, ermahnt mich da meine Mum. »Wir müssen dir den Unterrock anziehen.«

Ich reiße mich von meinem Anblick los und lasse mir brav in einen Rock helfen, dessen Sinn und Zweck ich nicht ganz verstehe, denn das Brautkleid selbst hat auch noch mal einen Unterrock. Vermutlich ist dieses Teil ebenfalls dazu da, es dem Bräutigam in der Brautnacht schwerer zu machen, mit der Braut zu schlafen, denn dieses Kleidungsstück wird mit jeder Menge Schleifen geschlossen. *Lovely!*

Kooperativ will ich danach das Brautkleid anziehen und testen, ob ich die Puffärmel irgendwie verstecken kann, denn dann sehe ich eigentlich ganz in Ordnung aus, aber meine Mum bremst mich. »Nein, das kommt erst zum Schluss, nicht dass es schmutzig wird. Jetzt machen wir deine Haare.«

Langsam wird mir klar, warum meine Mutter so besorgt war, dass die Zeit nicht ausreicht. Die nächste Stunde steckt sie mir Haarsträhne für Haarsträhne hoch. Ich wusste gar nicht, dass sie so was kann.

»Wunderschön!«, haucht meine Mum, als sie fertig ist. »Was sagst du?«

Für einen Moment rechne ich mit einem wahren Kunstwerk. Sie war so lange mit mir zugange, dass es sich anfühlt, als hätte ich genauso viele Haarnadeln wie Haare auf dem Kopf. Gespannt drehe ich mich zum Spiegel und schlucke.

Heiliger Saint Piran, das hättest du wirklich verhindern müssen! Ja, meine Haare sind hochgesteckt, aber ich erkenne keine Methode und keine Struktur, es sei denn, die heißt: Hauptsache, es hält. Außerdem stecken in meinem Haar Perlen! Vielleicht sollen sie von dem restlichen Chaos ablenken, aber mich erinnern sie eher an Kaugummis, die man früher nach mir geworfen hat.

»Hübsch«, presse ich heraus. *Furchtbar hübsch.*

»Jetzt das Make-up«, sagt meine Mum.

Ich befürchte, dass ich danach komplett überschminkt aussehe. »Das übernehme ich!«, sage ich schnell.

»Aber ich wollte –«

»Mum, ich bin erwachsen, ich weiß, wie man sich zurechtmacht.«

Sie schaut unzufrieden.

»Wenn du am Ende noch was verbessern willst, kannst du das natürlich gerne tun.«

Das beruhigt sie. Ich setze mich vor meinen Spiegel und trage Foundation und Puder auf, schminke mir Smokey Eyes, ziehe die Linie meiner Augenbrauen nach und lege zum Abschluss Rouge und Lipgloss auf. So würde ich auch in New York weggehen. Der Stil passt nicht zu dem Kleid, aber es ist mir egal. Ich muss an meinem Hochzeitstag wenigstens ein bisschen wie ich selbst aussehen.

»Was sagst du?«, frage ich meine Mum, als ich fertig bin.

»So hätte ich das nie hinbekommen«, staunt sie und lächelt mich an. »Du siehst wunderschön aus.«

»Danke.« Das Kompliment bedeutet mir viel.

Ich rechne damit, dass wir nun durch sind, aber ich höre sie etwas murmeln, was mich alarmiert. »Das Kleid ist neu, die Perlen im Haar sind alt, ich leih ihr meinen Schmuck, aber wir brauchen noch was Blaues.«

»Wie wäre es mit blauem Lidschatten?«, wende ich hilfreich ein.

»Nein, wir brauchen was Richtiges. Warte kurz hier.«

Ich warte. Natürlich tue ich das. In der Zwischenzeit schaue ich mich immer wieder im Spiegel an und sehe zu dem Kleid. *Das wird nachher in der Kirche ein Auftritt werden, den keiner in ganz Cornwall vergessen wird. Aber wenigstens ein Mensch wird glücklich sein. Meine Mum.*

»Da bin ich wieder«, stürmt sie in mein Zimmer, mit ihrem alten Schmuck, der sehr schön ist, und einem ihrer altmodischen blauen Seidentücher.

»Das werde ich nicht um den Hals tragen!«, erhebe ich Einspruch.

»Natürlich nicht. Ich dachte mir, wir binden das an dein Handgelenk. Lass mich ausprobieren, ob das hält!«

Ich wünschte, ich hätte eine bessere Idee, aber seufzend reiche ich ihr meine Hand, dort wird das Tuch immerhin kaum auffallen. *Das wird die schlimmste Hochzeit der Welt!*

Aber es ist egal, Indy. Weil dieser Zirkus dir nie wichtig war. Außerdem kommt es nicht auf den Hochzeitstag, sondern auf die Ehe an, und die ist mit Max.

Max

Obwohl ich genau weiß, was mich erwartet, spüre ich am Tag der Hochzeit einen Hauch von Nervosität. Indy ist mit ihrer Mutter in ihrem Zimmer, um sich fertig zu machen. Ich habe das Teezimmer für mich. Gleich kommen meine Freunde, Owen und Jake, und auch meine Eltern. Viel zu spät, weil sie den Anschlussflug in London verpasst haben. Sie haben mir geschrieben, dass sie endlich in Newquay gelandet und jetzt auf dem Weg sind, trotzdem habe ich schwitzige Handflächen. Das hatte ich noch nie. Nicht mal bei den wichtigsten Präsentationen für *All-in. Was ist los mit dir, Conrad? Bei Vanessa warst du viel entspannter!*

Aber Vanessa war auch nicht die Frau deiner Träume.

»Kotzt du gleich?«, ruft Owen, der in dem Moment den Raum betritt und mich mit einer festen Umarmung und einem Schulterklopfer begrüßt.

»Lieber jetzt als später«, meint Jake, löst Owen ab und umarmt mich ebenfalls wie einen Bruder.

»Ihr glaubt gar nicht, wie froh ich bin, euch zu sehen.«

»Keine Sorge, so ein Spektakel lassen wir uns nicht entgehen.«

»Wo sind –?«, will ich schon nach Giulia und Ava fragen, die mit meinen Freunden und meinen Eltern im Flieger saßen, als ich beide an der Tür vorbeigehen sehe. Wir winken uns zu, und ich zeige den Flur entlang, um ihnen anzudeuten, wo sie Indy finden. Sie hat gemeint, sie braucht nur mich bei der Hochzeit. Aber ich wette, ein paar echte Brautjungfern und Leute, die so ticken wie sie, schaden nicht.

»Mom, Dad, schön, dass ihr es auch geschafft habt«, begrüße ich als Nächstes meine Eltern. Ich sehe, dass sie viele Fragen haben. Obwohl ich Indy lange gedatet habe, haben sie sie bisher nicht kennengelernt, anders als damals Vanessa. Es kam für sie überraschend, als ich plötzlich gemeint habe, dass es jemand Neues gibt und dass wir in Cornwall heiraten, und zwar noch diesen Monat.

»Natürlich sind wir gekommen«, sagt meine Mom, sieht sich um und zeigt mir direkt Fotos, die sie mit ihrer Kamera gemacht hat. »Das lassen wir uns doch nicht entgehen.« Sie blättert auf dem Display zu einem Bild der Wimpel und lacht, weil sie meine Meinung dazu teilt. »So was erlebt man außerdem nicht jeden Tag. Wo ist Indy?«

»Oben, in ihrem Zimmer. Aber ich bin mir nicht sicher, ob ihr sie noch vor der Hochzeit sprechen könnt. Ihre Mum sorgt penibel dafür, dass wir uns alle an den Ablaufplan halten.«

Owen und Jake lachen leise, weil sie wissen, dass ich genauso sein kann, und ich werde endlich ruhiger. Indy hat ihre Leute hier, ich meine. Egal, wie die Hochzeitsplanung ist, wir machen das Beste daraus.

»Nein, du hier!«, höre ich Indys Stimme plötzlich durch das Haus schallen. »Und du auch!« Ich schätze mal, sie ist auf Giulia und Ava gestoßen.

Es folgt ein wildes Durcheinander an Stimmen, als würden die drei Frauen in einer Minute sämtliche Neuigkeiten austauschen, dann erkenne ich schnelle Schritte auf der Treppe.

»Nein, hiergeblieben«, höre ich gleich darauf ihre Mum.

Keine Sekunde später fliegt die Tür zum Teezimmer auf, und Indy, halb angezogen in einem weißen Unterrock und einem weißen Body, kommt mit einer gruseligen Hochsteckfrisur reingestürmt und fällt mir um den Hals. »Max, du bist der beste Verlobte und Bald-Ehemann der Welt, weil du Giulia und Ava eingeladen hast.«

»Gern geschehen. Aber du darfst doch gar nicht hier sein«, murmle ich, halte sie fest und nutze meine Chance, ihre Brautunterwäsche zu studieren. *Das wird nicht leicht sein, sie später aus dem Zeug zu befreien.* Der Unterrock hat jede Menge Schnüre und der Body zig Knöpfe als Verschluss. Da ist die Hochzeitsnacht fast vorbei, wenn sie aus den Teilen draußen ist.

»Mir egal, was ich darf oder nicht«, sagt sie und schmiegt sich an mich. »Gott, riechst du gut!«

»Stinke ich sonst?«, witzle ich, weil sie das normalerweise nicht extra betont, schnuppere jedoch auch an ihrem Haar, das heute blumiger duftet als sonst.

»Nein, tust du nicht, aber heute ...« Sie presst ihre Nase noch einmal an meinen Hals, muss mein Aftershave meinen. »Ich kann es gar nicht erwarten, nachher mit dir allein zu sein«, haucht sie mir ins Ohr.

Sofort wird meine Hose enger. *Unpassend!*

Ein Klicken erinnert mich daran, dass wir nicht alleine sind, meine Mom hat Fotos gemacht.

»Das sind übrigens meine Eltern«, flüstere ich ihr zu.

»Wer?« Sie dreht sich um. »Oh, hi.« Verlegen versucht sie, sich mit einer Hand zu bedecken, obwohl man nichts sieht, aber es ist eben kein Outfit für das Kennenlernen von Eltern. »Ich bin Indy, freut mich sehr.«

»Uns auch«, sagt meine Mutter breit lächelnd, knipst noch ein Bild, lässt dann die Kamera sinken und formt in meine Richtung mit den Lippen: ›Sie ist toll.‹ Dachte ich mir doch, dass ihr Indys Art gefällt. Indy mag englisches Blut haben, aber im Herzen ist sie eine quirlige, verrückte Amerikanerin. Ich brauche das Kompliment meiner Mutter nicht, aber es bedeutet mir trotzdem viel. *Vanessa fand sie nicht toll, sondern nett. Hätte mir zu denken geben sollen.*

»Deine Eltern sind wirklich cool«, sagt Indy.

»Baby!«, knurre ich, weil ich das nie so gesagt hätte. Wir reden von meinen Eltern, nicht meinen Freunden.

»Du liebst mich trotzdem, oder?«

»Ja.«

»Und wir heiraten, richtig?«

Ich nicke.

»Na, dann werde ich ja wohl die Wahrheit sagen dürfen.«

Ich schaue zu meinen Eltern, ob sie ihre Meinung zu Indy jetzt noch mal ändern, aber wenn sie das tun, dann nur zum noch Positiveren. Der Tag wird immer besser.

Indy will noch mehr sagen, aber wir werden unterbrochen. »Schatz, du darfst hier nicht sein, das bringt Unglück«, ruft Indys Mum von der Tür aus und macht hektische Handbewegungen. »Komm sofort wieder her. Ogottogott, mein armes Herz!«

»Tu besser, was sie will«, flüstere ich Indy zu. »Wenn deine Mum umkippt, können wir nicht heiraten.«

»Oh, guter Punkt!« Sie weicht zurück, drückt mir einen Kuss auf die Lippen, geht, kehrt um, drückt mir noch mal einen Kuss auf die Lippen und rauscht dann aus dem Raum. »Hier bin ich ja schon, Mum! Nichts passiert, ich trage doch noch nicht das Kleid«, höre ich sie sagen, als sie die Treppe hoch in ihr Zimmer rennt. »Ava, Giulia, helft mir!«

»Sie hat recht. Es heißt, der Bräutigam darf die Braut nicht sehen, aber momentan ist Indy so angezogen, als würde sie nicht heute, sondern morgen heiraten«, höre ich Ava. »Moment mal, hat dein Kleid Puffärmel? Das kann auf keinen Fall so bleiben!«

»Gut, dass wir da sind, wir haben einiges zu tun, um das zu–« Mitten im Satz bricht Giulias Stimme ab, ich vermute, weil sie die Tür hinter sich geschlossen haben.

»Alles okay bei dir?«, fragt Owen.

Anders als eben noch grinse ich. Wenn überhaupt, dann hat der Vorfall mich daran erinnert, warum ich diesen Zirkus mitmache. *Für sie.* Wenn sie das will, nehme ich an sämtlichen Hochzeitsbräuchen der Welt teil, zersäge Baumstämme oder lasse mich auf Stühlen tanzend durch die Menge heben.

»Ja, ich bin bereit«, sage ich.

»Wirklich?«, fragt Jake, der ebenfalls meine Vorgeschichte mit Vanessa kennt.

»Ja.« Ich schließe den letzten Manschettenknopf, und tatsächlich ist meine Nervosität verflogen. Ich heirate heute nicht Vanessa, sondern Indy. Die Frau, die einfach so in mein Zimmer gerannt kommt, die sich nicht um Regeln schert, die ihren eigenen Kopf hat und die findet, dass ich gut rieche. *Kann mich nicht erinnern, wann mir eine Frau je ein erotischeres Kompliment gemacht hat.*

Ich weihe Owen und Jake in den Ablauf der Hochzeit ein. Sie sind beide meine Trauzeugen. Jake hat den Ring.

»Zeig mal«, sage ich.

Er holt eine Schatulle raus, und ich sehe die zwei Ringe. Beide sind schlicht in Gold gehalten und haben innen eine dezente Gravur mit Indys und meinem Namen.

»Hast du dir das so vorgestellt?«, fragt er.

»Ja, die sind perfekt.« Ich zeige sie meinen Eltern. »Was denkt ihr?«

»Für Vanessa hattest du Diamanten«, sagt meine Mom, aber macht direkt Fotos.

»Ja, und sie haben für die Ewigkeit gehalten, unsere Ehe leider nicht. Ich wollte nicht wieder, dass ein Stein länger überdauert als wir.« Ich werde wieder unruhiger. »Meinst du, sie wird das stören?« Meine Eltern kennen Indy kaum, aber der erste Eindruck von ihr war auf jeden Fall passend. Wenn sie meine Wahl schlecht finden, organisiere ich einen anderen. Es gibt einen Juwelier in der Gegend.

»Nein«, beruhigt mich meine Mom. »So wie ich sie eben erlebt habe, würde sie auch einfach einen Papierring nehmen.«

»Stimmt, da könntest du recht haben.« Indy macht sich nicht viel aus Statussymbolen.

Meine Mutter lächelt breit. »Dein Vater und ich waren wirklich skeptisch. Eine neue Frau, Engländerin, eine Hochzeit. Aber so glücklich haben wir dich noch nie gesehen. Wir freuen uns sehr für euch.«

»Danke, Mom.« Ich zupfe an meiner Fliege. »Wie sehe ich aus?«

»Perfekt«, sagt sie stolz und knipst fleißig weiter.

»Wollt ihr euch ein bisschen die Beine vertreten, bevor es losgeht? Wann seid ihr schon mal in Cornwall?«

Beide verstehen, dass ich einen Moment mit meinen Jungs will. »Bis gleich, Schatz«, sagt meine Mom und geht mit meinem Dad.

»Wie läuft es im Büro?«, frage ich, als wir allein sind.

»Du denkst doch jetzt nicht ernsthaft an Arbeit!«, ruft Owen.

Ich sehe ihn nur streng an, weil ich natürlich von Cornwall aus gearbeitet habe, nicht so intensiv wie sonst, aber die Lage in der Agentur ist nach wie vor angespannt. Ich wäre ein schlechter Chef, wenn ich mich nicht einbringen würde. Außerdem juckt es mir in den Fingern, mich wieder richtig reinzuhängen.

Jake seufzt frustriert. »Wir haben den Getränke-Pitch nicht gewonnen.«

»Fuck«, knurre ich. »Wir waren gut, was hat denen bitte nicht gefallen?«

»Sie haben sich für eine kleinere Agentur entschieden.«

»Wie klein? Drei Leute? Wir sind ja selbst nur noch ein Bruchteil von damals.«

»Eine Firma in Queens.«

»Queens?« Ich sehe ihn überrascht an.

»Wird wohl der neue In-Bezirk«, sagt er.

Ich atme tief durch. »Aber die aktuellen Kunden bleiben?«

»Ja«, sagt Owen. »Wir gestalten für *Foodie* gerade eine weitere Kampagne. Die erste lief sehr erfolgreich.«

Endlich gute Nachrichten! »Habt ihr schon Skizzen?«, frage ich. Er nickt. »Zeig mal.«

Ja, es ist seltsam, an seinem Hochzeitstag zu arbeiten, aber es lenkt mich ab. Es ist für mich auch keine Arbeit, sondern das, was ich liebe. Ich schaue mir die Entwürfe an und mag sie.

»Genehmigt?«, fragt er.

»Freigegeben«, sage ich.

Ein Klopfen an der Tür unterbricht uns.

»Seid ihr so weit?« Indys Dad steckt den Kopf ins Zimmer.

Ich sehe auf die Uhr. Es ist fast zwölf. »Bin ich, es kann losgehen.«

»Dann los.«

Wir lassen alles, was wir nicht brauchen, im Zimmer. Ich kontrolliere, ob ich die Ringe habe, und dann läuft unsere Männerrunde zur Kirche, angestarrt von so ziemlich dem halben Dorf. *Ja, ich bin der Kerl, der eure Indy nach New York mitnimmt!*

»Wow!«, entfährt es mir, als wir die Kirche betreten und anstelle des Backsteinbaus ein Meer von Blüten sehen. *Warum auch einen Blumenschmuck aufstellen, wenn man hundert aufstellen kann!* Es sind viele Leute aus dem Dorf gekommen, die Reihen für Freunde und Familie sind jedoch überschaubar gefüllt. Ich habe mir nicht jeden Namen gemerkt, aber ich erkenne Indys Onkel und Tanten, ihre Oma und ihre Mum. Auf meiner Seite sitzen meine Eltern, die wichtigsten Leute, mehr brauche ich nicht.

Ich gehe nach vorne und raune Indys Mum zu, dass sie das großartig organisiert hat, woraufhin sie mich anstrahlt, als dürfte ich nie wieder Cornwall verlassen. Ich nicke meinen Eltern zu, dankbar, dass sie hier sind, und stelle mich vorne mit Owen und Jake hin.

Alle Blicke sind auf mich gerichtet. Ich straffe die Schultern, als sich die Kirchentüren öffnen und Indy in einem sehr üppigen Kleid in der Tür erscheint – allerdings ohne die angekündigten Puffärmel. Sie zupft am Rock und zuckt mit den Schultern, als wollte sie sagen: ›Hab dich vorgewarnt.‹ Dabei finde ich ihr Outfit überhaupt nicht schlimm. Sie sieht wunderschön aus, das Leuchten in ihren Augen überstrahlt alles – und in drei Sekunden ist sie bei mir.

Ava und Giulia treten voran, kommen nach vorne und stellen sich als Trauzeuginnen hin. Indys Dad reicht seiner Tochter den Arm, und sobald die Musik einsetzt, schreitet sie an seiner Seite auf mich zu, und ich genieße es. Wie immer, wenn wir uns begegnen.

»Hi«, sage ich, als sie vorne ankommt, und greife nach ihrer Hand.

»Hi«, gibt sie zurück. Und plötzlich sind wir beide auf angenehme Art ernst. Weil das unser Moment ist. Egal, wie seltsam die Ausstattung drum herum ist!

Anders als in Amerika ist es hier nicht üblich, eigene Versprechen vorzutragen. Der Pfarrer liest seinen Text und redet von Verantwortung, Pflicht und der Liebe zur Hingabe. Indy muss sich mehrmals auf die Lippe beißen, als hätte sie diverse Ergänzungen parat, und ich drücke jedes Mal ihre Hand fester, damit sie die Zeremonie nicht stört. Die Hochzeit ist das Ereignis für das Dorf und für ihre Mum, und je besser die Veranstaltung läuft, desto lieber bin ich hier in Zukunft gesehen.

Als der Pfarrer fragt, ob jemand Einwände hat, spüre ich Indys Anspannung, dabei wäre mir das egal. *Nichts und niemand nimmt mir die Frau noch mal weg.* Ich erkenne David unter den Gästen, den Kerl, mit dem Indys Mutter sie verkuppeln wollte, aber er sieht nicht so aus, als würde er was sagen. *Sein Glück.* Auch eine Vanessa, die mich eventuell zurückwill, kommt nicht in die Kirche gestürmt.

»Möchten Sie, Max Conrad, die hier Anwesende zu Ihrer Frau nehmen, sie lieben und ehren, bis dass der Tod Sie scheidet?«, fragt mich der Pfarrer endlich.

»Ja, ich will«, sage ich ernst.

»Und möchten Sie, Indy Fallon, den hier Anwesenden zu Ihrem Mann nehmen, ihn lieben und ehren, bis dass der Tod Sie scheidet?«

»Ja, will ich«, sagt Indy plötzlich auch ernst.

Da stehen wir beide, und obwohl wir das alles für einen Zirkus gehalten haben, hat uns der Zauber doch irgendwie erfasst. Wir dürfen uns gegenseitig die Ringe anstecken, und nicht nur meine, sondern auch Indys Hände zittern dabei leicht. Hier passiert etwas Bedeutendes: Ich heirate, sie heiratet, wir schließen den Bund fürs Leben, wir gehören zusammen. Wir versprechen es uns, aber auch der ganzen Welt.

»Sie dürfen die Braut jetzt küssen«, sagt der Pfarrer.

»Warum darf eigentlich immer der Mann zuerst?«, murmelt Indy empört, reckt sich, zieht mich zu sich und ist schneller. Ich höre entfernt ihre Mum nach Luft schnappen, packe Indy und vertiefe den Kuss. Er wird heißer und inniger, und gerade als ich mich besinne, wo wir sind, wirble ich sie zu einem Hollywood-Kuss herum. *Sollen die Leute ruhig was zum Gucken haben!*

»Ohne Show geht es wohl nicht!«

»Ist ja wie im Film!«

»Typisch Amerikaner«, höre ich aus den Reihen.

Definitiv, denke ich. *Typisch Amerikaner.*

Unsere Lippen trennen sich. Ich helfe Indy wieder hoch, und sie schwenkt triumphierend den Blumenstrauß wie eine Siegerin. *Ja, die Frau hat mich am Haken.*

Wir gehen in ein Nebenzimmer, wo wir die Heiratsurkunde in Anwesenheit einer Standesbeamtin unterschreiben, und verlassen dann unter dem Jubel der Gäste die Kirche.

»Jetzt ist es offiziell«, sage ich.

»Du wirst mich nicht mehr los«, sagt Indy.

»In guten wie in schweren Tagen.«

»In Reichtum und Armut.«

»In Gesundheit und Krankheit.«

Mir sollte das Angst machen, aber ich sehe nur in Indys Augen und ich weiß, mit ihr schaffe ich alles.

Meine Mom macht Fotos, das wird sie den ganzen Tag über tun. Zahlreiche Leute gratulieren uns, als wären wir alle eine Familie, obwohl ich kaum jemanden richtig kenne. Dann gibt es Essen, Alkohol und einen Toast nach dem nächsten. Die von Owen und Jake sind noch lustig. Als jeder aus Padstow, mit dem Indy mal fünf Minuten verbracht hat, loslegt, werde ich ungeduldig. Ich atme auf, als die Amateurband endlich anfängt zu spielen, die mich nicht mal mehr stört. Wenn Indy, unsere Freunde und ich etwas wissen, dann, wie man feiert, und das tun wir, erst nur zu zweit zum Eröffnungstanz, dann mit allen.

»Habt ihr schon mein Geschenk aufgemacht?«, fragt uns Owen am Abend, als Indy und ich uns gerade davonstehlen wollen, um nach New York zurückzukehren. *Es wird Zeit.*

»Das wollten wir machen, wenn wir zu Hause sind«, sagt Indy und sieht zu mir. »In Manhattan.«

»So lange solltet ihr nicht warten«, sagt Owen.

»Kann dein Geschenk verderben?«, frage ich.

»Irgendwie schon. Es hat eine Frist für die Einlösung, die verstreichen könnte.«

»Also gut. Welches ist deines?«, frage ich und gehe mit Indy zum Tisch mit den Geschenken.

»Na, welches wohl?«

»Das hier!«, sagt Indy und greift nach einer Mappe mit dem Logo von *All-in*. Sie sieht stylisch aus, aber ich finde die Verpackung für ein Hochzeitsgeschenk unpassend.

»Hattest du kein Geld für einen ordentlichen Geschenkkarton?«, grummle ich.

»Einfach aufmachen«, sagt er, ohne sich aus der Ruhe bringen zu lassen.

Indy nimmt die Mappe, öffnet sie, schließt sie wieder und blickt perplex zu Owen. »Nein!«, haucht sie ungläubig, aber strahlt.

»Hat er uns etwa einen Gutschein fürs Bungee-Jumping geschenkt?«, scherze ich.

»Besser!« Sie umarmt mich. »Er hat mir einen Job geschenkt.«

»Aha«, mache ich.

»In New York.«

»Und?«

»Du checkst es einfach nicht, oder?«, fragt Owen.

»Nein, er checkt es wirklich nicht«, sagt Indy, haucht Owen schon ein Dankeschön zu und sieht so aus, als hätte sie im Lotto gewonnen.

»Was bitte steht da?« Ich greife nach der Mappe, öffne sie, werfe selbst einen Blick rein und verstehe endlich. »Sie darf in der Agentur arbeiten?« Verwirrt sehe ich zu Owen. *Das ging doch bisher nicht. Wie hat er das erreicht?*

»Wir haben eine Ausnahmegenehmigung von Melbourne bekommen«, sagt er. »Weil wir gute Leute brauchen und keiner in unserer Krisenbude arbeiten will, haben sie nachgegeben.Eure Beziehung ist nun offiziell bei *All-in* erlaubt.«

»Das ist das beste Geschenk der Welt«, sagt Indy und fällt ihm um den Hals.

»Hey, ich dachte, ich bin das beste«, rufe ich eine Spur eifersüchtig, aber klopfe meinem Freund auf die Schulter und umarme ihn. Das werde ich ihm nie vergessen.

»Du bist kein Geschenk«, sagt Indy zu mir und lehnt sich an mich. »Du bist ein Teil von mir.« Sie reckt sich an mein Ohr. »Und ich werde alles in meiner Macht Stehende tun, damit du glücklich bist.«

»Wie wäre es dann damit, endlich abzureisen?«

»Nicht euer Ernst«, sagt Owen und sieht zu Indy, damit sie das verhindert.

Sie grinst nur breit und zuckt mit den Schultern. »Er ist der Boss, da muss ich mich wohl fügen.«

EPILOG

Indy

Vier Wochen später

»Schneller, Leute!«, ruft Max, läuft durch die Agentur und zeigt auf die Uhr. »Der Kunde braucht die Daten heute noch, New Yorker, nicht Los Angeles Zeit.« Er kommt an meinem Arbeitsplatz vorbei und beugt sich kurz zu mir. »Und bloß keinen Fehler machen, Baby.«

Mist! Prompt verklicke ich mich und lösche eine komplette Bildebene. *Hört das denn nie auf?* Wobei ich ja mag, dass er mich so durcheinanderbringt. *Nur nicht bei der Arbeit.* Schnell mache ich den Fehler rückgängig. Doch Max hat es bemerkt. *Doppelmist.*

»Nichts passiert, Boss«, flöte ich.

»Das hoffe ich ja wohl«, murmelt er und geht weiter.

Hitze schießt durch mich wie so oft, wenn er in meiner Nähe ist. Weil mir die Warnung zwischen den Zeilen nicht entgangen ist. *Mach einen Fehler, und du büßt dafür – ein bisschen.*

»Wie schaffst du das bitte, so cool zu bleiben?«, flüstert mir Ava zu, während ich wie wild Bildebenen bearbeite und Kanten retuschiere.

»Wirke ich auf dich cool?«, quieke ich. Adrenalin rauscht durch meine Adern. Das eine ist, mit Max zusammen zu sein, das andere ist mein Job, für den ich so dankbar bin und den ich verdammt noch mal gut machen möchte. Ich will keinen Bonus von meinem Boss, ich brauche keinen, und ich werde keinen in Anspruch nehmen. Wenn überhaupt, dann arbeite ich seit unserer Rückkehr nach New York noch akribischer und übernehme noch mehr Jobs, um allen zu beweisen, dass ich meine Position in der Firma verdiene. Niemand hatte vorher Zweifel daran, aber ich will nicht, dass auch nur das Gerücht aufkommt, dass Max mich in irgendeiner Form bevorzugt. Wenn er das tut, dann nur nach Feierabend, mal im Bett, mal außerhalb – er hat tatsächlich einen Abend mit meinem großen Idol Gail Andersen arrangiert. Ich konnte die Frau alles fragen, und sie hat mir Tipps für meine weitere Karriere gegeben. *Verrückt!*

Hektisch lasse ich die Luft entweichen, behalte die Zeit im Blick und atme auf, als ich meinen Part des Projekts erfüllt habe. *Wer ist die Beste? Ich, die englische Geheimwaffe. Yes!* Deadlines liegen mir einfach. Ein Kunde wollte kurzfristig einen Katalog in die Werbung geben, und Kataloge sind unglaublich aufwendig, weil sie so viele Elemente enthalten: Produktbilder, Texte, Preise, Zusatzinformationen. Als Nachfolgerin für Charlotte habe ich die Aufgabe auf eine Gruppe Grafiker verteilt, jeder kennt die Corporate-Design-Vorgaben, und jetzt liegt es in meiner Verantwortung, dass das Projekt fristgerecht fertig wird.

»Wo stehst du?«, frage ich Ava.

»Bin … auch … durch!«, ruft sie und lehnt sich zufrieden zurück.

»Super, ich hole mir die Daten. Schau mal, ob die anderen Hilfe brauchen.«

Wir haben noch zwei neue Leute bei *All-in*, die beteiligt sind, Rose und Jeremy, aber sie sind nicht die Schnellsten. Sie verlieren sich gerne in Details. Ich hoffe, das legen sie noch ab. Vielleicht verlängern wir dann ihren befristeten Vertrag.

Während Ava sich die Sachen ansieht und aushilft, nehme ich ihre Daten und führe sie mit meinen zusammen, damit es so wirkt, als wäre der Katalog aus einer Hand erstellt worden. *Ein Kinderspiel.*

»Indy, die Druckerei fragt an. Sie brauchen die Sachen jetzt«, ruft mir Max zu.

»Ja, gleich«, sage ich.

»Nein, sofort.«

Ich werfe einen Blick auf die Uhr. »Du hast vorhin gesagt, bis um vier brauchen die alles. Jetzt ist es kurz nach drei. Was soll das?«

»Du weißt doch, wie sie sind, die wollen pünktlich Feierabend machen.«

Wer nicht? »Ich kann ihnen die erste Hälfte schicken. Frag nach, ob das okay ist.«

Ich bereinige die Daten und mache sie druckfertig. Nachdem es so eilig ist, wundert es mich nicht, dass gleich darauf das Okay kommt. Ich gebe die Daten weiter und prüfe die Arbeit der anderen beiden Grafiker. Als ich sehe, wie weit sie sind, wird mir ganz anders. *Was haben sie die letzten drei Stunden gemacht? Kaffee getrunken?*

»Was ist mit dem Rest?«, fragt Max und will eine Uhrzeit von mir.

»Kommt auch gleich«, rufe ich zurück, spüre aber, wie er mich misstrauisch ansieht. Er kennt mich einfach zu gut, was einerseits ein Vorteil ist, andererseits kann ich ihn nie anflunkern. Er weiß, dass hier gerade was schiefläuft.

»Lass mich das beenden«, sage ich zu Rose.

»Ich schaffe das schon.«

»Das glaube ich dir. Aber nicht in vierzig Minuten.«

Ich nehme mir ihre Daten und vertraue darauf, dass Ava Jeremy mit dem Rest hilft. Es fehlt noch so viel, dass ich mir meine Kopfhörer aufsetze, Musik anmache und für einen Moment komplett abtauche. *Gott, jeder Grafiker hasst Kataloge. Viel Arbeit für wenig Geld.* Das Programm kann viele Elemente intelligent anordnen, das war früher aufwendiger, aber bei der schieren Menge passieren trotzdem noch Fehler.

15:55 Uhr gibt mir Jeremy seine Daten. Ich beende meinen Part, gleiche seinen Teil an – and it's a wrap!

»Fertig!«, rufe ich, übergebe alles um 15:59 Uhr an die Druckerei und stapfe zu Max.

»Gibt es ein Problem, Mrs. Fallon?«, fragt er und grinst breit von seinem Schreibtisch zu mir hoch. *Himmel, ist er sexy! Mein Mann! Im Anzug und mit Krawatte. Und mit diesen gewitterblauen Augen, die dich jetzt nicht schwachmachen, Indy!*

»Komm mir nicht damit«, fauche ich, verärgert über ihn, dass er flirtet, und über mich selbst, die dafür so empfänglich ist. »Wir hatten darüber gesprochen, dass wir uns benehmen.«

»Du liegst nicht auf meinem Schreibtisch, ich denke, damit habe ich meinen Teil der Abmachung erfüllt«, sagt er charmant lächelnd.

»Max!« Noch mehr Hitze folgt, und kurz vergesse ich, warum ich hier bin. *Kann schon mal vorkommen.*

»Was ist denn?«, fragt er ernst, räuspert sich, setzt sich aufrechter hin, ist ganz der Chef und damit absolut attraktiv. *Puh.* »Ich höre, Baby.«

»Du hast vorhin wieder so eine Andeutung gemacht.«

»Ich weiß nicht, wovon du redest«, meint er ehrlich betroffen, weil er der Letzte ist, der mich ärgern will. Er hat es schließlich versprochen, mich zu lieben, egal, was passiert, und daran gedenkt er sich auch zu halten.

»Wenn ich einen Fehler mache, lässt du mich dafür büßen«, wiederhole ich seine Worte sinngemäß.

»Ah, *diese* Andeutung!«, sagt er entspannter.

»Du bereust sie nicht mal?!«

»Nein.«

»Warum nicht?«, baue ich mich vor ihm auf.

»Weil sie dich angespornt hat, bessere Leistung zu bringen.«

»Ich hätte einen Fehler machen können.«

»Hast du aber nicht.« Sein Blick springt zwischen meinen Augen und meinen Lippen hin und her. »Du warst toll, Baby.«

»Aber nur, weil ich den Fehler noch entdeckt habe.« Ich sehe ihn streng an. »Du musst dich mehr beherrschen.«

»Glaub mir, das tue ich.«

Hilfe, wenn das harmloses Verhalten ist, wonach ist ihm sonst?

»Du solltest mich auch nicht ›Baby‹ nennen«, fauche ich. »Nicht hier zumindest.«

»Ich bin mir sicher, die anderen stört es nicht.«

»Es ist trotzdem unangebracht.« Und es stört *mich*.

»Als ich nur dein Boss war, war es unangebracht, aber du bist nun meine Frau.« Sein Blick wandert besitzergreifend über mich, was mich sofort zum Glühen bringt. »Ich darf mit dir tun und lassen, was ich will.«

Ich hebe warnend die Augenbrauen.

»Um dir meine Liebe zu beweisen«, fügt er clevererweise hinzu.

Ich schnaufe frustriert. »Mit dir kann man nicht reden.« Ich will zurückweichen, doch er packt mich am Unterarm und hält mich fest.

»Was ist mit dir, Baby?«

»Mir? Ich benehme mich!«

Max

Diese Frau treibt mich noch in den Wahnsinn. Wir hatten vereinbart, uns im Büro zu benehmen. Aber das ist gar nicht so leicht, wenn zwischen uns die Luft knistert – und wenn Indy mich so reizt. Das kann sie abstreiten, soviel sie will.

»Würdest du jedem Chef deine Brüste ins Gesicht halten?«, frage ich. *Brüste mit diesen fucking Nippeln aus der Hölle, an denen ich lecken will.*

»Max!«, krächzt sie schwach – und schuldig, weil sie mich tatsächlich versucht hat, mit ihren Reizen zu manipulieren.

»Fuck, Indy, und würdest du bei einer Auseinandersetzung mit jedem im Büro feucht werden?«

»Oh bitte, ich bin nicht feucht.«

Ich hebe skeptisch die Augenbrauen, weil wir das beide besser wissen. »Soll ich das vielleicht nachprüfen?«

»Wir sind nicht allein. Das Büro ist voll besetzt.«

»Stört mich kein bisschen. Wir können das gerne auf der Toilette machen.«

Sie holt schon Luft für einen weiteren Einwand, bis ihr der Sinn meiner Worte klar wird und sie es lässt.

»Bist du jetzt brav, Baby, gehst an deinen Schreibtisch zurück und arbeitest weiter?« Ich streichle ihre Wange. »Es könnte sich für dich lohnen.«

»Wir hatten auch vereinbart, dass wir keine weiteren Deals am Arbeitsplatz machen.«

»Tja, ich habe es mir wohl anders überlegt.«

Indys Augen funkeln, und ich sehe, wie sich Ärger und Lust auf ihrem Gesicht abwechseln. Beziehungen am Arbeitsplatz sind schwierig, aber diese hier funktioniert ganz ausgezeichnet. Das wissen wir beide.

»Du kannst die Regeln nicht ändern, wie es dir passt«, sagt sie.

»Doch, kann ich. Ich bin der Boss.«

»In der Firma, nicht in der Beziehung.«

Ich rücke noch näher, sodass unsere Lippen sich fast berühren. »Willst du mir wirklich weismachen, dass du das nicht willst?«

»Ich ... ich ...«

Indy sauer zu sehen ist schon eine Nummer für sich. Indy aus dem Gleichgewicht? Ich bin so hart, dass ich für die nächste Zeit nicht das Zimmer verlassen kann.

»Sei ein braves Mädchen und geh zurück an deinen Schreibtisch, Baby«, sage ich und fahre ihr durch die Haare. »Mach deinen Boss glücklich!«

Sie atmet tief durch. »Verdammt, Max, ja, den Boss mache ich glücklich, aber ob ich meinen Ehemann nachher glücklich mache, das überlege ich mir noch!«

Mit wehenden Fahnen verlässt sie mein Büro und wertet unser Gespräch sofort mit Ava aus – wenn ich das richtig mitbekomme, auch so lautstark, dass es die halbe Abteilung mithört.

Worte dringen zu mir.

»Wir haben Regeln … Wenn es schiefgeht, bin ich wieder diejenige, die gehen muss … Wenn er glaubt, nur weil wir verheiratet sind, kann er machen, was er will, hat er sich geschnitten … Soll er mal eine Ehe führen mit einer Frau, die ihn nicht an sich ranlässt und sich auch nicht scheiden lässt.« Sie schaut feindselig zu mir. »Viel Spaß mit ewiger Enthaltsamkeit.«

Wenn sie mir einen Dämpfer verpassen will, gelingt ihr das ganz ausgezeichnet. Mein Ständer schrumpft. Ich habe eigentlich zu tun, aber beschließe, noch mal aufzustehen und mich souverän zu verhalten. *Muss sein.*

»Gibt es ein Problem, Indy?«, frage ich direkt vor allen anderen an ihrem Schreibtisch. »Wir hatten doch gerade alles besprochen.« Ich sehe sie intensiv an. »Das war gute Arbeit.« *Das meine ich ernst, das weiß sie.*

»Kein Problem«, knurrt sie so garstig, dass klar ist, dass sie immer noch vor Wut bebt, dreht sich zu ihrem Bildschirm und bearbeitet hektisch das nächste Projekt. *Klick, klick, klick.*

»Was ist dann?«

»Nichts.« *Klick, klick, klick.*

»Das Wort Scheidung hat es bis zu meinem Büro geschafft.«

»Da musst du dich verhört haben.« *Klick, klick, klick.* Trotzig verzieht sie den Mund.

Das habe ich nicht, das wissen wir beide, aber ich kann ihr nicht böse sein. Sie ist nur so gereizt, weil wir nicht unter uns sind, weil sie sich beherrschen muss, so wie ich mich auch. Das Beste an unserer Beziehung ist, dass wir uns ganz nah sind. Aber es ist in Situationen wie dieser gleichzeitig das Schlimmste.

»Baby, sieh mich an!«, sage ich sanft.

»Für dich Mrs. Fallon.« *Klick, klick, klick.*

»Baby …«, beharre ich. Sie hört endlich mit der Arbeit auf, dreht sich zu mir, und in ihren Augen sehe ich all die Gefühle für mich, die in ihr durcheinanderwirbeln. Ich weiß, dass sie mich liebt. Dennoch bin ich erleichtert, dass die Verbindung zwischen uns hält, und muss lächeln.

»Schön, dass du deinen Spaß hast«, zischt sie, weil sie mein Lächeln missversteht.

»Baby, für den Fall, dass du es vergessen hast, ich liebe dich.«

»Das musst du ja jetzt sagen«, blafft sie, doch gleich darauf wird ihr Blick weicher. »Verdammt, ich liebe dich auch, Max. Es ist nur manchmal so schwer …«

Das verstehe ich, und wie. »Der Regelbruch war okay?«

Sie grinst. *Okay, was für eine Frage, natürlich war er das.* Indy liebt es, gegen Regeln zu verstoßen, und ich weiß, was ich tun muss. Für sie und für uns beide. Auch wenn ich dachte, dass wir das nie tun würden. Zumindest nicht hier. Darauf hatten wir uns geeinigt. Aber es geht nicht anders.

»Hat hier jemand was dagegen, wenn ich Indy mal kurz küsse?«, rufe ich in die Runde.

»Hey, das kannst du doch nicht fragen!«, zischt sie und versinkt in ihrem Stuhl, als könnte sie sich unsichtbar machen.

Ein paar Leute lachen. Javi johlt: »Nur zu!«

Ein anderer ruft: »Kein Problem!«

»Siehst du«, sage ich zu ihr und beuge mich über sie.

»Ich werde dich nicht nach einer Ansage küss–«

Ich greife in ihren Nacken und verschließe ihren Mund mit meinem. Sie könnte zurückschrecken, aber das tut sie nicht. Sie erwidert den Kuss sofort, atmet schwerer, packt mich am Kragen und fordert mehr ein, als wären wir unter uns. Die Leute pfeifen und johlen für die Show. Und ich muss an unseren ersten Kuss denken. Er war ähnlich. Die Flasche hatte uns ausgewählt, wir waren nicht heiß auf das Spiel, doch als wir uns geküsst haben, war plötzlich alles anders. Eine Berührung hat alles verändert.

Sie ist die Eine, ich merke es jetzt genauso wie damals. Wir gehören zusammen, und auch nur einen Millimeter getrennt zu sein macht uns zu schaffen.

Schwer atmend brechen wir den Kuss ab, bevor er zu anzüglich wird. Indy blinzelt mich verwirrt an, ist in Gedanken nicht mehr im Büro, sondern bei mir. Da, wo sie hingehört.

»Was musst du heute noch machen?«, frage ich.

»Ähm …«

»Ähm? Seltsamer Name. Von dem Projekt weiß ich gar nichts«, scherze ich.

Sie muss lachen und boxt mich, fühlt sich aber sichtlich wohl, mich so nah zu haben, und wirkt zum ersten Mal heute nicht nervös. Sie dreht sich und schaut in ihren Kalender. »Ich muss noch eine Anzeige für *Foodie* erledigen.« Unser Kunde, der trotz Indys Fehler seine Buchungen bei uns mittlerweile verdoppelt und der Agentur endlich wieder etwas Aufwind verschafft hat.

»Das geht auch morgen, oder?«

»Ja, tut es.«

»Was ist mit den anderen Jobs?«

»Ava und die anderen brauchen mich heute nicht mehr.« Ihr Blick fügt hinzu: Ich brauche dich.

»Dann mach Feierabend.«

»Aber es ist wirklich früh. Nicht mal sechs.«

»Du warst die letzten Wochen lange genug hier. Befehl vom Boss.«

»Und dann?«, fragt sie.

»Dann mache auch ich Feierabend, und wir machen dort weiter, wo der Kuss eben aufgehört hat.« Ich grinse frech. »Deal?«

»Deal.«

Ende

MEHR VON PHILIPPA

Reihen

Colorado Kisses
Always You Forever Us
Maybe You Finally Us

Time for Passion
All We Have Is Today
You Were Mine Yesterday
Forever Yours Tomorrow

Miami Rebels
One uncontrollable Kiss
Two unforgettable Lessons
Three unbreakable Hearts

Lawyers, Love & Lace
You Can't Escape Love - Begehren . Vertrauen . Lieben
You Can't Control Love - Im Zweifel für die Liebe

Tease & Please
Tease & Please - berührt und verführt
Tease & Please - entdeckt und erweckt
Tease & Please - hart und zart
Tease & Please - Heiß im Eis
Tease & Please - Wut und Glut
Tease & Please - befreit und bereit
Tease & Please - Wahl oder Qual
Tease & Please - Geben und Nehmen

Einzeltitel

Mister Sweet Mistake
Burning Kisses Under The Stars - Echte Leidenschaft
Romance Love - Vollkommen dir ergeben
Pulse of Passion - Sehnsucht nach dir

Newsletter

Abonniere den Newsletter von Philippa und verpass keine Neuerscheinung der Autorin.
Deine Daten werden nicht weitergegeben.
www.philippalandersson.de/newsletter

Kontakt

www.philippalandersson.de
www.facebook.com/PhilippaLAndersson
www.instagram.com/philippal.andersson
www.tiktok.com/@philippalandersson